IK WEET ALLEEN MIJN

CJ COOKE

IK WEET ALLEEN MIJN NAAM NOG

Vertaling Ingrid Zweedijk

HarperCollins

MIX
Papier van verantwoorde herkomst
FSC® C083411

Voor dit boek is papier gebruikt dat onafhankelijk is
gecertificeerd door FSC™ om verantwoord bosbeheer te waarborgen.
Kijk voor meer informatie op www.harpercollins.co.uk/green

HarperCollins is een imprint van Uitgeverij HarperCollins Holland, Amsterdam

Oorspronkelijke titel: *I Know My Name*

Vertaling: Ingrid Zweedijk
Omslagontwerp: twelph.com
Foto auteur: Daniel Dale
Zetwerk: Mat-Zet B.V., Soest
Druk: CPI Books GmbH, Germany

ISBN 978 94 027 0093 0
ISBN 978 94 027 5514 5 (e-book)

NUR 305
Eerste druk maart 2018

Originele uitgave verschenen bij bij Harper een imprint van HarperCollins Publishers

HarperCollins Holland is een divisie van Harlequin Enterprises Limited

www.harpercollins.nl

17 maart 2015

Kommeno-eiland, 13,4 kilometer ten noordwesten van Kreta

Eloïse: Ik word wakker van de geluiden van schuifelende voeten bij mijn oren en stemmen die in paniek door elkaar klinken.

Is ze dood? Wat moeten we doen? Joe! Jij weet hoe je moet reanimeren, toch?

Een gewicht drukt op mijn lippen. De scherpe geur van sigaretten dringt in mijn neusgaten. Hete adem doet mijn wangen opbollen. Een harde duw op mijn borst. Nog een. Ik schiet rechtop, braak zo te voelen liters misselijkmakend zout water uit. Iemand wrijft over mijn rug en zegt: *Rustig maar, meid. Goed zo.*

Ik leun opzij en laat mijn voorhoofd naar de grond zakken, hoestend, naar lucht happend. Mijn haar is nat, mijn kleren zijn doorweekt en ik beef van de kou. Iemand helpt me overeind en legt mijn slappe rechterarm over een paar brede schouders. Een gele vlek op de grond komt in beeld: het is een reddingsvest. Van mij? De man die me overeind houdt, laat me voorzichtig op een stoel zakken. Ik hoor hun stemmen terwijl ze mijn toestand opnemen en elkaar opdragen hoe ik moet worden verzorgd.

Is dat bloed in haar haar?

Joe, kijk jij eens. Is het bloeden gestopt?

Het lijkt behoorlijk diep, maar volgens mij is het gestopt. Ik heb boven wat desinfecterende doekjes liggen.

Mijn hoofd begint te bonzen, een doffe pijn aan de rechterkant. Ineens staat er een kop koffie voor me op tafel. De geur die eruit opstijgt, verscherpt mijn zicht, waardoor de mensen in de ruimte in beeld komen. Er is een man vlakbij, nahijgend van de inspanning. Nog een man met een vierkante, zwarte bril. Twee anderen, allebei vrouw. Een van hen buigt zich over me heen en zegt: *Gaat het, lieverd?* Ik knik, versuft. Ze komt scherp in beeld. Vriendelijke ogen. *Nou, Joe, zegt ze. Zo te zien heb je haar leven gered.*

Ik herken geen van deze mensen. Ik weet niet waar ik ben. Witgekalkte stenen muren en een mooie plavuizenvloer. Een keuken, denk ik. Koperen potten en pannen hangen aan plafondhaken, een ouderwets zwart fornuis staat rechts van mij. Ik heb het gevoel alsof alle energie uit me is gezogen, maar de vrouw die me koffie gaf, dwingt me wakker te blijven.

We moeten je onderzoeken, liefje. Haar stem heeft een zangerig, Amerikaans accent. Ik geloof niet dat me dat eerder is opgevallen. Ze zegt: *Je was een poosje buiten westen.*

De jongere man met de zwarte bril zegt dat hij mijn hoofd gaat onderzoeken. Hij gaat achter me staan en ineens voel ik iets kouds en bijtends op mijn schedel. Mijn adem stokt van de pijn. Iemand knijpt in mijn hand en vertelt me dat hij de wond schoonmaakt. Hij bekijkt een plek boven mijn wenkbrauw en maakt ook die schoon, hoewel hij zegt dat het maar een schrammetje is.

De man die me op de stoel hees, zit tegenover me. Kaal, zwaargebouwd. Tussen de vijfenveertig en vijftig. Cockney. Hij trekt een sigaret uit een pakje, steekt hem in zijn mond en houdt er een vlammetje bij.

Kom je van het hoofdeiland?

Hoofdeiland? zeg ik, mijn stem schor.

Daarvandaan hierheen in haar eentje? zegt de jongere man. *Dat had ze nooit gered in die storm.*

Volgens mij is dat het 'm nou juist, Joe, zegt de kale man. *Ze heeft mazzel dat haar boot niet is gekapseisd voordat hij op het strand liep.*

De vrouw die me koffie voorzette, schuift een stoel bij en gaat rechts van me zitten. *Ik ben Sariah*, zegt ze. *Aangenaam*. Dan, tegen de anderen in de ruimte: *Nou, ze is inmiddels bij kennis. Zullen we dat onbeleefde gedrag achterwege laten en onszelf eens voorstellen?*

De man met de bril steekt een hand op. *Joe.*

George, zegt de kale man. *Ik ben degene die je vond.*

Stilte. Joe kijkt naar de dunne vrouw rechts van hem, afwachtend. Ze lijkt zenuwachtig. *Hazel*, zegt ze, haar stem niet meer dan een zucht.

Heb jij ook een naam? vraagt George me.

Mijn hoofd is leeg. Ik ga de gezichten van de anderen af, koppel hun gezichten aan de namen, en toch wil die van mezelf niet bovenkomen. Ik voel me fysiek zwak en gehavend, maar ik ben bij mijn volle verstand en kan helder denken.

Het geeft niet, liefje, zegt Sariah, over mijn schouders wrijvend. *Je hebt een flinke klap gehad. Rustig maar. Het komt vanzelf terug.*

Ben je op vakantie op het hoofdeiland? vraagt George opnieuw.

Mijn hoofd voelt aan alsof iemand er met een hamer op staat te hengsten. *Sorry... wat is het hoofdeiland?*

Kreta, antwoordt Sariah. *Waar logeerde je ergens?*

Ben je met familie? Een groep vriendinnen? vraagt de man met de bril. *Hé, misschien is ze wel van een van de andere eilanden gekomen. Antikythera?*

Dat lijkt me niet, brengt de frêle vrouw met rood krullend haar – Hazel – met zachte stem in. *De stromingen tussen ons en Antikythera zijn sterker dan op de overtocht naar Kreta. En Antikythera is verder weg.*

Neem me niet kwalijk, zeg ik. *Zei iemand dat ik op Kreta ben?*

Zie je wel? zegt George.

Nee, nee, probeer ik te zeggen, maar Joe is me voor.

Ze vroeg of ze op Kreta is, reageert Joe. *Dit is Kommeno, niet Kreta.*

Hoe dan ook, we moeten de achterblijvers laten weten dat je het er heelhuids vanaf hebt gebracht, zegt George. *Heb je een nummer dat ik kan bellen?* Hij haalt een zwart telefoontje uit een zak en trekt een antenne uit.

Kreta. Logeerde ik daar?

Ik kan het me niet herinneren, zeg ik uiteindelijk. *Sorry, ik weet het niet.*

De aardige vrouw, Sariah, houdt mijn hand vast. *Zodra we bereik hebben op de satelliettelefoon, bellen we de politie op Kreta. Zit er niet over in, liefje.*

De grote vent – George – zit me nog steeds aan te kijken, zijn ogen samengeknepen. *Waar kom je dan vandaan?*

Ik ben duizelig en misselijk, maar dit zou ik toch moeten weten. Het is absurd, maar ik kan er niet op komen. Waarom kan ik het me niet herinneren? Ik probeer gezichten op te roepen van familieleden, mensen van wie ik hou – maar het gedeelte van mijn brein waar die informatie in is opgeslagen, is één zwart gat.

George steunt op één hand, neemt trage trekken van een nieuwe sigaret terwijl hij me peinzend opneemt. De anderen hebben half opgedronken koppen thee. Er staat me niets van bij dat iemand kopjes heeft neergezet of water heeft gekookt. De tijd verstrijkt met horten en stoten. Ik sta op van mijn stoel en val bijna om. Mijn benen zijn van pap. Sariah vangt me net op tijd op.

Kalm aan.

Het grote raam aan de andere kant van de keuken omlijst een halfronde maan aan een purperen hemel, velden en heuvels bleek in het schijnsel ervan. Boven zee knettert een bliksemflits, die de hele keuken verlicht. Een paar tellen later volgt een donderslag boven het dak, waardoor alle potten en pannen tegen elkaar rammelen. Ik ben gedesoriënteerd en uitgeput. Ik begin weer te beven, maar ditmaal komt het door de shock.

Sariah slaat een arm om me heen en zegt: *We gaan je naar de andere kamer brengen, oké? Adem diep in en uit.*

Voor we een stap kunnen zetten, hoor ik een zware stem echter zeggen: *Misschien is ze een vluchteling.*

George! sist Sariah.

Hij barst in een bulderende lach uit. Daar schrik ik van. *Het is toch maar een geintje?*

In mijn hoofd loopt de spanning op, steeds verder, totdat ik naar lucht happend naar mijn keel grijp. De twee vrouwen buigen naar voren en zeggen dat ik adem moet halen, en dat probeer ik ook. Ze vragen me hun te zeggen wat er aan de hand is, maar ik kan niets uitbrengen. Iemand zegt: *We moeten bedenken hoe we haar naar een ziekenhuis krijgen.*

17 maart 2015

George Street, Edinburgh

Lochlan: Ik zit 's middags met een klant in The Dome wanneer mijn telefoon gaat. Het is een belangrijke afspraak – mr. Coyle is geïnteresseerd in het oprichten van een participatiefonds om te investeren in een aantal nieuwe technologiebedrijven – dus trek ik hem uit mijn zak en druk het gesprek weg.

'Sorry daarvoor.'

Mr. Coyle trekt vragend een wenkbrauw op. 'Je vrouw?'

Het klopt nog ook. Vlak voordat ik het gesprek wegdrukte, zag ik haar naam op het scherm verschijnen.

'Nee, hoor. Maar goed, waar waren we gebleven?'

'Google Glass?'

Ik schenk ons allebei een glas rood in. 'Juist, ja. Dit bedrijf is iets dergelijks aan het ontwerpen, alleen beter. Het sluit naadloos aan op nieuwe socialemediaplatforms en testgroepen hebben het vijf sterren gegeven. De lancering staat gepland voor september, tegen een verkoopprijs van rond de vijfhonderd pond per stuk.'

Mijn telefoon gaat opnieuw. Ditmaal maakt mr. Coyle een geïrriteerd geluid. Eloïse verschijnt in witte letters op het scherm. Ik sta op het punt het gesprek weer weg te drukken, maar mr. Coyle maakt een wuivend gebaar en zegt: 'Neem maar op. Zeg haar dat we bezig zijn.'

Ik sta op en loop naar het dichtstbijzijnde raam. 'El, wat is er? Ik zit in een bespreking...'

'Lochlan? Ben jij het, jongen?'

De vrouw aan de andere kant van de lijn is niet mijn vrouw. Ze praat door, en het duurt eventjes voordat ik de stem herken.

'Mrs. Shahjalal?'

Het is de vrouw uit Yorkshire die tegenover ons woont.

'... en ik vond dat ik beter even een kijkje kon nemen. Dus toen ik de deur opende, zag ik tot mijn verbazing – ben je er nog?'

Vanuit mijn ooghoek zie ik mr. Coyle een serveerster wenken.

'Mrs. Shahjalal, is alles goed? Waar is Eloïse?'

Een lange stilte. 'Dat zeg ik nou net, jongen. Ik weet het niet.'

'Hoe bedoelt u, u weet het niet?'

'Zoals ik al zei: de man van UPS kwam met het pakket naar mij en vroeg of ik het wilde aannemen, omdat er niemand thuis was. En dat vond ik raar, want ik wist zeker dat ik Max' snoetje vlak daarvoor door het raam had gezien. Dus nam ik het pakket aan, en een uurtje later zag ik Max weer en vond ik dat ik er beter even heen kon gaan om te kijken of alles in orde was. Max kon gelukkig op een stoel klimmen om me binnen te laten.'

Ik heb moeite om dit tot me door te laten dringen. Mr. Coyle staat intussen op uit zijn stoel, trekt zijn jasje aan. Ik draai me om en steek een hand op om hem te laten weten dat ik zo klaar ben, maar hij trekt een scheef gezicht.

'Oké, dus Max liet u binnen. Wat gebeurde er toen u naar binnen ging?'

'Nou, Eloïse is er nog steeds niet. Ik ben hier al sinds drie uur, en het kleintje moet hoognodig gevoed worden. Ik vond Eloïses telefoon op de salontafel en drukte op een knopje, en gelukkig belde hij jouw nummer.'

De ritselende en jengelende geluiden op de achtergrond worden luider, en ik besef dat mrs. Shahjalal Cressida, mijn dochtertje, op de arm moet hebben. Ze is twaalf weken oud. Eloïse geeft haar nog borstvoeding.

'Dus... Eloïse is niet binnen. Is ze er helemaal niet?' Het is een stomme vraag, maar ik kan het niet goed bevatten. Waar zou ze anders moeten zijn?

Mr. Coyle kijkt me gepikeerd aan vanaf de tafel. Hij trekt zijn stropdas recht voordat hij zich omdraait om weg te lopen, en ik laat de telefoon zakken en roep hem na. 'Mr. Coyle!'

Hij kijkt niet op of om.

'Ik zal u de brochure per e-mail sturen!'

Mrs. Shahjalal praat nog steeds. 'Het is heel raar, Lochlan. Max is vreselijk overstuur en lijkt niet te weten waar ze naartoe is gegaan. Ik weet niet wat ik moet doen.'

Ik loop terug naar de tafel en pak mijn aktetas. De koperen klok op de schoorsteenmantel staat op kwart over vier. Ik zou de trein van halfvijf naar Londen kunnen halen als ik meteen een taxi weet te krijgen, maar het is vierenhalf uur met de trein en dan nog een taxirit van King's Cross naar Twickenham. Dan ben ik pas na tienen thuis.

'Ik kom meteen naar huis,' zeg ik tegen mrs. Shahjalal.

'Ben je in de stad?'

'Ik zit in Edinburgh.'

'Edinburgh? Schótland?'

Buiten op straat is het een drukte van belang met verkeer en mensen. Ik ben geagiteerd, probeer razendsnel na te denken en word bijna omvergereden door een dubbeldekker die dicht langs de stoep rijdt. Geschrokken spring ik achteruit. Dat was kantje boord. Een groep scholieren op schoolreisje banjert slingerend achter elkaar aan over de stoep. Ik steek een hand op naar een zwarte taxi en weet hem zover te krijgen dat hij stopt.

'Naar Waverley, graag.'

Ik bel mrs. Shahjalal terug op Els toestel en vraag of ze bij Max en Cressida kan blijven totdat ik terug ben. Tot mijn opluchting zegt ze van wel, hoewel ik haar nu amper kan horen door Cressida's gehuil.

'Ze moet gevoed worden, mrs. Shahjalal.'

'Ja, dat weet ik ook wel, jongen, maar de tijden dat ik een baby de borst kon geven zijn voorbij.'

'Als u in de koelkast kijkt, staat er misschien wel wat afgekolfde melk in een plastic fles op de bovenste plank. Als het goed is, zit er een etiket op. Volgens mij bewaart Eloïse zuigflesjes in een van de kastjes bij het broodrooster. Zorg dat u het flesje in de sterilisator vier minuten in de magnetron zet voordat u het gebruikt. Zorg dat er een laagje water onderin zit.'

'De moedermelk steriliseren?'

Nu hoor ik Max op de achtergrond, luidkeels roepend: 'Is dat papa? Papa, ben jij dat?' Ik vraag mrs. Shahjalal hem aan me te geven.

'Max, Maxie?'

'Hé, pap. Mag ik een stuk chocola?'

'Ik koop zoveel chocola voor je als je op kunt, als je me vertelt waar mama is.'

'Zoveel chocola als ik op kan? Echt?'

'Waar is mama, Max?'

'Mag ik een surprise-ei? Alsjeblieft?'

'Is mama vanmorgen weggegaan? Is er iemand binnen geweest?'

'Ik geloof dat ze naar het Natural History Museum ging, pap, want ze vindt de dino's daar leuk en de grote, die heel lang is, heet Dippy, hij heet Dippy omdat het een diplodocus is, pap.'

Dit schiet niet op. Ik vraag hem om de telefoon weer aan mrs. Shahjalal te geven, die zich nog steeds afvraagt hoe ze de melk moet steriliseren, en al die tijd brult Cressida moord en brand in de telefoon.

Eindelijk zit ik in de trein, te posten op Facebook.

Ik doe dit normaal gesproken niet, maar... weet iemand waar Eloïse is? Ze is blijkbaar niet thuis...

De avond valt als een zwarte deken. De taxi draait Potter's Lane in. We wonen in een fraaie twee-onder-een-kapwoning in de rustige buitenwijk Twickenham, vlak bij alle mooie parken en het deel van de rivier dat wordt bevolkt door zwanen, kikkers en eenden, en dicht genoeg bij Londen voor zaterdagmiddagbezoekjes aan het National History Museum en Kew Gardens. In de huizen rondom ons brandt hier en daar licht, maar onze buren zijn of gepensioneerd of hardwerkende, hoogopgeleide tweeverdieners, en dus is het hier 's avonds rustig.

Ik betaal de chauffeur en spring uit de taxi. Eloïses witte Qashqai staat op de oprit voor mijn Mercedes, en mijn hart maakt een sprongetje. Tijdens de treinreis vanuit Edinburgh heb ik om de haverklap met mrs. Shahjalal aan de telefoon gehangen, om te vragen hoe het met de kinderen gaat en uit te vogelen wat ik in godsnaam met de situatie aan moet. Mrs. Shahjalal is hoogbejaard en vergeetachtig. Meer dan eens is El door het raam geklommen om de voordeur open te doen omdat ze haar sleutels binnen had laten liggen. Het zit er dik in dat dit één grote vergissing is; ik ben een klant kwijtgeraakt terwijl El boven aan het douchen is of zo. Mijn telefoon is al een tijdje leeg en alle stopcontacten in de trein waren kapot. Mrs. Shahjalal kon me dus niet meer bereiken. Maar de Qashqai staat er. Dan moet Eloïse al terug zijn.

Ik draai de deur van het slot en stap een stil en donker huis in.

'El?'

Ik loop door naar de speelkamer en zie de gedaante van de oude mrs. Shahjalal op de rand van de bank zitten, die het wiegje heen en weer schommelt waar Cressida in ligt, armpjes gekromd naast haar kleine hoofdje.

'Hallo,' fluister ik. 'Waar is ze?'

Mrs. Shahjalal schudt haar hoofd.

'Maar… ze is hier,' zeg ik. 'Haar auto staat voor de deur. Waar is ze?'

'Ze is er niet.'

'Maar –'

Mrs. Shahjalal legt een vinger op haar lippen en werpt een blik op Cressida waaruit spreekt dat het lang heeft geduurd om haar in slaap te krijgen. Cressida slaakt een hortend zuchtje, zo eentje dat ze slaakt na een langdurige huilbui.

'Max is boven, in zijn bedje,' zegt mrs. Shahjalal zachtjes.

'Maar hoe zit het dan met Els auto? De witte op de oprit?'

'Die staat hier de hele tijd al. Ze is er niet mee weggegaan.'

Ik storm naar boven en kijk in de slaapkamers, de badkamers, op zolder, daarna doe ik beneden alle lichten aan en speur de kamers af naar mijn vrouw. Wanneer dat tevergeefs blijkt, loop ik de tuin in en staar in het duister. Op dat moment doemt een angstaanjagende mogelijkheid op. Ik ken mrs. Shahjalal amper, afgezien van wat vriendelijk gewuif over en weer, en nu zit ze in mijn woonkamer mijn dochtertje zachtjes te wiegen en vertelt me dat mijn vrouw spoorloos is verdwenen.

Ik vlieg terug naar binnen, zoek zo snel als ik kan mijn telefoonadapter, stop hem in het stopcontact en begin een nummer in te toetsen.

17 maart 2015

Kommeno-eiland, Griekenland

Eloïse: Even later zit ik ineens in een schommelstoel met een dikke oranje deken om me heen, naast een knapperend vuur. Mijn rechtermouw is opgerold en iemand heeft een band strak aangesnoerd om mijn bovenarm. De lange magere vent met de bril, Joe, staat naast me met een koud instrument tegen mijn pols gedrukt. De kamer ruikt vreemd – naar zeewier. Of misschien ben ik het zelf.

'Nog een paar seconden,' zegt hij.

'Wat doe je?' vraag ik, hoewel het er als een gesmoorde jammerklacht uit komt. Mijn mond voelt aan als schuurpapier.

'Je bloeddruk controleren.'

Er is een verhitte discussie aan de gang tussen de anderen in de kamer, en ik heb het gevoel dat die over mij gaat. Ik ben nog steeds draaierig en slap.

Eindelijk haalt hij de band van mijn arm. 'Hm. Je bloeddruk is een beetje aan de lage kant. Hoe is het met de druk op je borst?'

Ik vertel hem dat het nu wel gaat, maar dat ik zo slap als een vaatdoek ben. Hij steekt zijn handen uit en drukt zijn duimen zachtjes in mijn wangen om mijn ogen te controleren.

'Je bent in shock. Niet zo gek, gezien het feit dat je de Egeïsche Zee bent overgeroeid in een vliegende storm. Laten we je voeten maar eens omhoog leggen. En je nog wat water geven.'

De vrouw – Sariah – tilt mijn voeten op en legt ze op een stapel kussens. 'Hoe voelt je hoofd?' vraagt ze.

'Pijnlijk,' zeg ik zwakjes.

'Je hebt niet het gevoel dat je weer van je stokje gaat?' vraagt Joe, en ik schud voorzichtig van nee. Hierdoor vlamt het gebonk op tot een stekende pijn die me de adem beneemt.

'Het is na middernacht, dus je naar een ziekenhuis overbrengen blijkt een tikje lastig,' zegt Sariah, die haar armen over elkaar slaat. Het valt me op dat ze een ander accent heeft dan de anderen. Amerikaans, of Canadees misschien. 'Hier is geen ziekenhuis of arts,' zegt ze. 'George heeft contact opgenomen met de politie in Heraklion en Chania.'

'Heeft iemand me als vermist opgegeven?'

'Ik ben bang van niet.'

Ze moet zien hoe aangeslagen ik hierdoor ben, want ze zakt op haar hurken en wrijft over mijn hand alsof ik een klein kind ben. 'Hé, zit er niet over in. We bellen morgenochtend vroeg nog een keer.'

Niets hier komt me bekend voor. Het voelt alsof ik alles hier voor het eerst zie. 'Woon ik hier? Ken ik jullie?' vraag ik haar.

'We hebben je gered,' zegt George botweg. Ik kan hem niet zien, maar voel zijn aanwezigheid achter me.

'Het stormde,' vult Joe aan, hoewel er in zijn stem iets onzekers, iets weifelends doorklinkt. 'Een harde zandstorm, die ongetwijfeld vanuit Afrika kwam. George en ik gingen naar buiten om te controleren of onze boot niet was losgeslagen. En toen zagen we jou.'

'Waar was ik?'

'Op Bone Beach,' zegt Joe.

'Bone Beach?'

'Het kleine hoefijzervormige strandje met witte rotsen die op beenderen lijken. Voorbij de schuur.' Hij grijnst. 'Bizar dat je dat hebt weten te overleven. Daarboven moet iemand je heel graag mogen.'

'Je was met een boot,' legt Sariah uit. 'Weet je niet of er iemand bij je was?'

Ik heb het afschuwelijke gevoel dat ik dit allemaal zou moeten weten, dat ik het zou moeten weten van de boot en het strand en waar ik vandaan kom. En ik heb geen idee, absoluut geen flauw idee.

'Waarom kwam je trouwens naar Kommeno?' vraagt George, die naar het licht buigt om een pakje sigaretten te pakken. 'Ik bedoel, er is hier helemaal niks.'

'Wat is Kommeno?' vraag ik.

'Zo heet het hier,' zegt Sariah, met iets van moedeloosheid in haar stem, alsof ze het tegen iemand heeft die heel dom is, of ziek. 'Kommeno-eiland.'

Ik treuzel, in de hoop dat een antwoord op George' vraag vanzelf bij me boven zal komen en deze hele toestand zal verklaren.

Maar dat gebeurt niet.

18 maart 2015

Potter's Lane, Twickenham, Londen

Lochlan: Het is na middernacht. Mijn vrouw wordt officieel vermist. Ik probeer dit tot me door te laten dringen.

De feiten zijn als volgt: (1) Gisteravond even na zevenen facetimede ik met Eloïse, terwijl zij pannenkoeken stond te bakken in de keuken en onze twee kinderen zoet aan het spelen waren in de woonkamer, en (2) ergens tussen tien en één uur vandaag, terwijl onze kinderen boven in hun bedjes lagen te slapen, verdween ze uit ons huis. Bovendien (3) wijst niets erop dat hier iemand is geweest, Max heeft niemand binnen zien komen, en (4) Eloises kleren, paspoort, creditcards, auto, rijbewijs en mobiel zijn nog hier. Ze kan dus geen contact opnemen en geen vervoer betalen om ergens heen te gaan: niet met de metro, niet met een taxi, niet met een vliegtuig, en geen eten of drinken betalen. Tot slot (5), lijkt niemand ook maar een flauw idee te hebben waar ze naartoe zou kunnen zijn gegaan.

We zijn door de afgekolfde melk heen. Ik ben zo uit mijn doen dat Cressida al een eeuwigheid lag te blèren voordat tot me doordrong dat ze waarschijnlijk weer gevoed moest worden. Een uur geleden belde ik een taxibedrijf en betaalde hun vijftig pond om wat melkpoeder in een supermarkt te kopen en het hierheen te brengen. Cressida was eerst even een beetje van slag, doordat ze weer aan een plastic speen moest zuigen en door de rare smaak van melkpoeder, maar uiteindelijk bedaarde ze en dronk het in één keer op.

Mrs. Shahjalal is naar huis gegaan. Ze woont alleen op nummer 39, aan de overkant. Ze heeft aangeboden om morgenochtend weer te komen en bij te springen waar ze maar kan. Op dit moment weet ik niet waar ik het zoeken moet en kan ik niet helder denken.

In de trein vanuit Waverley heb ik een oproep geplaatst voor Eloïses vriendinnen om te kijken of iemand iets van haar had gehoord. Uiteraard hadden ze taal noch teken van haar ontvangen sinds gisteren of de dag ervoor. Mijn Facebook-post werd beantwoord met huilende emoji en succeswensen; met andere woorden: daar had ik niets aan. Met grote tegenzin sms'te ik Gerda, Eloïses oma, om te vragen of El naar hun huis in Ledbury was gegaan. Het was vergezocht natuurlijk, gezien het feit dat de kinderen nog hier waren, maar ik was algauw door de andere mogelijkheden heen.

Ik heb het hele huis vier of vijf keer doorzocht; kledingkasten, de badkamerkast, die rare ruimte onder de trap, zelfs onder de bedden en op zolder. Daarna ben ik met een zaklantaarn de achtertuin afgegaan, heb onder alle struiken en in het schuurtje gekeken. Ik dacht, geloof ik, dat ze misschien ergens vast was komen te zitten. Ik had het gevoel dat ik gek werd. En al die tijd rende Max achter me aan en vroeg of we een spelletje deden en of hij zich ook mocht verstoppen, en had Cressida in de gaten dat ze werd vastgehouden door iemand anders dan haar moeder en wilde dat half Londen daarvan op de hoogte was ook.

Gerda belde terug om te zeggen: nee, ze had El niet meer gezien sinds vorige week, hoewel ze haar zondagavond nog wel had gesproken. Ze begon vragen te stellen, en ik stamelde iets over dat El niet thuis was toen ik vanmiddag terugkwam. Er viel een lange stilte.

'Hoe bedoel je, El is niet thuis? Waar ben je, Lochlan?'

'Ik ben terug in Londen.'

'En waar zijn de kleintjes?'

'Die zijn hier.'

'Lochlan, zeg je nou dat Eloïse ervandoor is?'

'Ik zeg dat ze niet thuis is. Haar auto is hier nog, haar sleutels en haar mobiel. Alles.'

'Bel de politie.'

'Dat heb ik al gedaan.'

Ik checkte Els mobiel, las al haar berichten voor het geval zich een onverwacht noodgeval had voorgedaan waarvoor ze was weggeroepen, maar ik vond alleen een eBay-informatieverzoek over een kinderstoel, e-mails van Etsy, Boden, Sainsbury's en Laura Ashley, plus Outlook-herinneringen over Max' tienminutengesprekje op de crèche komende vrijdag en Cressida's inentingen op het consultatiebureau.

Om elf uur kwam Max naar beneden, met slaperige ogen en gehuld in zijn Gruffalo-badjas, zijn blonde haar langer dan ik me herinnerde, statisch uitstaand als een soort paardenbloem.

'Hoi, pap,' zei hij geeuwend.

'Hé, Maxie. Hoe gaat het, mannetje?'

Op zijn blote voetjes trippelde hij de kamer door en hij klom bij me op schoot. Ik gaf een zoen op zijn kruin, overmand door een plotseling gevoel van tederheid voor hem.

'Is mama terug?'

Wat ging het me aan het hart om hem te zeggen van niet.

Hij nestelde zich tegen me aan. 'Moest mama naar de winkel? Vergat ze dat ik en Cressida thuis waren?'

'Dat denk ik niet, Max.'

'Is ze onderweg naar huis verdwaald?'

Ik schudde mijn hoofd, en hij begon overstuur te raken.

'Ik wil mama, pap. Waar is mama?'

Toen ik het benauwd begon te krijgen van mijn onvermogen om hem gerust te stellen – en de gedachte dat hij Cressida wel eens wakker zou kunnen maken – hing ik een leugentje op. 'Ik denk dat ze bloemen is gaan brengen naar haar vriendin.'

'Welke vriendin?'

'Eh... de vrouw met het lange, zwarte haar van het peuterklasje.'

Hij ging rechtop zitten. 'Sarah?'

'Sarah, ja.'

'Nee, het kan Sarah niet zijn, want Sarah heeft haar haar geel laten maken.'

'Niamh, dan.'

'Waarom brengt mama bloemen naar Niamh? Is Niamh verdrietig?'

'Volgens mij wel.'

'Wat voor bloemen?'

'Dat weet ik niet, Maxie.'

'Kun je Niamh op je mobiel bellen en zeggen dat mama nu terug moet komen naar ons, alsjeblieft?'

'Straks, lieverd, straks. Nu gauw terug naar bed.'

In een helder ogenblik herinnerde ik me de hightech babymonitors die El had geïnstalleerd na Max' geboorte – serieus, het zijn net bewakingscamera's – en checkte Els telefoon om te kijken of er beelden waren opgeslagen. Maar nee, de opnamemogelijkheid was eeuwen geleden al uitgeschakeld. Uiteraard.

Ik kocht Max om om te gaan slapen zonder dat mama hem in bad deed en hem zijn lievelingsverhaaltje voorlas met de belofte hem mee te nemen naar Thomas Land. Desondanks wilde hij per se beneden blijven bij mij en huilde hij zichzelf in slaap.

Het is bijna twee uur 's nachts wanneer een politieauto voor het huis parkeert en twee geüniformeerde agenten voor de deur staan, een man en een vrouw. Ik ga de agenten voor naar de woonkamer en probeer Cressida te sussen zodat ik daadwerkelijk kan horen wat ze zeggen. Haar gezicht is zo rood als een biet, tranen biggelen over haar wangen en ze maait met haar vuistjes door de lucht. Max is in slaap gevallen op de bank, de quilt die Eloïse voor hem heeft gemaakt opgetrokken tot aan zijn kin, en hij brabbelt af en toe wat.

'Wanneer hebt u uw vrouw voor het laatst gesproken, mr. Shelley?' vraagt de vrouwelijke agent, terwijl ik Cressida heen en weer wieg.

'Al die informatie heb ik al telefonisch doorgegeven,' zeg ik. Ik wil oplossingen, antwoorden; dat de politie met haar toverstokje zwaait en mijn vrouw tevoorschijn tovert.

'Sorry, maar we moeten een aantal gegevens eerst bevestigen. We stellen nu nog een paar aanvullende vragen voordat we het onderzoek opstarten.'

'Ik was sinds maandag in Edinburgh, maar ik heb haar dinsdagavond rond zeven uur gesproken via Facetime,' zeg ik met een zucht. 'Soms bel ik overdag ook, maar het was razend druk op mijn werk. Daar had ik geen kans voor.'

'Waar werkt u?'

Ik neem Cressida over in een andere houding, weg van mijn oor. Ze is nog piepklein met haar drie maanden, dus ze past op mijn onderarm. Daar wip ik haar op en neer, en ze laat een enorme boer. Ik zeg: 'Grote meid!', maar ze begint opnieuw te huilen.

'Ik werk bij een bedrijf dat Smyth & Wyatt heet. Vier dagen per week zit ik in Edinburgh, de rest van de tijd op de vestiging in Londen op Victoria Embankment.'

De mannelijke agent noteert dit als 'Smith & White South – een bank'.

'Het is geen bank, het is een bedrijfsfinancieringsmaatschappij.'

Hij streept zijn aantekening door. 'Oké. Hadden u en uw vrouw ergens onenigheid over? Iets wat voor haar aanleiding zou kunnen zijn om ervandoor te gaan?'

'Luister, ik heb dit al uitgelegd. Mijn vrouw is er niet vandóór. Cressida is nog maar twaalf weken oud. El geeft haar nog borstvoeding.'

Ik ben witheet, gefrustreerd, maar bovenal ben ik doodongerust. Ik heb nu eenmaal het gevoel dat El zich vreselijk zorgen moet maken, waar ze ook is, want ze heeft haar uiterste best gedaan om Cressida de borst te geven na wat moeilijkheden met Max, en ze zorgt ervoor dat ze haar voedt wanneer ze erom vraagt. Het valt niet mee om dit over te brengen – mijn vrouw is er niet vandoor, want ze wil borstvoeding geven, ziet u. Ze vragen wat voor werk El doet, en ik leg uit dat ze fulltime moeder is, maar nog wel op tv komt om over haar werk te praten.

'Ze heeft een paar jaar geleden een kleine hulporganisatie opgericht voor vluchtelingenkinderen en die is behoorlijk succesvol geworden,' zeg ik. 'Ze wordt af en toe gevraagd voor een mediaoptreden. Ergens ben ik bang dat, misschien... Ik weet het niet. Er lopen een hoop gestoorde types rond.' Ik weet dat ik me aan elke strohalm vastklamp, maar mijn hoofd loopt om, de adrenaline giert door mijn lijf. Keer op keer kijk ik naar de deur, in de verwachting dat ze komt binnenlopen.

'Heeft ze het over iets dergelijks gehad? Dreigbrieven, stalkers, dat soort dingen?'

'Nee, niets.'

Hij geeft me even de tijd voor het geval me iets te binnen schiet, maar dat gebeurt niet.

'Kunt u beschrijven wat ze droeg toen u haar de laatste keer zag?'

'Volgens mij had ze een grijze yogabroek en een pyjamajasje aan. Zoals ik al zei: het was zeven uur 's avonds. Ik had haar gisteren moeten bellen, maar ik was aan de late kant...'

Hij schrijft dit op, vraagt om een nadere persoonsbeschrijving. Heeft ze tatoeages of zichtbare littekens? Nee. Sieraden? Ik vertel hem dat ze hoogstwaarschijnlijk haar trouw- en haar verlovingsring draagt. Die heb ik nergens in huis gevonden.

'Hebt u uw buren gevraagd of ze iemand het huis binnen hebben zien gaan?'

Ik knik. 'Mrs. Shahjalal van de overkant was degene die erachter kwam dat ze weg was.'

Meer gekrabbel, traag, traag, traag, alsof hij een bestelling opneemt voor een afhaalmaaltijd. 'We zullen navraag doen bij mrs. Shahjalal. Hoe zit het met uw bankrekeningen? Is er geld opgenomen? We kunnen wellicht haar gangen nagaan als we die gegevens hebben.'

Ik heb onze bankrekening al gecontroleerd op mijn mobiel. We hebben een gezamenlijke rekening en daar is vandaag geen geld af gehaald, met uitzondering van automatische incasso's voor de waterrekening en gemeentelijke belastingen. Uiteraard heb ik dit allemaal al verteld. Het was een van de eerste dingen die ik naging.

'Kunt u me iets meer over Eloïse vertellen?' vraagt hij. 'Leeftijd? Lengte? Gewicht? Karakter?'

Cressida begint zo hard te blèren dat de vrouwelijke agent opstaat en haar armen uitsteekt. 'Mag ik?' vraagt ze.

'Graag,' zeg ik, Cressie aan haar overhandigend. De vrouwelijke agent drukt haar wang tegen die van Cressida en praat zachtjes tegen haar. Tien tellen later houdt het gekrijs op. Pas dan realiseer ik me dat het kabaal voornamelijk uit mijn eigen hoofd komt.

'Hoe oud zei u dat ze is?' vraagt de agent.

'Twaalf weken. Max is in januari vier geworden.'

De agent glimlacht naar Cressida, die haar aangaapt. 'Ik heb een zoontje, hij is tien maanden. En hij is een reus. Maar jij, jij bent een ukkepuk!'

'Ze is iets te vroeg geboren,' zeg ik. Het is een enorme opluchting dat er niet tegen me wordt gekrijst. Ik plof op de bank naast Max en wrijf over mijn slapen. De mannelijke agent zit me afwachtend aan te kijken.

'Eloïse is zevenendertig. Ze is ongeveer één meter achtenzestig, vrij tenger. Ik weet niet hoeveel ze precies weegt. Een kilo of drie-, vierenzestig misschien. Ze is pas bevallen.'

'Is dat een recente foto?' vraagt hij, opkijkend naar de nieuwe, in een studio genomen foto, die tussen twee dikke glasplaten aan de muur achter me hangt.

Kostte een fortuin, die foto, maar we zien er zo gelukkig uit en ik ben blij dat ik uiteindelijk bijdraaide en hem heb laten nemen. Eloïse heeft Cressida op de arm, die met haar drie weken een schriel poppetje is, en hoewel ik weet dat ze zich onzeker voelde, doordat ze me smeekte iets naar rechts geknield te gaan zitten zodat mijn hoofd haar dikke buik zou verbergen, ziet Eloïse er oogverblindend uit. Honingblond haar dat los rond haar schouders hangt, die mooie lach en stralende huid van haar, alsof er ledlichtjes in haar aderen zitten – fonkelend, dat is het woord. Ik weet dat ik met een bloedmooie vrouw getrouwd ben, ver boven mijn stand.

'Is Eloïse er het type naar om zomaar te vertrekken?' vraagt de vrouwelijke agent. 'Heeft ze zoiets wel eens eerder gedaan?'

'Nee, nee, nee. Absoluut niet.'

De agent staart me uitdrukkingsloos aan. 'Geen problemen met alcohol, drugs of zo?'

Ik schud mijn hoofd. 'Geen sprake van. Ze stopte met drinken toen ze zwanger was van onze zoon. Misschien dat ze zo nu en dan een glaasje wijn nam. Ze is... Hoor eens, ik kan niet genoeg benadrukken dat Eloïse de laatste persoon ter wereld is van wie ik zou verwachten dat ze spoorloos zou verdwijnen. Ze is rustig, op zichzelf. U weet wel, een huismus.'

'Dus ze zou niet, zeg maar, even de deur uit zijn gewipt om een boodschap te doen? Voor vijf minuutjes of zo?'

Ik voel dat ik mijn geduld begin te verliezen, op het punt sta in tranen uit te barsten, waardoor ik uit mijn slof schiet. 'Onze kinderen waren hier! Ze verwachtte me morgenavond pas terug uit Edinburgh. Ze zou onze kinderen nooit alleen laten. El laat Cressida niet eens beneden wanneer ze een douche neemt. We hebben een autozitje in de badkamer en een maxicosi in de keuken.'

De politieagent knikt. 'Oké. Toen u thuiskwam, waren er toen sporen van iemand die hier is geweest? Sporen van braak?'

Ik schud mijn hoofd. 'Alles zat op slot.'

'En de achterdeur? Zat die op slot?'

Ik denk terug. Was dat zo?

Mijn aarzeling is voor hem aanleiding om in de rondte te kijken. 'Zijn er nog andere ingangen tot het huis? Ramen? Achterdeuren?'

'We hebben een probleempje met de achterdeur gehad, nu ik erover nadenk. Het slot bleef hangen en gaat niet meer goed dicht. Ik was van plan het te repareren, maar...' Ik had het zo druk. Ik sluit mijn ogen en zucht, bevangen door paniek. Hoe kon ik zo achteloos zijn geweest om de achterdeur kapot te laten?

Hij staat op en loopt naar de achterkant van het huis. Ik volg. Het is echter donker, waardoor het zicht vanuit het raam vrijwel nul is.

'Wat ligt er achter uw tuin?'

'Een steegje, dan de tuinen van de straat achter ons. Larkspur Terrace.'

Dit schrijft hij op. 'Hebt u geld in huis? Kostbaarheden, dure spullen?'

'We hebben een paar honderd pond in een kistje in de keuken. Voor noodgevallen.'

'Zit dat er nog in?'

Ik knik. 'Evenals al Els sieraden.'

'Weet u dat zeker?'

De deurbel onderbreekt me. Ik been de gang in om open te doen en zie Gerda en Magnus voor de deur staan, allebei boos en ongerust. Ik vertel hun dat de politie er is.

'Ze is nog steeds niet terug?' bast Magnus. Magnus is Eloïses opa, onbehouwen, goedgekleed en onsterfelijk, net als Clint Eastwood – de man heeft ik weet niet hoeveel driedubbele bypasses en chemotherapieën gehad en toch lijkt hij naarmate hij ouder wordt alleen maar krasser te worden. Lang niet zo'n zuurpruim als Gerda, iets nuchterder, maar nog steeds niet het type man met wie ik ooit dronken zal worden.

'Komen jullie uit Herefordshire?' vraag ik. Ze hebben her en der huizen – Zwitserland, Griekenland – en ik had me afgevraagd of El naar een ervan was gegaan. Maar ze liggen allemaal zo afgelegen als wat en zijn een crime om te bereiken. Trouwens, El heeft geen enkele reden om erheen te gaan.

Gerda negeert me, want die is intussen de woonkamer in gestormd en ziet Maxie slapend op de bank liggen. 'De kinderen liggen niet in bed? Is het niet wat laat?'

De politieagenten stellen zich kort voor, op ernstige toon. Gerda gaat naast Max zitten en stopt met getuite lippen de deken om hem heen in. Magnus loopt door de kamer alsof hij op zoek is naar iets wat er niet hoort.

'Dit zijn Gerda en Magnus Bachmann,' zeg ik tegen de agenten, waarbij me te binnen schiet dat ik er altijd binnensmonds aan toevoegde 'rechtstreeks uit de grafkelder' wanneer ik het over hen had. Dan gaf El me steevast een tik op mijn arm, hoewel ze altijd moest lachen. 'Gerda en Magnus zijn Eloïses grootouders. Vanzelfsprekend zijn ze uiterst bezorgd.' Ik vertel er niet bij dat ze de meest bemoeizuchtige schoonfamilie ter wereld zijn.

Gerda klapt een gouden mobiel open en toetst met een gemanicuurde vinger een nummer in. 'Eloïse, lieverd, met oma. Dit is de twintigste keer dat ik je bel, en ik hou niet op totdat je terugbelt. Kun je alsjeblíéft snel een van ons bellen om te laten weten dat alles in orde is?'

Gerda's accent is bekakt met een afgemeten Zwitserse intonatie. Het doet me denken aan hoe buitenlands El soms klonk door de jaren die ze als tiener in Genève had gewoond. Ze spreekt vloeiend Frans en Duits, plus conversatie-Italiaans, en probeert Max hetzelfde te leren. Ik wil Gerda net vertellen dat Eloïses mobiel op de eettafel hiernaast ligt, maar precies op dat moment begint die luid te rinkelen. Heel eventjes lichten Gerda's ogen op, alsof ze Eloïse heeft gevonden, maar dan valt het kwartje.

Het huis voelt doods, uitgehold. Verdwaasd schenk ik Magnus een whisky in en zet thee voor Gerda en mij. Daarna zitten we met zijn vijven in de woonkamer, zo verbijsterd dat we niet weten wat we moeten zeggen. Ondanks het late tijdstip blijft mijn mobiel maar zoemen ten teken van binnenkomende sms'jes en Facebook-berichten, en hoewel ik ze allemaal lees, is er niets bij waaruit blijkt waar mijn vrouw naartoe kan zijn gegaan.

'Heb je haar vriendinnen gesproken?' vraagt Gerda.

'Natúúrlijk heeft hij dat gedaan,' snauwt Magnus.

Ik slaak een vermoeide zucht. 'Ik heb contact gezocht met de babygroepjes waar ze soms naartoe gaat. Ik heb de hele middag in de trein zitten bellen met bibliotheken, cafés, het zwembad, onze huisarts, de tandarts... totdat mijn telefoon leeg was. Iedereen die ik maar kan bedenken.'

Magnus gaat zitten, staat dan weer op. 'Dat is goed. Iemand moet contact met haar hebben gehad.'

Ik zeg: 'Ik heb een lijst gemaakt van mensen die haar gisteren hebben gezien, maar niemand heeft haar vandaag gezien. Behalve de kinderen.'

'Wat zei Max? Hij moet iets hebben gezien,' zegt Gerda voor de honderdste keer.

'Hij zei dat ze vanochtend mannetjes van peperkoek hebben gemaakt en daarna deed hij een dutje. Toen hij wakker werd, zocht hij het huis en de tuin af, maar kon haar niet vinden. Vlak daarna kwam mrs. Shahjalal hierheen.'

Ik sta op en begin alle glazen en kopjes af te ruimen. 'Nou, ik ga de kinderen maar eens naar bed brengen. Ik bel jullie in de loop van de ochtend wel, goed?'

Gerda kijkt zwaar beledigd. 'O, nee. Wij blijven hier. Ik weet zeker dat Eloïse gauw terugkomt, maar tot die tijd hebben de kinderen ons nodig.'

18 maart 2015

Kommeno-eiland, Griekenland

Eloïse: Wanneer ik wakker word, blijk ik in bed op een zolderkamer te liggen. Stofdeeltjes dwarrelen door de lucht, zichtbaar in het felle zonlicht dat door een patrijspoort naar binnen stroomt. Het plafond bestaat uit kruislings lopende, oude houten balken met spinnenwebben in de hoeken. Door de ruwstenen muren en een bedompte stank van stof en vocht doet de kamer aan als een grot.

Ik hijs mezelf overeind, kermend van de pijn in mijn hoofd en een reeks pijntjes die zich aankondigen in mijn rechterscheenbeen en -enkel en rond mijn schouderbladen, want alle spieren in mijn nek en bovenarmen voelen pijnlijk overbelast. Het voelt of er een kudde olifanten over me heen is gedenderd. Ik til een hand op en raak de plek aan waar ik een jaap in mijn schedel had. Geen vers bloed, maar ik kan voelen waar mijn haar is samengeklit door het bloeden.

De gebeurtenissen van gisteravond tuimelen als kiezelstenen over elkaar in mijn hoofd. De mensen bij wie ik terecht was gekomen, degenen die me redden na een ongeluk met een boot op het strand. Ze waren schrijvers, toch? Hier op retraite? Ik probeer me mijn naam te herinneren. Die komt niet boven, dus zeg ik het hardop. 'Ik heet...' Mijn mond blijft openstaan alsof de klank van mijn naam op eigen kracht zijn weg naar buiten zal vinden. Ik heb heel sterk het gevoel dat ik ergens iets heb achtergelaten en hoewel ik het uit alle macht probeer boven water te krijgen, wil het niet tevoorschijn komen.

Water. Ik moet water hebben. Ik schuif mijn benen naar de rand van het bed en laat mijn voeten op de vloer zakken. Koud. Ik heb een T-shirt aan met een verbleekte ananasprint voorop en een slobberige, zwarte zwembroek.

Ik wankel als een pasgeboren veulen naar de deur, maar wanneer ik aan de deurknop draai, blijkt die potdicht te zitten. Ik ruk eraan, handen op elkaar, klem dan mijn vingers om de knop en draai eraan met alle kracht die ik in me heb. De knop draait door, maar in de deur is geen beweging te krijgen. Een ogenblik denk ik echt dat ik van mijn stokje ga. Met een hand tegen de muur gedrukt laat ik mezelf langzaam op de vloer zakken, waarna ik met mijn voorhoofd tegen de deur leun en een aantal keren diep en beverig in- en uitadem. Een grote, grijze spin trippelt over de vloer bij mijn blote voeten. Ik deins achteruit, en in een oogwenk is de spin verdwenen, een van de stoffige spleten in de muur in geschoten. Daarvan heb ik genoeg adrenaline gekregen om een vuist op te heffen naar het solide hout van de deur, en er één, twee, drie keer op te bonzen. Ik kan het vage geroezemoes van stemmen ergens in het huis horen.

Uiteindelijk wordt de deur opengeduwd en hij knalt tegen mij aan. Iemand vloekt en wurmt zich door de opening voordat hij mij overeind helpt.

'De deur zat op slot,' zeg ik, in een poging het uit te leggen.

'Op slot?' Joes stem. Vlug bekijkt hij de deur en zegt: 'Niet op slot. Hij klemt altijd, deze deur. Kom, je moet wat eten.'

Al snel is een van de vrouwen er ook, en ik herken haar als de aardige van gisteravond, de vrouw die me zo bezorgd aankeek. Sariah. Samen met Joe helpt ze me voetje voor voetje een stenen wenteltrap af, één, twee verdiepingen, Joe voor me, Sariah achter me, voor het geval ik onderuit ga.

Te oordelen naar de bouwstijl van het huis was het ooit een boerderij, met overblijfselen uit het verleden als antieke decoratie aan de muren – oude ploegen, een paar tamelijk vervaarlijk ogende hooivorken, het wiel van een strosnijder plus koeien- of geitenbellen. In een kamer onder aan de trap staat een schommelstoel – ik weet nog dat ik daar gisteravond zat, bevend voorovergebogen, bij een prachtige open haard die naar verbrande toast rook.

De keuken ziet er anders uit bij daglicht – lang en zonnig, met een groot fornuis, koelkast, witgranieten werkbladen en een houten tafel in het midden met vier houten stoelen eromheen. Een tikje aftands en stoffig, maar lang niet zo griezelig als het er gisteravond leek. Er hangt een gronderige lucht, alsof de ruimte al heel lang niet is gebruikt, maar wanneer ik naar het fornuis schuifel, maakt die plaats voor de heerlijke geur van geroosterde tomaten en verse pitabroodjes.

Sariah zegt: 'Ik zal wat te eten voor je pakken,' en ze loopt naar een pan op de kookplaat.

Joe loodst me langzaam naar een stoel bij de tafel, loopt dan naar de gootsteen. Hij is een stuk jonger dan ik hem gisteravond had ingeschat. Begin twintig misschien, iets studentikoos in zijn uitstraling. Lang, bleek en dun, zijn zwarte haar rechtovereind in een met gel gemodelleerde kuif, een donkere, vierkante bril die zijn ogen verbergt.

Hij overhandigt me een glas water, dat ik met grote teugen leegdrink. Sariah schept een bord op met de inhoud uit de pan. Gehuld in een rode rok en zwierige kimono met een dessin van oranje bloemen ziet ze er oogverblindend uit: lange, donkere vingers met gouden ringen, zware, kleurrijke kralenkettingen om haar hals, strengen zwart haar opgerold boven op haar hoofd en vastgebonden met een oranje sjaaltje. Ze zet een bord voor me neer – gebakken cherrytomaatjes, olijven, pitabrood.

'Dank je,' zeg ik, en ze grijnst.

'Mag ik je hoofd even bekijken?' vraagt Joe.

Ik voel zijn handen voorzichtig de wond aftasten tussen het haar op mijn achterhoofd.

'Hoe ziet het eruit?'

'Schoon. Rondom wel wat beurs. Hoe is het met de nek?' Zijn vingers strijken zachtjes langs beide kanten van mijn nek en hij probeert mijn hoofd van links naar rechts te bewegen.

'Stijf.'

'Ik zal wat pijnstillers opsnorren.'

Op de kookplaat gaat een ketel fluiten ten teken dat het water kookt. Sariah loopt erheen en begint koffie te maken, vraagt of ik er melk in wil. Het voelt allemaal zo vreemd en verwarrend. Ik zeg ja tegen de melk, maar zelfs dat klinkt raar, mijn stem zwak en vervormd. Ik laat mijn blik door de ruimte gaan, in de vurige hoop dat me een licht opgaat, iets me bekend voorkomt. Dat gebeurt niet.

De andere vrouw – Hazel – komt vanaf de andere kant binnenstuiven, in haar handen wrijvend en iets mompelend over thee. Ze is klein en dun, rode krullen die als spiraalveren rond haar hoofd dansen, een zwarte wollen slobbertrui over een flessengroene rok. Ze heeft iets onder haar ene arm geklemd. Een notitieboek.

Ze blijft stokstijf staan wanneer ze mij in het oog krijgt, alsof ze me hier niet had verwacht. 'Hallo,' zegt ze onwennig, en ze gaat zitten, waarbij ze het notitieboek zorgvuldig op haar schoot legt. Haar accent is Engels, net als dat van Joe en George.

'Hallo.'

'Blijf je bij ons logeren?' vraagt ze.

Sariah antwoordt vanaf de gootsteen: 'We zijn nog aan het uitzoeken hoe we haar bij een dokter krijgen.'

Hazel kijkt van mij naar Sariah. 'Joe is toch dokter?'

'Ik ben EHBO'er,' verbetert Joe haar vanaf de andere kant van de keuken. 'Ik heb deze gevonden,' zegt hij. 'Paracetamol.'

'Bedankt.' Ik druk een paar tabletten uit de strip en neem ze in met een slok koffie.

Ik voel Hazel naar me kijken, haar kleine grijze ogen me van top tot teen opnemen. 'Je was behoorlijk in de war gisteravond,' zegt ze. 'Heel spannend allemaal. Weet je al wat er is gebeurd?'

Ik vermoed dat ze bedoelt of ik me herinner wat er is gebeurd voordat ik in hun keuken belandde. Ze heeft een lachje op haar gezicht, alsof ze mijn beroerde toestand wel amusant vindt. Het geeft me een onbehaaglijk gevoel.

'Dus je weet nog steeds niet hoe je hier terecht bent gekomen?'

'Niet echt, nee...'

'En je naam dan?'

Ik open mijn mond, maar het deel van mijn hersenen dat zou moeten bruisen van zelfkennis is nog steeds blanco, afgesloten, leeg.

Hazels ogen schitteren van opwinding bij mijn aarzeling. Ik zie Sariah haar een waarschuwende blik geven, en meteen kijkt ze beschaamd weg.

'Zit er niet over in,' zegt Sariah. 'Je hebt een heftige nacht achter de rug, een klap tegen je hoofd gehad. Geef het een paar uurtjes. Dan komt het heus allemaal weer terug.'

Het geluid van zware voetstappen bij de achterdeur wordt luider. Een paar tellen later verschijnt George, uitgeput en glimmend van het zweet, zijn grijze vest doorweekt. Hazel wipt zenuwachtig heen en weer wanneer hij op ons afloopt.

'Heb je hem gevonden?' vraagt Sariah.

George schudt zijn hoofd, te afgemat om een woord uit te brengen. Hij is heel dik en zo rood aangelopen dat ik vrees hem zo met een daverende klap tegen de grond te zien gaan. Hij grist een handdoek van de plank boven de gootsteen en veegt het zweet van zijn voorhoofd en gezicht.

'De boot, bedoel je?' vraagt Hazel met schrille stem. 'Zijn we de boot kwijt?'

Geen antwoord. Hazel en Sariah kijken naar George, die onderuitgezakt op een stoel gaat zitten om op adem te komen. Ze kijken allebei ongerust. De stemming in de keuken is omgeslagen.

'Welke boot?' vraag ik, en mijn stem klinkt kleintjes en weifelend. Hij komt me vreemd voor, alsof er iemand anders spreekt.

‘We hebben een speedboot gehuurd van Nikodemos, zodat we op en neer naar Kreta kunnen varen om voorraden in te slaan,’ zegt Sariah op zachte toon.

‘De enige reden dat we jou vonden, was omdat Joe en ik naar buiten gingen om te controleren dat de boot goed vastlag tijdens de storm,’ brengt George hijgend uit, terwijl hij zijn natte laarzen uittrekt en vervolgens zijn sokken. De ranzige geur van zweetvoeten treft me als een mokerslag. ‘En toen troffen we jou aan. Maar de speedboot is verdwenen.’

‘Ik dacht dat Joe zei dat hij waarschijnlijk op een van de strandjes zou aanspoelen,’ zegt Hazel.

George buigt zijn hoofd van links naar rechts, waarbij zijn nek een paar keer hard knakt. ‘Geloof me, ik heb overal gekeken. De boot is foetsie. Gezonken, hoogstwaarschijnlijk.’

‘Wat zal Nikodemos ervan zeggen dat zijn boot is gezonken?’ vraagt Hazel. ‘Hij zal wel kwaad zijn, denk je niet? Heel, heel kwaad.’

‘Wat zal Nikodemos in rékening brengen voor zijn gezonken boot?’ verbetert George. ‘Dat is de vraag.’

‘Daar zijn we toch voor verzekerd?’ zegt Sariah, die zich weer omdraait naar het fornuis om een paar eieren te breken boven een pan. Haar bewegingen zijn fel, ongedurig.

George krabt aan een ruige stoppeltjesrand onder zijn kin. ‘We zullen een andere manier moeten verzinnen om voorraden van het hoofdeiland te krijgen. Om nog maar te zwijgen van het terugbrengen van onze gast, waar ze ook vandaan is gekomen.’

Ik heb het gevoel dat dit mijn schuld is. Ik heb hier niets te zoeken. Ik hoor hier niet te zijn, en ik voel me hulpeloos en opgelaten. George en Hazel bevestigen dit met een snelle blik in mijn richting, een bewijs te meer dat ze vinden dat het mijn schuld is. ‘Het spijt me heel erg van jullie boot,’ zeg ik.

‘We vinden er wel iets op,’ mompelt Sariah zonder zich om te draaien, en ik vraag me af of ze aanvoelt dat ik me behoorlijk ellendig voel. Joe staat bij de achterdeur, een vrachtje perziken verzameld in de onderkant van zijn zwarte T-shirt. George opent zijn mond en begint hem te vertellen over het probleem van de boot, maar Sariah onderbreekt hem.

'Heb je zin in een ontbijt, Joe?'

Joe dumpt zijn perziken op het aanrecht. Hij wrijft in zijn handen en werpt een blik in de pan op het fornuis. 'Graag.'

'Jij ook, George?' vraagt Sariah.

'Okido.' Hij kijkt naar mij. 'Sariah is de kok tijdens deze onderneming, voor het geval het je nog niet was opgevallen.'

'En wat ben ik dan?' komt Hazel er op hoge toon tussen.

'De schoonmaker,' zegt Joe met een mondvol omelet. Hij kijkt naar mij. 'Hazel is er altijd als de kippen bij om alles wat in het zicht staat schoon te maken en op te ruimen. Ze pakt rustig een glas uit je hand voordat je het zelfs maar hebt leeggedronken om het af te wassen.'

Hazel haalt haar schouders op, duidelijk geïrriteerd. 'Er is niets mis met schoon zijn, wel? Naast goddelijk zijn.'

'Toch zou ik mijn bord maar goed vasthouden,' zegt Joe tegen me. 'Ze haalt het zo onder je neus vandaan.'

'En jij?' vraag ik Joe. 'Wat doe jij?'

Hij mikt een cherrytomaatje in zijn mond. 'EHBO'er.'

'Ze bedoelt wat je híér doet, dombo,' zegt George.

'O. Nou ja, ik ben gewoon meegegaan, hè,' zegt Joe. 'Ik ben de... zorgverlener?'

'Inwonend EHBO'er,' legt George uit.

'En George is de klusjesman,' vertelt Hazel me.

'En wat houdt dat in?' vraagt George.

'Dat je klusjes doet, George,' zegt Joe. 'Tenzij "klusjesman" Mongools is voor "chagrijnige oude knar".'

'Ik zal jóú zo eens onder handen nemen.'

'Zie je wel?' zegt Joe tegen mij, een dikke zwarte wenkbrauw optrekkend.

Sariah zet de rest van het eten neer, een bord met gesneden vijgen en tomaten. Ze doet haar schort af, die ze aan een haakje bij het fornuis hangt, en komt dan naast mij aan tafel zitten. Intussen plenst George bij de gootsteen water in zijn gezicht en oksels. Ondanks dat ik me zo ellendig voel, ben ik ongelooflijk ontspannen in hun gezelschap, alsof ik hen al eeuwen ken. Het maakt een op zich alarmerende situatie best draaglijk.

'Als je je naam niet kunt herinneren, hoe kan het dan dat je nog wel kunt praten?' vraagt Hazel.

'Zo werkt het niet,' legt Joe haar uit. 'Het heet amnesie. Het heeft niet tot gevolg dat mensen niet meer kunnen functioneren.'

Ze tuit haar lippen. 'Dus je kunt je niet herinneren of je een of andere rare fetisj hebt?'

'Volgens mij niet,' zeg ik tegen haar.

Ze kijkt opgetogen, plotseling bruisend van energie. 'Ik wil je bestuderen voor mijn nieuwe boek. Mag ik je een paar vragen stellen?'

Ik wil net zeggen dat ik het best vind, maar Joe komt tussenbeide.

'Wat ben je toch een nieuwsgierig aagje,' zegt hij tegen Hazel, waarbij hij haar een spottend lachje toewerpt. 'Ik dacht dat je nieuwe boek over een bankier ging die niet in de gaten heeft dat hij dood is...'

Ze wuift zijn opmerking weg. Daarna, tegen mij: 'Weet je wat je graag lust?'

'Wat ik net heb gegeten vond ik lekker.'

Maar daarmee is Hazel niet tevreden. Ze vuurt de ene na de andere vraag op me af: wie is de huidige president van de Verenigde Staten? In welk jaar leven we? Hoe heet mijn lagere school? Wat is het gênantste dat ik heb meegemaakt? Enzovoort. Ik ben nog steeds te daas om de meeste te beantwoorden, hoewel ik opgelucht ben dat ik weet in welk jaar we leven en op de hoogte ben van de meeste actualiteiten. Maar niet van wie ik ben.

'Je zou iederéén kunnen zijn,' zegt Hazel, tegelijk geïrriteerd en gefascineerd. 'Hoe weet je wie je bent als je je helemaal niets herinnert?'

'Tja, hoe weten we überhaupt wie we werkelijk zijn?' merkt Joe op, aanhalingstekens vormend met zijn vingers. 'We zijn allemaal vele mensen in één omhulsel.'

'Ik niet,' zegt George. 'Gatverdamme, zo lijken we net allemaal van die... hoe heten die Russische poppen ook alweer?'

'Die heten Russische poppen,' zegt Hazel droogjes.

'Identiteit is beeldvorming,' zegt Joe. 'Vraag het de eerste de beste psychoanalyticus en die zal je hetzelfde vertellen.'

Hazel trekt een wenkbrauw op. 'Nou, de eerstvolgende keer dat ik een psychoanalyticus tegen het lijf loop op dit ónbewoonde eiland, zal ik dat doen!'

Ik ben geschokt. 'Onbewoond?'

Joe knikt.

'Dit hele eiland is onbewoond?'

'Een onbewoond paradijs,' zegt Sariah dromerig. 'Alleen deze oude boerderij en een paar Minoïsche ruïnes. En wij.'

Ik kijk uit het raam en zie een droog lapje grond aflopen naar zee, niets dan blauw tot aan de horizon. Hazel begint me te vertellen dat het dichtstbijzijnde eiland Antikythera is, op ruim twaalf kilometer, maar dit leidt tot een discussie met Joe of Kreta dichterbij is. Ik luister niet meer. Twaalf kilometer zee naar het dichtstbijzijnde plaatsje. Ik was ervan uitgegaan dat er andere mensen op het eiland woonden, mensen met wie we konden praten om antwoorden te krijgen over mijn situatie, of die konden helpen de vermiste boot te zoeken. Dat ik contact zou kunnen opnemen met officiële instanties om erachter te komen waar ik vandaan kom.

'Maar... hoe komen jullie aan voorraden?' vraag ik.

'Er was vroeger een groot hotel aan de zuidkust,' zegt Hazel tegen me, op een haast vertrouwelijk toontje. 'Met een restaurant, een paar winkeltjes, zelfs een bowlingcentrum. Maar dat hebben ze vorig jaar gesloten. De economische crisis, je weet wel. Daar haalden we voorheen onze voorraden. Nikodemos – de eigenaar van het eiland – leende ons ditmaal een speedboot…'

'… die hoogstwaarschijnlijk is gezonken,' vult George aan.

'Er is hier ook geen internet,' waarschuwt Joe.

Geen internet betekent dat ik geen gebruik kan maken van de sociale media of kan googelen om te zoeken naar een vrouw met mijn signalement die als vermist is opgegeven op Kreta.

'Nikodemos gaf ons een satelliettelefoon mee,' zegt Sariah, die mijn ongerustheid opmerkt. 'Goddank. Nu de boot verdwenen is, zouden we anders écht vastzitten.'

Dit herinner ik me wel. De satelliettelefoon die George gisteravond uit zijn zak haalde. De telefoon waarmee ze de politie op het hoofdeiland zouden bellen, zeiden ze.

'Heeft de politie al teruggebeld?' vraag ik snel.

'Ik heb ze vanmorgen vroeg opnieuw gebeld,' zegt George, en heel even voel ik me opgelucht. Maar dan vervolgt hij: 'Ze hebben geen melding van een vermiste persoon. Ik heb hun gevraagd om contact op te nemen met bureaus op een aantal andere eilanden, en ze zeiden dat ze dat zouden doen.' Hij haalt zijn schouders op. 'Sorry dat ik geen beter nieuws heb.'

'Misschien kunnen we de Britse ambassade bellen?' stel ik voor. 'Iemand die naar mij op zoek is, zal het vast daar melden.'

'Okido.'

Hij haalt de telefoon uit de zak van zijn spijkerbroek en trekt de lange antenne uit. Dan staat hij abrupt op van tafel, belt een nummer en loopt naar het raam, blijkbaar om een betere ontvangst te hebben.

'Kunt u mij doorverbinden met de Britse ambassade?' hoor ik hem zeggen.

Met bonkend hart sta ik op en loop naar hem toe, vol verwachting.

'Athene, zegt u?' Hij draait de telefoon weg van zijn mond en zegt tegen mij: 'Er is geen Britse ambassade op Kreta. De dichtstbijzijnde is in Athene.'

Wanneer ik vraag hoe ver Athene hiervandaan is, volgt een deprimerend antwoord: een uur of zestien per boot, die we dus niet meer schijnen te hebben.

George spreekt weer in de telefoon. 'Hallo, ja? Ja, ik wil een vermiste Britse onderdaan melden. Althans, we denken dat ze Brits is.' Hij werpt een blik op mij, afwachtend, maar ik heb er geen antwoord op. Ik weet niet of ik Brits ben of niet. Hij vervolgt het telefoongesprek. 'Ze is hier op Kommeno aangespoeld en kan zich weinig tot niets herinneren. Ja, Kommeno. Op ruim dertien kilometer ten noordwesten van Kreta.'

Hij geeft een omschrijving van mij en staat druk te knikken, knipt dan met zijn vingers om pen en papier en schrijft iets op. Daarna zegt hij gedag en hangt op.

'Niemand heeft contact met hen opgenomen over een vermiste Britse vrouw,' verzucht hij. 'Hoewel het natuurlijk zou helpen als we wisten hoe je heet.'

Sariah fronst haar wenkbrauwen. 'Maar zij zitten in Athene,' zegt ze. 'Misschien moeten we het bij de politie in Chania proberen?'

George kijkt alsof hij er geen zin in heeft, maar belt toch een nummer. Na een paar tellen begint hij door de keuken te ijsberen, naar het plafond turend. 'Geen bereik,' zegt hij. 'Ik ga het buiten proberen.' Hij loopt door de achterdeur naar buiten, maar komt een paar minuten later hoofdschuddend terug, en of ik wil of niet, ik voel me aangeslagen. Niemand heeft een vermiste persoon aangegeven. Niemand heeft mij aangegeven.

Ondanks al hun moeite om mij op mijn gemak te stellen, zuigt het nieuws het kleine beetje energie dat was teruggekeerd uit me. Mijn hoofd en nek beginnen weer pijnlijk te kloppen, en – heel raar – mijn borsten doen zeer; ze voelen aan alsof iemand ze heeft geïnjecteerd met vloeibaar lood. Zodra Sariah de tafel begint af te ruimen, trek ik mijn T-shirt stiekem naar voren en tuur erin. Mijn gevoel blijkt te kloppen: mijn borsten zijn opgezwollen tot twee harde, witte bollen, met blauwe aderen die er kriskras overheen lopen.

'Gaat het?' vraagt Sariah.

Ik laat de hals van mijn T-shirt los, gegeneerd. 'Ik voel me niet zo lekker. Vind je het erg als ik even ga liggen?'

Sariah zegt dat het natuurlijk prima is, en Joe is al opgestaan, biedt aan om me naar mijn kamer te brengen.

'Weet je zeker dat ik je niet hoef te onderzoeken?' vraagt hij, terwijl hij me de trap op helpt. Ik zeg tegen hem dat er niets aan de hand is, maar de pijn op mijn borst is onrustbarend en bizar: een vreemd gespannen gevoel dat om mijn rug trekt. Het is net of iemand gloeiende poken door mijn tepels heeft geramd.

Tegen de tijd dat ik bij het bed ben, ben ik in tranen, niet langer in staat om het te verbijten. Ik kan niet uitmaken of ik een spier in mijn borst heb verrekt of dat ik een hartaanval heb. Plotseling staat Sariah bij het bed, Joe aan de andere kant, en vragen ze me allebei wat eraan scheelt, waarom ik huil.

Ik wil alleen maar slapen.

18 maart 2015

Potter's Lane, Twickenham

Lochlan: Ik doe de hele nacht geen oog dicht. Gerda en Magnus druipen af naar de logeerkamer, en ik draag Max naar zijn bed boven en leg Cressida in haar wieg na nog een flesje. Dan draai ik een van de fauteuils om naar het raam dat uitkijkt over de straat, en schenk mezelf een glas gin in.

Urenlang word ik heen en weer geslingerd tussen ongeloof en totale ontreddering. Verbazingwekkend hoe je jezelf bijna kunt overtuigen van gesprekken die niet hebben plaatsgevonden, van omstandigheden en verklaringen die beloven de balans te herstellen en angst uit te bannen. Wel een halfuur of zo weet ik mezelf bijna wijs te maken dat Eloïse me vertelde dat ze weg moest voor een conferentie en dat ik het domweg was vergeten. In je wanhoop bedenk je dingen die je normaal gesproken niet voor mogelijk houdt. In gedachten laat ik scenario's de revue passeren waarin El van de trap valt, haar hoofd stoot en in verwarde toestand de straat op strompelt, of waarin een inbraak uit de hand loopt. Of misschien kreeg ze zelfmoordneigingen en kon ze het niet doen in het bijzijn van de kinderen. De ene mogelijkheid is nog krankzinniger dan de andere.

Het punt is dat Eloïse echt de allerlaatste persoon is van wie je zou verwachten dat ze iets ongewoons zou doen. Zij is degene die de boel bij elkaar houdt. Als ik mijn sleutels, een dossier, een document kwijt ben, weet Eloïse intuïtief precies waar ze liggen. Ze is een soort navigatiesysteem voor zoekgeraakte voorwerpen. Nee, meer dan dat: ze is de stabiele factor. Ik weet, het klinkt saai, maar het is waar. Hoe vaak ik bij thuiskomst niet iemand in huis heb aangetroffen die werd getroost, geadviseerd of opgepept door Eloïse. Ze is zo iemand naar wie mensen toe trekken om te worden gerustgesteld.

Tegen vijven doet de angst die gepaard gaat met gedachten aan een ontvoering of een uit de hand gelopen inbraak me mijn hoofd in mijn handen houden, terwijl ik mijn tranen probeer terug te dringen. Uiteindelijk, wanneer de vermoeidheid toeslaat en mijn lijf schreeuwt om slaap, bereik ik het absolute dieptepunt van mijn zelfonderzoek. Ze heeft me verlaten. Het is het enige antwoord op dit onontwarbare raadsel, het enige stukje dat in deze puzzel past. Ze heeft me verlaten en hoogstwaarschijnlijk voor een ander, als straf voor alle keren dat ik werk vóór haar en de kinderen heb laten gaan, voor alle keren dat ik niet heb geluisterd of ben ontploft over iets onbenulligs. Daarom liggen haar telefoon en creditcards nog hier. Ze heeft een andere telefoon gebruikt om hem te spreken. Hij heeft geld. Ze komen nog terug voor de kinderen.

De doorwaakte nacht jaagt me door het hele spectrum van emoties. Woede, zelfmedelijden, verdriet, paranoia, een surreëel soort acceptatie. Tegen zessen hoor ik Cressida jengelen. Ik sta op en maak een flesje klaar, waarmee ik naar boven loop. Gerda staat al over de wieg gebogen om te proberen haar rustig te krijgen. Ze prevelt tegen haar in het Duits.

'Laat maar, Gerda,' zeg ik vermoeid. 'Ik heb hier wat ze wil.'

Gerda draait zich om en pakt, zonder mij aan te kijken, het flesje uit mijn hand. Daarna tilt ze Cressida uit de wieg en gaat in de leunstoel zitten om haar te voeden.

'Rustig maar,' zegt Gerda. 'Oma is hier. Drink je melk maar, *meine Süße*.'

Ik leun dizzy tegen de wieg en kijk hoe Gerda Cressida de fles geeft. Ik heb het gevoel dat ik iets tegen haar zou moeten zeggen, maar weet niet goed wat.

Een ogenblik later zegt Gerda: 'Het lijkt zo kort geleden dat ik Eloïse zo de fles gaf. Cressida lijkt als twee druppels water op haar.' Ze kijkt met samengeknepen ogen naar me op. 'Wees eens heel eerlijk tegen me, Lochlan. Heeft Eloïse je verlaten?'

Ook al ben ik mijn schoonoma's nauwelijks verholen minachting intussen wel gewend, haar vraag – of liever gezegd, haar plotseling harde toon – overrompelt me.

'Dat weet ik niet,' mompel ik. 'Ik heb geen idee waar ze is.'

Ze tuit haar lippen en staart me aan met die trek op haar gezicht waarvan ik ben gaan inzien dat die voor mij en mij alleen bestemd is.

'Jij bent een van de laatste mensen die haar heeft gezien, Lochlan. Wekte ze de indruk...'

'Wat?'

'Tja, ik weet niet. Jij bent haar echtgenoot. Hadden jullie weer ruzie gehad?'

'Nee,' zeg ik, en ik voel een vlaag van boosheid omdat Eloïse onze problemen heeft besproken met Gerda. Ik ken Gerda's familie, weet dat ze mijn vrouw heeft opgevoed, maar ik heb bepaald geen onaangename dagdromen gehad over Gerda die het loodje legt. En op die boosheid volgt al heel snel weer het besef dat El vermist wordt. Mijn vrouw is vermist. Net als mensen die je op posters ziet, of bij Opsporing verzocht. En ik heb absoluut geen antwoorden, geen routekaart aan de hand waarvan we haar kunnen vinden.

'Ze moet toch íéts hebben gezegd?'

'Zoals?'

Ze slaakt een diepe zucht. 'Eloïse zou de kinderen nooit zomaar achterlaten.'

'Dat weet ik.'

'Tenzij...'

'Tenzij wat?'

'Wel, tenzij jij haar een réden gaf om de kinderen achter te laten.'

Haar stem – nasaal, afgemeten, bits – brengt me terug naar de avond waarop El en ik onze verloving aankondigden. Eloïses moeder is buiten beeld, nadat ze El het grootste deel van haar kinderjaren heel Engeland door heeft gezeuld op jacht naar heroïne. Ze overleed toen El twaalf was. Daarop schoten haar grootouders, Gerda en Magnus, te hulp en voedden Eloïse op, zorgden dat ze een fantastische opleiding kreeg en een streng gestructureerde thuisbasis. Ik had Gerda maar één keer ontmoet tegen de tijd dat ik El ten huwelijk vroeg, en daarbij had ik blijkbaar een zeer slechte eerste indruk gemaakt.

We bevonden ons in de eetkamer van hun huis in Genève, waar El switchte tussen Frans en Duits terwijl ze trots haar verlovingsring liet zien aan een kamer vol familie, vrienden en hun aanhang. Ik stond in een hoek, deed een verwoede poging mijn sociale onhandigheid te bestrijden met gin, toen ik zag dat Gerda Eloïse bij de elleboog pakte en meenam naar de keuken. Ik ging erachteraan, maar toen ik bij de deur kwam, hoorde ik Gerda op een toon spreken die aangaf dat ik beter niet kon storen. Ik hield me schuil achter de deur en boog mijn hoofd naar het geluid. Ze sprak in het Engels, vermoedelijk zodat geen van de andere gasten het zou verstaan. Maar ik verstond het wel.

'Weet je zeker dat je weet wat je doet, Eloïse?'

'Hoe bedoel je?'

'Nou, jullie kennen elkaar net. Zou je niet nog iets langer wachten?'

Eloïse schoot in de lach. 'We gaan al een jaar met elkaar...'

'Je opa en ik hadden drie jaar verkering voordat we zelfs maar aan trouwen dachten. Het is een serieuze stap, weet je. Heel serieus...'

'Ik weet hoe serieus het is, oma –'

'Wat doet zijn vader?'

'Volgens mij is zijn vader inmiddels met pensioen. Hij werkte in de mijnen.'

'In de mijnen?'

'Maakt het iets uit?'

Een lange zucht.

'Heel jammer.'

'Jammer? Wat bedoel je, lieverd?'

'Dat je niet zo blij voor me bent als ik had gedacht.'

Ik stapte achteruit, in de veronderstelling dat het gesprek was afgelopen. Maar toen zei Eloïse: 'Dit gaat om mijn moeder, hè?'

Gerda was duidelijk beledigd, want toen ze sprak, klonk haar stem luider. 'Wees alleen… voorzichtig, oké? Ik hou zo ontzettend veel van je, meine Süße.'

'Ik hou ook van jou, oma.'

Gerda komt weer scherp in beeld, het flesje melk bijna leeg en mijn dochtertje indommelend in haar armen. Ik klem mijn kaken op elkaar, zet me schrap voor een ruzie.

'Er is toch niet een ander in het spel, bij haar?' vraagt Gerda langzaam, nog steeds zonder me echt aan te kijken.

'Een ander?'

Ze haalt haar schouders op, alsof het de gewoonste zaak ter wereld is me dit te vragen. 'Een andere man. Een minnaar.'

Ik word nijdig. 'Ik hoop van niet.'

'En ze heeft echt al haar persoonlijke spullen achtergelaten. Haar creditcards, paspoorten…'

'Paspoortén?' Ik heb het woord amper uitgesproken of ik realiseer me wat ze bedoelt: El heeft twee paspoorten. Haar Britse en haar Zwitserse van lang geleden. Gerda neemt me afwachtend op, dus zeg ik: 'Ja,' hoewel ik het Zwiterse paspoort nergens heb gezien. Dat was ik straal vergeten. Het is felrood met een wit kruis erop, dus het moet niet al te moeilijk te vinden zijn. Ik prent in mijn geheugen om het huis onmiddellijk uit te kammen, hoewel El het in geen eeuwen heeft gebruikt. Het zou heel goed verlopen kunnen zijn.

Gerda's blik schiet van me weg. 'Je moet haar een reden hebben gegeven om weg te gaan.'

Haar woorden zijn vlijmscherp, bedoeld om pijn te doen, maar ik vertik het erop in te gaan. Dat is precies wat ze wil. In plaats daarvan draai ik me om en loop de kamer uit.

Max ligt te slapen in zijn piratenschipbed, omringd door gele Minions en zijn vuist om de sprei geklemd, duim stevig in zijn mond gestoken. Hij zal boordevol vragen zitten wanneer hij wakker wordt, en ik heb geen idee wat ik dan tegen hem moet zeggen. Ik kan hem moeilijk vertellen dat zijn moeder nog steeds weg is om bloemen naar een vriendin te brengen.

Ik doorzoek de archiefkast in de rommelkamer waarin El dingen bewaart zoals geboorteakten en babyalbums, maar van haar Zwitserse paspoort is geen spoor te bekennen. Het ligt ook niet in de lade onder ons bed. Ik weet niet waar ik verder nog kan zoeken. Ik neem een frisse douche, en mijn gedachten dwalen af naar mijn e-mails en sms'jes, plus Eloïses Facebookpagina en Twitteraccount. Beide staan bomvol vragen, plaatjes, emoji: El, is alles in orde? Verdrietige emoticon. Godsamme! Geschokte emoticon. Waar ben je? Ik hoorde dat er iets loos is? Ernstig bezorgde emoticon. Hé, El, gaan we vanmiddag lunchen? Een hart.

Ik heb berichten van vrienden van ons die vragen of ze iets kunnen doen, en ik scrol ze allemaal af, in de vurige hoop dat er in eentje iets staat waaruit blijkt dat Eloïse terecht is.

Ik check mijn voicemail voor de honderdduizendste keer, maar er is niets van Eloïse. Er staat echter wel een dringende boodschap op van mijn baas, Hugo, over een account – een van onze grootste klanten is woest over een administratieve fout en dreigt zijn dertig miljoen pond elders onder te brengen. Ik stuur een kort e-mailtje naar Hugo met het verzoek om een nadere uitleg, en de 'ping' van zijn reactie volgt onmiddellijk. Het komt erop neer dat ik een stapel papieren opnieuw per expresse moet laten bezorgen op het filiaal in Edinburgh en we moeten hopen op een wonder, dan zouden mr. Husain en zijn miljoenen keurig bij ons moeten blijven.

Gerda komt naar beneden in een grijs kasjmieren gewaad, een sigaret en aansteker in een gemanicuurde hand, op weg naar de achtertuin. Ze blijft staan wanneer ze me ziet en kijkt merkwaardig genoeg berouwvol.

'Hoor eens, Lochlan. Als Eloïse werkelijk vermist is, dan moeten we een plan van aanpak opstellen om haar terug te krijgen.'

Ik blijf in de kast bij de trap graven op zoek naar mijn aktetas. 'Dat is precies de reden dat ik al met de politie heb gesproken.'

'De politie in dit land doet niets,' moppert ze. 'We moeten hierin proactief zijn, Lochlan. We moeten een plan –'

'Ik bén al proactief bezig.'

Ze gaat verder alsof ze me niet heeft gehoord. '– hebben om te zorgen dat ze niet langer wegblijft dan noodzakelijk. Tenzij dat is wat je wilt, natuurlijk.'

Wat ik wil, is haar een klap geven. En op hetzelfde moment dat ik die verwerpelijke, haast onbedwingbare aandrang voel, herinner ik me een ruzie met Eloïse waar ik een einde aan maakte door haar toe te snauwen dat ze precies Gerda was. Ze vroeg wat ik daar in godsnaam mee bedoelde, en ik vertelde haar de waarheid: ze had de neiging om mijn woorden te verdraaien en me met die van haar in een hoek te praten. Of ze liet me juist tegen een muur praten. Er valt niet te winnen van passief-agressieve tegenstanders. Die moet je negeren, want het enige wat je wilt, is hun ogen uitsteken.

'Red jij je met het ontbijt voor Max en Cressida?' vraag ik kalm. 'Er is voldoende melkpoeder voor Cressies flesjes en Max eet altijd Weetabix met melk die een halve minuut is opgewarmd in de magnetron.'

'Ga je weg?' vraagt Gerda, achter me aan lopend door de kamer. 'Waar ga je in hemelsnaam naartoe?'

Ik gris mijn sleutels van het kookeiland. 'Werk, vrees ik.'

'Wérk?'

Gerda trekt een gezicht als een oorwurm. Mooi zo. Ik been naar de voordeur, spring in mijn auto en scheur zo hard mogelijk weg.

Eloïse en ik ontmoetten elkaar acht jaar geleden op een benefietevenement in Mayfair waar ik met tegenzin heen was gegaan om acte de présence te geven namens het bedrijf. Ik was net iets te vaak naar zo'n soort bijeenkomst geweest, en hoewel ik een groot deel van mijn leven in Londen heb doorgebracht, stroomt er nog genoeg Glasgows bloed door mijn aderen om die hele liflafjes-en-luchtzoenenaanstellerij een grotere straf te vinden dan spelden in mijn ogen prikken. Niet alleen dat, maar ik had gehoord dat mijn ex Lauren er zou zijn en ik was wanhopig op zoek naar een uitvlucht.

Maar toen stapte die mooie vrouw op het podium. Ze was bescheiden en ontwapenend, een arm over haar middel gevouwen om de elleboog van de andere arm vast te houden. Ze sprak zachtjes in de microfoon, stelde zichzelf voor: Eloïse Bachmann. Ze was door middel van crowdfunding een project aan het opzetten voor vluchtelingenkinderen die in Engeland terecht waren gekomen. Hoe meer ze vertelde over de doelen van dit project, des te meer ze tot leven leek te komen. Haar stem werd luider, haar houding veranderde, en plotseling waren mensen een en al oor. Toen ze uitgesproken was, klapte iedereen. In de felle spotlights kon ik zien dat ze overrompeld was.

Het is niet dat Eloïse niet knap is – ze is slank, blond en bloedmooi – maar destijds was ze niet mijn type. Ze is verstandig en op een bescheiden manier zelfverzekerd, waarschijnlijk de slimste persoon die ik ken. In die tijd viel ik op theatrale, onzekere vrouwen die me voor schut zetten in het bijzijn van vrienden; het type dat er niet voor terugdeinsde mijn banden lek te steken na een ruzie. Mijn relaties waren een soort sociale experimenten. Ik was cynisch over de liefde geworden, beweerde dat die niet bestond, dat ik er niet eens naar taalde, terwijl ik in werkelijkheid een wauwelende, aan sociopaten verslaafde idioot was. En toen stond ik opeens op een halve meter van de vrouw die een zaal vol miljonairs had ingepakt met haar oprechte bevlogenheid, en had ik het gevoel dat ik thuis was gekomen.

Er was wel wat overredingskracht voor nodig. Geen van mijn oude tactieken werkte. Eloïse had niets met fruitmanden of restaurants met kledingvoorschriften. Ik ook niet, maar ik verkeerde al zo lang in bepaalde kringen dat ik ervan uitging dat ze zich door die dingen zou laten inpakken. Ten einde raad sprak ik een collega aan die bevriend was met Eloïse en vroeg haar wat ik moest doen. 'Neem haar mee naar Skybright,' zei ze simpelweg. Ik had geen idee wat Skybright was. Bleek een door vrijwilligers gerund café te zijn, waar mensen mochten betalen wat ze wilden voor het eten, zodat de daklozen daar een warme hap konden krijgen. Ik nodigde Eloïse uit, en ze stemde toe. Drie maanden later vroeg ik haar ten huwelijk. Ze zei heel liefjes nee. Een maand later probeerde ik het nog een keer, op mijn knieën. Ik wist dat ik nooit eerder voor een ander levend wezen had gevoeld wat ik voor haar voelde, en ik was niet van plan het op te geven. Gelukkig zei ze die keer ja.

We hadden twee bruiloften – een officiële, waarbij wij tweeën, de priester en een stel vrienden aanwezig waren in een van Magnus' huizen, en een voor onze families in Engeland enkele weken later. De volgende paar jaar trokken we backpackend en zeilend rond de wereld. El is een geweldige zeiler. Dat had Magnus haar geleerd – het was de gedeelde passie waardoor ze altijd zo close waren, veel closer dan El en Gerda. We verbleven maandenlang in een strandhutje in Goa, waar we met zonsopgang wakker werden en vóór het ontbijt een duik in de warme oceaan namen. Vreeën onder de sterren. We zakten de Amazone af, zagen anaconda's, en indianen die zich in de rivier wasten. We maakten een trektocht langs de Chinese Muur, staken toen over naar Australië, waar we een maand zeilden rond de Whitsunday Islands. Ik dacht dat ik er moeite mee zou hebben terug te keren na dat alles, maar ik hield zoveel meer van Eloïse na die tijd samen dat ik overal gelukkig zou zijn geweest, met wat voor werk dan ook.

Ik moet benadrukken dat ik dol ben op mijn kinderen. Echt waar. Ik weet dat ik een bofkont ben. Maar.

Aan het leven dat we leidden voordat we Max kregen, kwam abrupt een einde op de ochtend dat hij ter wereld kwam. Onze spontane weekendjes weg naar New York of Venetië: verleden tijd. Een nacht doorslapen: verleden tijd. Verstandelijke vermogens: foetsie. Daar waar El en ik de vier voorgaande jaren van onze relatie in een staat van tevreden, smoorverliefde gelukzaligheid hadden verkeerd, leken we elkaar nu alleen nog maar op ons slechtst te zien. Ik kwam erachter dat er zowaar gradaties in uitputting zijn, en ik belandde regelmatig in het rood. We kregen ruzies over dingen als het huishouden en geld. We hadden vaker ruzie tijdens Max' eerste levensjaar dan in onze hele relatie daarvoor.

Ik herinner me een keer, toen we ongeveer een halfjaar ouders waren en allebei geradbraakt door slaapgebrek, dat ik in de keuken een flesje stond te maken en tegen Eloïse zei: 'Hoe blijven stellen in vredesnaam bij elkaar nadat ze kinderen hebben gekregen?'

Het zal een uur of twee 's nachts zijn geweest. Eloïses haar stond alle kanten op en ze droeg een oud zwart T-shirt van mij, besmeurd met babyspuug. Het leek of we in die tijd niets anders deden dan lichaamsvloeistoffen opdweilen – of af en toe opvangen, soms met onze blote handen. 'Ik snap niet hoe mensen geestelijk gezond blijven nadat ze kinderen hebben gekregen,' zei ze.

Natuurlijk, dit hadden we allemaal kunnen zien aankomen. Niet lang daarna hadden we op een avond een groepje vrienden te eten en vertelden hun dit verhaal, en het bleek een gesprek te zijn dat ze állemaal hadden gevoerd. Matt leunde over de tafel, pakte Eloïses hand en zei: 'Iedere vrouw speelt met de gedachte de vader van haar kinderen te verlaten. Daarvoor hoeft hij alleen maar een paar keer door te slapen terwijl jij met een krijsende baby in de weer bent om drie uur 's nachts en... boem! Echtscheidingsprocedure.'

Ik parkeer op een van de personeelsplaatsen aan de achterkant van het gebouw – het is hartstikke vroeg en toch zijn er nog maar een paar plaatsen over. Sommige collega's van mij werken letterlijk honderd uur per week, elke week. Ze nemen twee weken vrij wanneer het rustig is en huren dan een jacht in het Caribisch gebied. Er zijn er maar weinig die een jong gezin hebben, of als dat wel zo is, houden ze het goed verborgen. Ik weet van twee vrouwelijke collega's dat ze getrouwd zijn maar hun trouwring thuislaten. Binnen de financiële wereld wordt een gezin beschouwd als iets wat je van je werk afleidt.

Het Smyth & Wyatt-gebouw op de Victoria Embankment lijkt op iets uit Star Wars – Dean Wyatt stak een paar jaar terug tien miljoen in de modernisering van het pand, waarbij het hele gebouw werd opgetrokken uit glas en titanium, met uit Italië geïmporteerde leren banken en in opdracht vervaardigde sculpturen op de gangen. Ik snap Deans beweegreden: als je hier elke dag doorbrengt, van zes uur 's ochtends tot middernacht, dan moet het wel een beetje fraai ogen, en fraai is het.

Ik stuif naar boven en open mijn kantoor. Ik hoor iemand mijn naam roepen, maar ik negeer het en log in op mijn computer. Het ding start even snel op als een blowende schildpad.

'Lockie, jongen,' roept een stem. Het is Paddy Smyth. Paddy komt oorspronkelijk uit Glasgow, net als ik, hoewel mijn accent een stuk minder zwaar is geworden: ik heb hard gewerkt om de overstap te maken van Billy Connolly naar Ewan McGregor. Dat hebben de Londense klanten liever.

'Ga je straks mee wat drinken?' vraagt hij.

'Ik kan niet, sorry. Ik zit met een kleine crisis.'

Hij propt zijn handen in zijn zakken en slentert mijn kantoor in, met een vluchtige blik op de foto's van mijn kinderen op de dossierkast tegenover me. 'Ja, ik hoorde van de Dubai-toestand. Ik dacht dat Raj daarmee bezig was?'

Met 'crisis' bedoel ik het feit dat mijn vrouw wordt vermist, maar ik laat het er verder bij. 'Nee, ik ben niet betrokken bij de Dubai-zaak. Ik moet deze papierwinkel met bloedspoed afhandelen voor het Husain-account.'

Mijn computer is eindelijk opgestart. Ik typ mijn wachtwoord in en scrol door een lijst met bestanden. Ik zie 'Husain' en klik erop.

'O, ik zag dat je gisteravond iets op Facebook hebt gepost. Iets over je vrouw. Eloïse, toch?'

Ik vind een nieuw document in de map 'Husain', eentje die mijn secretaresse over het hoofd heeft gezien. Ik klik erop en daarna op 'printen'. De printer komt zoemend tot leven.

'Ja,' antwoord ik, naar de printer lopend. 'Ze wordt... ze is gisteravond niet thuisgekomen.'

Paddy staat pal naast me, zijn wenkbrauwen opgetrokken. 'Niet thuisgekomen?'

Het beklemmende gevoel op mijn borst komt terug. Ik wou dat hij wegging.

'De politie is erbij betrokken.'

De printer maakt een gierend geluid en over het display loopt een felwitte tekst. TONER OP. VERVANG CASSETTE ONMIDDELLIJK. Het vergt het uiterste van mijn zelfbeheersing om het apparaat geen rotschop te verkopen.

'Altijd hetzelfde met die dingen, is de inkt weer op,' zegt Paddy. 'Heb je een nieuw cartridgegevalletje?'

Ik werp een blik op het kantoor aan de overkant waar mijn secretaresse normaal gesproken zit. Ze is er niet. Het is net zeven uur. Ze begint pas om negen uur. Het klamme zweet breekt me uit.

'Gebruik mijn printer,' zegt Paddy. 'E-mail het bestand naar jezelf en open het op mijn scherm.'

'Dat gaat niet,' zeg ik, mijn das lostrekkend. 'Deze bestanden zijn voorzien van die nieuwe beveiliging, wat inhoudt dat ik ze niet kan doorsturen. Ze zijn alleen te openen op deze computer.'

Wat betekent dat ik maar één optie heb: mijn bakbeest van een desktop loskoppelen en helemaal meezeulen naar Paddy's kantoor op de volgende etage. Mijn telefoon rinkelt en zoemt en piept intussen weer, en tegen de tijd dat ik de computer naast Paddy's printer heb geïnstalleerd, heb ik twaalf gemiste oproepen, elf voicemails, zevenentwintig Facebook-meldingen en vierendertig tweets.

'En een patrijs in een perenboom,' voegt Paddy eraan toe. 'Nou, vertel eens, heeft je vrouw je verlaten?'

Paddy heeft vijf vrouwen en talloze vriendinnen gehad. Hij gaat met verbroken relaties om als iets onvermijdelijks en met vrouwen als auto's; die ruilt hij om de zoveel jaar in voor een jonger model. Hij is drieënzestig en datet momenteel met een vierentwintigjarige.

'Nee, ze heeft me niet verlaten,' zeg ik terwijl ik de computer aansluit en de ene schakelaar na de andere indruk. 'We weten domweg niet waar ze is.'

'Heeft ze onlangs niet een baby gekregen?'

'Ja. Een meisje.'

'En… wie is er nu dan bij de kinderen? De oppas?'

Ik heb geen tijd om zijn vragen te beantwoorden. Eindelijk heb ik het ding aan de praat en ik snor het Husain-bestand op. Ik selecteer het en klik op 'printen', waarna ik in gedachten tot Onze-Lieve-Heer bid om het document te laten printen. Dat gebeurt. Ik stop het in een envelop voor de bedrijfskoerier en open mijn inbox om mr. Husain te laten weten dat alles in orde is. Halverwege mijn e-mail stop ik en vraag Paddy: 'Hoe laat komt de koerier?'

Paddy werpt een blik op de klok. 'Rond acht uur. Hoezo?'

We hebben er onlangs een paar nieuwe krachten bij gekregen, en een van hen was een slungelig joch in slobberkleren, voor het bezorgen van bedrijfsstukken. Vorige week moest mijn secretaresse hem terugroepen omdat hij twee pakketjes had laten liggen waar SPOED op stond. Met drie kwartier extra zou ik ervoor kunnen zorgen dat het formulier wordt opgehaald en de deur uit gaat. Ik zou die gast zelfs twintig pond kunnen toestoppen en hem vragen dit als eerste te bezorgen. Ik ben in paniek. Voor ik het goed en wel in de gaten heb, ben ik mijn nummer thuis aan het bellen.

Hij gaat amper één keer over of Gerda neemt op. 'Eloïse?'

'Hallo? Nee, met Lochlan.'

Een teleurgestelde zucht aan de andere kant.

'Hoor eens, Gerda, het spijt me echt heel erg...'

'En terecht, Lochlan. Ik kan me niet voorstellen wat voor noodgeval jou ertoe dreef naar je wérk te gaan terwijl je vrouw spoorloos is. Wat is er aan de hand?'

'Ik kom snel weer thuis. Ik moet iets aan de koerier meegeven en dan kom ik terug, oké?'

Een korte stilte. 'Magnus rijdt al rond in de wijk om te kijken of hij haar kan vinden. Hoe laat komt de politie?'

'Ik zal ze zo bellen om te zeggen dat ze nog steeds niet terecht is, rustig maar.'

Een gelaten zucht. 'Goed dan.'

'Tot straks.'

Het wordt acht uur en de minuten tikken door. Kwart over acht. Ik loop naar de hal beneden en ijsbeer daar, envelop in de hand. Halfnegen. Zodra die gast binnenkomt, zweer ik dat ik hem de envelop door zijn strot ga rammen. Die twintig pond smeergeld kan hij vergeten. Tegen de tijd dat het negen uur is, zweet ik peentjes, gaat mijn hart als een gek tekeer. Er zijn al twee collega's binnengekomen die vroegen of ik ziek ben. Ja, ja, ik ben ziek. Het dringt tot me door dat ik verwachtte hier weer bij mijn positieven te komen, een voldoende helder hoofd te krijgen om het mysterie van de verdwijning van mijn vrouw te kunnen oplossen. Het enige wat me helder is geworden, is dat ik een idioot ben.

Om kwart over negen ren ik weer naar boven, vastbesloten om een particulier koeriersbedrijf in te schakelen. Dit had ik meteen moeten doen. Mijn secretaresse Ramona zit achter haar bureau. Ik loop haar kantoor binnen. Ramona is een genie. Ze is Chinees, opgevoed door een tijgermoeder, speelt hobo op conservatoriumniveau en kan een Rubiks kubus binnen vijf minuten oplossen. Zij zal zorgen dat dit allemaal op zijn pootjes terechtkomt.

'Wat doe jij hier?' vraagt ze op zachte toon. 'Ik dacht... zag ik online niet iets over je vrouw?'

Ik knik en wapper met de envelop naar haar, waarna ik de situatie met mr. Husain en de koerier uitleg.

'De koerier heeft een kwartier geleden een bericht doorgegeven aan Joan,' zegt Ramona. 'Hij komt vandaag niet. Ik was net bezig een vervanger te zoeken.'

Ik duw haar de envelop in handen. 'Alsjeblieft, Ramona. Lever dit voor me af. Maakt niet uit wat het kost.'

Ze doet een stap achteruit en kijkt verbouwereerd. 'Je wilt dat ík het bezorg?'

Ik loop naar haar computer en begin een routebeschrijving op te zoeken naar het Cauldwell-gebouw in Edinburgh. 'Hier, ik zal je de snelste route e-mailen. Ben je met de auto?'

Ze schudt haar hoofd. 'Ik kom altijd op de fiets...'

'Oké, boek een vlucht. Gebruik mijn creditcard maar.' Ik haal mijn portefeuille tevoorschijn en druk haar een VisaCard in de hand. 'Toe... wat het ook kost, oké?'

Ramona kijkt lichtelijk verdwaasd. Ik vang een spookachtige glimp van mezelf op in een van de glazen wanden tegenover me en besef dat ik eruitzie als een gestoorde. Mijn das is verdwenen, de bovenste drie knoopjes van mijn overhemd staan open, mijn haar steekt alle kanten uit en ik glim van het zweet. Bovendien heb ik mijn secretaresse bij haar bovenarmen beetgegrepen.

Een klopje op de deur, de lange, slungelige gestalte van Dean Wyatt zichtbaar door het glas.

'Alles in orde hier, Lochlan? Ik hoorde geschreeuw...'

Ik laat Ramona los en strijk mijn haar glad. 'Prima, Dean. Gezien het feit dat we een koerier minder hebben, heeft Ramona aangeboden om deze ochtend een uiterst belangrijk formulier eigenhandig af te leveren.'

Hij kijkt ernstig. 'Het Husain-account?'

Ik knik. Hij trekt een zilvergrijze wenkbrauw op naar Ramona. 'Goed. Dit is een uiterst serieuze kwestie voor het bedrijf.' Zijn blik schiet even naar mij, een zweem van afkeuring erin. 'Tot over een halfuur bij de vergadering.' Hij wil al weglopen, maar ik roep hem na.

Ik stap Ramona's kantoor uit en trek Dean aan zijn jasje op de gang. 'Ik ben bang dat ik wat vrije dagen zal moeten opnemen,' zeg ik.

Hij draait zich langzaam om en kijkt niet-begrijpend. 'Sorry, Lochlan, maar ik begrijp niet goed wat je bedoelt.'

Ik leg de situatie thuis uit en vermeld dat de politie erbij betrokken is, maar hij schudt alleen zijn hoofd, alsof dit allemaal niet mogelijk is.

'Hoe moet het dan met de vestiging in Edinburgh? Je kunt er niet zomaar tussenuit op een moment als dit.'

Ik wil antwoorden, maar er hangt een flatscreen aan een muur naast ons en het geluid galmt door mijn hoofd. Het nieuws begint, en uit mijn ooghoek zie ik het gezicht van mijn vrouw. Dean en ik draaien ons allebei om naar een foto van Eloïses gezicht die wordt uitvergroot totdat hij het hele scherm vult.

En wat het lokale nieuws betreft: campagnevoerder voor goede doelen en moeder van twee kinderen Eloïse Shelley is gisteren spoorloos verdwenen uit haar huis in Twickenham. Haar familie en vrienden doen een dringend verzoek op iedereen met informatie om zich te melden.

Gerda verschijnt in beeld. Er wordt een microfoon onder haar neus gehouden en ze staat in de deuropening van mijn huis, met een afgetobd gezicht en verwilderde blik. Haar stem trilt.

'Ze is al meer dan vierentwintig uur niet gezien. Dit is echt uitermate verontrustend en dringend. We hebben twee achterkleinkinderen, de jongste nog maar twaalf weken oud. We sméken iedereen die Eloïse heeft gezien om onmiddellijk contact met ons op te nemen.'

19 maart 2015

Kommeno-eiland, Griekenland

Eloïse: Het is ochtend. De lucht achter de patrijspoort is grijs en somber. Het is zo koud dat de lakens vochtig aanvoelen. Het duurt even voor ik besef waar ik ben. Een nacht slapen lijkt een hemelsbreed verschil te hebben gemaakt in hoe ik me voel. De afschuwelijke pijn in mijn borsten is over. Mijn hoofd doet ook niet meer zeer. Wanneer ik over de vloer van de zolder naar de deur schuifel, blijkt die nog wel op slot te zitten, of te klemmen. Er is in elk geval geen beweging in te krijgen, en ik sta een minuut of twee met mijn vuisten op het hout te bonzen voordat Joe naar boven komt en hem opent. Hij legt uit dat de wind hem moet hebben dichtgeslagen en biedt aan me de trap af te helpen, maar dat sla ik af. Ik hou de oude, houten leuning stevig vast en daal heel voorzichtig, trede voor trede, af.

Eindelijk ben ik bij de badkamer, ik doe de deur dicht en controleer een paar keer of hij op slot zit, voordat ik me op de grond laat zakken. Er is geen douche, alleen een wasbak en een oude, emaillen badkuip met roestige kranen en een met spinrag bedekt raampje. Het water lijkt geen andere temperatuur te kennen dan ijskoud. Sariah vertelde me dat ze hun water uit een reservoir bij de hooischuur halen, dus het is niet bepaald ruimschoots voorradig.

Ik trek de pyjama uit die Hazel me heeft geleend en bestudeer de naakte vrouw in de kleine scheerspiegel boven de wasbak. Deze vrouw die ik ben. Ze is blank, slank, ergens tussen de dertig en veertig, met dik, goudblond haar tot op haar schouders. Een bleek, ovaal gezicht, dunne armen en volle heupen, een netwerk van blauwe aderen over de borst. Haar schouders zijn gespierd, en onder een laagje slappe huid rondom de navel zit een stevige sixpack. Kraaienpootjes waaieren uit vanuit de ogen. Een kleine, onregelmatige neus, lichtgroene ogen en oren die iets uitsteken. Geen tatoeages of littekens. Haar nagels zijn ongelakt en kort, keurig ovaal gevijld. Haar linkerjukbeen en voorhoofd zijn bont en blauw, en er zitten auberginekleurige plekken op haar schenen, haar rechterheup en beide armen.

Waarom herken ik mezelf niet? Waarom is mijn lichaam me niet vertrouwd? Waar woon ik? Werk ik? Heb ik kinderen? De blinde vlek in mijn hoofd lijkt oneindig. Waarom ken ik mijn eigen naam niet?

Heel voorzichtig strek ik de arm uit die niet zo'n pijn doet als de andere en raak de spiegel aan om me ervan te verzekeren dat dit mijn spiegelbeeld is. Ik wil dat ze tegen me praat, me mijn geheimen vertelt. Ik bekijk dit lichaam als een puzzel, een overgebleven stukje van een groter geheel.

Er loopt een afdruk rond een aantal vingers, alsof ik ringen droeg die inmiddels zijn verdwenen – de middel- en ringvinger van mijn rechterhand, de vinger voor een trouwring. Was ik getrouwd? Ik wrijf met mijn duim over de vage, rondlopende afdrukken in mijn huid, probeer me uit alle macht de ring te herinneren die is verdwenen, zo niet degene die hem aan me gaf.

Ik vind een stuk zeep op de rand van het bad en boen langzaam de ranzige geur van zeewater van mijn huid en uit mijn haar, waarbij ik de snee aan de rechterkant angstvallig vermijd. Het prikt als een gek. Hazel zei dat ze de kleren had gewassen waarin ik gisteren werd gevonden – een bh, slip, geel T-shirt en jeans – en dat ze die buiten aan de waslijn had opgehangen om te drogen. Ze leende me ook wat kleren.

Met een handdoek om me heen geslagen scharrel ik moeizaam naar de keuken en door de achterdeur naar de stenen treden die uitkomen op het stukje gras achter het huis. Daar hangen mijn jeans, T-shirt, bh en slip te wapperen aan de lijn, evenals het reddingvest. Ik betast het, trek aan de banden.

Een golf van duizeligheid dwingt me te gaan zitten op een droog stukje gras. Ik moet er niet aan denken dat iemand anders is omgekomen op de tocht hierheen. Iemand van wie ik hield wellicht. Na een behoorlijke poos dwing ik mezelf me op mijn omgeving te concentreren. George vroeg me gisteren waarom ik hierheen was gekomen. Er moet een reden voor zijn. Ik moet deze plek kennen.

Ik blijf een tijdje zitten en neem de boerderij op, zoals die daar ligt op een steile helling, blootgesteld aan felle winden. En groter dan ik verwachtte, als je nagaat hoe klein de kamers lijken: een hoog, stenen gebouw met hier en daar afbrokkelend metselwerk, een stapel oranje dakpannen op de grond waaruit blijkt dat het dak ook in slechte staat is. IJzeren balkonnetjes steken uit onder twee van de bovenste ramen, getooid met explosies van felroze bloemen, die het gebouw een zekere, rustieke charme geven. Een deel van het dak is plat, en daar kan ik iets onderscheiden wat lijkt op een flatscreen-tv met een enorme batterij aangesloten op de bovenkant. Misschien een zonnepaneel – dat zou verklaren hoe de boerderij aan stroom komt.

Aan de voet van de heuvel zijn een aantal bijgebouwen zichtbaar, verroeste en overwoekerde landbouwmachines duiden op de voormalige bestemming van het terrein. Na een poosje borrelt er een gevoel van herkenning in me op, een vonkje vanuit de krochten van mijn geheugen dat me zegt dat ik deze plek eerder heb gezien. Het is voldoende om me op te laten staan om eens goed om me heen te kijken.

Het eiland is niet wat ik ervan verwachtte. Het ziet er verwaarloosd, verlaten uit, met stenen overblijfselen in de verte van wat op het oog onafgebouwde huizen lijken. De grond is droog en gebarsten, en de bomen in de buurt zijn knoestig en verwilderd en zitten vol doornen. Zo te zien moet alles hier zijn uiterste best doen om te overleven.

Ik vraag me af hoe iemand überhaupt aan een wandeling rond het eiland zou beginnen – er loopt een smal paadje van de boerderij naar de bomen beneden, maar er hebben hier duidelijk nooit voertuigen gereden. Het is nogal een wildernis. Mooi, ja, maar van een woest soort schoonheid – geen plek waar mensen naartoe zouden gaan om vakantie te vieren.

Ik zie drie gebouwen aan de noordkant, de dichtstbijzijnde onmiskenbaar een huis dat iemand niet de moeite waard vond om af te bouwen. Aan de westkant strekt zich een handvol strandjes uit langs de kust, maar die zien er rotsachtig en verraderlijk uit. De zee omhult het eiland als een blauw laken, bezaaid met de vage contouren van bootjes en eilandjes.

Heb ik werkelijk die afstand over zee alleen afgelegd? Als ik dronken was, had ik dan nog wel de tegenwoordigheid van geest om een reddingsvest aan te trekken? Was er iemand anders bij me? Is diegene verdronken?

Het is een beangstigende gedachte dat het eiland onbewoond is. Ik kan me niet voorstellen dat Joe, Hazel, Sariah en George zich hier niet van God en alles verlaten voelen. Of misschien doen ze dat nu wel, nu hun boot is verdwenen.

Ik controleer of er niemand kijkt voordat ik mijn slip en jeans aanschiet, daarna de handdoek naar mijn middel laat glijden en me onhandig in mijn bh en het gele T-shirt wurm, want mijn spieren schreeuwen het uit bij de geringste beweging. Zowel het T-shirt als de jeans zijn van goede kwaliteit, allebei met designerlabels. Ben ik zo iemand die een designer-T-shirt zou kopen? Het doet geen belletje rinkelen. Maar ja, dat doet niets. Ik heb het gevoel herboren te zijn, een onbeschreven blad. De geest van iemand anders.

Wanneer ik me omdraai om weer naar binnen te gaan, zie ik iets bewegen tussen het huis en het bijgebouw dat eruitziet als een kleine schuur. De schrik slaat me om het hart, totdat ik zie wie het is: George, verdekt opgesteld in de schaduw. Heeft hij gezien dat ik me aankleedde?

'Hallo?'

Op zijn dooie akkertje komt hij de heuvel af lopen, sigaret in de ene hand. Hij ziet er anders uit bij daglicht. Vrij lang en gezet, zijn kale hoofd glimmend. Gekleed in een sjofel wit poloshirt en trainingsbroek. Halverwege de veertig, misschien ouder. Hij steekt zijn hand op. 'Hallo.'

'Hoi.'

'Voel je je al beter?'

Ik probeer te glimlachen. 'Een beetje.'

Hij houdt de sigaret naar me op. 'Wil je zo'n stinkstokje?'

Ik schud mijn hoofd, wacht dan even, benieuwd of de behoefte zich vanzelf zal laten gelden. Dat gebeurt niet. Ik ben dus geen roker. 'Toch bedankt.'

'Geen probleem.'

Er gaat een ogenblik voorbij. 'Je hoeft niet te schrijven?' vraag ik.

Hij neemt een diepe hijs voordat hij antwoordt. 'Dit is de dag dat ik normaal gesproken naar Chania ga voor nieuwe voorraden. Misschien dat ik een kijkje neem op de stranden aan de westkant, kijken of onze boot is aangespoeld.'

'Het spijt me van jullie boot,' zeg ik. 'Als blijkt dat ik rijk ben, koop ik een nieuwe.'

George tovert een lachje tevoorschijn. 'Daar kon jij ook weinig aan doen. De verzekering zal het vast wel vergoeden.'

Dit is een hele opluchting. Misschien vergiste ik me in zijn humeur gisteren – ik had het idee dat hij zich aan me ergerde, dat hij mij de schuld gaf van het zinken van hun boot. Hij lijkt minder sikkeneurig in dit licht, minder intimiderend en niet zo lang.

Ik wil net vragen hoe Kreta te bereiken is, wanneer hij zegt: 'Ik heb een halfuur geleden contact opgenomen met Nikodemos.'

'Nikodemos – de eigenaar van het eiland?'

Hij knikt. 'Dat wil zeggen: ik kreeg zijn vrouw te spreken. Ze zegt dat hij de komende paar dagen niet thuis is, maar ze zal zorgen dat hij maandagavond hierheen komt en jou oppikt.'

Ik slaak een zucht van verlichting. 'Hartstikke bedankt. Dat is fantastisch nieuws.'

George grijnst. 'En dan neemt hij eten mee. Heb je wel eens mizithropita gegeten?'

Ik schud mijn hoofd, hoor maar half wat hij zegt, maar hij gaat erop door.

'Héérlijk. O! Er gaat niets boven de Griekse keuken, neem dat van mij aan. Daarom leven de Grieken allemaal zo lang. Ik heb een speciaal verzoek ingediend om hem ook inktvis te laten meenemen. Klinkt smerig, hè? Inktvis. Niet iets wat ik in Engeland ooit heb geprobeerd, maar hier wil je het echt niet missen.'

Maar ik sta mijn hersens te pijnigen over die naam, Nikodemos, probeer uit te vogelen of hij me bekend voorkomt of niet. Ik kom tot de conclusie van niet, en dus vraag ik me af of hij me zal helpen contact op te nemen met de ambassade en hun uit te leggen wat er is gebeurd. Dan kunnen we daarna uitzoeken hoe ik hier ben beland, en nog belangrijker: hoe ik terugkom bij de mensen die misschien als een dolle naar me op zoek zijn.

'Weet je zeker dat je hier weg wilt?' vraagt George. Het valt me op dat hij dichterbij staat, mijn lichaamstaal bestudeert, terwijl de wind zijn penetrante lichaamsgeur in mijn richting blaast. Ik draai mijn hoofd weg, maar dat ontgaat hem, want hij staat te wijzen naar de heuvels verderop. 'Paradijsje, hier.'

Maar het eiland is eerder een woestenij dan een paradijs.

'Ja, ja, ik weet het, een tikje verloederd,' zegt hij, alsof hij mijn gedachten kan lezen. 'De naam Kommeno betekent dan ook afgescheiden, of afgebroken, dus soms wordt dit het Verloren Eiland genoemd.' Hij snuift. 'Maar geloof me, je bent met je neus in de boter gevallen door hier terecht te komen.'

'Is dat zo?'

'Hm-m. Archeologische schatkamer. Staat bol van de mythologie.'

Ik kijk hem aan met een blik die zegt dat ik geen idee heb wat dit betekent, en hij grijnst, opgetogen dat hij me het een en ander kan bijbrengen.

'Aha, je Griekse mythen dus ook vergeten?' Hij grinnikt. 'Volgens de overlevering had koning Minos een zoon die half mens, half stier was. In plaats van hem te doden, bouwde hij een labyrint en sloot zijn zoon erin op, ervan overtuigd dat hij er nooit uit zou komen. Zie je dat?' Hij buigt zich naar me toe en wijst naar een grot in de verte. 'Blijkbaar is dat daar het echte labyrint. Minos stuurde jongens en meisjes naar binnen als voedsel voor de Minotaurus, maar op een dag zei Theseus dat hij het beest zou doden. Dus daar ging hij met een kluwen wol om de weg terug te kunnen vinden. En hij vond de Minotaurus.'

Het komt bij me op dat hij dit vertelt om me af te schrikken, en als ik eerlijk ben, slaagt hij daarin. Misschien voel ik aan dat deze plek niet voor niets verlaten is.

'Verder zijn hier best wel interessante ruïnes,' zegt hij wanneer ik niet reageer op zijn mythe. 'Niet zo lang geleden vonden ze een paar helmen, plus een stel zwaarden, geloof ik. Hotemetoten van de musea kwamen hierheen, namen het hele zwikkie mee.'

Hij probeert me er nog steeds van te overtuigen dat ik niet moet weggaan. Ik zeg: 'Dank je, en het is verleidelijk, maar toch maar niet. Er moeten mensen zijn die ten einde raad zijn zonder me.'

Hij snuift, slaat zijn blik neer, als een afgewezen schooljongen. 'Dan heb je een paar dagen om van deze plek te genieten. Vijftien vierkante kilometer. Zo groot is het eiland. Of klein, dat hangt ervan af hoe je het bekijkt. De haven is ongeveer een kwartier lopen die kant op, bij het oude hotel.'

Dit wekt een sprankje hoop in me op. 'Hotel?'

'Verwacht er niets van,' zegt hij. 'Ging een tijdje terug op de fles, dus alleen het casco staat er nog. Investeerders hebben het compleet gestript. De crisis heeft hier hard toegeslagen. Er zijn ook vervallen appartementengebouwen aan de oostkant. Het geld raakte op. Bouwvakkers pakten hun boeltje en stapten op voordat ze af waren. Nu staan de geraamtes er maar wat, leeg. Volop interessante flora en fauna, als je daar iets mee hebt. Sariah kan je van alles vertellen over de bloemen en planten. Dieren ook. Allerlei soorten hier. Je hebt gekko's, schildpadden, konijnen, egels, slangen...'

Ik ril. 'Slangen?'

Hij grijnst. 'Niet dol op slangen?'

'Niet bepaald.'

'Die zijn hier vrij ongevaarlijk. De spinnen, daar moet je voor uitkijken. O, en wilde geiten. Voor zover ik weet, zitten ze voornamelijk in de heuvels daar rechts, in de buurt van het hotel. Linke beesten zijn het. Kri-krigeiten. Meer steenbok dan geit. Grote gekrulde hoorns.' Met zijn handen geeft hij de vorm van de hoorns aan, een reuzenzwaai van zijn schedel tot zijn borst. 'Volgens de folklore zijn ze de nakomelingen van de Minotaurus.'

'Dat zal ik maar met een korreltje zout nemen.'

Hij knipoogt. 'Blijf ver uit de buurt als je ze ziet.'

Ik tuur in de verte naar de in blauwe nevel gehulde heuvels. 'Zal ik doen.'

'Hé, luitjes.'

Ik kijk naar links en zie Joe de treden bij de keukendeur af komen, een laptop onder zijn arm. Hij is lang, mager als een lat en loopt met lange, soepele passen.

'Ga je op zoek naar een plek om te schrijven?' vraagt George hem. Dan, tegen mij: 'Joe houdt er niet van om elke dag op dezelfde plek te schrijven. Mafkees.'

Joe blijft naast ons staan en kijkt in de verte. 'Ik denk dat ik een van de strandjes ga proberen.'

Ik vraag of ik met hem mee mag, of ik het strandje kan zien waar mijn boot aanspoelde. 'Wie weet ontdekken we de losgeslagen boot nog ergens,' zeg ik, me omdraaiend naar George.

Fronsend neemt Joe me van top tot teen op. 'Mij best, hoor. Maar het is een flink eind lopen. Weet je zeker dat je dat aankunt?'

Ik knik, ook al weet ik het helemaal niet zeker. Ik ben er nog steeds niet van overtuigd dat het héle eiland onbewoond is. Sariah – of misschien was het George – zei dat het maar een paar kilometer lang was. Dat red ik wel, als ik het langzaamaan doe.

We buigen van het pad af naar een met riethalmen bedekte aardwal, stug en onbuigzaam als rijzwepen, banen ons dan een weg door een overwoekerde citroenboomgaard. Ik vermoed dat Joe er liever flink de pas in wil zetten, maar hij wacht steeds geduldig op me, houdt takken en slingerplanten opzij zodat ik erdoor kan. Dit deel van het eiland lijkt wel een oerwoud, een wirwar van takken en rottende citrusvruchten op de grond. Ik steek een arm uit en pluk een van de vruchten die op een kleine, groene pruim lijkt. Die smaakt zuur, en wanneer ik erin bijt, valt er een walnoot uit. Er staan een hoop cactussen met enorme stekels, en ondanks mijn pogingen om er met een wijde boog omheen te lopen, word ik toch in mijn benen geprikt.

Ik loop nog steeds op blote voeten – mijn schoenen zullen wel op zee verloren zijn gegaan – dus moet ik voorzichtig mijn weg zoeken over de grond, die verrassend warm is. Waar ik wel behoefte aan heb, is een zonnebril. De zon is ongenadig fel hier, en er is vrijwel geen schaduw.

'Denk je hierna een boek uit te brengen?' vraag ik Joe, meer om het gesprek gaande te houden dan uit belangstelling. 'Is de retraite daarvoor bedoeld?'

Hij haalt zijn schouders op. 'Ik weet het niet.' Hij stopt en kijkt op me neer, dan zet hij zijn zonnebril af. 'Hier,' zegt hij, hem aan mij overhandigend. 'Zo te zien heb je last van het licht.'

'Weet je het zeker?' Enigszins opgelaten neem ik hem aan.

'Absoluut.' Hij plukt zijn bril uit een zak en zet die weer op. 'Zonder deze zie ik trouwens amper wat.' Hij speurt de kust achter mij af. 'Ik denk dat ik vandaag in een van de grotten ga proberen te schrijven. Daar heb ik hem toch niet nodig.'

'Grotten?'

Hij wijst naar een inham aan de westkant van het eiland. 'Daar,' zegt hij. 'Je herkent ze misschien niet als zodanig, maar als je langs de cipressen kijkt, zie je een rij zwarte stippen. Het zijn eeuwenoude grotten. Gave plek. Apart sfeertje. Ik kan je er mee naartoe nemen, als je wilt.'

Ik voel me al een stuk zwakker dan ik had verwacht, dus zeg ik hem dat ik er over een dag of zo misschien wel eens een kijkje wil nemen.

'Nou, we zijn vlak bij Bone Beach,' zegt hij.

'Echt?'

Een knikje. 'Het is een beetje een klauterpartij naar beneden. Ik weet niet zeker of je daar fit genoeg voor bent.'

Ik zeg dat het wel zal lukken, maar hij staat erop dat ik zijn arm vastpak voordat we aan een smal pad beginnen dat naar een rotsachtige strook beneden leidt. Even later sta ik neer te kijken op kalm, azuurblauw water dat zachtjes tegen de rotsen beneden klotst.

'Het is vloed,' zeg ik, speurend naar een spoor van een boot.

Hij grijnst. 'Er bestaat hier geen getij.'

'Geen getij?'

'Niet echt. Heeft iets te maken met de Middellandse Zee, waar de Atlantische Oceaan geen invloed op heeft.'

Ik denk terug aan gisteravond. 'Ik zag toch echt golven op de rotsen slaan.'

Hij knikt. 'Ja, dat komt door de stromingen tussen Kreta en Libië. Er komen af en toe ook grote cruiseschepen langs. Die veroorzaken golven. Of het kwam door de storm. Kom, pak mijn arm maar weer.' Hij steekt me een gebogen, bleke elleboog toe. 'Bone Beach is niet zo ver meer.'

Hij wijst op een pad rechts van de rotslaag dat naar een lagergelegen niveau afloopt. Hij zegt dat ik voorzichtig moet doen en hem moet volgen, waarna hij zich tegen de rotswand drukt en zijwaarts begint te schuifelen. Eindelijk stopt hij en hij draait zich behoedzaam om. 'Er is een snellere route, maar ik denk niet dat je die vandaag al aan zou kunnen. Komt wat geklauter bij kijken. Kijk eens rechts naar beneden.'

Ik zie een krijtachtig strandje een meter of zes onder me. De naam van het strandje wordt me onmiddellijk duidelijk – de rotsen lijken inderdaad wel botten. Ze zijn schonkig en geribbeld, de kleur van vergeelde tanden. Hiervandaan lijkt het alsof een reus zich uit de grond omhoogwerkt, twee witte rotsen in de vorm van schouderbladen aan weerszijden van een rij kleinere rotsen die veel wegheeft van een ruggengraat. En daar, aan de rand van het water, ligt een houten boot, met twee lange masten die uit het midden steken. Rode zeilen spreiden zich uit over het krijtwitte zand als de gigantische vleugels van een prehistorische vlinder.

'Roept dat een herinnering op?' vraagt Joe.

'Dat is de boot waarmee ik hier kwam?' vraag ik, en zijn zwijgen bevestigt dit. Verbazing is nog heel zacht uitgedrukt voor wat er door me heen gaat. Ik heb geen enkele herinnering, niets wat duidt op een verband tussen mij en die boot.

'Gaat het?' vraagt Joe.

Ik antwoord dat het prima gaat, maar ik ben bang en lamgeslagen. Ik verwachtte geloof ik dat alles op zijn plek zou vallen bij het zien van de boot. Het feit dat ik niets voel, me niets herinner, hoewel ik de zeilboot die me hier bracht letterlijk kan zien, baart me grote zorgen.

Ik draai me om en kijk omhoog naar het rotspad dat terugloopt naar de boerderij. Het ziet er gevaarlijk uit. 'Hoe ben ik in godsnaam daarboven gekomen?'

'George heeft je gedragen,' legt Joe uit. 'Ik gaf je mond-op-mondbeademing.' Hij haalt zijn schouders op. 'Zoals ik al zei: je had mazzel.'

Verder op zee bevinden zich schimmen van andere eilandjes, boten, een cruiseschip. De mogelijkheden voor mijn herkomst zijn angstaanjagend, talloos. Ik voel de paniek weer opkomen, alsof ik geen lucht kan krijgen.

'Ik ben blij dat Nikodemos hierheen komt,' zeg ik. 'Ik moet erachter komen waar ik vandaan kom. Wie ik ben.'

'Dus je naam wil je nog steeds niet te binnen schieten?'

Ik schud mijn hoofd.

'Is het bij je opgekomen dat je het je misschien niet wilt herinneren?'

Ik draai me om en probeer zijn gezichtsuitdrukking, de toon van zijn stem te doorgronden, maar ik ken hem niet goed genoeg om uit te maken of hij een geintje maakt.

'Dat klinkt dramatisch. Waarom zou ik het me niet willen herinneren?'

Schouderophalend kijkt hij weer naar de boot, zich er niet van bewust hoe geschokt ik ben.

'Ik zou zeggen dat het feit dat je op een boot zat in deze uithoek doet vermoeden dat je voor iets wegliep. Of wegvoer, eigenlijk. En er is geen ander eiland in de buurt waarnaar je koers kon hebben gezet. Waarom zou je naar dít eiland komen?'

Hier denk ik lang over na, in de vurige hoop dat het antwoord me te binnen schiet. 'Ik weet het echt niet.'

'Mag ik een ideetje opperen?'

'Natuurlijk.'

Een glimlach. 'Probeer eens te schrijven.'

'Te schrijven?'

Hij knikt. 'Daardoor wordt het onderbewuste echt geprikkeld. Bij wijze van therapie, bij gebrek aan een betere omschrijving. Het heeft mij met een heleboel dingen geholpen. Dingen uit mijn jeugd.' Hij bijt op zijn lip en kijkt naar beneden, waarbij een schaduw over zijn gezicht trekt. 'Maar goed. Wie weet komt zo je naam weer boven.'

'Ik zal het proberen,' zeg ik schouderophalend.

Zijn gezicht klaart op. 'Dan krijg je van mij een notitieboekje en een pen. Zodat je aan de slag kunt. Kom, laten we maar weer terug omhooggaan.'

De klim kost me het laatste restje energie. Tegen de tijd dat ik de top bereik, ben ik zo buiten adem dat ik wil overgeven.

'Ga zitten,' draagt Joe me op. 'Buig voorover, zo.' Hij gaat naast me zitten en doet het voor.

Ik doe hem na, maar voel me nog steeds hondsberoerd. Mijn heupen en scheenbenen doen pijn en ik ben zo slap als een vaatdoek van de dorst. Ik besluit terug te gaan naar de boerderij en zeg tegen Joe dat hij zijn gang moet gaan, maar hij wil me per se terugbrengen. Ditmaal neem ik de andere route langs meer bomen en struiken, door het gras. Gras is prettiger voor mijn gewrichten. De route loopt steiler omhoog dan ik dacht, waardoor ik uitzicht krijg op een landtong in de vorm van een olifant aan de westkant van het eiland, een scherpe, glinsterend witte rotsformatie.

Een gestage rukwind verjaagt het gevoel dat ik elk moment door mijn knieën kan zakken. Joe houdt me in evenwicht.

'Blijf uit de buurt van het klif,' waarschuwt hij, hoewel de wind zo hard is dat zijn stem van ver weg klinkt.

Ik ga weer zitten, zet mijn handen achter me op de grond en hef mijn gezicht op naar de zon.

'Je ziet er niet best uit,' zegt hij. 'Blijf jij anders maar hier. Dan ren ik naar de boerderij om wat water voor je te halen. Misschien moet ik George meenemen, zodat we je kunnen dragen en je niet verder hoeft te lopen.'

Ik schud mijn hoofd, maar zelfs van deze kleine beweging word ik al duizelig. Mijn zicht wordt wazig aan de randen. Joe wacht niet op een eventuele verdere reactie, maar staat op en begint de heuvel op te rennen.

Dat is het moment waarop ik het hoor: een rauwe wanhoopskreet, bijna menselijk. Die komt van de andere kant van het klif. Ik kruip op handen en knieën naar de rotsige rand en kijk eroverheen. Onder me is de zee, die op de rotsen slaat. De smalle richels van de rotswand aan weerszijden van me zijn bezaaid met tientallen nesten. Zwarte vogels met witte koppen zweven op de wind, vleugels machtig wijd, om pluizig witte jongen in de nesten te voeren, hun snavels gulzig opengesperd.

Het gekrijs wordt oorverdovend, een door merg en been gaand gejammer. Het geluid van een kat of een baby wellicht. Ik ga op mijn knieën zitten en opeens krijg ik een branderig gevoel in mijn borsten, een plotselinge, verschroeiende pijn die erdoorheen schiet. Ik raak in paniek – het lijkt alsof het geluid dit veroorzaakt. Ik heb geen idee wat er aan de hand is.

Ik trek mijn T-shirt naar voren en tuur naar beneden, in de verwachting daar bloed te zien. Er zit wat vocht op mijn borsten, maar geen bloed. Een zoetige geur stijgt op. Zoet en melkachtig.

Ik draai me om en strompel weer tegen de heuvel op, over hete, scherpe stenen die in mijn voetzolen dringen en met lekkende borsten, waardoor mijn shirt doorweekt raakt. Er is iets verschrikkelijk mis, iets wat ik nauwelijks onder woorden kan brengen.

18 maart 2015

Potter's Lane, Twickenham

Lochlan: Wanneer ik met gierende banden onze oprit op draai, staat er al een politiebusje langs de stoep aan de overkant, en in een zilvergrijze Mercedes tegenover me zitten een man en een vrouw voorin die opveren wanneer ze mij uit mijn auto zien stappen. Ik been naar de voordeur, en ze stuiven achter me aan met die verbazingwekkende paparazzinoodgang, roepend: 'Mr. Shelley! Mr. Shelley!' En ik zeg: 'Niet nu,' en gooi de deur voor hun neus dicht.

Binnen hoor ik Cressida blèren en Magnus tegen iemand blaffen in de telefoon. In de woonkamer zit een man in mijn favoriete leunstoel, en een vrouw gekleed in een smetteloos wit overhemd en een broekpak op de bank. Zij staat op wanneer ze me ziet, en ik steek een hand op ten teken dat ze eventjes moet wachten terwijl ik een kijkje neem bij mijn krijsende dochter in de keuken.

Cressida ligt in Gerda's armen en verzet zich met hand en tand tegen een flesje. Ik pluk het flesje uit Gerda's hand – het is ijskoud – en mik het in de magnetron.

'Het moet warm zijn, anders wil ze het niet hebben,' zeg ik. Wat ik allemaal niet heb geleerd in de afgelopen vierentwintig uur.

'Nou, het was fijn geweest als je dat had gezegd vóórdat je wegging,' snauwt Gerda.

Ik neem Cressida over, plotseling vertederd door haar, zo klein en weerloos in mijn armen, terwijl haar geblèr overgaat in een zacht gejengel. Ze wroet tegen mijn borst, alsof ze verwacht daar een tepel te vinden. Wanneer ze die niet vindt, zet ze het in een mum van tijd weer op een krijsen.

De magnetron piept. Ik haal het flesje eruit, schud het krachtig heen en weer en duw de speen in Cressies mond. Ze zuigt gulzig, waarbij ze knorrende geluidjes maakt en haar vuistjes stevig tegen het flesje klemt. De melk schuimt om haar mondhoeken en haar oogleden trillen, alsof ze al haar energie heeft gestoken in het protesteren tegen koude melk en nu op het punt staat in een gelukzalig coma van verzadiging te raken. Ze heeft het flesje in een minuutje of vijf leeg, maar zodra ze klaar is, begint ze weer te huilen.

Gefrustreerd geef ik haar terug aan Gerda, die een zoen op haar kruin geeft en haar weet te sussen. Ik ga terug naar de woonkamer om met de politie te spreken.

De mannelijke rechercheur leunt naar voren en steekt zijn hand uit. Hij is lang en breedgeschouderd, tussen de veertig en vijfenveertig, met licht haar en gekleed in een grijs pak met een marineblauwe das. Hij doet me denken aan Archie Sims, een van de rijkeluiskinderen van de basisschool, die altijd natte papieren handdoekjes naar me gooide in de speeltuin. Hij glimlacht niet, maar geeft me een hand als een bankschroef.

'Rechercheur Roy Canavan. Ik heb de leiding over het onderzoek. Dit is mijn collega, rechercheur Welsh.'

De vrouwelijke rechercheur is jong: halverwege de twintig, zachte trekken, lichtbruin haar in een knot. Ze steekt haar hand uit en knikt naar het raam. 'Zo te zien hebben we al wat media-aandacht.'

'Ja.'

Ik weet niet goed waar ik zal gaan zitten, en de gedachte dringt zich op dat mijn eigen huis op zijn kop is gezet door de situatie, dit drama dat niet hoort te gebeuren, door deze mensen met wie ik niet geconfronteerd hoor te worden. Het is net alsof ik op visite ben op een plek die me aan mijn eigen huis doet denken, en ik wacht tot iemand me vertelt wat ik met mezelf aan moet en hoe ik me moet gedragen. Bijna bied ik rechercheur Canavan-de-onderzoeksleider een stevige borrel aan, en pas wanneer de woorden op het puntje van mijn tong liggen, realiseer ik me dat dit waarschijnlijk niet verstandig is. Hij en rechercheur Welsh halen beiden een notitieblok tevoorschijn, klaar om spijkers met koppen te slaan. Ik ga in de leunstoel naast hen zitten.

'Mrs. Bachmann – uw schoongrootmoeder? – zei dat een aantal buren zich vanochtend meldden,' zegt rechercheur Canavan. 'Mrs. Shahjalal is degene die alarm sloeg, is het niet?'

Ik knik. 'Ze belde me gistermiddag op mijn werk. Ze vond dat ze een kijkje bij Eloïse moest nemen nadat een bestelling niet kon worden afgeleverd. Gelukkig maar, anders zouden Max en Cressida de hele nacht alleen zijn geweest zonder dat ik het wist.'

Het is de eerste keer dat ik dit hardop zeg. Wat zou er gebeurd zijn als mrs. Shahjalal Max niet had gezien? Cressida is zo klein dat ze binnen een paar uur gevaarlijk uitgedroogd had kunnen raken. Max is te jong om te weten hoe hij iemand moet bellen. Misschien zou hij geprobeerd hebben zichzelf en Cressida te eten te geven. Ik moet er niet aan denken. De tragedies die zich zouden hebben kunnen afspelen, zijn te heftig.

'Ze vertelde dat UPS hier een pakketje probeerde af te leveren,' vervolgt hij. 'We proberen de betreffende bezorger op te sporen voor het geval hij iets heeft gehoord of gezien. Een van uw andere buren aan deze kant van de straat – mr. McWhirter – zei dat hij gisterochtend rond elf uur een auto zag stoppen voor uw huis.'

Ik schiet rechtop. 'Heeft hij het kenteken?'

'Nee. Hij zei dat het een witte sedan was, maar was niet zeker van het merk of model. Hij weet zeker dat hij op de stoep parkeerde en er tien tot twintig minuten bleef staan. We zullen navraag doen bij lokale taxibedrijven. Een andere buurvrouw, mrs. Malvern van nummer 29, zei dat ze meende in de loop van de ochtend een schreeuw te hebben gehoord, maar kon het niet met zekerheid zeggen.'

'Mijn collega noteerde dat u een defect slot had op de achterdeur van uw tuin, klopt dat?'

Ik knik, kan wel door de grond zakken. Ik had het moeten repareren. 'Ja.'

'Er zijn de afgelopen maand wat incidenten in deze buurt geweest, dus dat zullen we ook nagaan.'

'Incidenten?'

'Inbraken. U zei dat er geen kostbaarheden ontbreken, correct?'

'Niet dat ik weet.'

Hij kijkt me onderzoekend aan, dus voeg ik eraan toe: 'Ik werk van maandag tot en met donderdag elders in het land. Dus ik weet niet precies wat zich allemaal in huis bevindt.'

'We zullen de deur op vingerafdrukken controleren.'

Rechercheur Welsh zegt dat ze me nog een paar vragen willen stellen, hoewel 'een paar' er in dit geval zoveel blijken te zijn dat ik de tel kwijtraak. Nummers van zorgpolissen, gegevens van verzekeringsmaatschappijen, scholen waar we op hebben gezeten, iedereen met wie we contact hebben. Ze willen meer weten van mijn baan, van Eloïses werk, en ik vertel hun dat ze acht jaar geleden Children of War heeft opgericht, een stichting die vluchtelingenkinderen emotionele steun en onderwijs biedt. Hierin zijn de rechercheurs uitermate geïnteresseerd en ze maken uitgebreide aantekeningen. Wanneer ze het oprichtte, wat voor werk erbij komt kijken. Door hun vragen realiseer ik me hoeveel ik niet weet over de stichting.

'Zijn er collega's die een appeltje met haar te schillen hebben?' vraagt Canavan. 'Iemand die de stichting geld schuldig is?'

'Ik heb geen idee, ben ik bang.'

Hij trekt zijn wenkbrauwen op. 'Praatte ze niet over haar werk? Over de mensen met wie ze werkte?'

'Ik geloof dat Eloïse zo goed in haar werk was dat alles van een leien dakje leek te gaan.' Zelfs in mijn eigen oren klink ik niet erg overtuigend. Vlak voordat ik mijn slechte-echtgenootboetekleed ga opdiepen, bedenk ik dat haar echt bijna alles moeiteloos leek af te gaan. Daarom vroeg ik eigenlijk nooit ergens naar. Als iets goed of slecht liep, ging ik ervan uit dat ze me dat zou vertellen. En natuurlijk is ze momenteel fulltime thuis bij de kinderen.

Hij tikt met de pen tegen het notitieblok. 'Desondanks is het belangrijk dat we een compleet beeld krijgen van wat er voorafgaand aan haar verdwijning is gebeurd. Eventuele interviews die ze in de media heeft gegeven. Alles wat ook maar in de verste verte met haar werk te maken heeft, kan uiterst nuttige informatie blijken.'

'En haar gemoedstoestand?' vraagt Welsh.

'Eloïses gemoedstoestand?' herhaal ik. 'Wat is daarmee?'

'Wel, ze is onlangs bevallen. Soms kunnen vrouwen last krijgen van stemmingswisselingen of depressies.'

Ik schud mijn hoofd. 'Ze voelde zich prima.'

'Heeft ze in het verleden ooit symptomen van depressie of emotionele instabiliteit gehad?'

Er komt een herinnering boven. 'Nou, ze heeft een poosje bij een therapeut gelopen nadat Max was geboren, maar verder ging het prima met haar.'

'Welke therapeut?' vraagt Canavan, en ik zie dat hij alles opschrijft wat ik heb gezegd en het onderstreept.

Ik wrijf over mijn gezicht, probeer na te denken. 'Ik kan me de naam echt niet herinneren. Ik bedoel, het is meer dan vier jaar geleden. Een kraamhulp bleef maar doorzeuren over Els stemming na de geboorte van onze zoon. Hoewel El zei dat ze zich prima voelde, alleen een beetje moe, moest ze met iemand gaan praten. Maar de therapie zat er al heel snel op. Het had niets om het lijf.'

'Dat zullen we ook onderzoeken,' zegt Welsh, met een blik op Canavan.

'Ik denk echt niet dat dit iets te maken heeft met haar vermissing,' zeg ik, bang dat ze tijd zullen verspillen aan iets volkomen irrelevants. Het bestaat niet dat dit komt doordat El een slechte dag had.

'We moeten deze mogelijkheid uitsluiten,' zegt Canavan gedecideerd. 'We zien zo vaak zaken voorbijkomen waarbij een geliefde spoorloos verdwijnt omdat ze niet willen toegeven dat ze het moeilijk hebben en niet weten waar ze hulp moeten zoeken.'

'Ik weet vrij zeker dat mijn vrouw niet in die categorie valt.'

Hij negeert me. 'Kunt u verder nog iets bedenken? Iets wat ontbreekt, persoonlijke bezittingen die weg zijn? Zelfs een enkele creditcard kan een groot verschil maken voor het onderzoek.'

Ik schud mijn hoofd, maar dan schiet me iets te binnen: het Zwitserse paspoort. Ik vertel Welsh en Canavan dat het weg is, maar dat ik het sowieso al heel lang niet heb gezien. 'Ze gebruikte het nooit,' zeg ik. 'Meer een aandenken aan haar afkomst. Trouwens, als ze het had gebruikt om naar het buitenland te reizen, had ik het op het creditcardoverzicht gezien. Maar ik vond dat ik het moest melden.'

Welsh en Canavan reageren hier allebei een stuk heftiger op dan ik had verwacht. 'Ze kan contant geld hebben gebruikt om te reizen. Hebt u dat niet in huis?'

Ik zeg van wel, maar dat het er allemaal nog is.

Magnus en ik beginnen een lijst te maken van iedereen met wie El ooit contact heeft gehad, terwijl Canavan zijn aantekeningen uitwerkt. Hij onderbreekt Magnus en mij om meer vragen te stellen: adressen en telefoonnummers, een lijst van Eloïses sociale netwerk. Tot mijn schande moet ik zeggen dat ik me de namen van veel van haar vriendinnen niet kan herinneren en geen idee heb waar ze wonen. Ik beloof de gegevens van Facebook te halen, maar hij zegt dat dat niet hoeft; ze gaan hun eigen onderzoek doen naar de activiteiten van mijn vrouw op de sociale media en haar e-mails doornemen. Hiervoor hebben ze alle apparaten nodig waar ze toegang toe heeft: haar laptop, tablet en mobiele telefoon. Ze zullen onze bankrekeningen controleren, Eloïses stichting, en ze gaan met onze huisarts praten.

‘En hoe gaat het nu verder?’ vraag ik vanuit de deuropening wanneer het vraaggesprek ten einde loopt. Ik ben afgepeigerd.

‘Er zijn een aantal stappen in het geval van vermiste personen,’ antwoordt Canavan. ‘Eloïse valt onder de zogenaamde verhoogde-risicogroep, gezien het feit dat ze fysiek wellicht niet helemaal hersteld is van de geboorte van uw dochter. Eerst zullen we een huiszoeking moeten doen.’

Ik staar hem aan. ‘Een huiszoeking?’ Insinueert hij nu dat ik mijn vrouw heb vermoord en haar onder de gladiolen heb begraven?

Rechercheur Welsh moet de uitdrukking op mijn gezicht hebben gezien, want ze haast zich om het uit te leggen. ‘We zijn ons ervan bewust dat twee kleine kinderen het momenteel zonder moeder moeten stellen, en dat Eloïse onlangs is bevallen. Die twee dingen tezamen maken dat deze zaak hoge prioriteit krijgt. We willen er echt voor zorgen dat we haar zo snel mogelijk vinden. Een huiszoeking is standaardprocedure.’

Welsh komt oprecht meelevend over, en haar rol in dit team wordt me duidelijk. Haar houding is zachtaardig, het soort dat ik normaal gesproken associeer met kleuterjuffen en kinderoppassen.

Zodra ik me ervan heb verzekerd dat ik niet op het punt sta in de handboeien te worden weggevoerd van mijn kinderen, stap ik uit de deuropening om hun toegang tot de trap te geven. Snel en efficiënt kammen ze het huis uit, pellen onze levens laag voor laag af.

De huiszoeking neemt het grootste deel van de middag in beslag. Na een korte discussie over of ik Max wel of niet naar het kinderdagverblijf moet laten gaan, zetten Gerda en Magnus hem daar af vanuit de gedachte dat zijn vaste dagritme niet te veel verstoord moet worden. Daarna pakken ze een luiertas in en gaan met Cressida naar het park, terwijl ik heen en weer drentel tussen de speelkamer en de keuken, luisterend naar de geluiden van wildvreemden boven die door onze kasten en laden gaan en zo nu en dan met een doos speelgoed of papieren tevoorschijn komen.

In de keuken neem ik de papierwinkel van ons gezin in de eikenhouten ladekast door, op zoek naar iets waaruit een reden voor dit alles zou kunnen blijken, iets concreets en verklaarbaars. Bonnen, geboortebewijzen, Max' schilderijtjes van het kinderdagverblijf. Nog steeds geen spoor van het Zwitserse paspoort, en dus bel ik onze bank om te controleren dat er geen betalingen in behandeling zijn, geen vliegtickets geboekt. Daarna stort ik me nogmaals op Els laptop en telefoon, voordat ze door de politie in beslag worden genomen. Het duurt een tijdje om haar e-mailwachtwoord uit te vogelen, maar uiteindelijk heb ik hem: MaxJan11. Ik ben een eeuwigheid aan het speuren naar trein- of vliegtickets, maar er is niets. Ik log in op haar Facebookaccount. Uit haar laatste statusupdate blijkt niets abnormaals:

De hele ochtend big smiles van Cressida! Stapelgek op dit meisje

Ze had berichtjes gestuurd naar haar vriendinnen Rachael, Mimi en Niamh om af te spreken voor koffie in het park, en een eBay-bod gedaan op een kleuterbed. Ze had onlangs telefoontjes gepleegd met de stomerij, Gerda en mij. Op haar telefoon staan honderden foto's, het merendeel genomen door Max, zo lijkt het – deze beelden zijn voornamelijk van Max' neus, hand en het tapijt, plus een paar wazige plaatjes van Cressida in diverse stadia van ongenoegen. Er zijn ook een aantal onscherpe van Eloïse, en ik kan er niets aan doen, maar bij het zien van deze beelden val ik in een stoel en worstel met de aandrang om ineen te schrompelen tot een zielig, emotioneel wrak. Het is meer uit frustratie, of misschien een mengelmoes van extreme emoties, dat er ineens tranen over mijn gezicht stromen.

Op deze foto's lijkt El niet in de gaten te hebben gehad dat ze werden genomen. Op eentje ligt ze te slapen in Max' bed, zijn Thomas de stoomlocomotief-dekbedhoes zichtbaar. Op een andere zit ze in kleermakerszit op de vloer bij zijn Peppa Big-speelgoed. Op weer een andere is ze van achteren gekiekt terwijl ze bij de achterdeur staat, haar hoofd naar rechts gedraaid. Ik swipe naar de volgende foto, ga dan weer terug.

Ze heeft iets in haar hand.

Ik zoom in. Het beeld is onscherp, en in eerste instantie doe ik het kleine, witte voorwerp af als een pen, maar bij nadere bestudering kan ik zien dat de ijle witte spiraal boven haar hand rook is, omhoog kringelend in een dunne witte sliert. Een sigaret.

De datum erop is 7 februari 2015. Dit jaar. Een maand geleden. Ik tuur er langdurig naar, vraag me af of het Eloïse is op de foto of iemand anders, misschien een van haar vriendinnen. El heeft nooit gerookt. Ze had een gruwelijke hekel aan het hele concept roken, begon te hoesten en met haar handen te wapperen als iemand in de buurt er eentje opstak. Wat heet, het was op het gênante af hoeveel stennis ze daarom kon maken. Ik stopte al snel nadat we een relatie kregen, omdat ze me anders dreigde te dumpen.

Als ze om een of andere reden plotseling had besloten om ermee te beginnen, zou ze het míj toch zeker wel verteld hebben? En waarom op het moment dat Cressida amper acht weken oud was? Eloïse besloot zo ongeveer veganist te worden om te zorgen dat Cressida de beste voeding kreeg zolang ze nog aan de borst was – dus róken? Ik ben verbijsterd. Het lijkt niet in het plaatje te passen, en toch staat ze hier. Te roken. Ik schiet bijna in de lach, zo bizar is het. Ik weet bij god niet hoe ik zelfs maar moet beginnen te interpreteren wat deze ontdekking betekent.

Ik loop de hele galerij door, bestudeer alles op eventuele aanwijzingen die evenmin stroken met mijn beeld van haar. Op een van de video's staat El te lachen en te klappen terwijl Cressida met haar beentjes trappelt op de speelmat. Dit komt overeen met de vrouw die ik ken en van wie ik hou, en dus slaak ik een zucht van verlichting, alsof ik haar heb teruggevonden. In een ander filmpje ligt ze te slapen in de woonkamer, terwijl Max tegen de camera zegt dat ze heel stil moeten zijn om mama niet wakker te maken.

Ik prent in mijn geheugen dat ik goed moet nadenken hoe ik Max ga vragen of mama wel eens rookt.

Op het moment dat ik probeer uit te vogelen hoe de vaatwasser werkt, komt rechercheur Canavan de keuken in met een babymonitor in zijn handen. 'We gaan deze beelden laten bekijken door ons technisch team, als dat goed is.'

Ik knik. 'Ja, natuurlijk.' Ik vertel hem dat ik ze al heb nagelopen in de hoop dat ze ons konden vertellen waar ze naartoe is gegaan. Plotseling is hij een en al oor, en de moed zakt me weer in de schoenen wanneer ik hem vertel dat de apparatuur uitstond.

'Hebt u één camera, of hangen er meer in huis?'

Hierop heb ik wel een antwoord. 'We hebben er vier. Een camera in beide kinderkamers, eentje in de speelkamer en eentje gericht op de overloop boven. Ze zijn draadloos.'

'En zijn de babycamera's verbonden met een online account?'

'Mijn vrouw had ze gesynchroniseerd met haar telefoon. Ik heb het al gecontroleerd. Ze had de camera's uitgeschakeld.'

Canavan knikt. 'We laten ons technisch team ernaar kijken.'

20 maart 2015

Kommeno-eiland, Griekenland

Eloïse: Mijn dromen zijn vreemd en levensecht. Ik droom dat ik met een bol rode wol in mijn hand door de achterdeur van de boerderij naar buiten loop. Alleen is het eiland met zijn onmetelijk blauwe zee rondom nergens te bekennen achter de drempel – in plaats daarvan stap ik een donkere grot in.

Ik ben doodsbang voor het donker, voor de ingang van de grot gevormd door snijtandachtige stalactieten en grillige wanden, maar ergens weet ik dat ik naar binnen moet gaan. Ik heb geen keuze. Ik vind een aansteker in mijn achterzak en knip hem aan om mijn pad bij te lichten. Bij mijn voeten zie ik ondiepe plassen modderig water. De grot is smal, hoewel het gewelf hoog is – wel een meter of vijf. De grot loopt niet erg ver rechtdoor, maar lijkt zich om talloze bochten te kronkelen, waarbij hij zich af en toe verbreedt tot drie à vier meter en dan weer versmalt tot ongeveer een meter. Ik hou de bol wol in de ene hand en de flakkerende aansteker in de andere, mijn mond droog van de spanning.

Op een gegeven moment merk ik dat de wol is gaan afrollen op de grond achter me. Ik buk om de draad op te pakken, maar als het vlammetje daarbij dreigt te haperen, bedenk ik dat het geen slecht idee is om de wol te laten afrollen – wanneer ik terug moet keren naar de ingang, zal ik zo de weg terug kunnen vinden, ook als het vlammetje helemaal uitgaat.

Dus vervolg ik mijn weg, dieper de grot in, waarbij het vlammetje van mijn aansteker de omgeving gaandeweg in een geel waas hult. De stalactieten worden langer, breder, druipend van het vocht. Zo nu en dan hoor ik een ritselend geluid dat duidt op de aanwezigheid van vleermuizen. Ik krijg er kippenvel van, maar ik sluit mijn ogen en fluister tegen mezelf. Rustig maar. Je kunt dit. Niet bang zijn. Blijf doorlopen, dan vind je vanzelf de weg terug.

Na een hele poos lijk ik een soort middelpunt te hebben bereikt, een ronde ruimte van waaruit diverse gangen het donker in lopen. Ik vind een grote, ronde rots en ga erop zitten met mijn bol wol, die nu niet groter is dan een pruim. Ik heb nog heel weinig wol over, en mijn aansteker begint zoetjesaan leeg te raken. Ik heb de wol nodig om de weg terug te vinden, maar ik weet dat ik door moet lopen tot aan het eindpunt. Daar wacht iets op me. Ik moet het vinden.

Wanneer ik opsta om een pad te kiezen, doet een oorverdovend geluid de wanden van de grot trillen. Een laag, zwaar gegrom van iets wat groter is dan een hond of wolf. Een neushoorn misschien, of een os.

Ik laat mijn aansteker vallen, waardoor de grot wordt ondergedompeld in een donkere brij. Ik scharrel over de grond om hem terug te vinden, mijn knieën, handen en gezicht nat spetterend in plassen stilstaand water. Het gegrom klinkt nogmaals op, een rommelend geluid een meter of honderd bij me vandaan. Eindelijk stuiten mijn vingers op een klein plastic voorwerp, en ik gris de aansteker van de grond. Maar hoe vaak ik er met mijn duim ook op druk, het vlammetje laat zich niet meer zien.

'Hallo? Joehoe?'

Ik word wakker van iemand die me heen en weer schudt, een paar knokige handen die mijn arm vastgrijpen en een stem die iets sist wat ik niet kan verstaan. Het duurt een paar tellen voor me begint te dagen waar ik ben; fel zonlicht door een rond raampje, de muffe geur van een vochtige ruimte. Ik ben in de zolderkamer, en een sprietige figuur met een warrige krullenbos staat over me heen gebogen. Hazel.

'Hallo?' zegt ze. 'Hallo, hallo, hallo?'

'Ja?' fluister ik.

'Jemig, het is echt heel maf om je niet bij je naam te kunnen noemen. Moeten we er soms een voor je verzinnen?'

Ik kijk naar wat ze vasthoudt: een schotel en theekopje dat tot de rand is gevuld met een waterig groen goedje. Ik vang er een vleugje van op – chemisch en kruidig tegelijk. 'Wat is dat?'

'Wat? O, dit is saliethee.'

'Saliethee?'

'Sariah zei dat je het helemaal moet opdrinken. Ze zei dat het helpt.'

Moeizaam probeer ik rechtop te gaan zitten. Ik heb totaal geen kracht in mijn armen en ik ben duizelig, ook al lig ik languit. Hazel zet de kop-en-schotel op de grond en helpt me overeind, propt een kussen tussen mij en het hoofdeinde.

'Ziezo. Beter?' Ze bukt om de kop-en-schotel weer op te pakken.

Ik neem ze van haar aan en bekijk de inhoud: geelgroengekleurd heet water, twee ovale blaadjes op de bodem van het kopje. Ik snuif de geur op. Het ruikt smerig. 'Mag ik vriendelijk bedanken,' zeg ik en ik wil het hele handeltje teruggeven, maar Hazel kijkt verschrikt.

'Nee. Sariah zei dat je het moet opdrinken.'

'Móét opdrinken?'

Intussen heeft Hazel een stoel bijgetrokken, haar handen in haar schoot gevouwen. 'Het is voor je – je weet wel.'

'Mijn wat?'

Ze klakt met haar tong alsof ik me van de domme hou, leunt dan voorover en fluistert: 'Je tíéten.'

Een ogenblik vraag ik me af of ze een geintje maakt, maar dan vlamt de pijn weer op: een diepe, scherpe, onzichtbare wond, alsof iemand gloeiende poken door mijn tepels steekt. Mijn T-shirt plakt tegen mijn bovenlijf, net of er iets uit is gelekt en is opgedroogd. Het is geen bloed.

Hazel kijkt me met ernstige, wijd opengesperde ogen aan, als een peuter die voor het eerst een schuttingwoord heeft gezegd. Ze heeft iets weg van een heel jong, ondeugend kind gevangen in het lichaam van een vijftigjarige.

'Sariah zei dat je stuwing moest hebben, want er zat te veel melk in je borsten. Je weet wel, na je wandeling met Joe? Ze zei dat het door de saliethee weggaat en je je dan weer beter zult voelen.'

Ik breng een hand naar mijn borsten, hoewel ze niet meer aanvoelen als deel van mijn lijf. Eerder als hete stenen die iemand op mijn borst heeft gelegd om me te verzwaren.

Terwijl ik de walgelijke thee opdrink, kijkt Hazel zwijgend toe, haar hoofd nieuwsgierig opzij gebogen. Zodra ik het op heb, zegt ze: 'Werkt het?'

'Hazel, zei je nou dat ik moedermelk had?'

'Hm? O, ja. Dat zei Sariah althans.'

Er gaat een koude rilling door me heen. Dit betekent dat ik een kind heb. Een jong kind. Waarom kan ik me dit niet herinneren? Was het kind bij mij in de boot? Is hij of zij verdronken?

'Hé, rustig aan.' Hazel staat op en streelt mijn haar. 'Kom op. Niet huilen. Je moet ophouden met huilen, daar schiet je niets mee op.'

Ik kan niet praten. Uit mijn mond komen alleen verschrikkelijke geluiden. Ik ben zo kwaad en in de war. Waarom ben ik hier? Waarom kan ik me niet herinneren wat er is gebeurd?

Uiteindelijk slaat Hazel haar armen om me heen en houdt me vast totdat ik kalmeer.

'Stil maar,' zegt ze, en ook al voelen haar armen aan als twijgjes, ik merk dat ik dieper ga ademhalen. 'Het is in orde,' zegt ze. 'Wij zijn er voor je. Wij zorgen voor je.'

Ik veeg de tranen van mijn gezicht. De huilbui heeft al mijn energie opgeslorpt.

'Dat is waar ook: je moet deze ook innemen.'

Ineens heb ik twee witte pilletjes in mijn hand. 'Wat zijn dat?'

'Pijnstillers, geloof ik. Joe gaf ze mee. Hij zei dat je die moet blijven innemen totdat het beter gaat met de spieren in je nek.'

Ik sla ze achterover met het restje theedrab. Hazel blijft zitten, benen over elkaar geslagen, en straalt iets ongedurigs uit. Hoe dankbaar ik haar ook ben dat ze deze naar boven heeft gebracht, ik wil slapen. Ik bedank haar en schuifel voorzichtig weer onderuit in het bed, mijn oogleden al zwaar van de slaap.

'Hoe zullen we je dan noemen?' vraagt Hazel opgewekt.

Ik slaak een diepe zucht. Het kan me niet bommen hoe ze me noemt.

'Wat dacht je van Hazel?'

Vermoeid kijk ik haar aan. 'Zo heet jij toch?'

'Vind je het niet mooi?'

'Moet je niet schrijven vandaag?' vraag ik zwakjes.

Ze schudt haar hoofd. 'Ik haat het.'

'Je haat schrijven?'

'Ja. Haat het,' zegt ze met een raar lachje op haar gezicht, een beetje aanstellerig. 'Maar ik beloofde Sariah, Joe en George dat ik mee zou doen en me zou gedragen.' Ze zet een pruilmondje op, bijt dan op haar lip.

Mee zou doen met wat? Ik weet niet wat ik moet zeggen.

'Kun je je echt helemaal niets herinneren?' vraagt ze kribbig. 'Of doe je maar alsof?'

'Wat? Waarom zou ik in hemelsnaam doen alsof?'

Haar grijze kraaloogjes kijken me strak aan, om te controleren of ik de waarheid spreek. 'Weet ik veel,' zegt ze schouderophalend. 'Het zou kunnen. Raar, niet meer te weten wie je bent. Maar je blijft hier nog een poosje, toch? Leuk, om er iemand anders bij te hebben.'

Ik ben gevleid, maar eerlijk gezegd blijf ik hier geen minuut langer dan nodig is. Als ik moedermelk heb, betekent dat dus dat ik een kind heb. Ik moet zo snel mogelijk van dit eiland af zien te komen. Ik vraag haar: 'Heeft George iets van de politie op Kreta gehoord?'

'Nee. Niks.' Ze bijt op haar lip. 'Hoor eens, ik moet je wat vertellen.'

'Over de politie?'

'Nee, niet over de politie.' Ze kijkt achterom. Vanwaar ik lig, lijkt de deur dicht. Dan buigt ze voorover en fluistert: 'Ik heb een geheim.'

'Een geheim?'

Ze grijnst, waarbij haar ogen oplichten. 'Ik mag het eigenlijk niet vertellen.'

Ik val stil. Haar woorden hebben me angst aangejaagd.

'Wat mag je eigenlijk niet vertellen, Hazel?'

'Beloof je dat je niets zult zeggen?'

'Dat beloof ik.'

Opeens kijkt ze angstig. 'Want als je dat wel doet, zou George...'

'Zou George wat?'

Ze deinst terug. Ik voel mijn hart tekeergaan. Wat wil ze me vertellen?

'Je komt niet van dit eiland af.'

'Wat?'

Van een harde roffel op de deur schrikken we allebei op.

'Hazel?' roept een stem. 'Ben je daarbinnen, Hazel?'

Hazel stuift de kamer door. 'Ik kom al!'

Bij de deur draait ze zich om naar mij, legt een vinger tegen haar lippen, en mijn mond valt open. Ze zei dat ik niet van dit eiland af kom. Waarom zou ze dat nou zeggen?

Sariah komt de kamer binnen. Ze kijkt Hazel aan, werpt dan een blik op mij. 'Gaat het?' vraagt ze, en ik knik bevestigend. Ik zie dat ze een dienblad met eten bij zich heeft, waarvan de geur naar me toe drijft en het water me in de mond loopt.

Ik ga weer rechtop zitten, deels aangespoord door het vooruitzicht van eten, deels popelend om Sariah te vragen waarom Hazel zoiets raars zou zeggen.

'Mooi zo,' zegt Sariah met een warme glimlach, en ze schrijdt de kamer door in een lange turquoise jurk. Ze ziet er steevast uit als een Marokkaanse koningin, met al die sprekende kleuren, kralenkettingen en een gracieuze houding die ik erg geruststellend vind. Ze brengt het dienblad naar het bed en zoekt een plek om het neer te zetten, besluit de stoel te nemen waar Hazel zojuist op zat. Daarna draait ze zich met een ruk om en werpt een strakke blik op Hazel, die nagelbijtend in de deuropening is blijven dralen.

'Alles oké, Hazel?' vraagt Sariah.

Het geluid van krakende vloerplanken geeft Hazels vertrek aan.

Sariah draait zich weer naar mij om, waarbij de glimlach op haar gezicht terugkeert. 'Goed dan. Nee, nee. Blijf zitten. Ik help je wel met eten, oké?'

Ze roert in een kom rode, lekker ruikende soep, waarna ze een lepel vol naar mijn mond brengt. Ze vraagt naar de thee, of ik die heb opgedronken, vraagt dan hoe ik me voel, waar het pijn doet en hoe erg. Wanneer ik haar dat vertel, luistert ze en knikt en wrijft over mijn hand.

'Wat had Hazel te vertellen?' vraagt ze.

'Ze zei dat ik nooit van dit eiland af kom.'

Ze kijkt op. 'Zei Hazel dat?'

Ik knik, waarop ze hoofdschuddend zucht.

'Let niet op haar,' zegt ze en ze geeft me nog een lepel soep. 'Ze ziet ze vliegen, die meid. Ze is gefascineerd door jou. Dat is het gewoon.'

'Gefascineerd?'

'Laat Hazel maar aan mij over,' zegt ze, haar rug rechtend. Een vluchtig glimlachje. 'Ik zal zeggen dat ze je niet moet lastigvallen.'

Plotseling dringen zich tal van vragen aan me op, en alsof ze dit aanvoelt, zegt Sariah: 'Je vraagt je vast af waarom wij vieren helemaal hierheen zijn gekomen, naar een Grieks eilandje met niets anders dan geiten en zon.'

Het is niet de bedoeling dat ik hierop reageer, dus hou ik mijn mond.

'Nou ben ik niet iemand die een ander dwingt iets tegen zijn wil te doen,' zegt ze, haar accent nu zwaarder. 'Maar ik heb de mannen wel een beetje onder druk gezet om hierheen te gaan. Deels vanwege de geïsoleerde ligging, ja, maar grotendeels vanwege de verhalen die mijn moeder me vertelde toen ik nog een klein meisje was. Mijn moeder was heel vaak in Griekenland geweest, en ze was dol op de mythen. De bouwstenen van elk verhaal dat we te horen kregen, die mythen. En haar favoriete was die over Pandora. Je weet wel: de doos?'

Ik knik.

Ze gaat verder, geeft me intussen nog wat soep. 'Het verhaal luidt dat Pandora een doos niet mocht openen en ze haar nieuwsgierigheid niet kon bedwingen, dus opende ze hem natuurlijk toch, en alle rampspoed vloog eruit. Waar of niet?' Ze zwijgt even, schudt haar hoofd. 'Niet. Dit is de versie van de mythe die is overgeleverd. In de oorspronkelijke mythe wordt heel duidelijk vermeld dat Pandora exáct wist wat zich in die doos bevond. Althans, dat zei mijn moeder. Ik weet het niet. Die versie is me mijn hele leven bijgebleven.' Met trage, bedachtzame bewegingen roert ze door de soep, schept dan een klein beetje op en brengt het naar mijn mond. Ze wacht tot ik het heb doorgeslikt, tot ik weer luister.

'De laatste tijd heb ik er meer en meer over nagedacht. Het lijkt mij dat die bijkomstigheid, het feit dat ze het wist, het hele verhaal verandert. Daardoor wordt Pandora dapper. Een tijgerin. Ze aarzelde niet omdat ze gehoorzaam was, maar omdat ze de voor- en nadelen tegen elkaar afwoog. Is het beter om een leven te leiden zonder tegenslag, of de realiteit onder ogen te zien en er sterker uit te komen?'

Onderzoekend kijkt ze me aan. 'Wat ik hiermee wil zeggen, is dat als je vermoedt dat je ergens voor wegloopt, als je denkt dat je iets niet onder ogen wilt zien, dan is mijn advies aan jou: wees een tijgerin.'

Ik knik zo diep als mijn nek toelaat, en zij blijft me in gedachten verzonken soep voeren totdat die op is.

18 maart 2015

Potter's Lane, Twickenham

Lochlan: Magnus en Gerda zouden inmiddels terug moeten zijn. Max zit tot halfvier op het dagverblijf en het is al na vieren. Ik bel Gerda's mobiel en er wordt niet opgenomen. Ziek van ongerustheid probeer ik Magnus' nummer. Ze hebben een auto-ongeluk gehad, ik weet het zeker. Ik geloof niet dat ik er nog meer bij kan hebben.

'Hallo?' zegt Magnus.

'Magnus, waar blíjven jullie? Het is tien voor halfvijf.'

'Een ogenblikje, ik geef je Gerda even.' Een gedempt geluid terwijl de telefoon wordt overgegeven, dan Gerda's nasale stem.

'Met wie spreek ik?'

'Waar zijn jullie in godsnaam? Waar zijn mijn kinderen?'

'We rijden nu de straat in, knul, doe niet zo overspannen.'

Wanneer ik de straat op storm, zie ik Magnus' zilvergrijze Bentley met een slakkengangetje op me af komen tuffen. Hij parkeert langs de stoep en stapt uit, terwijl ik mijn handen losschud, misselijk van de zenuwen. Ik ruk het portier open en steek mijn armen naar binnen om Max te pakken, die zich al heeft los geklikt uit zijn kinderzitje en een stuk papier uit zijn rugzak trekt.

'Pap! Pap! Kijk wat ik op school heb gemaakt! Het is voor mama!' Hij steekt me een met verf en glitters bedekte, dubbelgevouwen kaart toe voordat hij op het huis afrent, zijn Thomas de stoomlocomotief-regenjack achter hem aan wapperend.

'Max!' schreeuw ik. 'Kom terug!'

Hiervan schrikt Cressida, die begint te blèren in haar maxicosi, maar ik ren achter Max aan, bang dat hij ineens van zijn koers naar ons huis afwijkt en de weg op spurt, of struikelt.

'Zal ik de baby dan maar nemen?' snauwt Gerda wanneer ik langs haar stuif.

Binnen roept Max luidkeels om zijn moeder. Zijn eerste stop is de keuken, waar de rode tulpen die ik voor hem kocht om voor Moederdag aan Eloïse te geven, nog in bloei staan in een vaas bij het raam; de kaarten die we voor haar schilderden, met magneetjes op de koelkast gehangen.

'Is mama nog niet terug?' vraagt Max, speurend onder de keukentafel.

Ik ben te overstuur en bekaf om een aannemelijke leugen te verzinnen. 'Kom eens hier, Maxie. Ik moet je wat vragen.'

Ik ga op mijn hurken zitten en gebaar dat hij bij me moet komen, maar hij blijft zoeken, stormt uiteindelijk langs me om in de andere kamers te kijken. Ik onderschep hem en leg mijn handen op zijn schouders.

'Maxie, ik moet je iets over mama vragen,' zeg ik. Een stemmetje in mijn achterhoofd eist dat ik een paar tellen neem om na te denken over wat ik ga vragen, om mijn woorden zorgvuldig te kiezen. Het ligt gevoelig om hem ernaar te vragen, vooral omdat hij zo ontdaan is dat ze er niet is. Tegelijkertijd zit ik in mijn maag met de huiszoeking door de politie en de foto van Eloïse met een sigaret in haar hand.

'Max? Max,' zeg ik, want hoewel het me gelukt is hem stil te laten staan, turen zijn ogen achter me en staat hij op zijn tenen het huis af te speuren naar iets waaruit blijkt dat ze terug is. Eindelijk weet ik zijn aandacht te trekken.

'Max, je weet toch dat opa Magnus rookt?'

Hij denkt er even over na, knikt dan.

'Nou, ik vroeg me af of je misschien wel eens iemand anders had zien roken.'

Zijn ogen lichten op. 'Ja. Ik zag een mevrouw met een sigaret.'

'O ja?'

'Ja, en ze gooide hem op de grond, pap, en ze raapte hem niet op, en dat is stout, toch, pap?'

'Ja, maar... Oké, ik bedoel hier. Bij ons thuis. Mama rookt toch niet, hè?'

'Van roken word je hierbinnen zwart.' Hij wijst op zijn borst. 'Dat zei opa Magnus.'

'Oké, maar...'

'Pap?'

'Ja?'

'Betekent dat dat opa Magnus vanbinnen zwart is?'

'Max? Nu moet je even luisteren. Lukt dat, denk je?'

'Ja, pap.'

Angst klinkt in zijn stem door, en de schrik op zijn gezicht doet mij inbinden. Ik moet niet te fel van leer trekken tegen hem. Ik moet het met beleid aanpakken.

'Max, heb je mama wel eens zien roken?'

'Ehmmm, nee. Ja.'

'Wel?'

'Nou, ik geloof dat mama er eentje rookte, toch?'

Opnieuw sta ik versteld. 'Mama rookte een sigaret?'

Hij buigt naar voren en fluistert: 'Ja, maar niet doorvertellen, hoor. Het is een geheimpje.'

'Waarom?'

'Het is stout om een sigaret te roken.'

'Zei mama waarom ze er eentje rookte?'

'Mag ik Netflix, pap?'

'Natuurlijk. Maar kun je me vertellen waarom mama er eentje rookte?'

'Mag ik *Peppa Big* kijken?'

'Max? Waarom rookte mama?'

'Ik geloof... om zich beter te voelen.'

Zachtjes strijk ik het haar uit zijn gezicht, probeer oogcontact te houden. 'En toen je wakker werd en mama weg was? Weet je dat nog, Maxie?'

Zodra de woorden mijn mond uit zijn, weet ik dat het de verkeerde vraag is. Zijn uitdrukking slaat om van speels naar bezorgd, en zijn ogen laten de mijne los om naar haar te zoeken.

'Wil je je telefoon pakken en tegen mam zeggen dat ze nu thuis moet komen, alsjeblieft?'

'Ze komt gauw weer terug, Maxie.'

Hij kijkt naar me op met grote, hoopvolle ogen. 'Wanneer?'

'Dat weet ik niet.' Stom, stom, stom.

Zijn gezicht betrekt. 'Je zei dat ze terugkwam.'

Ik laat me op mijn knieën zakken en, hoewel alles in me zegt het onderwerp weer op Netflix te brengen, zeg ik: 'Ze moest naar een congres voor haar stichting, Maxie. Je weet toch dat ze af en toe jongens en meisjes helpt die geen huis meer hebben?'

Het werkt. Zijn gezicht klaart op bij het beeld van zijn moeder die ergens aan het werk is voor kinderen die geen speelgoed of Netflix hebben.

'Oma zei dat mama een poosje bij een vriendin logeerde.'

De voordeur knalt dicht en de stemmen van Gerda en Magnus gonzen door de hal. Max draait zich om en trekt de keukendeur open, rent op hen af.

'Oma! Is mama bij haar vriendin?'

Gerda draait zich om in de deuropening naar de huiskamer, Cressida in haar armen, die met haar vuistjes door de lucht maait. Ze kijkt me fronsend aan. 'Eh, ja. Mama is bij een vriendin, lieverdje,' zegt ze tegen Max. Haar toon overtuigt hem niet, en hij draait zich weer naar mij om.

‘Maar papa zegt dat mama… Waar was mama ook weer heen, zei je?’

‘Je moeder moest weg,’ buldert Magnus vanuit de andere kamer, waarna hij tevoorschijn komt om Cressida van Gerda over te nemen, alleen om haar wat op en neer te laten wippen. Enkele tellen later spuugt ze over zijn overhemd.

Max barst in tranen uit. Hij draait zich om en rent de trap op, luidkeels roepend: ‘Mama! Mama!’

‘Fijn, Magnus,’ zeg ik terwijl ik achter mijn zoon aan de trap op ga. ‘Lekker subtiel.’

‘Pardon?’

Halverwege de trap draai ik me om. ‘Waarom moest je zo tegen hem brullen?’

‘Ik brul helemaal niet,’ brult hij, zijn galmende stem versterkt door de betegelde hal.

Op de overloop zet ik koers naar het geluid van Max’ gehuil. Hij is in zijn kamer, beide handen diep in de plastic bak gevuld met houten spoorbaandelen. Een voor een haalt hij ze eruit en gooit ze door de kamer.

‘Max, hou daarmee op!’ zeg ik, maar hij gaat nog wilder tekeer wanneer ik op hem afkom. Ik kan zo snel niet bedenken wat ik hiermee aan moet, dus draait het erop uit dat ik probeer alle houten stukken spoorbaan op te rapen die hij op de grond smijt en terug in de bak te doen.

Gerda komt binnen, hand op haar heup. ‘Heb je de babyflesjes niet gesteriliseerd?’

Ik sla mijn handen voor mijn gezicht en grom. ‘Nee, vergeten.’

‘Ga weg!’ gilt Max tegen haar.

‘Tuttut, Max, zo praten nette jongetjes niet,’ wijst Gerda hem terecht.

‘Kom eens hier, Maxie,’ zeg ik, maar hij kiepert de hele bak over mijn schoot en werpt zichzelf op de vloer. Ik probeer hem op te pakken, maar hij wurmt zich los en schreeuwt.

‘Ik wil jou niet! Ik wil mama!’

Ik til hem bij zijn middel op en probeer hem naar mijn slaapkamer te dragen. Hij is verbazend sterk, werkt zich bijna uit mijn armen wanneer ik van houding verander. Ik draai hem om zodat zijn rug tegen mijn borst gedrukt is, mijn armen om zijn middel geslagen, maar ineens schopt hij me keihard met zijn hiel in mijn ballen. Ik schreeuw het uit en gooi hem op het bed.

Hij blijft doodstil liggen terwijl ik mijn handen om mijn edele delen leg, de impuls om hem een mep te verkopen verbijtend. Ik hobbel naar hem toe en ga naast hem zitten, maar hij draait onmiddellijk zijn gezicht weg.

'Wil mama,' snikt hij in een kussen.

Het kost me moeite niet te schreeuwen: Waar is ze? Je moet íéts hebben gezien! 'Max, heb je mama ergens naartoe zien gaan, voordat mrs. Shahjalal hier kwam?'

'Wil mama!'

'Weet je dat nog, Maxie? Kwam er iemand hier thuis?'

Gerda kijkt toe vanuit de deuropening. 'Magnus heeft al geprobeerd hem ernaar te vragen,' zegt ze. 'Hij snapt het niet, hij is nog te klein.'

'Ik denk dat ik mijn eigen zoon wel ken, dank je wel,' grauw ik. Haar gezicht verstrakt. Ik draai me weer om naar Max en aai hem over zijn hoofd. 'Maxie, je kunt het gerust tegen me zeggen, oké? Vertel het papa alsjeblieft. Waar is mama naartoe gegaan? Heeft iemand haar meegenomen?'

Max kijkt snotterend naar me op. Heel even lijkt het of hij antwoord gaat geven, maar dan zet hij een boos gezicht op en gilt: 'Ik haat je!' voordat hij naar Gerda rent. Ze werpt me nog een vernietigende blik toe, voordat ze wegloopt met Max vastgeklampt aan haar been.

'Waarom is mama er niet?' huilt hij. 'Waar is mama?'

11 april 1983

Genève, Zwitserland/Londen, Engeland

'Waar gaan we naartoe, mama?'

Het meisje sliep nog half, nadat ze door een paar onzichtbare armen uit haar bed was getild en haastig aangekleed in het koude donker van de badkamer. Van daaruit was ze in een auto gezet, waar ze pas echt wakker werd van het geluid van iemand die ijs van de voorruit krabde. Ze raakte overstuur op het moment dat de auto wegreed, maar toen merkte ze dat haar teddybeer, Peter, in haar jas was gestopt – tussen de rits en haar borst – en viel ze stil. Haar moeder zat voorin, en een man met zwart haar en bruine handen reed. Het meisje was een paar weken geleden voorgesteld aan de man, maar ze snapte niet goed wat het verband was tussen deze korte kennismaking en de reden dat hij hen op een heel raar tijdstip ergens mee naartoe scheen te nemen.

Ze waren doorgereden tot de ochtend, toen de lucht blauw kleurde als een musseneitje en de adem van mensen in wolkjes opsteeg. Daarna hadden ze de auto geparkeerd en had haar moeder een paar grote tassen uit de kofferbak gehaald en tegen haar gezegd dat ze moest opschieten. Ze waren bij een treinstation, met een hoop mensen die voorbijsnelden, een hoop lawaai en drukte, en ze liepen op een poort af die haar deed denken aan de schapenstal op die boerderij waar ze wel eens kwamen, waar alle dieren zich door een soort draaihek moesten wurmen. Haar moeder en de man hadden kaartjes en keken naar de grote klok boven hen.

'Mama, waar gaan we naartoe?' vroeg het meisje. Ditmaal sprak ze in het Frans. Haar moeder keek op haar neer.

'Londen, Ellie. We gaan naar Londen met Orhan. Is dat niet spannend?'

Vlakbij klonk een schrille fluit, waarvan het meisje schrok. Ze voelde dat ze voort werd getrokken; door een stormloop van onbekenden was haar moeder veranderd in een paar voeten in bruine veterschoenen zonder lichaam. Het meisje hield haar moeders onzichtbare hand krampachtig vast en voelde koele flarden ochtendlucht langs haar gezicht strijken terwijl ze zich een weg baanden naar het perron, waar een trein stond te wachten, als een slang.

Het meisje zag de man – Orhan – instappen, voordat hij zich omdraaide om haar moeder een hand te geven. Het meisje bleef staan.

'Wat is er?' vroeg haar moeder.

'En oma dan?' vroeg het meisje, en ze begon te huilen. 'En opa?'

'Kom op, Jude!' riep Orhan vanuit de trein, maar de moeder van het meisje bukte en bracht haar gezicht op dezelfde hoogte als dat van haar dochtertje.

'Orhan zegt dat Londen beter voor ons is, oké?'

Het meisje schudde haar hoofd. In het boek waaruit oma haar gisteravond voorlas, brachten treinen mensen ver, héél ver weg. Ze wilde niet ver weg. Ze wilde naar huis.

'Je vindt het er vast leuk,' zei haar moeder, voordat ze in de trein verdween.

Mensen dromden zich langs het meisje om in te stappen. Ze stond nog steeds op het perron; haar moeder liet het kennelijk aan haar over om te besluiten of ze wel of niet meeging. Ze draaide zich om en keek over het perron, naar de rokken en broeken die op ooghoogte langs haar snelden en naar het dak van het station waar duiven op de steunbalken waren neergestreken.

Er klonk een doordringend fluitsignaal, ten teken dat de deuren gingen sluiten. Precies op dat moment botste er iets tegen het meisje aan, waardoor ze opschrok. Ze zag het grote achterwerk van een vrouw die zich de trein in werkte. Vanuit haar ooghoek merkte de vrouw het meisje op, draaide zich toen om en stak een hand naar haar uit.

'Hup, hup. Stap snel in voordat de deuren dichtgaan!'

Zonder erbij na te denken pakte het meisje de hand van de vrouw en voelde hoe ze door de lucht de trein in werd getild. De deuren sloegen met een klap achter haar dicht, er klonk nog een fluitsignaal, en toen viel ze door de schok van de trein op de grond. Maar weer was daar de vrouw, die haar optilde. Ze bukte en glimlachte.

'Gaat het?'

Het meisje knikte.

'Hoe heet je, liefje?'

'Eloïse.' El-wies.

'Ben je alleen?'

Achter de vrouw zag Eloïse haar moeder, die ongeduldig naar haar gebaarde vanaf een rij stoelen verderop. Ze schudde haar hoofd. 'Mama zit daar.'

'Oké. Voorzichtig, hoor.'

Eloïse begaf zich in de richting van haar moeder, heen en weer slingerend door het gangpad door het gehobbel van de trein. Toen ze naast haar moeder ging zitten, zag ze de vrouw een paar rijen verderop aan de andere kant van de trein plaatsnemen. Ze leek heel verstandig en had iets wat haar anders dan andere vrouwen maakte – anders dan Eloïses moeder in elk geval. Een hele poos zat ze haar aandachtig op te nemen, vol bewondering over de bijzondere manier waarop haar zwarte haar was ingevlochten, net koorden, en haar bruine huidskleur. Ze was onder de indruk geweest van de lichaamsbouw van de vrouw – breedgeschouderd, als een man – en zelfs de tatoeage op haar pols had een teken van kracht geleken. Eloïse voelde zich verloren en was doodsbang. Ze was vier jaar, duimde nog, maar voelde aan dat haar moeder niet wist hoe ze voor haar moest zorgen. Zo was er die keer geweest in het winkelcentrum toen ze Eloïse uit het oog was verloren, en zelfs toen ze haar moeders naam omriepen over de geluidsinstallatie, had het meer dan een uur geduurd voordat iemand haar kwam ophalen. En het was niet haar moeder die kwam, maar haar opa, zijn gezicht rood aangelopen van boosheid en ongerustheid.

Eloïse hield haar blik gericht op de vrouw die haar in de trein had geholpen. Ze zou er een lief ding voor over hebben om de vrouw naar hun toe te laten komen en haar moeder over te halen om haar voor Eloïse te laten zorgen. Maar dat ging niet gebeuren.

Toen ze wakker werd, bevond ze zich in een vreemd huis. Het was klein en heel rommelig, de vloer bezaaid met kleren en papieren, en het rook er anders. Een groot raam achter haar keek uit op de achtergevels van rode bakstenen huizen. In niets leek het op het huis van haar opa en oma, dat omgeven was door prachtige heuvels en meren en waar kippen in de tuin liepen. En waar was Peter, haar lievelingsknuffel?

Ze hoorde een geluid in de kamer tegenover de hare, een tikkend geluid als van een vogel of klein dier. Ze stond op en liep er op haar tenen naartoe en fluisterde: 'Peter?' Ze wist wanneer Peter verdrietig was en wanneer hij blij was, en zelfs wanneer hij kattenkwaad in de zin had of de bokkenpruik op. Dan was er een verschil in zijn uitdrukking die alleen zij kon doorgronden, en trouwens, ze voelde zijn stemming diep vanbinnen aan. Toen ze hem kreeg, had ze gezegd: 'Laat me nooit alleen, Peter. Beloofd?'

Ze stond op de drempel van de kamer en zag waar het geluid vandaan kwam: de man die de auto had bestuurd plakte stickers op de ramen. Hij draaide zich om en glimlachte breed naar haar, en ze glimlachte onmiddellijk terug.

'Hallo, Eloïse,' zei hij, en zijn naam schoot haar te binnen. Orhan, zo heette hij. Oor aan. Zijn stem klonk anders dan die van haar moeder, en ze kon niet uitvogelen waarom. 'Ben je nog slaperig?'

Ze schudde haar hoofd, zijn humeur peilend als een windvaantje dat meebeweegt op elk zuchtje wind. Hij leek opgewekt en vrolijk, in tegenstelling tot haar moeder, die omhuld leek door onzichtbare stekels.

Hij gebaarde dat ze binnen moest komen om te kijken waar hij mee bezig was, maar ze aarzelde. 'Waar is mama?' vroeg ze.

'Mama slaapt nog,' zei hij. 'Ze is een beetje moe van de reis. O, maar kijk wat ik heb gevonden.'

Hij raapte iets op van de grond – Peter – en ze rende erop af, klemde hem stevig vast.

Orhan grinnikte. 'Ik dacht al dat je hem miste.'

Ze bekeek Orhan eens goed, waarbij het haar opviel dat zijn ogen net zo groot en chocoladekleurig waren als die van prinses Leia. Er zaten wondjes op zijn gezicht met piepkleine stukjes toiletpapier erop geplakt, rode bloedspikkeltjes in het midden, en hij had heel gele tanden.

'Heb je je pijn gedaan?' vroeg ze, het papier voorzichtig aanrakend.

'O. Nee, dat komt van het scheren.'

Onderzoekend keek ze hem aan. 'Het doet geen pijn?'

Hij schudde zijn hoofd. 'Nee, hoor. Niks aan de hand.' Toen: 'Vind je je nieuwe kamer mooi?'

Ze keek om zich heen. Er stond een klein bed midden in de kamer met een donzige, roze sprei erop. Een witte ladekast, witte muren en een lampenkap met roze elfjes erop.

'Míjn kamer?' vroeg ze, en hij knikte. 'En mijn oude dan?'

'Deze is veel beter. We zijn namelijk in Londen, dat beter is dan Genève, en je krijgt nieuwe vriendjes en vriendinnetjes en een heleboel speelgoed.'

Ondanks zijn enthousiaste toon voelde ze iets verstrakken in haar borst bij de gedachte hieraan. Opa en oma leken geen deel uit te maken van haar nieuwe lieven. Ze wilde vragen wanneer ze hen weer zou zien, maar ze had het gevoel dat de man hierdoor teleurgesteld zou zijn en ze wilde hem niet teleurstellen. Intussen had hij zich weer omgedraaid naar het raam en was lange witte stangen aan het plaatsen, die er tegelijk mooi en raar uitzagen tegen het raamkozijn.

'... om je te beschermen,' legde hij uit. 'Ik plaats deze zodat jij veilig bent. Zie je?'

Ze greep een van de stangen, liet haar hand erlangs gaan. Hij voelde koud en glad, net als de spijlen van haar ledikant. Tot nu toe sliep ze nog steeds in haar ledikant in oma's huis, ook al hadden ze aangeboden een grotemeisjesbed voor haar te kopen, want in het ledikant voelde ze zich veilig en geborgen.

'Zodat ik veilig ben,' herhaalde ze, en Orhan knikte.

'Hoe oud ben je, Eloïse?' vroeg hij, en ze stak vier vingers op. 'Volgens mij ben je pas net vier geworden, is het niet? Wat wil je graag voor je verjaardag hebben?'

Ze wilde net zeggen dat ze een tijdje geleden jarig was geweest, maar Peter onderbrak haar.

'Peter zegt dat hij graag een fiets wil.'

'Wie is Peter?'

'Mijn teddybeer.'

Hij grijnsde. 'Is Peter niet te klein om te fietsen?'

'Een fiets met een mandje voorop, zodat Peter erin kan zitten en ik kan fietsen.'

Toen ze weer naar hem opkeek, zag ze vleugjes zilvergrijs aan de zijkanten van zijn hoofd, net als bij opa. Orhan leek stukken ouder dan mama, eerder van oma's leeftijd dan van mama's leeftijd.

'Oké. Als je lief bent, mag je een fiets voor je verjaardag,' zei Orhan. 'Ga nu maar even spelen, goed?'

Met Peter op de arm liep ze door de kamer, liet hem de lampenkap zien en het nieuwe bed, dat hij heel knus zou vinden, zo beloofde ze hem. Peter was heel erg zenuwachtig en had het niet zo op Orhan, maar in gedachten vertelde ze hem dat Orhan aardig was en hen beschermde.

Toen zag Peter Orhan iets uit een tas halen, dat hij aan de binnenkant van de deur begon vast te schroeven.

'Wat is dat?' vroeg ze Orhan.

'Het is een slot.'

'Een slot.'

'Ja. Daarmee gaat de deur op slot, zie je? Zodat je veilig bent.'

Peter vroeg haar waarom Orhan het slot zo hoog op de deur schroefde. Daar kon ze toch nooit bij? Wat als ze de kamer uit wilde?

En toen hief Orhan een arm op en deed de deur op slot. Onzeker keek ze hem aan, terwijl hij op het bed ging zitten en haar aankeek.

Wat doet hij, denk je, vroeg ze Peter in gedachten.

Dat weet ik niet, antwoordde Peter. Misschien is hij moe.

Orhan zei: 'Voel je je nog steeds veilig?'

Voel jij je veilig, Peter?

Ik geloof van wel.

Ze knikte, waarop Orhan dichterbij kwam en naast haar hurkte. 'Maar voel je je veilig bij mij?'

'Ja,' zei ze, want ze wilde hem niet kwetsen.

Hij glimlachte, en ze was blij omdat hij glimlachte.

23 maart 2015

Kommeno-eiland, Griekenland

Eloïse: Vandaag komt Nikodemos, de eigenaar van het eiland en de vermiste boot, vanuit Chania op Kreta om mij op te halen en naar het politiebureau daar te brengen. Ik ben opgewonden en nerveus. Opgewonden om te achterhalen waar ik vandaan kom en wie ik heb achtergelaten, en om hopelijk therapie te krijgen om mijn geheugen terug te krijgen. Nerveus voor het geval de politie geen melding van een vermiste persoon heeft en me niet kan helpen terugkeren naar waar ik ook vandaan kom. Nerveus voor het geval ze zeggen dat ze iemand die zich haar eigen naam niet herinnert, niet kunnen helpen. Doodsbenauwd voor het geval ik achter een gruwelijke waarheid kom. Ik weet dat ik een zoon of dochter moet hebben. Wat voor iemand vergeet haar eigen kind nou? Wat als ik ontdek dat ik iets heb gedaan wat zo verschrikkelijk is dat ik nooit met mezelf zal kunnen leven?

Het is nu bijna vijf uur 's middags, en ik heb gedoucht en mijn kleren gewassen en gedroogd. De volgende stap is iedereen gedag te zeggen en naar de haven te gaan in afwachting van de boot. Ik ben hier maar een paar dagen geweest en toch voelt het alsof ik zonder hen verloren zal zijn. Zij waren immers degenen die me hebben gevonden. De enige mensen die ik me herinner.

Ik heb het weekend slapend doorgebracht en dat lijkt me goed te hebben gedaan. De blauwe plekken op mijn benen en heup beginnen weg te trekken, en ik heb niet meer zoveel pijn. De afschuwelijke pijnscheuten in mijn borsten zijn over, en mijn hoofd is ook helderder, maar de echte schade moet heel diep zitten – ik weet nog steeds niet wie ik ben. Ik ben er vrij zeker van dat ik ben afgestudeerd in kunstgeschiedenis, hoewel ik geen idee heb waar ik heb gestudeerd of wanneer. Het gegeven dat ik hierin ben afgestudeerd zit gewoon in mijn hoofd, zoals je weet dat rood een primaire kleur is. Ik was behoorlijk opgetogen toen dat gegeven bovenkwam, vanuit het niets, en ik was ervan overtuigd dat andere herinneringen in het kielzog zouden volgen. Maar dat is niet gebeurd. Ik heb golven over me heen voelen spoelen van iets vertrouwds, en wanneer ik mijn naam probeer op te roepen, doemen er letters in mijn hoofd op: een L en een E. Ik heb een raar déjà vu waar ik een vinger achter probeer te krijgen, en toen ik vanochtend wakker werd, was ik er zeker van dat ik het me herinnerde; het zat in mijn hoofd, klip-en-klaar, maar hoe harder ik probeerde erbij te komen, hoe meer het me ontglipte.

Ik heb het gevoel van vertrouwdheid niet kunnen thuisbrengen en evenmin kunnen achterhalen waaróm iets vertrouwd aanvoelt. Maar er is één ding dat ik blijkbaar herken en dat me dwarszit. Joe komt me bekend voor. Hij zei dat hij een EHBO'er was en dat hij me had gereanimeerd. Misschien kwam hij me daardoor bekend voor? Doordat hij de eerste was die ik zag toen ik weer bij kennis kwam? Ik vroeg me zelfs af of ik mezelf dwóng me een leven te herinneren van vóór dit eiland.

Ik heb me echt suf gepiekerd om erachter te komen waarom hij me bekend voorkomt. Misschien lijkt hij op iemand die ik ken uit mijn echte leven? Ik kan het niet goed verklaren. Hoe dan ook, hij heeft me kennelijk nooit gezien voordat ik op Bone Beach aanspoelde.

Het gebeurde gisteravond. Ik had de hele dag geslapen en werd wakker toen het al donker was, met een knallende hoofdpijn. Ik strompelde naar beneden en trof daar alle vier mijn gastheren en -vrouwen rond de tafel aan, met glazen wijn in de hand aan het avondeten.

'Goeienavond,' begroette Sariah me. We hadden niet afgesproken hoe ik genoemd moest worden totdat ik mijn echte naam weet. 'Kom je erbij zitten?'

Ik had Sariah niet meer gezien sinds ze met soep naar boven kwam en op haar hoede leek toen ze naar Hazel informeerde. Op dat moment vroeg ik er niet op door – ik had de kracht noch de helderheid om te bedenken hoe ik het onderwerp moest aansnijden zonder haar te beledigen – maar ik hield het in mijn achterhoofd, hoewel ze zo goedgemutst was dat ik de gedachte terzijde schoof. Het moest aan mij hebben gelegen. Hazels bezoekje is me bijgebleven en tussen perioden van diepe, droomloze slaap heb ik liggen nadenken over wat ze zei. Je komt nooit van dit eiland af.

Het is een hardvochtige en intens sinistere uitspraak tegen iemand die aan geheugenverlies lijdt, en die afhankelijk is van onbekenden om te bedenken hoe ze thuis moet komen vanuit een wildernis midden op zee. Maar ja, Hazel is zo'n excentriek type, dus het kan best dat ze me alleen maar zat te stangen – hoe vals ook. Voordat ik naar beneden ging, had ik het zolderkamerraam geopend om wat frisse lucht op te snuiven en zag haar op de grond onder me een of ander maf dansje uitvoeren. Ze fladderde met haar armen als een vogel en maakte radslagen, daarna wiegde ze heen en weer en trok haar rok op tot boven haar knieën. Ze deed me een beetje denken aan Kate Bush, en toen sprong ik een gat in de lucht dat ik me Kate Bush herinnerde, want nu zou ik me vast en zeker een concert voor de geest kunnen halen waar ik naartoe was geweest, en de vrienden met wie ik erheen was gegaan, wie weet een tafereel waarin ik mijn huis kon zien.

Maar eens te meer liet de witte vlek in mijn hoofd geen enkel flardje uit mijn geheugen doorschemeren.

Hoe dan ook, aan de eettafel ontweek Hazel mijn blik. Joe en George zaten aan weerszijden van haar. Sariah had lamskleftiko klaargemaakt met een dressing van abrikoos en honing, aardappel-en-fetaspiesjes, en pitabrood met een flinke scheut olijfolie.

'Je blauwe plekken lijken een stuk minder,' zei Joe, zijn mond vol pitabrood proppend. 'Hoe is het met je geheugen? Herinner je je naam al?'

'Nee.'

'Je leeftijd dan?' vroeg George nors. 'Of waar je vandaan komt?'

Ik schudde mijn hoofd.

'Jemig.'

'Dat moet heel frustrerend zijn,' merkte Sariah op.

Ik knikte, maar Joe zei: 'Hangt ervan af hoe je het bekijkt. Als je alles vergeten bent, heb je immers ook nergens spijt van.'

Sariah lachte zachtjes. 'Ik geloof dat ik liever een volledig functionerend geheugen heb.'

Hazel leek hierover na te denken. 'Selectief geheugenverlies zou wel fijn zijn. Je zou toch denken dat ze een operatieve ingreep zouden bedenken waarmee alle nare dingen die je in het verleden zijn overkomen, verwijderd worden.'

'Die bestaat al – het heet lobotomie,' zei George bars, en hij stak een sigaret op. Ik had het gevoel dat ik niet meer bij het gesprek betrokken was.

'Er was een film waar dat in voorkwam,' deed Joe een duit in het zakje. 'Jim Carrey speelde erin.'

'Ik zou best geheugenverlies willen hebben,' zei Hazel. 'Gewoon een klein beetje, weet je wel. Ik had vast niet al die jaren in therapie gehoeven, als iemand me keihard op mijn hoofd had geslagen.'

'Dat kan alsnog geregeld worden,' zei George grijnzend, en ze gaf hem een zenuwachtige blik.

'Volgens mij lijden we tot op zekere hoogte allemáál aan geheugenverlies,' voerde Sariah aan, die een glas wijn voor me inschonk. 'Ik bedoel, herinnert iemand zich zijn geboorte? Het allerbelangrijkste moment in je leven en geen mens herinnert zich dat.'

'Of wel?' fluisterde Hazel op samenzweerderige toon.

'Volgens mij zegt het veel over het menselijk tekort,' zei Joe.

'Waar heb je het over?'

Joe zweeg, keek uitdrukkingsloos. 'Ik ben het vergeten.'

'Touché!' kirde Hazel.

Ik sloeg Hazel en George nauwlettend gade, in een poging te doorgronden hoe hun relatie in elkaar stak. Die viel moeilijk te definiëren. Terwijl ik naar hun gebabbel luisterde, flikkerde er een beeld op in die witte vlek in mijn hoofd, heel even maar – ik was in een kamer met vier andere mensen, en we zaten rond een lange tafel, te schrijven. Ik probeerde te bedenken wat ik schreef, wie de andere mensen waren. Waar de kamer zich bevond. Maar even snel als het was opgekomen, verdween het beeld weer.

'Hoe ging het schrijven vandaag?' vroeg ik.

Joe fronste en haalde een hand door zijn haar. 'De ene keer gaat het vloeiend, de andere keer is het of je rotsen met een vork aan het splijten bent,' verzuchtte hij.

'Ik zou verwachten dat de inspiratie voor het opscheppen zou liggen op een plek als deze,' zei ik.

De anderen maakten instemmende geluiden. Joe zette zijn bril af en wreef de glazen op met de zoom van zijn T-shirt. 'Desondanks heb ik een hoop gedaan vandaag. Wat bijgeschaafd. Een nieuwe villanelle. Een paar ideetjes genoteerd voor morgen.'

George trok een wenkbrauw op. 'En hoeveel woorden is een villanelle?'

Joe haalde zijn schouders op. 'Het gaat niet om het aantal woorden bij poëzie.'

'Nou, uit hoeveel régels bestaat een villanelle dan?'

Joe telde op zijn vingers. 'Een stuk of negentien?'

George maakte een sissend geluid, alsof negentien niks voorstelde, en Hazel begon te giechelen.

'Wat?' zei Joe.

George leunde vertrouwelijk naar me toe en gebaarde met zijn kin naar Joe. 'Vorig jaar schreven Hazel en ik allebei een complete roman tijdens ons verblijf hier. Vraag Joe eens hoeveel gedichten hij schreef. Toe dan, vraag het hem.'

Joe rolde met zijn ogen.

'Vijftig?' gokte ik.

'Zes,' zei Joe, waarop iedereen in lachen uitbarstte.

'Zes gedichten in een máánd,' zei George hoofdschuddend.

'Hé, het waren bewerkelijke gedichten,' zei Joe onaangedaan. 'Poëzie draait om efficiënt taalgebruik. Elk woord moet worden gewikt –'

'... en gewogen,' vulde Hazel aan. 'Ja, dat weten we nu wel.'

Joe plukte een in leer gebonden notitieboekje van het aanrecht en overhandigde het aan mij, opengeslagen bij een van zijn gedichten. Het was handgeschreven in krabbelige hanenpoten met zwarte inkt.

Eendracht

Ik hoorde het kruien van ijs.
Ik hoorde de lokroep van de zee.
Ik hoorde de vertraagde dageraad.
Ik hoorde de nacht wegzinken in de bomen.
Ik hoorde de terugkeer in de kromming.
Ik hoorde de gefluisterde afspraak tussen licht en donker.
Ik hoorde wat de stilte opbiechtte.

Ik begreep het gedicht niet echt – als het al de bedoeling was dat ik het begreep – en ik wilde de licht uitgelaten stemming er dolgraag in houden. Maar terwijl ik het las, vertelde een diepgeworteld instinct me dat ik dit gedicht eerder had gelezen. Ik keek op naar Joe.

'Dit is een van jouw gedichten?' vroeg ik.

Hij knikte. Toen, het ongelovige toontje in mijn stem bespeurend: 'Hoezo?'

Ik bekeek het nogmaals. Ja, ik had dit gedicht beslist al eens gelezen. Ik kénde dit gedicht, de cadans van de regels. 'Ik meende het te herkennen,' legde ik uit. 'Alsof het misschien was geschreven door Alexander Pope, of Shakespeare.'

Iedereen lachte, en Joe leek zich enorm gevleid te voelen.

'Jeetje, nou, dank je wel,' zei hij.

En het was op dat moment, net toen Hazel me vroeg hoe ik wist wie Alexander Pope was en of dat betekende dat mijn geheugen terugkwam, net toen George weer een sigaret opstak en Joe naar me overboog om het gedicht zelf te lezen, alsof hij het met een andere blik zou bekijken, dat het tot me doordrong: ik kende niet alleen het gedicht, maar ik kende Joe ook. Het had iets te maken met zijn geur, zijn lange, bleke vingers… Ik staarde naar hem tot hij mijn blik onderschepte, en ik had moeite om deze herinnering in de juiste context te plaatsen. Kwam het door de vierkante bril, het zware, zwarte montuur dat zijn ogen verhulde? Of door de manier waarop hij altijd zijn blik neersloeg wanneer hij lachte, verlegen? Het wilde me niet te binnen schieten, maar het was er, diep vanbinnen: een onwankelbaar gevoel dat ik hem ergens van kende.

Maar toen ik me probeerde te herinneren waarvan, stuitte ik weer op die witte vlek, een uitgestrekte leegte in mijn hoofd.

Het is vijf uur: tijd om naar de haven te gaan en Nikodemos te ontmoeten. Ik maak het bed op waarin ik heb geslapen, ga dan naar beneden om Hazel, Joe, Sariah en George gedag te zeggen. Sariah staat achter het fornuis een gerecht klaar te maken dat goddelijk ruikt. Zodra ze me in de deuropening ziet staan, legt ze de ovenhandschoen neer en strekt haar armen uit voor een knuffel.

'Ga je nu al weg?' vraagt ze.

Ik knik, plotseling gespannen. Ik wou dat ze met me mee kon gaan, maar dat kan ik niet vragen.

Ze trekt me in een stevige omhelzing en geeft me een zoen op mijn wang. Dan buigt ze naar achteren en neemt me van top tot teen op. 'Het komt allemaal weer goed,' zegt ze hartelijk, haar donkere ogen twinkelend. 'Heus. Hoe laat heeft George met Nikodemos afgesproken?'

'Zes uur, geloof ik. Ik neem aan dat hij eerst nog een poosje naar de vermiste boot gaat zoeken, en hopelijk brengt hij me daarna naar het politiebureau.'

'Wil je wat eten voordat je gaat?' vraagt ze, met een hoofdgebaar naar de pan op het fornuis waar stoom en een hemelse geur uit opstijgen. 'Het is minimaal een uur naar Chania, misschien langer, afhankelijk van hoe de wind staat.'

Ik schud mijn hoofd. 'Nee, dank je.'

Ze kijkt bedenkelijk. 'Weet je het zeker?'

Ik knik. Mijn maag is van streek door het vertrek uit de boerderij en, hoe verrukkelijk het eten ook ruikt, ik kan nu geen hap door mijn keel krijgen. Ik ga, vrij letterlijk, het onbekende tegemoet – alles wat ik ken, is hier.

Hazel komt binnen en ziet ons elkaar omhelzen. 'Wat is er aan de hand?' vraagt ze, slaat dan een hand voor haar mond en zet grote ogen op wanneer het kwartje valt. 'Je gaat wég.' Tot mijn verbazing spreidt ze haar armen en maakt er een groepshug van. Wanneer ze zich losmaakt, en Sariah mijn handen in de hare neemt, slaat Hazel haar armen over elkaar en werpt een vorsende blik op me. 'Je gaat echt weg? Ik dacht dat je wat langer zou blijven.'

'Het is beter zo,' antwoordt Sariah. 'Denk erom,' zegt ze zachtjes tegen me. 'Doe als Pandora.'

'Als wie?' vraagt Hazel, wier blik heen en weer schiet tussen Sariah en mij, maar we antwoorden geen van beiden.

Dan komt Joe binnen, met een geeuw die vanuit zijn tenen komt. 'O, man! Je gaat!' zegt hij opeens, en ik voel tranen opwellen. Hij slaat zijn armen om me heen en tilt me van de grond. Zodra hij me weer laat zakken, zegt hij dat ik even moet wachten en hij spurt de keuken uit. Hij komt terug met een notitieboekje en een pen. 'Ik zei dat ik je iets zou geven om in te schrijven,' zegt hij glimlachend. 'Dus alsjeblieft.'

'Dank je wel.'

'Ik heb er iets in geschreven,' zegt hij verlegen. 'Op het voorblad. Als aandenken aan ons.'

Het is een lief joch – een goedaardige reus – hooguit twintig, met een groot hart. Ik zal hem ontzettend missen.

'Dank je, Joe.'

'Zijn we zover?' vraagt George, die opduikt vanuit het trappenhuis met een lange, houten wandelstok in de ene hand en een jas in de andere. Die geeft hij aan mij: een oud vissersjack. Het ding stinkt een uur in de wind en zit onder het stof. 'Het kan fris worden op het strand. Beetje groot voor jou, maar beter iets dan niets, hè?'

'Bedankt,' zeg ik, en ik trek het aan.

George hijst een grote, lege rugzak op zijn rug om het eten in te vervoeren dat Nikodemos voor hen meeneemt. Volgens Joe is die niet groot genoeg, maar George zegt dat hij zijn kop moet houden, dat het wel zal lukken.

Sariah wil me met alle geweld eten in een papieren tasje meegeven, en van Joe moet ik gaan zitten om mijn bloeddruk te laten opnemen voordat hij besluit dat ik fit genoeg ben om het eind te lopen. Vervolgens controleert Hazel of ik alles bij me heb, hoewel ik niet meer heb dan de kleren die ik draag en het eten dat Sariah me gaf. Maar Hazel wijst me op het notitieboekje en de pen die Joe me cadeau heeft gedaan, en stopt ze in mijn zak met een paar papieren zakdoekjes. Ik voel me net een kind dat voor het eerst naar school gaat.

Buiten begint het al te schemeren wanneer George en ik de treden van de boerderij af lopen en het pad door de olijfboomgaard nemen naar de andere kant van het eiland. Het met lila doorschoten donkerblauw van de lucht beurt me op, evenals het gekrijs van vogels en de stipjes van boten in de verte, dobberend op de golvende vlakte als witte feesthoedjes. Misschien dat de taalbarrière toch niet zo'n probleem zal zijn. Misschien dat de politie in Chania een of andere database heeft die ze kan raadplegen om erachter te komen wie ik ben, en wie er naar mij op zoek is.

Het duurt bijna een uur om bij het kleine haventje te komen, want rechte paden zijn er eigenlijk niet op het eiland en de enige stukken vlak terrein zijn de spectaculaire stenen kuststroken langs de kliffen. Het gaat zo hard waaien dat George erop staat dat we dicht bij de bomen blijven, waar het flauwe schijnsel van zijn zaklamp een ruig pad zoekt en kleine dieren verjaagt.

George praat niet veel onderweg. Ik hoor hem af en toe brommen, zijn wandelstok tegen rotsgesteente tikken en zijn stevige laarzen over het onverharde pad klossen, waarbij de lege rugzak tegen zijn rug schuurt. Ik ben blij met de stilte; die geeft me de tijd om van de zonsondergang te genieten.

Het verlaten hotel ligt vlak bij het strand, naast het door de wind geteisterde casco van een restaurant en een paar vervallen gebouwtjes. Omdat hun uithangborden zijn weggewaaid, valt moeilijk uit te maken waarvoor ze bestemd waren, hoewel George' zaklamp over aanwijzingen schijnt: gebroken bierglazen; een handjevol speelgoeddolfijntjes met 'Kommeno' op een van de vinnen gestikt, de prijskaartjes er nog aan; een badslipper; een menukaart in het Grieks en Engels, waaruit de doelgroep blijkt.

'Treurig,' zegt George, over zijn neus wrijvend. 'Ze hadden hoge verwachtingen van deze plek. Van het hele eiland. Zeiden dat het net zo populair zou worden als Kos.' Hij wijst naar een kleine houten steiger achter een groepje hoge palmbomen. 'Daar legt hij straks aan.' Hij begint die richting op te lopen. Ik volg.

Nu ik hier ben, in afwachting van Nikodemos, ben ik ineens als de dood. Wat zal er op Kreta gebeuren? Zal de politie me helpen of aan mijn lot overlaten? Waar moet ik heen? Ik heb geen geld, geen telefoon, geen vrienden of familie die ik me kan herinneren. Ik tuur naar de donker wordende hemel, de horizon bezaaid met schimmen van schepen en eilandjes in de verte, en adem diep in. Het wordt over zessen. Ik trek mijn schoenen uit en ga op het uiteinde van de steiger zitten, met mijn voeten bungelend in het water. Het water is zo helder dat ik zilveren schichten van visjes kan zien, die aan mijn tenen sabbelen. De hemel kleurt purper, de eerste sterren flonkeren tussen de wolken.

Voor het eerst in lange tijd zegt George weer iets. 'Zie je nou hoe fris het is? Ben je nu niet blij met die jas?'

Ik knik, trek hem steviger om me heen. Ik klim op een rotsblok naast de steiger voor een beter uitzicht over de horizon, turend naar een boot die op het eiland afkoerst.

'Zie jij hem?' vraag ik George.

'Wie?' roept hij.

'Nikodemos.'

Hij klakt met zijn tong, zijn blik recht vooruit gericht. 'Hoe weet je of het echt Nikodemos is?'

'Wat?'

Een schouderophalen en een raar trekje bij zijn mondhoek. 'Ik zei: hoe weet je of het echt Nikodemos is? Je stapt straks in die boot en vaart weg. Voor hetzelfde geld is het een smokkelaar. Weet jij veel.'

Ik lach het weg, maar wanneer hij niet teruglacht, vraag ik me af of hij wel een geintje maakt. Inmiddels is het koud geworden, waardoor mijn ogen gaan tranen. Ik wrijf over mijn ogen en graai in mijn jaszak naar een zakdoek om de tranen en loopneus van de koude wind af te vegen, maar daar zit alleen Joes notitieboekje in. Ik trek het eruit, bedenk met een glimlach dat hij zei dat hij er iets in had geschreven als aandenken aan hem. Wanneer ik het opensla bij het voorblad, herken ik zijn krabbelige handschrift, maar het duurt even om tot me door te laten dringen wat ik lees.

Je naam is Eloïse Beatrice Shelley.

De letters op het blad zijn nietszeggend en abstract, en ik zeg tegen mezelf dat dit een naam is die hij me heeft gegeven, voor me heeft verzonnen, als een personage in een roman. Maar dan gaat er een belletje rinkelen, een rimpeling in die witte vlek, dat aankondigt dat dit mijn naam wel degelijk is. Eloïse. Dit ís mijn naam. Ik ben Eloïse Beatrice Shelley.

Maar hoe weet Joe dat?

George loopt intussen terug over de steiger. Ik verwacht dat hij naar mij toe komt, maar hij loopt door. Ik laat me van het rotsblok glijden en loop achter hem aan.

'Heb je iets van Nikodemos gehoord?'

Hij blijft doorlopen.

'George!'

Hij reageert niet, maar sjokt stug voort door het hoge gras. Met grote, haastige stappen over de rotsige ondergrond weet ik hem bij te halen en bij te blijven, terwijl hij zijn wandelstok in de aarde prikt en fluit.

'Waar ga je heen?' vraag ik hem.

'Ik ga terug naar de boerderij.'

Ik ben nu al buiten adem, en mijn hart gaat tekeer. 'Maar… Nikodemos dan?'

'Wat is er met hem?'

'George!'

Hij stopt. Ik ga voor hem staan, één oog op de steiger gericht voor het geval de boot opduikt.

'Waar is Nikodemos?' breng ik hijgend uit. 'Hij komt toch eten brengen? En mij mee terug nemen. Waar is de boot?'

George zucht en kijkt me dan een poosje glimlachend aan. 'Luister, het is voor je eigen bestwil.'

'Wat is voor mijn eigen bestwil, George?'

'Je moet hier blijven totdat je je geheugen terug hebt.'

Mijn mond valt open.

'Maar... je belde Nikodemos. Met de satelliettelefoon. Je zei dat hij vandaag kwam, dat hij eten voor jullie meenam, en dat hij me naar Kreta zou brengen.'

George schudt zijn hoofd en stoot een stompzinnig lachje uit. Alsof dit allemaal maar een spelletje is. 'Het is voor je eigen bestwil. Geloof me.'

'Wat?'

'Ik heb áltijd een oogje op je gehouden,' zegt hij. 'Altijd. En dat is precies wat ik nu doe.'

'Waar heb je het in vredesnaam over?' schreeuw ik. Mijn maag verstrakt, en het hart klopt me in de keel.

Hij negeert me en loopt verder.

'Ik moet naar Kreta, George. Het moet!' Schuddend steek ik het notitieboekje omhoog. 'Ik weet hoe ik heet! Ik weet wie ik ben!'

In één flitsende beweging draait hij zich om en steekt zijn dikke arm door de mijne, trekt mij met zich mee. Ik wankel van zijn kracht.

'George, laat me los! Ik wil... laat me alsjeblieft naar Kreta gaan. Daar kunnen ze contact opnemen met de ambassade. Alsjeblieft, laat me los!'

23 maart 2015

Peuterspeelzaal de Beukennootjes, Twickenham

Lochlan: Eloïse is nu zes dagen vermist. Het lijkt niet zo lang, toch? Zes dagen. Niet eens een week. Toch voelt het alsof ik in een vrije val door de tijd ben geraakt, elke minuut een eeuwigheid. Mijn zenuwen liggen aan flarden. Het is een soort lsd-trip, maar met de pijn van een amputatie zonder verdoving. Gisteravond heb ik een tijdje zitten googelen op wormgaten in de kosmos en me afgevraagd of El misschien door de tijd is gereisd. Ik spring van het ene uiterste naar het andere, als een aap van tak tot tak: van inktzwarte wanhoop naar een vreemde, arrogante zekerheid dat ze zo direct binnen komt lopen. Elk ogenblik dat ik me realiseer dat ze er niet is, dat dit geen droom is, komt als een elektrische schok binnen.

En dan is er de woede. Ik heb van die momenten, meestal in het holst van de nacht, dat ik overvallen word door blinde woede en ik er alles voor over zou hebben om met iemand op de vuist te gaan. Ik bedoel, het is niet te bevatten dat iemand vandaag de dag vermist kan raken, als je nagaat dat ze op het nieuws is geweest, we een Facebook-pagina voor haar hebben aangemaakt, HELP ELOÏSE SHELLEY TERUG TE VINDEN, met meer dan vijftigduizend volgers, en de hashtag #VINDELOÏSE ging gisteravond een halfuur lang viral op Twitter nadat die geretweet was door Lorraine Kelly. Ik las ergens dat de doorsneeman of -vrouw veertien keer per dag door beveiligingscamera's wordt gefilmd en toch is op alle beveiligingsbeelden die de politie heeft nagelopen, geen spoor van Eloïse te bekennen. De hele buurt is bij de zoektocht betrokken. Er hangen posters in bibliotheken, op lantaarnpalen en schoolhekken, bij de ingangen van onze plaatselijke Waitrose- en Sainsbury's-filialen en door heel

Londen. En toch heeft het allemaal niets opgeleverd. Alsof ze in rook is opgegaan.

De gedachte dat ze er met een andere man vandoor is, lijkt nu zowel onwaarschijnlijk als een uitkomst waar ik bijna op hoop, gezien de andere mogelijkheden voor haar verdwijning, want als ze me heeft verlaten voor een ander, is ze in elk geval ongedeerd. Logica is niet langer wat ik dacht dat het was. De sfeer in ons huis is beklemmend. Haar jassen hangen als vleermuizen in de bijkeuken. Haar ondergoed slaapt in de bovenste lade van haar dressoir. Enveloppen fladderen door de brievenbus met haar naam erop. Elke minuut is beladen met onbeantwoorde vragen.

Magnus, Gerda en ik hebben een vaste dagindeling in elkaar geflanst voor Max en Cressida. Dean Wyatt heeft me met tegenzin verlof wegens familieomstandigheden gegeven. Ergens zou ik heel graag willen dat ik naar mijn werk kon gaan voor het normale ervan, de kans om me te storten op investeringsprognoses en deze hel te vergeten. Maar goed. Omdat ik eigenlijk geen flauw idee had waar El onze kinderen elke dag precies naartoe bracht, heb ik wat informatie van haar vriendinnen weten te krijgen. Max gaat elke middag van halfeen tot halfvier naar de peuterschool, en 's ochtends naar de peuterspeelzaal, een zanggroepje of klasje Spaans voor peuters, en Cressida gaat vrijdags naar een babymassagegroepje.

Ik heb Max er eindelijk van weten te overtuigen dat mama een poosje wegblijft, en dat opa en oma er zijn om leuke dingen met hem te doen. Hierdoor leek hij geruster, gelatener, en het kwam bij me op dat hij aan mij had gemerkt hoe bezorgd ik was, dat hij had gereageerd op de chaos die haar afwezigheid veroorzaakt. Ik vergeet soms hoe gevoelig hij is, en hoe intelligent, ondanks het feit dat hij nog zo jong is. Ik heb hem beloofd dat we naar Thomas Land gaan om Thomas de stoomlocomotief te zien zodra mama terug is, en de woorden waren eruit voordat ik in de gaten had wat het probleem met deze belofte was. Wat als ze niet terugkomt? Wat dan?

Vanochtend wilde Max dat ik hem naar de peuterspeelzaal bracht, dus liet ik Cressida achter en bracht Max hiernaartoe. Over een vreemde eend in de bijt gesproken. Ik zit in een diepe zaal in een kerk met een kop slappe thee bij mijn voeten te kijken naar Max, die door de zaal rent, getooid met een Darth Vader-helm en tutu, zwaaiend met een plastic zwaard.

Langzaam maar zeker begin ik te beseffen dat ik helemaal niet zoveel weet van Eloïses leven, niet meer. De rechercheurs wilden heel graag weten welke kleren er ontbraken, aangezien ze het huis vast niet in haar blootje had verlaten, en of ze bepaalde spullen had achtergelaten – schoenen, jas, dat soort dingen – die mogelijk op een gedwongen vertrek konden wijzen. Een ontvoering.

Hiervan werd ik onpasselijk. Ik doorzocht haar kleren keer op keer, maar ik had geen idee of er iets ontbrak. Ze had wat spullen die ik nooit eerder had gezien, nieuwe schoenen, jurken, jassen. Rechercheur Welsh probeerde er luchtig over te doen door te zeggen dat haar vriend hetzelfde is, nooit iets opvalt, maar het schuldgevoel verlamt me. Ik ben niet aanwezig geweest, fysiek of emotioneel. Toen ik voor vier dagen per week werd overgeplaatst naar het kantoor in Edinburgh, namen we ons voor ervoor te zorgen dat het gezin er niet onder te lijden zou hebben. We zouden minstens twee keer per dag facetimen en ik zou via het beeldscherm met Max spreken en Cressida verhaaltjes voor het slapengaan voorlezen. Het werkte in het begin, maar toen werd ik steeds meer in beslag genomen door mijn werk en vloog de week soms voorbij zonder één keer facetimen. Kennelijk is het gemakkelijker gezegd dan gedaan: een relatie in stand houden via een laptopscherm.

Ik ging er blind van uit dat haar wereld mijn wereld was, want dat was lange tijd het geval. Maar na Max' geboorte was mijn wereld gaan bestaan uit tienurige werkdagen van besprekingen over investeringsplannen met bedrijven, zakenreizen naar Dubai, netwerkbijeenkomsten. Zelfs in weekenden en vakanties was ik in gedachten 'aan het werk'. Aan

Eloïses agenda te zien, lijkt ze de afgelopen vier jaar grotendeels te hebben doorgebracht bij peutergroepjes zoals die waar ik nu ben. Ik kan me er weinig bij voorstellen.

Een forse vrouw met een baby in een draagzak op haar borst komt naast me zitten, en voordat ze haar mond opendoet, weet ik al dat ze naar Eloïse gaat vragen.

'Is er al nieuws?' vraagt ze zachtjes.

Ik schraap mijn keel en stop mijn telefoon weg. 'Ik ben bang van niet, nee.'

Ze reageert met de geijkte, bedroefde zucht waar ik inmiddels bijna aan gewend ben, haar gezicht zo vertrokken van medelijden dat ik één grote open zenuw word. Ze zucht bedachtzaam en kijkt naar Max, die in het felgekleurde, plastic klimrek klautert en schreeuwt: 'Piraten in zicht!'

'Arm jochie,' zegt ze. 'Je weet nooit wat je te wachten staat, hè?'

'Het punt is, tot dusver bestond mijn leven juist uit exáct weten wat me te wachten stond,' hoor ik mezelf zeggen. 'Alles was gepland en uitgestippeld. Ik heb eigenlijk nooit met iets rampzaligs te maken gehad.' Ik hoor mezelf deze woorden zeggen en vraag me af waarom ik ze tegen deze vrouw zeg.

Ze knikt en maakt een instemmend geluid. Plotseling kijkt ze met een ruk op. 'Elvis! Elvis! Stop je vingers niet in Harry's mond! Je hebt wormen, lieverd, die willen we niet doorgeven!'

Ik ben me er vaag van bewust dat zo'n luidkeelse mededeling me normaal gesproken zou doen gruwelen, misschien zelfs reden zou zijn om snel naar een andere hoek van de zaal te verkassen. Aan de andere kant ben ik nog nooit in een peuterspeelzaal geweest, en de kans dat ik een onderonsje had met een vrouw als deze was, vóór de verdwijning, zo goed als uitgesloten.

'Ik denk niet dat iemand zich op zoiets kan voorbereiden,' zegt ze. 'Het moet heel zwaar zijn, de onzekerheid.' Ze geeft de baby een zoen op zijn kruin, streelt de fijne, zwarte haartjes. 'Ik ben hier een poosje niet geweest omdat madam hier een leverontsteking besloot op te lopen en een tijdje in het ziekenhuis lag. Maar ik herinner me Eloïse nog. Ze was allerliefst, vooral met die kleine Max. Ze straalde als ze het over hem had. Ze leek zo'n goede moeder.'

Leek. Steeds vaker valt me op dat mensen over mijn vrouw spreken in de verleden tijd. *Ze was altijd zo aardig.* Ik vraag me af of ze zich realiseren dat ze me daarmee nog dieper de put in praten.

Er komt een andere vrouw aan die aan de andere kant naast me gaat zitten, een oudere vrouw met wit haar en een bril aan een koordje, haar gezicht een en al medeleven. 'O, jij bent Eloïses echtgenoot,' zegt ze, en ik glimlach, schuldig bevonden. 'Hoe gaat het?'

'Goed, hoor,' zeg ik automatisch, maar het enige wat ik hiermee bereik, is dat ze mismoedig gaat kijken, en haar blik schiet naar Worm Lady, die rechts van me zit.

'Ik zei net tegen Sandra wat een schat Eloïse was,' zegt de oudere vrouw. 'Hartstikke aardig. Zo'n fantastische moeder ook. Altijd zo vrolijk en opgewekt.'

Worm Lady leunt opzij. 'Eerlijk gezegd waren ik en een paar van de andere moeders een ietsepietsie jaloers op Eloïse. Ze was zó perfect! Haar haar en make-up altijd tot in de puntjes verzorgd. En zo dun! Echt, je zou niet zeggen dat ze twee kinderen had gekregen.' Ze stoot een schel lachje uit.

De oudere vrouw knikt ernstig. 'Ik was een wrak na de geboorte van mijn tweede. Twee waren genoeg voor mij. Eén zou genoeg zijn geweest, maar daarna vond ik dat het niet leuk voor Claudia zou zijn om enig kind te zijn, dus kregen we Martin. Had destijds nog nooit van koliek gehoord.'

'Die van mij hadden allebei koliek. Madam hier heeft koliek én reflux. De kraamhulp probeerde me om te praten om geen Red Bull te drinken zolang ik borstvoeding geef. Ik zei: voel je je wel helemaal lekker? Hoe moet ik de dag doorkomen met een halfuurtje slaap?'

'Ik kom hier inmiddels al jaren met mijn kleinkinderen,' vervolgt de oudere vrouw. 'Een hoop moeders die het zwaar hebben, vooral in de beginperiode. Zij niet. Die Eloïse niet. Dat heb ik de politie ook verteld, ik zei: zij heeft die kinderen niet in de steek gelaten.'

'Sommige van de andere moeders dachten eigenlijk dat Eloïse zichzelf voorbijrende, maar ik niet.'

Hierbij krimp ik ineen, maar Worm Lady ziet het niet.

'Ik dacht dat ze een van die geluksvogels was die het leven toelacht. Elvis! Lieve schat, dat is een potje, geen hoed!'

'Ze had het voor elkaar. Ze liet zich nergens door uit het veld slaan.'

Max rent op me af, zijn Darth Vader-masker vervangen door een tiara. 'Pap, waarom praat je met Elvis' mama?' Hij werpt ongeruste blikken op Worm Lady en de oudere vrouw.

'Ik zei net tegen je vader wat een grote jongen je al bent, Max,' zegt Worm Lady tegen hem.

'Mijn mama rookt sigaretten!' verkondigt hij, en Worm Lady kijkt me verbouwereerd aan.

'Niks aan de hand, jongen,' zeg ik. 'Alles is in orde. Ga maar weer spelen.'

Hij leunt op mijn bovenbenen en slaakt een zucht. 'Ik wil naar huis.'

Een van de leidsters klapt in haar handen en roept alle kinderen naar een tafel, waarop plastic bordjes met appelpartjes en boterhammen worden klaargezet.

'Er is eten, Maxie. Ga maar gauw.'

'Ik heb geen honger,' mompelt hij sip. 'Mis mama.'

'Weet ik. Ik ook.'

'Kunnen we haar gaan halen, pap? Misschien wil ze nu wel naar huis.'

Mijn hart breekt. 'Misschien, Maxie. Misschien.'

Ik denk terug aan de eerste dag dat Eloïse weer aan het werk ging na Max' geboorte. Hij was zeven maanden oud, deed verwoede pogingen om te kruipen en sleepte zichzelf over de vloer als een jong zeehondje.

Ik had wat vrije dagen opgenomen om de eerste week voor hem te zorgen, en voor daarna had Eloïse al een oppas geregeld. Ze trok de nieuwe jurk aan die ze had gekocht en liep naar haar auto, en ik hield Max op de arm en liet hem zwaaien. Hij was wel een beetje van slag dat ze wegging, maar ik geloof dat Eloïse het er moeilijker mee had. Ze deed haar best om niet te huilen.

Later die dag belde ze op. 'Hoe gaat het met Maxie?'

'Hij doet een dutje,' vertelde ik haar. 'Het gaat uit de kunst. Hou op met stressen.'

Ze ademde diep in. 'Ik heb gisteravond wat worteltjes en pompoen gepureerd. Het zit in de kom met dinosaurussen erop. Je weet wel, in de koelkast. Je moet zijn eten doorroeren nadat je het uit de magnetron hebt gehaald. Niet een paar keer, je moet het een hele poos doorroeren om te zorgen dat hij zijn mond er niet aan verbrandt...'

'Eloïse, ik kan best eten doorroeren. Ik ben niet helemaal achterlijk.'

'Oké. O, en gebruik de luiers uit de luiermand niet, volgens mij krijgt hij daar uitslag van. Ik heb een nieuw pak gekocht, dat staat in de bijkeuken...'

'Was dat alles? Zal ik een kamerorkest laten aanrukken? Een knuffeldierentuin?'

'Alsjeblieft... beloof dat je de nieuwe luiers gebruikt.'

Ik lachte meewarig. Zat ze echt zo in de rats over Max?

'Zeg het, Lochlan. Ik hang niet op totdat je het zegt.'

Dít was het verschil tussen de seksen, dacht ik. Eén ochtend thuis en ik was al aan het duimendraaien, verveeld, rusteloos. Ik vond de zorg voor een kind te min voor me. Op kantoor maakte ik me niet druk of iemand het eten van ons zoontje wel lang genoeg doorroerde of hem de juiste luiers omdeed. El daarentegen, was duidelijk niet in staat om zich weer vol in haar werkzame leven te storten.

'Dit valt me zwaar, weet je,' zei ze met trillende stem. 'Ik mis hem zo erg. Ik weet dat het belachelijk is...'

‘Het is niet belachelijk,’ zei ik, plotseling schuldbewust, hoewel ik nog steeds niet helemaal kon vatten waarom ze er niet gewoon van kon geníéten om op haar werk te zijn en hem thuis te laten. Ik voelde me schuldig dat ik haar had afgesnauwd. Ze hield van ons zoontje en ze was zo’n toegewijde moeder. Bij Max’ geboorte leek er een andere persoon in haar op te staan. Ja, Eloïse was altijd al iemand die er vol voor ging, hardwerkend en gedreven, maar de manier waarop ze de moederrol op zich nam, was onverwacht. Als ik eerlijk ben, voelde ik me een beetje in de schaduw gesteld toen we Max kregen. En ik vroeg me wel eens af of ik niet zoveel van hem hield als zij. Misschien niet.

Ik gooide het over een andere boeg. Een stemmetje in mijn achterhoofd zeurde dat ik het haar niet zo moeilijk moest maken en haar gerust moest stellen, anders zou ze haar baan wel eens kunnen opgeven terwijl dat nergens voor nodig was.

‘Lieve schat, ik beloof het – met Max gaat het hartstikke goed. We hebben ons prima vermaakt vanochtend. Ik heb hem dat kiekeboeboekje waar hij zo dol op is wel vijftien keer voorgelezen.’

‘O! Dat met de spiegeltjes? Dat vindt hij enig!’

Ik knikte. ‘Ja, en de uitklapplaatjes waarbij hij de deur moet openen…’

‘Lachte hij aan het einde?’

‘Alle vijftien keren. En daarna nam ik hem mee naar de zandbak en hebben we gespeeld. Nu doet hij een dutje. Het gaat prima, ik zweer het.’

Ze viel stil. ‘Dank je, Lochlan,’ zei ze even later, haar stem onvast.

Ik drukte haar op het hart iets leuks te maken van de rest van de dag. Ik liet haar beloven zichzelf op een karamelmacchiato te trakteren en te genieten van het feit dat ze die kon opdrinken zonder halverwege snot of poep af te hoeven vegen, of er daadwerkelijk uit, en ze lachte.

Maar de nacht voordat de oppas zou beginnen, maakte Eloïse me wakker en zei dat ze het niet kon. Ze kon het niet over haar hart verkrijgen om Max de hele dag bij een onbekende achter te laten, elke dag weer. Ik probeerde haar zover te krijgen om te overwegen om parttime te gaan werken, maar ook dat leek niet goed genoeg. Ze wilde thuis zijn, punt uit. En dus trad ze af als algemeen directeur en nam Danny Holland het stokje over, maar bleef ze wel achter de schermen bij de stichting betrokken.

Eloïses afwezigheid is veel sterker voelbaar dan haar aanwezigheid. De kinderen merken het. Ik loog tegen Max en liet alle anderen ook liegen. Het leek me het beste als we hem vertelden dat Eloïse voor haar werk naar Amerika was. Hij is op de hoogte van mama's werk; ze heeft hem er vol trots in geuren en kleuren over verteld en hem zelfs een paar keer mee naar kantoor genomen. Ik ging ervan uit dat hij dit wel zou geloven, maar hij plantte beide handen tegen mijn wangen en keek me onderzoekend aan. Toen zei hij: 'Is dat echt waar, pap?' En ik probeerde te knikken, maar begon te snikken, en nu is hij nog veel erger van streek.

En hoe kort Cressida ook nog maar op deze planeet is, ze voelt wel degelijk aan dat er iets aan de hand is. Ze wil niets van haar flesje weten, vecht ertegen alsof het zich gewonnen zal geven en zal transformeren in haar moeders borst. Ik vond wat kleren van Eloïse in de wasmand en legde een van haar topjes in Cressida's wieg, en prompt sliep ze de hele nacht door. Maar wanneer ze wakker is, huilt ze en ligt ze te woelen en is ontroostbaar.

Gerda en Magnus logeren hier nog steeds, brengen de eindeloze, gespannen uren door met Max' en Cressida's dagelijkse dingetjes. Gisteren stond Magnus te huilen in de tuin. Hij gaf Eloïses rozenstruiken water en probeerde zijn tranen te verbergen. Ik wist niet wat ik tegen hem moest zeggen, en hij en Gerda lijken ook niet te weten wat ze tegen mij moeten zeggen. We doen allemaal vrij beleefd, maar ik kan niet zeggen dat ik een band met hen heb. Ik ski niet en ik heb geen gigantische vastgoedportefeuille zoals zij, dus veel gespreksstof hebben we nooit gehad. Momenteel vermoed ik dat ze, net als ik, met stomheid geslagen zijn en in hun hoofd elke herinnering uitpluizen voor het geval die een aanwijzing oplevert over waar El zich zou kunnen bevinden.

De deur is platgelopen door bezoekers – mijn vader, broers, en Susan, mijn stiefmoeder, onze vrienden, een groep vrouwen die ik niet ken, maar die kennelijk heel close met mijn vrouw zijn geworden tijdens peutergroepjes. Dit soort gebeurtenissen werpt vaak een ander licht op de mensen die je meende te kennen.

Mijn vader bijvoorbeeld, degene die me altijd steunt en de man van wie ik had verwacht dat hij haarfijn zou aanvoelen in wat voor hel ik ben beland, gaf me een kameraadschappelijke klap op de rug en mompelde een paar bemoedigende woorden voordat hij me vertelde dat hij en Susan de volgende ochtend naar de Bahama's vertrokken en dat ik hem op de hoogte moest houden. Ik vermoed dat hij gelooft dat El ervandoor is en mij met de kinderen heeft laten zitten, net als mijn moeder bij hem deed. Mrs. Shahjalal wipt af en toe binnen, draait telkens weer hetzelfde verhaal af over hoe ze Max alleen thuis aantrof. Mr. McWhirter, onze maffe, knorrige buurman van drie huizen verderop, die niet meer dan twee zinnen tegen me heeft gezegd sinds we hier zijn komen wonen, heeft een hele ochtend bij ons op de bank zitten vertellen over zijn leven als commandant in het leger. Blijkt dat hij weduwnaar is, ontiegelijk eenzaam nadat hij zijn aan kanker overleden vrouw tot het einde heeft verzorgd. Hij was oprecht begaan met ons en deed een aantal goede suggesties voor een zoekactie.

Nu zie ik in dat de enige persoon die ik écht nodig heb om me door deze hel te loodsen, degene is die wordt vermist.

Ik klik Max vast in zijn kinderzitje om hem naar de peuterschool te brengen. Die moet ik eerst googelen voor de postcode om dan via het navigatiesysteem de route erheen te volgen. Ik schaam me dat ik hem nooit heb gebracht. Ik ken zijn juf of meester niet eens. En dan zegt Max: 'Dit is een mooie auto, pap,' en realiseer ik me dat hij nog nooit in mijn auto heeft gezeten. Als we als gezin ergens heen gaan, gebruiken we altijd Eloïses Qashqai, maar toch.

We draaien het parkeerterrein tegenover de school op – Willowfield

Peuter- en Basisschool – en Max zwaait naar een jongetje dat uit een Range Rover naast ons klautert.

'Hoi, Wilbur,' roept Max, voordat hij tegen mij zegt: 'Pap, Wilbur heeft zijn step bij zich. Dan moet het Stepdag zijn. Is het vandaag maandag, pap?'

'Ja, het is maandag.' Mijn telefoon gaat intussen over, en ik tast ernaar in mijn zakken.

'Maandag is Stepdag, pap. Het is Stepdag. Papa, papa, papa.'

'Wacht even, Max.'

Tegen de tijd dat ik mijn telefoon heb gevonden, is het gesprek al doorgeschakeld naar voicemail. Nummer afgeschermd.

Max jengelt nog steeds over Stepdag wanneer we bij de ingang aankomen. Een oudere vrouw begroet Max, en hij probeert haar voor zijn karretje te spannen in de kwestie Stepdag, maar gelukkig weet ze hem rustig te krijgen door een reservestep te beloven. Ze kijkt me strak aan, en ik neem aan dat ik iets moet zeggen over de situatie thuis. Maar voordat ik de kans krijg mijn mond open te doen, zegt ze: 'We hebben het gehoord van Max' moeder. Wat erg.'

Ik hou mijn mond en knik, ontdaan. Elke keer dat iemand dit tegen me zegt, voelt het als een condoleance, en hoewel ik weet dat het goed is bedoeld, wakkert het alleen mijn angst maar aan dat ik mijn vrouw nooit meer terug zal zien.

'Max is erg van streek, zoals valt te verwachten,' zeg ik, en het kost me de grootst mogelijke moeite om mijn stem niet te laten trillen. 'Hij mist zijn moeder, en ik weet niet goed wat ik hem moet vertellen.'

Haar blik is vol begrip. 'U hebt er goed aan gedaan door te proberen aan zijn normale dagindeling vast te houden,' zegt ze, en ik slaak een zucht van verlichting. Wat had ik er een behoefte aan om iemand die woorden te horen zeggen. U hebt er goed aan gedaan. Deze week is er een geweest van gekmakende zelfreflectie en ik had het gevoel dat ik mijn hele leven juist alles verkeerd had gedaan.

‘Ik zal u op de hoogte houden,’ zeg ik, en ik maak de zin niet af. Ze pakt mijn hand en geeft er een kneepje in. Binnen vang ik een glimp op van Max die vrolijk aan het kwebbelen is met een groep vriendjes, en mijn hart zwelt.

Ik stap net weer in mijn auto wanneer de telefoon opnieuw overgaat. Ditmaal neem ik bij de tweede keer op.

‘Hallo, mr. Shelley?’

‘Ja?’

‘Met rechercheur Canavan.’

Het hart klopt me in de keel. Belt hij met nieuws over Eloïse?

‘Ik heb een vraag voor u.’

‘Ja?’

‘Over de babymonitors.’

Ik haal even adem. ‘Wat is daarmee?’

‘Volgens onze techneuten werd het beeldmateriaal omgeleid naar een andere isp. Weet u daar iets van?’

Ik heb geen idee wat dit betekent. ‘Omgeleid? Ik weet het niet… Eloise had het gekoppeld aan haar cloud of zoiets.’

Ik krijg de indruk dat we geen van beiden echt begrijpen waar we het over hebben.

‘Oké,’ zegt hij. ‘Ik zal het doorgeven aan de techneuten, dan horen we wel wat ze te zeggen hebben. Inmiddels hebben we het forensisch rapport over uw achterdeur binnen.’

‘En?’

‘We hebben uw vingerafdrukken gevonden, de vingerafdrukken van uw vrouw en die van uw zoontje. Geen andere.’

‘Dus dat betekent dat een inbraak kan worden uitgesloten?’

‘Het is onwaarschijnlijk. Niet uitgesloten.’ Een korte stilte. ‘We hebben ook gesproken met Eloïses kraamhulp en verloskundigen. Er bestaat een verschil van mening ten aanzien van haar medische achtergrond, dus daar gaan we nader onderzoek naar doen. We hebben wel wat beeldmateriaal van de babycamera's achterhaald. Wellicht wilt u nagaan of er iets op staat wat van betekenis kan zijn.'

Ik knik. 'Wanneer kan ik het zien?'

24 maart 2015

Kommeno-eiland, Griekenland

Eloïse: Afgelopen nacht heb ik doorgebracht op de houten steiger aan de rand van het eiland voor het vervallen hotel, weggedoken in het stinkende vissersjack dat George uit de voorraadkast in de boerderij had opgediept. Het hield me in elk geval warm. Ik moet een aantal keren zijn weggedoezeld, en twee keer werd ik wakker van het geluid van een motor die over de golven raasde.

Het was zo bizar: ik zweer dat ik een speedboot op me af zag komen, het wateroppervlak gespleten door de achtersteven alsof de zee werd opengeritst, een man met grijs haar en een zonnebril aan het roer. Ik zag de glinstering van maanlicht op de zijkant van de boot en hoorde de motor luider brullen naarmate hij dichterbij kwam. En beide keren schoot mijn hartslag omhoog en rende ik naar het uiteinde van de steiger, om er vervolgens achter te komen dat er nergens een boot te bekennen was. Niets anders dan de deining van golven.

Ik heb het me verbeeld. Dat is de enige verklaring.

Het grootste deel van de nacht zat ik in kleermakerszit naar de sterren te kijken om mijn aandacht af te leiden van de geluiden van het eiland. De nacht hult het eiland niet simpelweg in het donker, maar transformeert het tot een omgekeerde wereld; een inktzwarte plek die zich op het snijpunt van een ander universum lijkt te bevinden. De olijfbomen en cactussen veranderen in groteske figuren die griezelige jammer- en noodkreten uitstoten, die angstaanjagend menselijk klinken.

Dus hield ik mijn ogen op de sterren gericht en dwong mezelf ze te tellen, ze te omschrijven. Vuurwerk stopgezet op het moment van exploderen. Diamanten, robijnen en saffieren uitgestrooid over een zwartfluwelen deken. Het besef dat ze stuk voor stuk een ster of planeet of gesternte zijn met een naam en zwaartekracht waar ik geen weet van heb, net zomin als van waar ik vandaan kom of wie ik heb achtergelaten, was troostend en beangstigend tegelijk.

Hoewel, nu blijkt dat ik mijn volledige naam ken. Eloïse Beatrice Shelley. Ik heb die naam wel duizend keer hardop uitgesproken, alsof de klank ervan een lijntje is dat ik uitwerp in de wateren van mijn geheugen om andere aanwijzingen aan de haak te slaan. Eloïse. Eloïse. Tot nu toe vergeefs, maar misschien heeft het wat tijd nodig. Wanneer ik op Kreta ben, maak ik veel meer kans om te achterhalen waar ik vandaan kom. Dan zou ik mezelf wellicht kunnen opsporen via Google of Facebook. Had de boerderij maar internet.

George probeerde me over het pad mee te trekken naar de boerderij. Zijn hand klemde zich als een bankschroef om mijn arm, en hij is zo sterk dat hij me een paar meter achter zich aan wist te sleuren zonder zijn tempo te vertragen. Ik schreeuwde dat hij me los moest laten, begon daarna ten einde raad tegen de achterkant van zijn benen te schoppen, wat voor mijn gevoel tegen mijn natuur indruiste – ik moet een tamelijk vredelievend iemand zijn in het echte leven. Desondanks leek het weinig effect te hebben. Pas toen ik er iets uit flapte over het notitieboekje, dat Joe mijn naam erin had geschreven, bleef hij staan en draaide zich om, zijn ogen woest.

'Laat zien,' schreeuwde hij. 'Laat zien wat Joe heeft opgeschreven.'

Ik viste het notitieboekje uit mijn zak en sloeg het open bij het voorblad. Hij griste het uit mijn handen en staarde naar de hanenpoten, keek toen nog een keer naar me op voordat hij wegstormde, en het notitieboekje op de grond smeet. Hij reageerde er zo woest op dat ik me zorgen maakte om Joe. Maar waarom zou hij kwaad zijn? Wat kon er verkeerd aan zijn om mij te laten weten hoe ik heet?

De hele nacht vocht ik tegen de slaap, omdat mijn hoofd omliep van de vragen. Aan de horizon waren de lichtjes van cruiseschepen en de vage schim van een eiland te zien. Ik probeerde mijn angst dat ik Nikodemos had gemist te sussen door Sariahs woorden in herinnering te roepen: Nikodemos bracht eten voor hen mee en daarna nam hij mij mee terug naar Kreta. George moest Nikodemos immers hebben gebeld over de vermiste boot? Dat zou Nikodemos willen uitzoeken. De anderen hadden eten nodig, want ze hadden geen vervoer naar Chania. Nikodemos zou niet zomaar rechtsomkeert maken als we niet op de steiger stonden. Hij zou wachten, zeker weten. En dan zou ik er zijn.

Maar er kwam niemand.

Wanneer ik wakker word, is mijn achterwerk doorweekt van het water dat tussen de planken onder me door klotst, is de lucht helder en de zon warm op mijn gezicht. Ik sta op en rek me uit, opgekikkerd door de wind en het landschap. Toen we gisteravond bij de steiger aankwamen, was het te donker om veel van de omgeving te kunnen zien, maar nu, in dit witgouden ochtendlicht, strekt zich een panorama voor me uit dat zo op een ansichtkaart kan. Het water kabbelt aan mijn voeten, kristalhelder. Achter me zijn de heuvels weelderig diepgroen. Ik sta versteld van hoeveel cactussen er vlakbij staan. Torenhoge groene sculpturen bezaaid met scherpe stekels. Mazzel dat ik daar gisteravond niet tegenop ben gelopen. Wat een verschil maakt licht toch. Het enige teken van het commerciële verleden van het eiland is het vervallen hotel aan mijn linkerhand, zo mogelijk nog lelijker en treuriger bij daglicht. Afval waait over het lichte zand en de kapotte ramen en aan flarden gewaaide uithangborden bieden een trieste aanblik.

Ik probeer te bedenken wat ik nu moet doen. In de wijde omgeving is geen kip te bekennen, en hiervandaan kan ik de boerderij niet zien, hoewel ik de weg terug vast makkelijk kan vinden. Ik heb honger en dorst. En ik moet een van de anderen zover krijgen dat ze contact opnemen met Nikodemos per satelliettelefoon.

Ik begin terug te lopen, in een traag tempo om energie te sparen. Ik stuit op wat bomen en prop me vol met dikke, overrijpe perziken tot ik er licht misselijk van ben. Daarna blijf ik zo ver mogelijk uit de buurt van de heuvels, George' waarschuwing over de wilde geiten indachtig, maar mijn omweg leidt me naar een pad langs de kliffen, en even later bevind ik me op een route die ik herken: ik ben op weg naar Bone Beach.

Zodra ik het pad heb gevonden dat Joe had genomen, klauter ik naar de eerste richel onder me, dan de tweede. Naar beneden turend, zie ik dat het een behoorlijk steil stuk is naar de derde, vrijwel zonder steunpunten in de rotswand.

Boven me krijsen vogels, in duikvluchten scherend vanaf de nesten langs de bovenste richel. Mijn borsten branden weer, maar ik blijf me concentreren op mijn ademhaling en het zoeken naar een route naar het strand tot de pijn verdwijnt. Behoedzaam zet ik mijn linkervoet in de rotswand, vind dan een klein uitsteeksel waar ik mijn vingers stevig omheen klem. Zo kan ik me tegen de rotswand drukken en naar de lagere richel laten zakken. Daarvandaan is het een sprong van een kleine twee meter naar het hagelwitte zand van Bone Beach.

De boot lijkt veel groter vanaf dit punt, wel een meter of vier lang. Een oude, houten zeilboot. Hij ligt op zijn kant in het water tegen een groepje rotsen, lichtblauwe afbladderende verf op de zijkant. Een naam – Janus – is in zwart schuinschrift op de rechterkant van de boeg geschilderd. Binnenin kan ik een opengezwaaid kastdeurtje zien, een stel hendels en touwen. De roeispanen zijn verdwenen.

Een idee komt in mijn hoofd op: misschien kan ik terugzeilen naar Kreta. Als ik hierheen ben gezeild, kan ik toch zeker ook terugzeilen? Langzaam loop ik om de boot heen om de schade op te nemen. En dan zie ik het: zowel het roer als het kielzwaard – het deel dat aan de onderkant van de boot als een rugvin in het water steekt – is afgebroken; brokstukken ervan liggen tussen de stenen. De achtersteven is behoorlijk beschadigd, maar niet onherstelbaar, zo lijkt het. Zonder roer en kielzwaard is de boot echter onbestuurbaar, weet ik op een of andere manier.

Ik klauter weer tegen het steile klif omhoog, misselijk van vermoeidheid. Boven staat een boom met dik, groen fruit aan de takken. Ik trek er een af. Een dikke, rijpe peer, de schil glanzend bleekgroen met bronzen blosjes. Wanneer ik mijn tanden erin zet, loopt het sap langs mijn mondhoeken naar beneden. Ik draai me om en kijk neer op het strand, waarbij me nogmaals opvalt dat George in feite zijn eigen leven op het spel heeft gezet om dat van mij te redden. Waarom wilde hij me dan met alle geweld hier houden? En wat bedoelde hij toen hij zei dat hij altijd een oogje op me had gehouden?

Ik ben er huiverig voor om terug te gaan naar de boerderij, maar ik heb geen keus: ik moet contact opnemen met Nikodemos. Misschien raakte hij onderweg in de problemen en probeerde de satelliettelefoon te bellen. Of misschien loog George tegen me.

In de boerderij zitten Joe en Hazel aan de keukentafel zwijgend te schrijven in notitieboekjes. Ik zie dat Joe een blauw oog heeft. Ik ga naast hen zitten, bekaf van mijn tocht terug naar de boerderij. Joe werpt één blik op me en staat dan op om een glas water voor me te halen. Ik vertel hun over George, dat hij tegen me zei dat Nikodemos niet kwam en dat ik nergens heen ging totdat ik mijn geheugen terug heb. Ik vermeld er niet bij dat ik inmiddels weet hoe ik heet, en evenmin dat ik het via Joe aan de weet ben gekomen.

'Wacht eens even, dus Nikodemos is helemaal niet komen opdagen?' roept Hazel, die abrupt opstaat. Ik knik, en ze begint te ijsberen, geagiteerd. 'Maar... dat slaat nergens op. Nikodemos zei dat hij eten zou brengen.'

'Volgens mij hebben we genoeg om het nog een week uit te zingen,' zegt Joe, maar Hazel gaat in discussie. Ik sla haar aandachtig gade, om erachter te komen of ze toneelspeelt. Haar uitspraak van een paar dagen terug – je komt nooit van dit eiland af – spookte de hele nacht door mijn hoofd.

'We kunnen Nikodemos bellen en hem vragen om vanavond te komen, of eventueel morgen. Oké?' zegt Joe. 'Hij is gepensioneerd.'

'George heeft de satelliettelefoon,' zegt Hazel, haar ogen op mij gericht.

Vanuit het trappenhuis klinken voetstappen. Een ogenblik denk ik dat het George is, en het koude zweet breekt me uit. Maar het is Sariah maar, in zichzelf zingend en onder de pastelkleurige vegen, blauwe en roze strepen op haar armen en haar witte jurk. Zodra ze mij in de gaten krijgt, loopt ze de keuken door, een ongeruste uitdrukking op haar gezicht.

'Wat is er gebeurd?'

'Er was een probleem met Nikodemos,' zegt Hazel.

'Hoe bedoel je?' vraagt Sariah, waarop ik haar vertel wat er gisteravond is gebeurd. Dat George tegen me zei dat ik niet weg mocht, maar wanneer ik letterlijk probeer te herhalen wat hij zei, kan ik het me niet meer herinneren. Zei hij nou dat hij Nikodemos had gebeld, of niet? Hoe dan ook, hij heeft het enige communicatiemiddel met de buitenwereld. Dan schiet me te binnen dat hij zei dat ik op het eiland moest blijven 'voor mijn eigen bestwil', en verandert Sariahs gezichtsuitdrukking.

Ze kijkt Joe aan. 'Waar is George?'

Joe slaat zijn ogen neer.

Hazel zegt: 'Die zal wel ergens zitten te schrijven, denk ik.'

'Nou, zodra hij terugkomt, zullen we hem zeggen dat hij Nikodemos onmiddellijk moet bellen,' zegt Sariah met een blik op mij. 'We zullen ervoor zorgen dat je gauw weer thuis bent,' zegt ze. 'Je thuisfront moet intussen gek van ongerustheid zijn.'

'Laten we het vanavond tijdens het eten bespreken,' zegt Hazel, in haar handen klappend. 'Dan maken we George' lievelingseten klaar en geven hem flink wat raki. Geloof me, van raki wordt George zo mak als een lammetje. Dan vragen we hem heel vriendelijk om Nikodemos te bellen en te zeggen dat het een noodgeval is.' Ze kijkt me zenuwachtig aan. 'Klinkt dat goed?'

Ik knik, maar nu sla ik Joe gade, om erachter te komen waarom hij zo bang voor George lijkt, en hoe hij in vredesnaam kon weten hoe ik heet. Gedurende een moedeloos makend moment vraag ik me af of hij het heeft verzonnen, of het mijn echte naam helemaal niet is. Misschien wilde ik dat het mijn echte naam was omdat ik zo wanhopig ben. Hoe zou hij immers kunnen weten hoe ik heet als ze me geen van allen ooit eerder hebben ontmoet?

Ik wacht totdat Hazel en Sariah buiten gehoorsafstand zijn, plannen makend voor vanavond, voordat ik Joe aanspreek. 'Het notitieboekje dat je me gaf,' zeg ik op gedempte toon. 'Je zei dat je een boodschap op het voorblad had geschreven. Het was mijn naam. Eloïse. Is dat mijn echte naam?'

Hij blijft doorschrijven in zijn notitieboekje – een gedicht, zo te zien – en negeert me nadrukkelijk.

'Joe?'

Hij vertikt het om op te kijken. Ik zie dat er zweet op zijn slapen glinstert en dat hij sneller gaat schrijven, gejaagder.

'Joe, heeft George je dat blauwe oog bezorgd?'

Nu stopt hij en heft zijn hoofd op, maar hij wil me niet recht aankijken. Het notitieboekje glijdt van mijn knie op de grond, nog steeds opengeslagen. Hazel bukt en raapt het op voordat ik het zelf kan doen.

' "Je naam is Eloïse Beatrice Shelley",' leest ze hardop, voordat ze me met grote ogen aanstaart. 'Is dat je naam?'

Ik knik.

'Dat is niet mijn handschrift,' snauwt Joe, die zijn notitieboekje oppakt en van zijn stoel opstaat.

'Wat is er aan de hand?' vraagt Sariah, haar handen aan een handdoek afvegend.

‘Ze heet Eloïse,’ zegt Hazel, die met samengeknepen ogen naar Joe kijkt. ‘Heb jij dit opgeschreven, Joe?’

Sariah zegt: ‘Eloïse – mooie naam. Komt die je bekend voor?’

Ik knik, en ze glimlacht. ‘Dat is een stap in de goede richting.’

‘Ik vind Hazel beter bij haar passen,’ zegt Hazel.

‘Het lijkt anders wel op jouw handschrift, Joe,’ zegt Sariah, haar hals uitstrekkend om het beter te kunnen zien.

‘Nou, dat is het niet,’ grauwt hij vanaf de andere kant van de keuken. ‘Ik weet niet wie dat heeft geschreven.’

Sariah besluit de verstandigste te zijn en heft haar handen op om een einde aan de discussie te maken. ‘Laten we het hoofd erbij houden. Jij – Eloïse – moet van dit eiland af zien te komen, wij moeten voedselvoorraden hebben. Of op zijn minst een vervoermiddel. Blijkbaar heb je nu meer dan een voornaam om mee naar de Britse ambassade te stappen, toch?’

Ik knik bevestigend, en ze kijkt naar Hazel. ‘Goed dan. Laten we die telefoon erbij pakken en Nikodemos bellen. Of wie dan ook. De politie moet aan de hand van die naam gerichter onderzoek kunnen doen.’

De achterdeur slaat dicht. Een paar zware laarzen op steen. Een rokershoest. Allemaal draaien we ons om en zien George in de deuropening staan, een lang en zwaar voorwerp in zijn hand. Koper blinkt in het licht.

‘George,’ zegt Sariah kordaat. ‘Wil jij Nikodemos bellen, alsjeblieft?’

Hij negeert haar, trekt zijn laarzen uit en bewondert het voorwerp in zijn hand.

‘Is dat een… wapen?’ vraagt Hazel nerveus.

‘Een geweer,’ antwoordt George, hem omhooghoudend om hem goed te bekijken. Dan kijkt hij recht vooruit en krijgt Joe in het oog, die stokstijf op de drempel staat. Hij lijkt te angstig om het op een lopen te zetten.

‘Waarom heb je een geweer, George?’ vraagt Hazel.

‘Een prachtexemplaar, niet dan?’ George draait hem om om de houten kolf te inspecteren. 'Echt een plaatje. Vond hem laatst in een van de schuren. Nog van de Venetiaanse invasie, denk ik. Misschien de Turkse. Er lag ook een doos oude kogels.'

Van het wapen in George' handen stolt het bloed in mijn aderen. Ik werp een blik op Sariah, maar zij vertrekt geen spier. 'Wil je Nikodemos' nummer alsjeblieft even proberen,' zegt ze onverstoorbaar.

George laat het geweer iets zakken en tuurt door het vizier, de loop in onze richting zwaaiend.

'George, alsjeblíéft.' Sariah slaat met haar vuist op tafel.

Hij kijkt op. 'Wat?'

'Bel Nikodemos. We hebben eten nodig, en Eloïse moet naar Kreta.'

Hij trekt een wenkbrauw op, het wapen nog steeds nonchalant geheven. 'Eloïse, hm?'

Ik knik.

Hij snuift. 'Eloïse moet hier blijven.'

Sariah slaakt een zucht van frustratie. 'Oké. Oké, allemaal. Laten we… tot onszelf komen, goed? Laten we gaan eten, ontspannen en dit bespreken. En, George?'

'Ja?'

Ze kijkt hem strak aan. 'Zet het geweer alsjeblieft buiten.'

Goddank doet hij dat, en we eten aan de grote keukentafel, terwijl een zware regenbui tegen de ramen klettert. Maar de sfeer is nog steeds zo gespannen dat ik amper helder kan denken. Sariah spreekt op afgemeten toon en dient het eten op met nauwelijks verholen irritatie. Joe wil me niet aankijken, en ik pieker me suf over mogelijke redenen voor zijn geheimzinnigheid. Niemand beantwoordde mijn vragen over Hazels geheim, en George lijkt vastbesloten om me hier te houden. Joost mag weten waarom. Heeft hij seksuele bedoelingen? Ik weet het niet. Als het niet zo hard regende, zou ik proberen te vluchten, in het hotel gaan schuilen of zo. Maar ja, daar is geen eten of water, en de satelliettelefoon is hier.

Zo nu en dan werp ik een blik op Joe, wiens blauwe oog me doet terugdenken aan gisteravond. Wat is er gebeurd toen George terugkwam? Heeft hij Joe op zijn donder gegeven voor wat hij in het notitieboekje heeft geschreven? Wat er ook is voorgevallen, er wordt met geen woord over gerept, en ik krijg de indruk dat de groepsdynamiek diepere lagen heeft. Een hiërarchie, waarbij George de baas is, een tiran. Het zijn helemaal geen vrienden van elkaar.

Er zit niets anders op dan te doen alsof mijn neus bloedt. Ik zit aan tafel en keuvel over het weer, over hun schrijfwerk, en George en ik laten geen van beiden de naam Nikodemos vallen. Sariah heeft haar lekkerst ruikende maaltijd tot nu toe bereid – gebakken haloumi, sappige groene olijven, met olijfolie besprenkelde artisjokken en een romige saus met takjes rozemarijn erbovenop. Desondanks kom ik niet eens in de verleiding om een hap te nemen, en de geur verjaagt evenmin de kwalijke reuk van chaos in de lucht.

'Raki, Eloïse?' vraagt Hazel me, een fles boven mijn glas houdend. Ze knipoogt, en ik knik. Ze schenkt iedereen in, en we toosten.

'Op herinneringen,' zegt Sariah. George kijkt haar doordringend aan, en ik voel iets tussen hen veranderen, een verschuiving in hun relatie.

Na een paar minuten kijkt Hazel van mij naar Sariah voordat ze zegt: 'George, volgens mij hebben we geen wijn meer voor de rest van de week. Er is ook niet veel meer te eten. Geef me anders de satelliettelefoon even, dan bel ik Nikodemos om wat te bezorgen.'

George ligt in een deuk met Joe om een grap die ik niet goed kan verstaan, waarbij hij tegen zijn achterhoofd slaat en met consumptie spreekt. Hij rolt met zijn ogen naar Hazel. 'Wat te bezorgen?'

'Eten, George,' zegt Hazel op vlakke toon. 'Waarom heb je hem gezegd dat hij gisteravond niet hoefde te komen?'

'Was ik niet,' lalt hij. Hij knikt naar mij. 'Zij.'

'Doe niet zo raar,' zegt Sariah. 'Jij bent de enige met een satelliettelefoon. Kom op, George. Geef hier dat ding. Laat een van ons Nikodemos bellen.'

George grijnst breed, zet zijn glas met onvaste hand neer en loenst naar Sariah. 'Wat is Nikodemos' nummer?'

Sariah opent haar mond, maar lijkt met stomheid geslagen. 'Ik kende het wel... dat weet ik zeker. Jij kent het toch, Hazel?'

Hazel kijkt al even perplex. 'George belde Nikodemos altijd, dus heb ik het nooit opgeschreven. Joe?'

Joe hangt voorover, met zijn hoofd op tafel, en geeft geen sjoege.

'Wat zei ik je nou?' zegt George triomfantelijk. 'Ze gaat niet weg. Ze blijft hier, veilig en wel. Het is niet goed haar te laten gaan. Ik wil het niet hebben.' Plotseling is hij opgestaan en sjokt naar de achterdeur. Hij strompelt de voorraadkast in en grist zijn geweer uit de hoek. 'Zit niet over eten in,' brult hij. 'Ik kan voor ons allemaal jagen.'

Het gaat zo snel.

Het ene moment is George in de keuken, het volgende is hij het donker in gestormd, roffelen zijn voetstappen de treden bij de achterdeur af.

'George! Kom terug!' roept Hazel, die naar de achterdeur rent.

We lopen allemaal achter haar aan en turen in het donker. Buiten staat de maan als een zilveren schijf aan de hemel en kruipen mistflarden over inktblauwe heuvels, waar bomen en gras heen en weer zwiepen op een stormachtige wind. Een schaduw beweegt tussen de bijgebouwtjes links van de boerderij.

'We zullen achter hem aan moeten gaan,' zegt Sariah. 'Hij ging in de richting van de schuur, dus hij zal wel van plan zijn de kortere weg door het ravijn te nemen – niet een heel slim plan wanneer je net een halve fles raki achter de kiezen hebt.'

'Ik ga met je mee,' zeg ik.

Hazel maakt aanstalten om zich bij ons te voegen, maar Sariah gebaart haar terug te gaan. 'Jij en Joe moeten hier blijven voor het geval hij terugkomt.'

Ver weg op zee zijn glinsterende lichtjes te zien – van schepen, of misschien nabijgelegen eilandjes – en de volle maan werpt een lange zilveren strook over de zee die veel weg heeft van een verbindingsweg. Ik aarzel bij het horen van het gebruikelijke gehuil en geblaf dat aanzwelt wanneer het donker invalt.

'Nachtdieren,' stelt Sariah me gerust, en ze verzekert me dat de beesten ons niet zullen lastigvallen. Maar de geluiden zijn huiveringwekkend.

Desondanks dalen we de heuvel af naar de schuur, handenvol riet en struiken vastgrijpend om niet naar beneden te tuimelen. Er is een rotsrand waarvan Sariah vreest dat George eraf is gevallen en zich heeft verwond, maar we zien hem niet. Doodop van de afdaling wankelen we naar de schuur.

De schuur is een lang houten gebouw met een golfplaten dak, dat rammelt en jammert in de wind, en binnen bevinden zich oude hokken afgescheiden door roestige metalen platen. Er is vrijwel geen licht binnen, hoewel maanlicht mondjesmaat binnensijpelt over achtergebleven oude landbouwwerktuigen: hooivorken, zeisen, haken die aan het plafond hangen en bladen van oude machines. Ik ben er huiverig voor om verder te gaan, maar Sariah stapt naar binnen, door de schuurdeur, en wordt onmiddellijk opgeslokt door het donker.

'We hebben een zaklamp nodig,' roep ik. 'Laten we teruggaan.'

'Kunnen we net zo goed eerst in de schuur rondkijken, voor het geval hij hier ergens in elkaar is gezakt.'

Ik slik een weerwoord in en begin het terrein rondom de schuur af te speuren, langzaam en behoedzaam mijn weg zoekend over de koude stenen. Af en toe wordt in het maanlicht een rots of olijfboom zichtbaar, maar over het algemeen is het zo donker dat ik vooral op mijn reuk en gehoor moet afgaan. Ik hou mijn ogen gericht op de kleine lichtvlekjes op de grond, in de hoop dat ik George er vlakbij bewusteloos aantref, en de telefoon in zijn zak. Het kan me niet bommen of niemand anders

Nikodemos' nummer kent – ik ga alle nummers bellen die ik kan bedenken, totdat er eentje verbinding maakt.

Plotseling klinkt er een harde klap, gevolgd door een kreet van pijn. Ik schreeuw: 'Sariah!' en hoor nog een geluid, iets wat tegen steen slaat, maar geen antwoord. Ik roep haar nog een keer en maak haastig rechtsomkeert, waarna ik voetje voor voetje de schuur in schuifel, zodat ik niet struikel en haar over het hoofd zie. Maar dan hoor ik gekerm, vlak bij de stallen.

'Sariah? Ben jij dat?'

'Eloïse.'

Ik herken de lage, barse stem ogenblikkelijk. Het is George. Mijn hart slaat een slag over. Ik draai me met een ruk om, maar het is zo donker – aardedonker – dat ik geen hand voor ogen zie.

'George? Waar ben je?'

'Doe een stap naar links.'

Dit doe ik, over de houten vloer opzijstappend.

'Draai nu vijfenveertig graden naar rechts.'

Een lichtstraal onthult het gehurkte figuur van George bij Sariah, die op haar zij op de grond ligt, armen over haar hoofd. Ze beweegt niet.

George richt zich in zijn volle lengte op. Daarna haalt hij zijn geweer tevoorschijn en laat het zakken, gericht op haar maag. 'Ze zou er niets van voelen als ik de trekker overhaalde,' zegt hij minzaam. 'Beste manier om aan je einde te komen, eigenlijk.'

'George, leg het geweer alsjeblieft neer.'

Het is alsof de tijd vertraagt. Zijn gezicht staat onbewogen en serieus, geen spoor van de dronkenschap die ik daarstraks duidelijk zag. Ik werp een snelle blik op Sariah om erachter te komen waardoor ze gewond is geraakt, maar het is te donker. Het lijkt of ze dood is.

'Sariah is een vriendin van je, George,' voer ik aan.

'Je denkt dat ik het niet zal doen,' fluistert hij, zijn ogen wijd opengesperd.

Joe en Hazel zijn te ver weg om te waarschuwen. Ik kan niet snel genoeg denken. Het is onmogelijk om aan hem te ontsnappen zonder Sariah aan haar lot over te laten, en het is onmogelijk haar te helpen zonder mijn leven te riskeren. Ik moet op hem inpraten, hem overreden.

'Ik weet dat je het niet in je hoofd zou halen, George. Kom op, nou. Het is al laat. Laten we weer naar binnen gaan. Leg het geweer neer…'

Zijn gezichtsuitdrukking is griezelig beheerst en ernstig, alsof hij op een bepaalde manier aanbiedt me uit de brand te helpen.

'Ik zou het doen, weet je,' fluistert hij. 'Ik heb mensen zien sterven. Het is niet zo erg als wordt beweerd.'

Ik doe een klein stapje naar links, maar hij heft het geweer op en richt het op mij, zijn houding nu agressief.

'Verroer je niet. Haal het niet in je hoofd dit eiland te verlaten.'

'Oké, George,' zeg ik, erop gebrand dat hij het wapen bij Sariah uit de buurt houdt. Eén misstap en hij kan haar per ongeluk doodschieten. 'Oké. Ik blijf.'

Ik steek mijn handen omhoog, waarop hij het geweer laat zakken, maar Sariah beweegt nog steeds niet.

'Zo,' zegt hij, zichtbaar bedaard. 'Ik vind dat we eens een paar regels moeten afspreken, jij niet? Ten eerste: er worden geen pogingen meer gedaan om weg te gaan.' Ik knik, maar hij lijkt niet overtuigd. 'Ik zeg je, het is voor je eigen bestwil. Je beweert dat je je niets kunt herinneren, en dat kan best zijn. Maar wat ik zeker weet, is dat je geen géld hebt. Het is momenteel een zootje in Griekenland. Rellen op straat, traangas en dat soort dingen. Met al die toestanden zal jouw zogenaamde geheugenverlies de politie een zorg wezen, dus het lijkt me niet verstandig om daarheen te vluchten.'

Ik wil iets zeggen, maar hij steekt een hand op en wijst naar me.

'Kop dicht. Oké? Geen vragen meer. Twee regels, denk je dat je dat aankunt?'

Ik knik gedwee maar zeg niets. Daar ben ik te bang voor. Sariah begint haar vingers te bewegen en ik kan haar horen kreunen. Zo te zien heeft ze een keiharde klap tegen haar hoofd gehad.

George grijnst. 'Mooi. En knoop dit in je oren: als je George niet gehoorzaamt, zijn de rapen gaar. Begrepen?'

'Begrepen.'

Hij legt het geweer op zijn schouder en stommelt de schuur uit, het donker in. Aan het geruis van riet te horen klimt hij weer tegen de heuvel op. Ik wacht nog een paar ellenlange seconden voordat ik op Sariah afren. Er zit een donkere bloedvlek aan de linkerkant van haar hoofd. Ik trek mijn shirt uit en druk het tegen de wond, waarop er een schok door haar heen gaat.

'Gaat het?' vraag ik. 'Sariah, ben je in orde?'

Langzaam komt ze overeind, kermend. 'Wat is er gebeurd?'

'Ik denk dat George je een klap heeft gegeven,' zeg ik, terwijl ik haar help rechtop te gaan zitten. Ik wikkel de mouwen van het shirt strak om de wond en hou die angstvallig in de gaten om te controleren dat het bloeden minder wordt. Ze is er ernstig aan toe.

'We moeten weg,' zeg ik. 'Je moet hier weg.'

Ze is daas en duizelig, en ik ben als de dood dat ze weer buiten westen raakt. Ik drapeer haar arm over mijn schouder en help haar langzaam op te staan. Ze begint te kermen van de pijn in haar hoofd.

'Rustig maar, Sariah,' spreek ik haar moed in, naar de ingang van de schuur schuifelend. 'Rustig maar.'

'Breng me… breng me naar Joe,' mompelt ze.

Zij aan zij lopen we voorzichtig op de lichten van de boerderij af. Ik begin te rillen, door de schok van wat er zojuist is gebeurd en de ijzige wind tegen mijn blote huid, en dat maakt het beklimmen van de heuvel nog moeilijker. De wind is zo hard dat die ons bijna omverblaast, en we moeten elkaar stevig vasthouden om te blijven staan. Intussen kijk ik telkens om me heen, voor het geval George uit de schaduw komt stormen, maar hij is nergens te bekennen.

De terugweg lijkt een eeuwigheid te duren, met de wind in ons gezicht, de sterren helder boven en in de zwarte zee. Bij de achterdeur van de boerderij lijkt Sariah stevig genoeg op haar benen te staan om zelf naar binnen te gaan, en ik zeg tegen haar dat ze Hazel naar de wond moet laten kijken.

'Waar ga jij dan heen?' vraagt ze.

Ik vertel haar over George' dreigementen, dat hij me liet beloven dat ik niet weg zou gaan. Het is veel te riskant voor mij om weer naar binnen te gaan.

'Doe het niet,' zegt Sariah. 'Dat overleef je niet in dit weer.'

Op een of andere manier weet ik haar te overtuigen, en ze doet een graai naar binnen en geeft me het vissersjack.

'Dank je wel.'

Ik wacht totdat ze deur dichtdoet, voordat ik het donker in loop, doodsbang. Terwijl ik op de tast een weg zoek over varens en stenen, kijk ik achterom.

Achter George' slaapkamerraam kan ik het silhouet van zijn gedaante zien, handen in zijn zakken, neerkijkend op mij.

24 maart 2015

Potter's Lane, Twickenham

Lochlan: Ik droom de hele nacht van donkere tunnels voorzien van bewakingscamera's. Aanvankelijk verbeeld ik me in de Kanaaltunnel te zijn, alleen ben ik te voet en zijn er geen auto's. Ik voel dat er iemand aan het eind van de tunnel is en daardoor blijf ik doorlopen. Maar telkens wanneer ik het eind nader, buigt de tunnel scherp af naar links of rechts. Geen enkele keer bereik ik het eind.

Ik word wakker in bad. Het duurt wel een minuut of twee voor ik weet waar ik ben en hoe ik hier ben gekomen. Vaag herinner ik me dat ik gisteravond zat te drinken, daarna in de auto ben gestapt om een eindje te rijden. Ik geloof dat ik ermee tegen het tuinhek ben geknald.

Ik worstel me eruit door eerst mijn voeten over de rand te gooien en val voorover op mijn handen en knieën. Er ligt een plas braaksel op de tegels vlak voor me. Met pijn en moeite sta ik op en plens koud water in mijn gezicht bij de wasbak. Het gezicht dat me aanstaart in de spiegel is verwilderd en hologig. Ik heb me in geen drie dagen geschoren en de stoppels die zijn uitgegroeid, zijn doorschoten met zilver. Ik voel me hulpeloos, precies zoals ik me de ochtend voelde toen mijn moeder ons in de steek liet.

Ik zou niet kunnen zeggen welke dag het is, of zelfs welke maand. In mijn hoofd is het momenteel zo'n chaos dat het verkeerd lijkt dat er nog normale dingen bestaan: de haarscheurtjes in een van de tegels die Eloise me vroeg te repareren. Ze dreigde het zelf te doen als ik het niet deed. Ik poets mijn tanden, veeg het braaksel van de vloer en neem me voor om de gebarsten tegel te repareren.

Op de overloop loop ik Gerda tegen het lijf. Haar blonde haar zit plat aan de kant waarop ze heeft geslapen, haar gezicht onopgemaakt en ingevallen. Ze draagt een witte kasjmieren kamerjas en heeft haar armen over elkaar geslagen.

'Morgen,' zeg ik.

Met samengeknepen ogen kijkt ze me aan en fronst dan. 'Je had 'm flink zitten gisteravond. Je hebt je arme auto in de prak gereden.'

Hoe kan een auto arm zijn? Heeft het ding gevoelens?

'Het was een ongelukje.'

'Dit is niet het moment om te breken, Lochlan.'

Kinderachtig genoeg begin ik mezelf overdreven te bekloppen. 'Ik geloof... ja, ik geloof dat ik nog intact ben.'

'Waar ga je nu heen?'

Ik knik naar de badkamer. 'Zit met een gebarsten tegel. Moet ik repareren.'

'Lochlan –'

Ik ben al halverwege de trap. 'Ik zal beneden Cressida's flesjes voor vandaag vast steriliseren en klaarzetten,' zeg ik tegen Gerda.

'Lochlan,' roept ze nogmaals, nu op strengere toon.

Ik draai me om en kijk omhoog. 'Ja?'

Ze zucht. 'Het is vijf uur in de ochtend. Ga terug naar bed.'

'Gaat niet,' zeg ik, me er naderhand vaag van bewust dat ik kinderachtig klink. 'Ik heb een hele hoop te doen.'

'Wat dan?'

'De gebarsten tegel in de badkamer, bijvoorbeeld. En Eloïse wilde de eetkamer geschilderd hebben. Dus ik moet nodig aan de slag.'

Er ligt een stapel kranten op de keukentafel, gekocht door Magnus, die zijn dagen lijkt door te brengen met heen en weer lopen door onze straat en nijdig de berichtgeving over Eloïses verdwijning volgen. Onwillekeurig dwalen mijn ogen naar de krant boven op de stapel, een pagina dubbelgevouwen bij een kop: VLUCHTELINGENACTIVIST IN ONTVOERINGSKLUCHT TIJDENS RASSENREL.

Lees het niet, Lochlan.

Ik moet.

Ga verder met de tegels. Negeer wat de media zeggen.

Ik moet weten wat ze over mijn vrouw zeggen.

... Eloïse Shelley (37) is onlangs opgestapt bij haar hulporganisatie, Children of War, waarvoor ze campagne had gevoerd tegen immigratiehervormingen, en het Zeer Geachte parlementslid Giles McBratney had uitgemaakt voor racist. Nu schijnt mrs. Shelley ook haar echtgenoot en jonge kinderen in de steek te hebben gelaten en met de noorderzon te zijn vertrokken uit hun chique huis in Richmond. Maar een bron uit haar directe omgeving onthulde dat deze zogenaamde verdwijntruc een vooropgezet plan is om haar hulporganisatie onder de aandacht te brengen en haar in het slop geraakte mediacarrière nieuw leven in te blazen...

Een grote foto van Eloïse in een korte rode jurk en goudkleurige naaldhakken met een glas champagne in haar hand, staat boven het artikel afgedrukt. Die hebben ze van haar Facebook-pagina geplukt, met voorbijgaan aan alle andere van Eloïse met Max en Cressida in haar armen voor die ene waarop ze overkomt als een bikkelharde carrièrevrouw, immoreel genoeg om haar eigen verdwijning in scène te zetten.

Zie je wel? Het zijn allemaal leugens. Niemand heeft zin om te helpen haar terug te vinden. Je had het niet moeten lezen.

Ik loop de keuken in en zet het espressoapparaat aan. Overal staan bloemen: vijf boeketten in de keuken, waarvan er twee in plastic kannen staan omdat we maar drie vazen hebben; en in de huiskamer zie ik een aantal nieuwe planten staan. Het is een bende in huis. Waarom heeft Eloïse onze werkster in vredesnaam de zak gegeven? Ik trek een paar tuinhandschoenen uit een kast, en hoewel ze veel te klein zijn en er roosjes op staan, hou ik ze aan om alle bloemen bij elkaar te pakken en naar de achtertuin te brengen. Ergens in mijn hoofd klinkt een stemmetje dat me vertelt dat deze handschoenen de vorige keer de handen van mijn vrouw omhulden, dat er sporen van haar in zitten en op mijn huid, door dit hele huis, zoveel sporen en spullen die aan haar doen denken, en toch is ze nergens te bekennen. Je zou ervan doordraaien als je er te veel over nadacht.

Gerda komt de tuin in, een ongewoon meelevende uitdrukking op haar gezicht. Ze kijkt op naar de roze lucht en onderdrukt een geeuw.

'Kun je niet slapen?' vraag ik haar.

'Wat? Nee, ik... Lochlan, met dit gedrag schiet niemand iets op. Ik weet dat het moeilijk is, maar... de kinderen, Lochlan. Je moet sterk zijn voor de kinderen. Dit is niet het moment om raar te doen...'

'Niemand doet raar, Gerda. Ik... zorg gewoon dat alles blijft draaien totdat mijn vrouw terug is, meer niet.'

Ze begint te huilen, en terwijl ik naar haar kijk, overvalt me datzelfde gevoel, alsof ik niet langer hier ben, maar er als een geest boven zweef. Ik hoor mezelf zeggen dat het niet erg is, dat ik weet dat dit voor iedereen zwaar is, maar de woorden zijn niet meer dan geluiden die mijn lichaam voortbrengt. Het deel van mij dat ik kan voelen en herken als mezelf, staat er los van en kijkt toe.

Gerda haalt haar mobiel uit een zak en checkt hem, sniffend en mompelend in het Duits. 'Ik wacht nog steeds tot ze belt,' zegt ze. 'Ik moet hem twee keer per dag opladen, zo vaak check ik de Facebook-pagina, het nieuws. Elke seconde, elke minuut verwacht ik haar nummer op het scherm te zien verschijnen. Het is een kwelling, al dat wachten. Al die onwetendheid.'

Een lange stilte.

'Voor het eerst in mijn hele leven voel ik me volstrekt machteloos,' zegt ze, haar handen tussen haar benen klemmend.

Ik sta op het punt dat te beamen, wanneer ik een pijnsteek in mijn borst voel en mijn keel wordt dichtgesnoerd, en dus zet ik de gedachte aan mijn eigen machteloosheid van me af en begin de tray met stekjes te planten die Eloïse onder een plastic kap op de grond heeft gezet. Mijn gedachten zijn een mengelmoes van clichés en hun gruwelijke waarheid. Geamputeerd. Half mens. Bezig blijven, dat is de remedie. Het biedt structuur en drukt die eindeloze stroom vragen waarop geen antwoord is, de kop in. Op dit moment is mijn vrouw een vraagteken, en desnoods breek ik het huis af en bouw het met mijn blote handen weer op als het mijn gedachten lang genoeg afleidt.

Eloïse zou niet meer bijkomen van het lachen als ze me nu zag. Volgens mij ben ik sinds afgelopen zomer niet meer in onze tuin geweest. Ik werk het merendeel van de week in Edinburgh en de overige dagen, behalve zondag, ga ik om zeven uur de deur uit en ben ik op zijn vroegst om zeven uur 's avonds weer thuis. Geen tijd voor de tuin. Het was niet meer dan een lange strook aarde en beton toen we het huis kochten, maar Eloïse heeft er iets van gemaakt. Met helemaal aan het eind een speelhuisje, een plastic kasteel voor Max en zes opgehoogde bloembedden. Ik heb geen idee of ik planten of onkruid uit de grond sta te trekken, maar dat ik hier ben te midden van dingen die mijn vrouw heeft aangeplant, in haar wereldje, biedt enige troost.

'Ik heb het gevoel dat dit een straf is,' zegt Gerda. Tranen stromen over haar gezicht, en ze vangt ze onder aan haar kaaklijn op met haar vingertoppen. 'Maar we hadden immers geen idee? Wij zaten in Zwitserland. Ik bedoel, toen ze ons belde op haar – wat? Dertiende? Twaalfde? We kwamen terug en namen haar onmiddellijk in huis. We deden wat we konden om... je weet wel. De schade te herstellen die was aangericht.' Ze kijkt me aan met grote, betraande ogen.

'Welke schade?' vraag ik.

Ze klakt ongeduldig met haar tong en kijkt weg. 'Je weet donders goed welke schade. Het is niet bepaald iets waar ik trots op ben, hè. Jude. Ons enige kind, verslaafd aan heroïne.' Ze drukt haar vingertoppen tegen haar mond en schudt haar hoofd, alsof ze plotseling overweldigd wordt door de woorden hardop uit te spreken.

'El heeft het haast nooit over haar moeder,' zeg ik. 'Ze beschouwt jóú als haar moeder. Zelfs nu noemt ze je soms nog *mamie*. Mamie is kennelijk Zwitsers voor oma.'

'Ik moet de hele tijd denken aan alle dingen waarvan ik spijt heb dat ik ze heb gedaan, alle dingen waarvan ik spijt heb dat ik ze níét heb gedaan,' prevelt ze. 'Ik had meer moeten helpen. Ik weet dat het sneu is, maar... Toen Jude vertrok, zei mijn intuïtie dat we hadden moeten zorgen dat ze het kind achterliet. Maar Eloïse was drie. Misschien vier. Ik hield mezelf voor dat ze bij haar moeder hoorde te zijn.'

Eloïse heeft het zelden over Jude, hoewel ik uit gespreksflarden heb begrepen dat ze op haar zestiende zwanger raakte van Eloïse. Toen El vier was, roofde Jude de kluis van haar ouders leeg en ging er met een oudere man vandoor naar Londen. Acht jaar later overleed ze aan een overdosis in een vervuilde flat. El vond een telefoonnummer van Magnus en Gerda en belde hen. Het moet gezegd: ze vlogen meteen naar Londen, haalden Eloïse op, namen haar mee naar huis en voedden haar op.

'Ik denk echt niet dat dit iets te maken heeft met die hele geschiedenis,' zeg ik.

Maar ze luistert niet. Ze is verzonken in haar herinneringen, in de hoofdstukken van Els leven waarvan ik niet weet hoe ik ze moet interpreteren.

'Waarom Eloïse?' Haar stem trilt, en ze drukt haar vingertoppen tegen haar mond om haar emoties onder controle te krijgen. 'Waarom moet uitgerekend zij vermist raken? Ze heeft dit toch nergens aan verdiend? Twee schatten van kinderen. Wijdt zich met hart en ziel aan hun opvoeding. Een campagnevoerder voor een hulporganisatie, die de levens van duizenden arme vluchtelingenkinderen verandert.'

Heel even komt het bij me op dit op te nemen om voor Eloïse af te spelen wanneer ze terug is. Gerda doet niet anders dan kritiek leveren op Eloïse en haar als een drilmeester commanderen. Ik zou niet weten hoe vaak El wel niet moedeloos tegen me heeft geklaagd over haar oma's afkeurende uitspraken, dat ze blijkbaar niets goed kan doen in Gerda's ogen. Als ik me niet vergis, was Gerda degene die haar overhaalde haar baan op te geven toen de kinderen er waren, om Eloïse vervolgens te verwijten dat ze ontslag had genomen.

'Toen we in Genève woonden, was ze zo bang dat ze niet meer dan drie meter bij ons vandaan durfde te gaan,' vervolgt Gerda. 'Ik gaf haar zoveel vrijheid, en toch was ze een schuchter kind, altijd aan mijn zij. Soms klom ze 's nachts bij ons in bed, zelfs als tiener nog. Er klopt niets van. Ze hoort niet weg te zijn.'

Ik zeg verder niets meer, maar stort me op het graven en planten totdat mijn spieren branden. Zodra ik klaar ben, laat ik Gerda achter in de tuin en ga naar boven om de tegels in de badkamer onder handen te nemen.

De barst is nog steeds te zichtbaar, dus tegen de tijd dat Max wakker wordt, heb ik alle tegels eraf gehakt, en ben ik online nieuwe aan het bestellen.

Max komt de badkamer binnendrentelen, met een wazige blik en nog half in slaap, zijn deken achter zich aan sleurend. 'Morgen, pap,' zegt hij. Hij fronst bij de puinhoop op de vloer. 'Wat doe je?'

'Het huis mooi maken voor mama, voor wanneer ze thuiskomt,' zeg ik.

Hij neemt me op met die mooie blauwe ogen van hem en schudt afkeurend zijn hoofd. 'Je hebt er een gróte bende van gemaakt. Mama zal héél boos zijn.'

'Maar papa gaat nieuwe tegels kopen. Mooie glanzende tegels. En daar zal mama blij mee zijn, denk je niet?'

Hier denkt hij even over na, geeft dan een knikje. 'Zeg tegen mama dat ze nu terug moet komen. Oké, pap?'

Ik aai over zijn gezicht. Machteloosheid is één ding. Zo liegen tegen je zoontje is heel iets anders. Ik schraap mijn keel en bal een vuist achter mijn rug. Ik moet me groot houden. 'Ja, natuurlijk, Maxie. Weet je wat, zullen we koekjes voor mama bakken?'

Zijn gezicht licht op. 'Thomas de stoomlocomotief-koekjes?'

'Thomas de stoomlocomotief-koekjes.'

Cressida en Max vertikken het allebei zich te houden aan de slaapgewoonten die Eloïse ze met pijn en moeite heeft aangeleerd, en liggen nog te slapen in mijn bed. Max plast weer in bed, maar gelukkig heb ik ergens een oud pak zwemluiers gevonden, zodat ons bed niet doorweekt is geraakt. Cressida weigert te gaan slapen als ze mij niet naast haar voelt liggen. Ik ga een kijkje bij haar nemen, ingeklemd tussen twee kussens in het midden van het bed. Ik word overvallen door een plotseling gevoel van tederheid voor haar, een blijdschap die ik niet voelde bij haar geboorte. Ik bedoel, natuurlijk hou ik van haar, ze is mijn dochter. Maar ik vond, geloof ik, dat we al genoeg omhanden hadden met Max en mijn baan en Els hulporganisatie. Ik had er moeite mee te wennen aan het idee van twee keer zoveel werk.

Cressida ligt op haar rug met haar hoofd opzijgedraaid, haar lippen getuit en haar handen tot vuistjes gebald aan weerszijden van haar hoofd. Haar haar is de afgelopen week dikker geworden en uitgegroeid tot een donzig hanenkammetje. Ze heeft donker haar, net als ik, en het karakteristieke Shelley-kuiltje in haar kin. Dit was me niet opgevallen totdat Eloïse verdween. Ik probeerde mezelf wijs te maken dat het onlangs pas is verschenen, totdat ik Eloïses Facebook-foto's zag van Cressida in het ziekenhuis, amper een dag oud, en daarop heeft ze het kuiltje al.

Ik sluip op mijn tenen de kamer uit om haar zo lang te laten slapen als ze nodig heeft.

Vreemd genoeg is uit de puinhopen van deze nachtmerrie een hernieuwde relatie met mijn jongere broer, Wes, ontstaan. We hebben elkaar al een jaar of zes niet echt gesproken, afgezien van zo nu en dan een knorrige begroeting op een familiefeestje. Wes is het zwarte schaap van de familie, het nakomertje van mijn ouders dat al stennis trapte sinds hij twee turven hoog was: van de basisschool gestuurd wegens het bijten van een ander kind, van de middelbare school gestuurd wegens drugsgebruik en vechtpartijen, daarna achter de tralies gezet voor dezelfde vergrijpen toen hij begin twintig was. Hij rijdt een veel te dure auto voor iemand zonder werk. Mijn vader wijt het allemaal aan het feit dat mijn moeder ervandoor ging toen Wes nog maar een baby was. Hij was vier, dus feitelijk geen baby, maar even oud als Max nu is. De gedachte dat mijn kleine mannetje net zo wordt als Wes, heeft een nieuwe angst aan de huidige situatie toegevoegd.

Hoe dan ook, Wes belde me vanochtend en vroeg hoe het ging, en ik deed het mannelijkste wat je kunt doen, en brak aan de telefoon. Ik vertelde hem over de webcams en hij stelde allerlei vragen die ik probeerde te beantwoorden. Toen zei hij: 'Niet met de politie praten, man. De politie doet toch niks. Ontdek je iets, dan kom je naar mij. Niemand anders. Ik ga dit voor je oplossen, geloof me.'

Ik beloofde dat ik dat zou doen, maar ik heb zo'n donkerbruin vermoeden dat als ik Wes daaraan hield, diverse mensen met een doorgesneden keel zouden eindigen en ik achter de tralies zou verdwijnen als medeplichtige aan moord.

Om tien uur komt een van Eloïses babygroepvriendinnen, Niamh, een beleefde Ierse vrouw met donker, krullend haar en een bril, om op Cressida en Max te passen zolang haar eigen kinderen op school zijn. Ik ben een paar minuten bezig haar te laten zien hoe je een flesje moet steriliseren en uit te leggen hoe belangrijk het is om het goed te doen, anders gaat Eloïse door het lint, totdat Niamh een hand op mijn arm legt en me met onverholen medelijden aankijkt. 'Ik heb het al vaker gedaan,' zegt ze.

Het plan is dat Niamh op Max en Cressida past in de speelkamer, terwijl Canavan en Welsh ons straks in de woonkamer op de hoogte brengen van de laatste ontwikkelingen, maar Cressie krijgt de onbedwingbare behoefte haar beste blèrstem te oefenen. Om de beurt proberen we de reden te achterhalen – Gerda knuffelt haar, Magnus wipt haar op en neer tegen zijn schouder en zingt het Zwitserse volkslied, ik verschoon haar luier en laat haar met haar beentjes tegen de mat schoppen. Ze ligt daar met haar vuistjes te maaien, haar mond wijd open en haar piepkleine borstje zwoegend van het hartverscheurende gehuil. Op een gegeven moment gaat Max naast haar liggen en doet haar na. Ik moet er bijna om lachen.

Uiteindelijk klapt Niamh de tweepersoonswandelwagen uit en duwt Max en Cressida stilletjes de voordeur uit, vermoedelijk naar het park een paar straten verderop. Ik zie ze over straat verdwijnen door het raam in de woonkamer, met het hart in de keel.

Wanneer Welsh en Canavan arriveren, hebben ze een gast bij zich. De vrouw in het marineblauwe broekpak loopt met uitgestoken hand op me af. Ze is donker, lang en slank, een meelevende blik op haar gezicht. Ik kijk haar niet in de ogen, voor het geval ik emotioneel word van dat medeleven.

'Zeg maar Lochlan,' zeg ik tegen haar, met een korte handdruk.

'Ik ben Sophie Ojukwu,' stelt ze zich voor, en ze neemt plaats op de bank terwijl ik in de leunstoel ertegenover ga zitten. 'Ik ben de contactpersoon voor de familie. Ik sta u bij terwijl de politie haar onderzoek uitvoert.'

'Aangenaam,' zeg ik, in de verleiding om te vragen of ze met 'bijstaan' bedoelt dat ze over een bijzondere gave beschikt om mijn vrouw op te sporen.

Iedereen gaat zitten; ik vraag of iemand thee wil, maar niemand hoeft. Gerda lijkt in zichzelf gekeerd, en hoewel Magnus de agenten op zijn gebruikelijke bruuske manier begroet, valt me op dat hij stiller dan anders is, en wanneer hij is gaan zitten, wipt hij zijn ene knie op en neer totdat Gerda er een hand op legt om hem te laten ophouden.

Canavan is druk doende een laptop op te starten op de salontafel, naar ik aanneem om ons het beeldmateriaal te laten zien dat ze van Els telefoon hebben weten te downloaden. Maar dan zegt hij: 'Ons technische team heeft bewijs gevonden dat er is geknoeid met de webcams die ze tijdens de huiszoeking hebben meegenomen.'

Ik kan mijn oren niet geloven. 'Geknoeid?'

Welsh knikt. 'Helaas kan het type webcam dat u in bezit hebt, gehackt worden. Het blijkt dat iemand ze heeft gekaapt.'

Gerda zegt: 'Hoe bedoelt u "gekaapt" '?

Canavan legt uit dat hun techneuten diverse IP-adressen hebben getraceerd die waren gebruikt om gegevens van de webcam te downloaden. Het is bepaald geen koud kunstje, zegt hij, niet zoals bij een programma of website waar iemand toevallig op stuit. Sterker, volgens het technische team waren er firewalls geïnstalleerd op onze webcams om ze te beveiligen tegen eventuele indringers, maar deze waren omzeild. Degene die dit heeft gedaan, is technisch zeer goed onderlegd en moet ons eigen IP-adres hebben uitgevogeld om toegang te krijgen tot het beeldmateriaal. Het was een doelbewuste, zorgvuldig beraamde poging om ons gezin te bespioneren.

'Hoelang had u de camera's al?' vraagt Canavan.

Ik ben nog aan het verwerken wat hij heeft gezegd, dus het duurt even voordat ik doorheb dat hij me een vraag heeft gesteld. Hoe ironisch. Toen Max was geboren, wilde Eloïse met alle geweld hightech babymonitors hebben. Ondanks mijn suggestie om de standaardbabyfoons te nemen die verkrijgbaar zijn bij winkels als Mothercare, kocht El vier draadloze monitors met topkwaliteit videocamera's. En daar waar normale mensen de camera op een kast of plank zouden zetten en op de wieg zouden richten, werden die van ons hoog aan de muur bevestigd, aangesloten op het elektriciteitsnet zodat ze niet uit konden gaan, gesynchroniseerd door een monteur om één doorlopende stroom videobeelden door het hele huis te hebben, van de kinderkamers boven, via de trap naar de hal, en de kamers en keuken beneden.

Eloïse kon de beelden naar haar telefoon laten sturen en opslaan. Volkomen overbodig, liet ik haar weten, maar ze was van plan een oppas voor Max in te huren en peinsde er niet over hem achter te laten zonder toezicht. Ze voerde aan dat het met de camera's mogelijk was om 's nachts te kijken hoe het met Cressida en Max ging zonder uit bed te hoeven; daarvoor hoefde ze alleen haar telefoon maar aan te zetten. De camera's waren ook gekoppeld aan een of andere hartslagbewakingsapp, een voorzorgsmaatregel tegen wiegendood. Als Cressida langer dan vijftien seconden ophield met ademen, zou er een alarm op de telefoon afgaan.

'Ik geloof dat we ze al vier jaar hadden,' antwoord ik Canavan.

Hij kijkt somber. 'Dan vrees ik dat degene die de webcams had gekaapt, u wel eens even lang in de gaten heeft kunnen houden.'

'Maar wat betekent dit?' schreeuwt Magnus. 'Zegt u nu dat iemand Eloïse bespioneerde?'

'Waarom zou iemand dat doen?' komt Gerda tussenbeide, haar handen voor haar mond.

'Dat is precies wat we gaan uitzoeken.'

'Dus… u zegt dat degene die de camera's kaapte, waarschijnlijk ook Eloïse heeft meegenomen?' vraagt Magnus, haast over zijn woorden struikelend. Ik zie dat zijn linkerhand is gaan trillen.

Welsh en Canavan wisselen een blik. 'Het lijkt uiterst toevallig, op zijn minst,' zegt Welsh vriendelijk. 'Zodra we het adres hebben van degene die uw gezin bespioneerde, zullen we met die persoon spreken in verband met Eloïses verdwijning.'

'Hoelang gaat dat duren?' vraagt Gerda.

'We zijn ermee bezig,' zegt Canavan. 'Nu willen we echter graag dat u uiterst aandachtig kijkt naar het beeldmateriaal dat we hebben teruggehaald en ons laat weten of er iets is, hoe onbeduidend ook, wat ongewoon overkomt.'

Hij start de videobeelden. Max' slaapkamer verschijnt op het scherm, zij het in een iets bolvormig perspectief. Het beeld is haarscherp – ik kan Max op zijn mat zien zitten, zijn beentjes gespreid, terwijl hij een speelgoedtreintje voorttrekt over een houten spoorbaan in de vorm van een acht.

Na enkele ogenblikken komt Eloïse de kamer binnen met een mand wasgoed. De beelden zijn zo ongepolijst, zo levensecht, net als Facetime. Het is onverdraaglijk dat ze zich achter dat scherm bevindt, in het verleden, niet in het hier en nu. Allemaal bedekken we onze mond. De lucht in de kamer is plotseling zwaar van ontroering.

'Wat doe je, mama?' vraagt Max, terwijl Eloïse zijn kleren opvouwt en in zijn lade legt. Hij klinkt en lijkt zo'n stuk jonger, zijn uitspraak nog een beetje slordig en onbeholpen. Deze beelden moeten van vorig jaar zijn, voordat hij drie werd.

'Ik berg je kleren op, lieverdje. Wil je me helpen?'

'Nee hool.'

Eloïse lacht. Elders in het huis klinkt een geluid, waardoor ze beiden ophouden met waar ze mee bezig zijn en naar de deur kijken.

'Ik denk dat het papa is, terug van zijn werk,' zegt Eloïse. 'Zullen we hem verrassen?'

Eloïse gaat dicht tegen de muur achter de deur staan, alsof ze elk moment de overloop op kan springen. Max rent naar haar toe en klemt zich vast aan haar been, gluurt dan om de deur.

Ze wachten een hele poos, maar ik verschijn niet. Uiteindelijk roept Max: 'Papa!', waarop Eloïse lacherig fluistert dat hij stil moet zijn.

'Volgens mij komt hij nu naar boven,' zegt ze. Het beeld schakelt over naar de camera boven aan de trap, die mij filmt terwijl ik de trap op loop met de *Financial Times* onder mijn arm, en met mijn vrije hand mijn stropdas lostrek. Hier staat me helemaal niets van bij.

‘Pak ons dan, als je kan!’ roept Eloïse, en Max slaat zijn handen voor zijn mond en giechelt.

‘Niet nu,’ zeg ik. ‘Ik moet nog wat werk inhalen.’

Ik kan wel door de grond zakken wanneer ik mezelf op de camera op de overloop naar de werkkamer aan het eind van de gang zie lopen. Het beeld schakelt terug naar Eloïse en Max, die vraagt: ‘Komt papa niet?’

Eloïse tilt hem op en geeft een zoen op zijn voorhoofd. ‘Hij heeft het druk. Zullen wij de rest van je kleren eens opbergen, hm? Je mag mama helpen.’

Het volgende videofragment is van Eloïse en Max in de speelkamer, waar ze op de vloer kinderliedjes zitten te zingen. Eloïse is zwanger, een maand of vijf, zes. Ik herken de zwierige witte blouse die ze draagt; die kocht ze vlak na het onderzoek op erfelijke afwijkingen. Ze stopt met het zingen van ‘Row, row, row your boat’, en Max gaat door. Dan vraagt hij: ‘Waarom zing je niet, mama?’

Stilte. Dan: ‘Mama is een beetje verdrietig, Maxie.’

‘Waarom ben je verdrietig, mama?’

‘Ik weet het niet, Maxie.’

‘Heb je je pijn gedaan?’

‘Nee, dat geloof ik niet.’

‘Want ik huil soms als ik me pijn heb gedaan.’

Ze schiet in de lach. ‘Dat weet ik, Maxie. Maar dan doet mama er altijd een kusje op.’

‘Misschien kan ik een kusje op jouw au doen.’ Hij leunt naar voren en geeft haar een kus op haar arm met een luide mwah! ‘Nu is het weer beter.’

‘Dank je wel, lieverd.’

Hij zet een ander kinderliedje in, en ze probeert mee te doen, maar ik hoor de trilling in haar stem. Ik probeer terug te denken: waarom was ze van streek?

Andere fragmenten laten kort zien dat El en ik schema's, werkafspraken, familie-uitjes bespreken – dagelijkse dingen. Om één fragment moet ik lachen: Max krijgt een megawoedeaanval tijdens het aankleden, en nadat Eloïse hem in een T-shirt en broek heeft weten te wurmen, trekt hij alles uit en rent in zijn blootje de trap af. Toen hij leerde zindelijk te worden, ging hij door een maandenlange fase waarin hij overal en altijd zijn kleren uittrok: in supermarkten, bij vrienden thuis, in kleutergroepjes... De op de trap gerichte camera legt hem vast op weg naar de voordeur, precies op het moment dat de postbode een paar brieven bezorgt. Hij trekt de deur open en roept keihard blèh tegen de postbode, voordat hij terug naar de speelkamer rent. Eloïse verontschuldigt zich tegenover de postbode, stormt dan achter Max aan en geeft hem een standje. Hij ligt op zijn buik op de vloer en schreeuwt moord en brand. Ik weet dat zijn woedeaanvallen Eloïse soms in tranen deden uitbarsten, maar ik moet erom grinniken.

Al snel realiseer ik me echter dat alles wat op de videobeelden uit mijn mond lijkt te komen, werkgerelateerd is: klanten, investeringszaken, aandelen. Was ik altijd al zo saai? Ik lijk altijd en eeuwig moe en sikkeneurig.

Na veertig minuten zijn Eloïse en ik 's avonds laat in de keuken aan het dansen, lachend. Haar handen liggen om mijn nek, haar gezicht is opgeheven naar het mijne.

Ik grijns stompzinnig en heb mijn blik gefixeerd op haar prachtige borsten.

'Waar denk je aan?' vraagt ze glimlachend.

'Fijne dingen.'

Ze draait zich om en legt haar handen achterover om mijn nek, en ik laat mijn handen onder haar dikke buik glijden, leg ze er beschermend omheen. Een paar tellen later komt Max binnenrennen en slaat zijn armen om haar benen. Ze tilt hem op haar heup, en we wiegen met zijn allen op de muziek.

Welsh geeft een doos tissues door, en dan pas besef ik dat Gerda en Magnus en ik allemaal in tranen zijn.

In het volgende fragment loopt Eloïse over de overloop tegen iemand te praten. In eerste instantie ga ik ervan uit dat ik het ben of Max, maar dan pikt de camera in de babykamer haar op, en ze draait zich om, alsof er iemand achter haar staat, en praat in het luchtledige. Ze is niet meer zwanger, maar haar buik steekt nog wel uit, alsof ze nog maar pas bevallen is. Ik kijk geconcentreerd, danig in de war.

'Maar Lochlan dan?' zegt ze. 'Ik weet niet hoor...'

Het is raar, helemaal niets voor haar. Haar hele manier van doen, bedoel ik. Ze plant haar handen op haar heupen en het lijkt of ze ergens over piekert, maar af en toe zegt ze 'ja' of 'het zal wel', alsof ze in gesprek is met een geest.

Ik druk op pauzeren om het op me te laten inwerken.

'Wat denkt u?' vraagt Canavan.

Ik kijk naar Magnus en Gerda. 'Ik heb geen idee. Kunt u het nog een keer afspelen?'

Hij spoelt terug en zoomt iets verder in, waardoor Els silhouet in een wazige pixelbrij verandert. Deze keer lacht en knikt Eloïse, zegt dan 'bedankt', voordat ze de kamer uit loopt.

'Misschien iemand buiten bereik van de camera?' oppert Welsh.

'Dat dacht ik ook,' zegt Canavan. 'Ik wil kijken of we dit beeld scherper kunnen krijgen. Wie weet kunnen we in dat raam daar iets zien weerspiegelen.'

'Misschien had ze haar mobiel in haar zak,' zeg ik, turend naar het scherm. 'En had ze iemand op de luidspreker, maar ving de microfoon op de webcam het niet op?'

Canavan knikt. 'Zou kunnen.'

Wanneer we het opnieuw afspelen, en dan nog een keer in slow motion, zijn we het er allemaal over eens: er is niemand anders in de kamer. Ik wil dat iemand het verklaart, dat er een schaduw van een andere man in de hoek opduikt. Zelfs als blijkt dat ze tegen een minnaar praat, maakt dat me niets uit: het is te bizar om te negeren.

Maar Canavan en Welsh zijn erop gebrand verder te gaan, meer aanwijzingen te vinden. Andere fragmenten laten zien dat Eloïse 's nachts opstaat en naar de babykamer gaat om een kijkje bij Cressida te nemen. Cressida huilt niet en slaapt rustig door, maar Eloïse blijft maar ijsberen van haar kamer naar die van Max. Dan controleert ze de voor- en achterdeur. De klok in de speelkamer geeft aan dat het tien voor halfdrie is. Op diverse andere fragmenten is hetzelfde te zien: Eloïse die in het holst van de nacht door het huis doolt, terwijl ik in bed lig te snurken. Cressida was pas een paar weken oud. Waarom was ze op? Ze moet doodmoe zijn geweest. Waarom heeft ze nooit gezegd dat ze niet kon slapen?

Na vierenvijftig minuten schakelt het scherm over naar het geluid van geschreeuw en een kind dat op de achtergrond krijst. We lopen allebei heen en weer tussen de keuken en de speelkamer. Het is laat – op de grote, ronde klok aan de muur is het halfeen. Ik zie aan Max' zelfgemaakte valentijnskaarten op de schoorsteenmantel dat het februari is. Zes weken geleden. Eloïse loopt op blote voeten, haar haren losjes opgestoken, een lang, wit nachthemd dat om haar kuiten zwiert, Cressida op de arm, die zo hard gilt dat de laptopspeakers ervan trillen en ik het volume lager moet zetten.

'Wat is je probleem?' lijk ik te zeggen, terwijl ik nijdig kleren en speelgoed opraap en in een hoek smijt. 'Het is maar een week! Meer niet!'

'Het gaat niet om het congres!' schreeuwt ze terug. 'Ik snap dat je zes tot zeven dagen per week van 's morgens vroeg tot 's avonds laat moet werken, maar je hóéft niet naar het congres te gaan! Als dit zo doorgaat, weet Cressida straks niet wie je bent.'

'Doe niet zo achterlijk.'

'Het lijkt wel of je per se zo vaak mogelijk van huis wilt zijn.'

'Dat is niet echt eerlijk, of wel?'

De boosheid verdwijnt uit haar stem, maakt plaats voor een smeekbede. 'Ik heb je nódig, Lochlan. Ik heb je nodig, en je bent er nooit.'

Ik schaam me dood voor hoe ik overkom, en er knaagt een vreemd gevoel aan me dat het zo niet is gegaan, of dat de camera's me op een of andere manier kwader laten overkomen dan ik in werkelijkheid was. Ik ging uiteindelijk niet naar het congres, en Lincoln Kavanagh haalde de Pinco-deal binnen. Maar nee. Ik had het El niet kwalijk mogen nemen.

'Mama, waarom schreeuwen jullie zo?'

Max is niet zichtbaar, maar zijn stem reikt helemaal tot de microfoon, en ik weet nog dat hij in zijn Gruffalo-pyjama in de deuropening stond, gapend, met slaperige ogen.

Cressida's gehuil gaat nu door merg en been; Eloïse trekt een stoel onder de eettafel vandaan en gaat zitten, waarbij ze Cressida houterig aanlegt om haar de borst te geven. Haar adem stokt duidelijk hoorbaar wanneer Cressida toetast, en ik herinner me hoe pijnlijk het voor haar was om borstvoeding te geven. Ik zie dat ze haar tenen kromt, haar gezicht strak van de pijn. Op mijn slechtste momenten vroeg ik me af of ze zich aanstelde, mij probeerde een schuldgevoel te bezorgen.

Ik ben amper zichtbaar in de hoek van het scherm, nog steeds in de keuken, nog steeds aan het schreeuwen.

'Zal ik dan maar hetzelfde doen als jij? Zal ik die klotebaan gewoon opgeven en ons naar een huurflatje laten verkassen? Alleen heb ik zo'n idee dat je dat niet heel fijn zou vinden, El.'

Ze staart me aan. 'Wat wil je daarmee zeggen?'

'Dat je beter gewend bent dan wat ik te bieden heb, of niet soms?'

'Bedoel je dat je iets te bieden hébt, Lochlan?'

Hierbij beuk ik met mijn vuist tegen een deur, waardoor Eloïse zich rot schrikt en de baby begint te huilen. Ik voel dat Magnus en Gerda's ogen zich op mij richten. Op het scherm blijft El de borst geven, één hand voor haar ogen geslagen, op haar lip bijtend en snikkende geluiden makend. Cressida laat de tepel los en begint weer te blèren. El veegt de tranen van haar gezicht en loopt dan met Cressida tegen haar schouder naar de keuken.

Op het moment dat ze uit beeld verdwijnt, klinkt het geluid van een harde klap, gevolgd door een gil.

Op de volgende beelden komt Eloïse Cressida's kamer binnen en gaat in de leunstoel zitten, waar ze Cressida verder laat drinken uit een flesje. Ze huilt.

Ik sta op en begin te ijsberen. Niemand durft me aan te kijken, en het uitgeputte, opgefokte deel van mijn brein interpreteert de hele situatie als een opzetje, bedoeld om mij als schuldige aan te wijzen voor haar verdwijning.

'Ik heb Eloïse niet geslagen,' zeg ik, hoewel een stemmetje in mijn hoofd me vertelt dat ik schuldig klink. 'Zo kwam het misschien over, maar dat was niet het geval. Geen van beiden zouden we de ander ooit slaan. Het geluid dat jullie hoorden, was Max' treintje dat van het aanrecht af rolde en op de vloer belandde. Eloïse stapte erop.'

Gerda kijkt me verontwaardigd aan. 'Ze was pas bevallen, Lochlan. Hoe kon je zo harteloos zijn?'

Ik kijk naar iedereen in de kamer, met het schaamrood op de kaken. 'Ik heb haar nooit geslagen. Dat zou ik nooit doen, ik zweer het. Bekijk het nog maar een keer.'

Dat doen we, maar ik kom geen greintje minder harteloos over. Ik laat mijn hoofd hangen, getroffen door de pijn die in Els stem doorklinkt wanneer ze tegen me zegt dat ze me nodig heeft. Nu herinner ik me de ruzie, maar in mijn beleving verliep die anders. Ze had daarvoor al een tirade tegen me afgestoken omdat ik thuis mijn steentje niet bijdroeg. Zelf was ik ook gekwetst, omdat ze niet had gereageerd op een romantisch sms'je dat ik haar had gestuurd, en ze leek al wekenlang afstandelijk, weerde mijn aanrakingen af. Ik geloofde haar niet toen ze zei dat ze me nodig had. Althans, in mijn beleving had ze me nodig om mijn aandeel in de was en afwas op me te nemen, niet op emotioneel vlak.

Welsh en Canavan wisselen een blik. Dan schraapt Canavan zijn keel en zegt: ‘Is u verder nog iets ongewoons opgevallen?’

24 maart 2015

Potter's Lane, Twickenham

Gerda: Ik heb mezelf heel wat vragen gesteld sinds het telefoontje van Lochlan waarin hij ons vertelde dat Eloïse werd vermist. Ik neem aan dat iedereen die met zoiets geconfronteerd wordt, vragen zou hebben. Het zijn dan ook niet zozeer de vragen, als wel het uitblijven van antwoorden, waar ik echt gek van word.

We verloren Jude, ons enige kind. Onze enige dochter. Zij en ik ontsnapten allebei aan de dood toen ze drie maanden te vroeg plotsklaps ter wereld kwam. De artsen raadden Magnus aan om afscheid van ons alle twee te nemen. Ik was op het moment uiteraard buiten kennis, met de helft van mijn levensbloed op de tegels van de operatiekamer en ons piepkleine spruitje vechtend voor haar leven op de IC. Een verpleegkundige vroeg hem haar een naam te geven voordat ze overleed, en hij kon zich geen van de namen herinneren die we hadden besproken voor ons eerste kind. Ik had een sterke voorkeur voor Amandine, of Bastien voor een jongen, maar zijn keus viel op Jude, de beschermheilige van het onmogelijke.

We overleefden het allebei. De artsen vertelden ons dat we in de toekomst geen kinderen meer konden krijgen, maar dit nieuws zonk in het niet bij het feit dat we een tweede kans hadden gekregen.

We hadden een heerlijk leven in Genève. Jude groeide als kool en blonk uit op school. Ze was ondeugend, ja, en het kan zijn dat we haar verwenden. Ze was ook een gemakzuchtig kind. Ik maakte me altijd zorgen over die kant van haar karakter. Misschien was het een kwestie van slechte genen. Ik weet het niet zeker. Een eigen willetje vanaf het moment dat ze werd geboren. Wilde niet slapen, wilde niet eten. Vertikte het te lopen totdat ze bijna twee was, sprak geen woord totdat ze vijf was. Het was waarschijnlijk maar goed dat ik niet meer kinderen kon krijgen – Jude vroeg evenveel aandacht als zes kinderen bij elkaar.

En toen, op haar twintigste, ging ze ervandoor met haar vriend, Orhan, en Eloïse. Ik trouwde op mijn twintigste, en het is zeker niet te jong om te proberen je eigen plekje in de wereld te bemachtigen, maar Jude leek jonger. Minder volwassen dan ik. Ze stal een hoop geld uit onze kluis, dus we wisten dat ze zich in elk geval een tijdje kon redden, tot ze had bedacht wat ze wilde doen. Desondanks maakte ik me vreselijk veel zorgen, en ik verweet het mezelf. Diep vanbinnen wist ik dat ze te egoïstisch en chaotisch was om een goede moeder te zijn. Had ik naar mijn intuïtie geluisterd, dan had ik er wellicht voor kunnen zorgen dat het anders was gelopen. Maar dat deed ik niet.

We schreven haar en Orhan zo vaak mogelijk, stuurden hun geld. Ze had hem meegebracht op de thee vlak voor hun dramatische vertrek naar Londen. Hij studeerde aan de universiteit, zei ze, maar ik geloofde er geen woord van. Hij was veel ouder dan ik verwachtte. Rond de dertig. Een beetje stilletjes, maar knap. Donkerharig, een neiging om je blik langer vast te houden dan prettig was. Zijn vader was Turks. Magnus mocht hem niet. Ik weet nog dat Jude op de universiteit omging met een groepje meiden dat mij niet aanstond, en alles wat haar bij hen uit de buurt hield, was in mijn ogen welkom. Toen Orhan in beeld kwam, liet ze die meiden vallen, en daar was ik blij mee. Maar, van de regen in de drup, zoals het gezegde luidt.

Toen de dienstdoend agent, rechercheur Canavan, ons vertelde dat iemand het gezin had bespioneerd via de webcams, was mijn eerste gedachte een cynische over de moderne technologie. Babymonitors! had ik uitgeroepen toen El me over haar aankoop vertelde. Jij bent de babymonitor, lieverd! Jij bent de moeder! Maar ze deed het lachend af.

Wat me op mijn tweede gedachte brengt: deze generatie ouders lijkt een obsessie te hebben om op alle vlakken perfectie na te streven. Dat is de indruk die Eloïse me altijd gaf wanneer we elkaar aan de telefoon spraken en wanneer ze met de kinderen op bezoek was: dat ze wedijverde met iedere andere ouder op aarde en dat dit volstrekt normaal was en ook verwacht werd. De babymonitorkwestie was een van de vele vingerwijzingen van de verwoede poging die Eloïse deed om te *winnen* op het vlak van moederschap. Alsof het een wedstrijd was.

Wat ik hiermee wil zeggen is dat, hoewel mijn woede uiteraard is gericht op de onverlaat die het in zijn hoofd haalde om de webcams te hacken, ik toch het gevoel heb dat als Eloïse het ouderschap iets traditioneler had opgevat, weerstand had geboden aan de sociale druk waar de ouders van tegenwoordig – vooral de moeders – ontegenzeglijk onder gebukt gaan, dan had deze afschuwelijke situatie voorkomen kunnen worden. Maar dit kan ik tegen niemand zeggen. En trouwens, daarmee krijg ik mijn kleindochter niet terug.

Ik kwam naar dit huis in de veronderstelling dat Eloïse uit haar huwelijk was gestapt. Lochlan is betrouwbaar, en ze vormen een leuk stel, maar hij is niet precies wat ik voor haar voor ogen had. Hij is nogal dol op alcohol, en één keer kwamen zij en de baby een paar dagen bij ons logeren. Ik spoorde haar aan om me te vertellen wat eraan scheelde, want ze leek teruggetrokken en slecht op haar gemak, en Max was amper een maand oud. Het leek mij een periode waarin iedere vrouw het liefst thuis met haar man en pasgeboren baby zou willen zijn.

Na het zien van de beelden van de webcams weet ik niet waar ik het zoeken moet. Lochlan is niet bepaald de fatsoenlijke vent voor wie ik hem had gehouden. Zeker niet de echtgenoot en vader voor wie ik hem had aangezien. Hij was zo hatelijk tegen Eloïse, zo opvliegend. Ik had al mijn angsten van me afgezet en hem het voordeel van de twijfel gegeven, maar nadat ik hem zo tegen Eloïse tekeer heb zien gaan, en dat hij zijn prachtige auto in de prak heeft gereden… Ik ben geneigd om de politie te vertellen dat hij dronken achter het stuur zat.

Eerder probeerde ik Magnus te vertellen hoe ik erover dacht, toen we ons hadden teruggetrokken om naar bed te gaan. We slapen in de logeerkamer op een luchtbed. Het is niet erg comfortabel, en Magnus moet rechtop slapen vanwege zijn angina, dus hij zit 's nachts op een kampeerstoel bij het raam, totdat de leren ligstoel die ik voor hem heb besteld uit Zwitserland arriveert. Ik vertrouw niets mechanisch dat buiten Zwitserland is gemaakt.

'Ik las dat er bij de meeste verdwijningen familieleden betrokken zijn,' zei ik. 'Denk je dat dit iets te maken heeft met Lochlan?'

Met een zucht ging hij in zijn stoel zitten. Zijn houding irriteerde me. We zijn meer dan een halve eeuw getrouwd en in al die tijd ben ik volgens mij niet zo kwaad geweest als op dat moment. Hij leek niet zo ongerust te zijn over Eloïses verdwijning als ik. Hij leek blasé, alsof alles normaal was, en hij bereid was alles voor zoete koek te slikken wat uit Lochlans mond kwam. Waarom deed hij niet méér? Waarom belde hij zijn oude connecties niet voor informatie, of huurde hij geen privédetective in? Kon het hem wel iets schelen?

'Hou erover op, Gerda,' zei hij alleen maar, rommelend in zijn medicijntasje.

Ik moest me verbijten om niet te schreeuwen. 'Eloïse zei dat ze vorige week ruzie hadden. Wat als hij... je weet wel.'

'Wat?'

Ik zuchtte. Het sneed hout als gedachte, maar hardop uitgesproken klonk het dwaas. Elk echtpaar heeft wel eens ruzie, dat weet ik. Zeker wanneer ze kinderen krijgen. En hemel, wat hebben Magnus en ik geruzied over Jude.

Maar toen schoot me iets te binnen waar ik tot dan toe niet aan had gedacht. Niet lang nadat Cressida was geboren, kwam ik een paar dagen bij Eloïse en de kinderen logeren terwijl Lochlan weer aan het werk ging in Edinburgh. Ze leek het bewonderenswaardig goed aan te kunnen, totdat ik op een nacht naar beneden ging en haar tot mijn verbazing in de tuin aantrof. Het was januari, veel te koud om midden in de nacht buiten te zitten, en in eerste instantie dacht ik dat ze op was vanwege de baby. Maar Cressida lag rustig te slapen in het wiegje. En Eloïse gedroeg zich nogal vreemd, nu ik erover nadenk. Ze zat te prevelen alsof ze een gesprek voerde, en stak af en toe haar hand uit naar iemand tegenover haar, maar er was verder niemand in de tuin.

'Eloïse,' zei ik en ik drapeerde een deken over haar schouders. 'Wat doe je hier nou toch?'

Ze reageerde niet totdat ik een hand op haar arm legde. Toen draaide ze met een ruk haar hoofd om. Ze leek zichzelf niet. Ik weet niet hoe ik het moet uitleggen. Het was Eloïse natuurlijk, en het was niet zo dat ze een bepaald gezicht trok. Ze zag er gewoon anders uit.

Na een paar tellen rilde ze lichtjes en leek ze me te herkennen. Ik vroeg of alles in orde was. En wat ze zei, was al even vreemd als haar voorkomen: 'Soms voelt het alsof mijn leven zich afspeelt aan de andere kant van een raam.'

Ik vroeg haar niet wat ze bedoelde. We gingen naar binnen, en ze ging weer naar bed, en 's morgens was alles weer normaal.

Maar nu – nu vraag ik me af of me op dat moment iets ontging. Of er die nacht meer aan de hand was dan ik toen doorhad.

En misschien zal ik het nooit weten.

25 maart 2015

Politiebureau Twickenham

Lochlan: Magnus, Gerda en ik hebben ons alle drie voorbereid op de persconferentie van vandaag door stemmige kleding aan te trekken – Magnus en Gerda dragen allebei een overhemd met een smal streepje en een strak om hun keel gebonden, marineblauw zijden sjaaltje, en ik heb mijn keus laten vallen op een staalgrijs overhemd met een zwarte das en chino. Mijn riem gaat makkelijk een gaatje strakker – mijn maag is zo van slag door de stress dat ik bijna geen hap meer door mijn keel krijg.

Gerda's blonde haar is met lak en mousse muurvast in model gebracht, haar mond bloedrood gestift en haar mascara van een kilometer afstand zichtbaar. Magnus heeft zich bij het scheren op diverse plekken gesneden, en zijn lippen zijn vertrokken tot een dunne, strakke lijn. Ik zou een moord doen voor een borrel.

Sophie en Welsh komen opdagen in identieke broekpakken, waardoor ze er formeel uitzien en een air van autoriteit uitstralen. We gaan met zijn allen om de tafel zitten, en Sophie en Welsh nemen op kalme toon stapsgewijs de opzet van de persconferentie met ons door, alsof ze het tegen een groepje tweejarigen hebben. Ik ben blij met die stapsgewijze aanpak. Het is nog altijd zo bizar en ongelooflijk dat we dit moeten doen. Diverse malen moet Gerda Sophie vragen om iets te herhalen.

De opzet is als volgt: vanmiddag om twaalf uur komt een groep verslaggevers van de landelijke en regionale dagbladen, tv- en radiozenders en een handjevol onlinejournalisten bijeen in de vergaderzaal op het politiebureau van Twickenham om informatie te verspreiden, zodat de bevolking op de hoogte kan worden gebracht van het onderzoek.

'Ik heb een toespraak voorbereid,' kondigt Magnus aan, met één hand zijn leesbril tevoorschijn halend en een vel papier openvouwend met de andere. Hij begint te lezen, maar Welsh onderbreekt hem.

'Ik denk dat we het beter heel kort en bondig kunnen houden.'

'Ik wil degene toespreken die haar bespioneerde,' zegt Magnus kwaad. 'Ik ben haar opa! Ik heb haar verdomme opgevoed!'

Sophie knikt glimlachend. 'We moeten opletten hoe we onze boodschap overbrengen. Denk erom, alles wat u zegt, wordt opgenomen en ontleed. Natuurlijk wilt u zeggen dat u Eloïse verschrikkelijk mist en we haar allemaal graag veilig en wel thuis –'

'Natuurlijk wil ik dat!' Magnus beukt met zijn vuist op de armleuning van de bank. 'Daarom heb ik de toespraak geschreven!' Hij begint te hoesten. Gerda wrijft over zijn rug en zegt dat hij rustig aan moet doen. Ik zie dat hij beeft. In zijn mondhoeken zit speeksel en zijn oren zijn vuurrood.

Welsh richt het woord tot mij. 'Het lijkt ons het beste als jij het voortouw neemt tijdens de conferentie, Lochlan. Jij bent haar man, dus mensen zullen vast gevoelig zijn voor wat jij over Eloïse te vertellen hebt. Het verzoek om informatie moet gebaseerd zijn op een duidelijk beeld van haar als mens. Je zou bijvoorbeeld kunnen vertellen hoe toegewijd Eloïse was aan haar werkzaamheden voor de stichting, aan haar kinderen. Wat voor echtgenote ze was, wat voor vriendin. Hoelang jullie getrouwd zijn. Dat er mensen zijn die haar ontzettend missen en haar terug willen hebben.'

Gerda schraapt haar keel en werpt een veelbetekenende blik op Magnus. 'Wij willen graag een beloning uitloven voor informatie. Magnus en ik willen vijftigduizend pond uitloven aan degene die zich meldt met een tip die ons naar Eloïse kan leiden.'

Hierbij trekt Welsh een bedenkelijk gezicht en kijkt naar mij voor wat ik interpreteer als een verzoek om steun, maar die geef ik niet. Ik zou zo een nier afstaan voor informatie over Els verblijfplaats.

'Ik denk dat we voorzichtig moeten zijn met iets dergelijks,' zegt ze. 'We weten uit ervaring dat het kostbare tijd en mankracht kan opslorpen voor in feite nutteloze informatie.'

'Ik dacht dat het een stimulans zou kunnen zijn voor iemand die bang is of aarzelt om zich te melden...'

Welsh krabbelt terug. 'Dat zóú kunnen, maar in het verleden heeft het vaak alleen maar dwaalsporen opgeleverd. Laten we voorlopig eerst een beroep op de bevolking doen. Uiteraard zullen we kijkers verzekeren dat alle informatie strikt vertrouwelijk zal worden behandeld.' Ze kijkt op haar horloge. 'Het is tijd om te gaan. Zijn we er klaar voor?'

We lopen achter elkaar naar de politieauto die langs de stoep geparkeerd staat. Een agent dwingt een paar luid roepende verslaggevers achteruit, maar wanneer we in de auto stappen, weerkaatsen flitsers in het glas, en ik zie mijn gezicht al voor me: met een schreeuwende kop op de middenpagina van een rechtse krant, lijkbleek en geschokt.

De persconferentie wordt gehouden in een bedompte zaal met een laag plafond, lege muren en een groot vaandel met het logo van de Londense politie. Op een zwart-wit 'meld misdaad anoniem'-spandoek staat het landelijke telefoonnummer, met de instructie VERTEL ONS WAT U WEET, NIET WIE U BENT erboven gedrukt. Aan de andere kant van de zaal staat een rij tafels met zes microfoons en een kan water. Gerda en Magnus ogen breekbaar en onwennig in deze omgeving, beiden zichtbaar nerveus bij de aanblik van ruim dertig onbekenden die op een paar meter afstand zitten met cameralenzen zo lang als mijn arm. Mijn eigen maag draait er ook bijna van om. Plotseling voelt het meer als een pleidooi om mijn onschuld aan te tonen dan een pleidooi om informatie.

Ik neem plaats naast Gerda en Magnus. Welsh staat naast ons in een zwart broekpak, haar bruine haar in een strakke knot. Ze heeft lichtroze lippenstift en rouge op, straalt meer autoriteit uit dan alle keren dat ik haar tot nu toe heb gezien. Ze knikt naar me. 'Klaar?'

Ze spreekt de menigte toe boven het gegons van klikkende sluiters uit, over een batterij pluizige microfoonkappen.

'Allemaal bedankt voor uw komst naar de persconferentie hier op het politiebureau van Richmond. We zijn hier in verband met de verdwijning van de zevendertigjarige Eloïse Shelley, die sommigen van u wellicht kennen als de oprichter en voormalig directeur van Children of War, een hulporganisatie voor vluchtelingenkinderen. Anderen zullen zich haar wellicht herinneren als campagnevoerder, presentator, een bevlogen voorvechter van gelijke behandeling en mensenrechten.'

Welsh knikt naar iemand achter in de zaal, en plotseling verschijnt een beeld op het witte scherm achter ons. We draaien ons allemaal om en zien Eloïse geprojecteerd als gast in een ochtendtalkshow, halverwege een zin. Haar haar is met een tang in losjes vallende krullen gestyled, en ze draagt een wit jasje met bijpassende rok. Ze vouwt haar handen ineen en kruist haar enkels schuin opzij terwijl ze met de presentator praat.

'... nou, tegen iedereen die nog steeds vindt dat migranten als tweederangsburgers moeten worden behandeld in dit land, zeg ik: we zijn allemaal mensen. Onder het eventuele klassenverschil zijn we allemaal hetzelfde, ongeacht de taal die we spreken of het accent dat we hebben, de kleding die we dragen en de auto waarin we rijden. Als we überhaupt een auto hebben. Er zijn tweehonderdduizend kinderen van onder de veertien in dit land die vanavond niet in een bed slapen. Ze slapen op de koude, harde grond buiten, of het nu regent of sneeuwt. Niet alleen dat, maar we weten dat tachtig procent van de dakloze kinderen slachtoffer wordt van seksueel of fysiek geweld. Dat is onacceptabel. Bedenk eens wat voor effect zo'n ervaring op hen heeft voor de rest van hun leven. Als en wanneer ze een verblijfsvergunning krijgen, is de afschuwelijke schade al aangericht. Wij hebben een plicht, een verantwoordelijkheid, om hen te beschermen. We moeten ervan doordrongen zijn dat politiek uitsluitend om etiketjes, om grenzen gaat. We zijn allemaal hetzelfde...'

De film stopt wanneer ze de geest krijgt en met haar handen begint te praten, zoals ze doet wanneer iets haar aan het hart gaat. Wanneer ik me omdraai naar het licht van de projector aan de andere kant, zie ik dat ik bedekt word door Eloïse, haar beeld op mijn borst en mouwen geprojecteerd, alsof ik haar draag.

Het scherm gaat weer op wit, en Welsh vervolgt haar toespraak: 'Mensen die Eloïse kennen, omschrijven haar als een liefhebbende vrouw met een hart van goud. Iemand die haar laatste cent zou weggeven aan een volslagen vreemde. Ze is zo iemand op wie mensen in crisissituaties konden rekenen. Maar afgezien van haar rol als activist en directeur, was ze ook een liefhebbende echtgenote en moeder van twee heel kleine kinderen. Max is pas vier jaar, zit nog niet op school, en haar dochtertje, Cressida, is amper drie maanden oud. Allebei missen ze haar vreselijk en hebben haar hard nodig, dus dit verzoek aan de bevolking om informatie over haar verblijfplaats is zeer dringend.'

Ze zwijgt even om de boodschap te laten doordringen. Gerda is ervan gaan huilen en graait naar de doos tissues voor haar. Magnus slaat een arm om haar heen. Ik hoor hem hikkende geluiden maken, alsof hij probeert niet in te storten.

Ik maak oogcontact met een man met een koptelefoon op, die een grote, plumeau-achtige microfoon in mijn richting houdt. Hij grijnst even vreemd naar me, en ineens vliegt de paniek me naar de keel. Er kan best meer dan één persoon betrokken zijn bij het geknoei met de camera's. Zijn ze nu hier? Hebben ze onze gesprekken opgenomen?

'Eloïse Shelley was niet labiel of geneigd haar gezin in de steek te laten,' vervolgt Welsh op ernstige toon. 'Eloïse was een liefhebbende moeder die afstand deed van haar functie bij de hulporganisatie, omdat haar kinderen haar destijds meer nodig hadden. We doen een beroep op iedereen die haar sinds woensdag 17 maart heeft gezien of gesproken, om contact met ons op te nemen op het nummer dat hier wordt vermeld. Alle informatie zal strikt –'

Plotseling leunt Magnus naar voren en timmert op zijn microfoon, wat keihard weergalmt door de geluidsinstallatie. Hij schraapt zijn keel en zegt: 'Ik wil hierbij een beloning van vijftigduizend pond uitloven voor informatie over wat er met mijn kleindochter is gebeurd. Wat voor informatie ook.'

'Mr. Bachmann,' onderbreekt Welsh hem, maar hij wimpelt haar af.

'En aan degene die haar binnen de komende vierentwintig uur bij ons kan terugbrengen: ik bied u tweehonderdduizend pond cash.'

Verslaggevers beginnen armen in de lucht te steken, schreeuwend om hun vraag als eerste te mogen stellen. 'Mr. Bachmann! Mr. Bachmann!'

Welsh heft haar handen op en draagt de pers op rustig te blijven totdat ze haar oproep heeft beëindigd.

'We zullen zo dadelijk vragen beantwoorden. Heb alstublieft nog even geduld totdat ik de noodzakelijke contactgegevens en nadere details heb vermeld die ons zullen helpen Eloïse op te sporen. We doen een dringend verzoek op íédereen die Eloïse nog heeft gezien in de uren voorafgaand aan haar verdwijning, om contact op te nemen via het nummer vermeld in het persbericht. We garanderen dat alle binnenkomende informatie discreet en vertrouwelijk zal worden behandeld.'

Ze knikt naar mij. Ik zie dat ze erop gebrand is de aandacht van de media af te leiden van Magnus' aanbod, maar de mannen en vrouwen op de eerste rij staan zo te zien te popelen om erover door te vragen.

Ik kijk over de camera's en mobiele telefoons en microfoons heen, haal dan een foto van Eloïse tevoorschijn. Ze staat in onze achtertuin in een jeansshort en kaplaarzen, poserend met een champagneflûte in de ene en een enorm stuk onkruid in de andere hand, een uitdagend lachje op haar gezicht en haar blonde haar opwaaiend in de wind. Na een keer diep te hebben uitgeademd, hou ik hem omhoog.

'Dit is mijn vrouw,' zeg ik. 'Eloïse is een ongelooflijke vrouw. Mijn zoon en dochter missen haar zo erg. We zijn verloren zonder haar.' Ik schiet vol, met elk woord gaat mijn stem verstikter klinken. Ik heb me nog nooit zo kwetsbaar gevoeld, zo volkomen naakt. De woorden op het papier drijven uit elkaar en versmelten, en ik veeg met mijn handen over mijn ogen. 'Alsjeblieft, Eloïse. Alstublieft… iemand… laat ons weten dat ze ongedeerd is. Breng haar alstublieft terug naar ons.'

Een hand schiet omhoog. 'Mr. Shelley, verkeerde uw huwelijk in zwaar weer? Denkt u dat Eloïse uw gezin in de steek kan hebben gelaten?'

Ik ben overdonderd. 'Nee,' zeg ik, wat aanleiding lijkt te zijn voor de hele zaal om een hand op te steken.

'Mr. Shelley! Mr. Shelley!'

'Laat hem alstublieft uitspreken!' roept Welsh, maar haar stem wordt overschreeuwd.

Mijn stem trilt en mijn keel wordt dichtgesnoerd. Ik trek aan mijn kraag. Ik kan het zweet onder mijn oksels en over mijn rug voelen lopen. Ik probeer mezelf weer in de hand te krijgen, denkend aan de vele duizenden ogen die nu op me gericht zijn. Mijn collega's. Mijn bazen. Degene die mijn vrouw heeft meegenomen. Ik probeer iets uit te brengen. Maar de gedachte dat iemand ons bespioneerde, is me te veel.

Eén stem klinkt boven de andere uit. 'Mr. Shelley, hebt u een boodschap voor uw vrouw?'

Ik adem diep in en staar in de lens voor me. 'Als je dit ziet, Eloïse, ik beloof dat ik je zal vinden. Ik zal niet rusten totdat ik je thuis heb gebracht.'

21 januari 1986

Brixton, Zuid-Londen

Eloïse was in haar moeders slaapkamer, waar ze haar probeerde wakker te krijgen. Ze hield Peter stevig in de ene hand en schudde haar moeder door elkaar met de andere.

'Mama,' zei ze. 'Mama, word alsjeblieft wakker!'

Uiteindelijk bewoog haar moeder. Haar witte armen zaten onder de blauwe plekken, en het viel Eloïse op dat haar moeders armen erg dun werden. Haar benen waren ook broodmager. Eloïse wist wat oma zou zeggen als ze mama nu zag. Ze zou een grote pan aardappelen en vlees klaarmaken en tegen haar zeggen dat ze alles moest opeten.

Ze ziet er ziek uit, zei Peter. *Misschien moet ze doorslapen.*

'Maar ik ben jarig, Peter,' zei Eloïse. 'Ik ben zeven. Ik ben geen zes meer. Mama moet wakker worden.'

Je moet straks wel naar school.

Op het nachtkastje kon Eloïse het rare spul ruiken waarvan mama altijd zo suffig werd, of soms heel vrolijk, of af en toe heel gek ging doen. Ze vermoedde dat Orhan dat spul aan mama gaf, maar zette de gedachte van zich af zodra die aan haar begon te knagen, want Orhan was aardig voor haar. Orhan was degene die speelgoed en snoep voor haar kocht, en soms mooie kleren. Wanneer Orhan haar pijn deed, zei hij altijd sorry.

Met een boze blik keek ze naar de vuile lepels en zilveren wikkels die kriskras op het nachtkastje lagen. Peter had het mis. Mama was niet ziek. Ze was slaperig door het spul dat ze gebruikte.

Ze nam Peter mee terug naar haar kamer. Beneden sloeg de voordeur dicht, zo hard dat de speeltjes op haar vensterbank ervan schudden. Ze voelde de gebruikelijke koude rilling over haar rug omhoogtrekken en helemaal langs haar armen naar beneden, haar borst verkrampen.

Het is Orhan, hè? zei Peter.

Ze drukte een vinger tegen haar lippen en sloot haar ogen. Ze wenste, zonder te begrijpen waarom, dat ze zich onzichtbaar kon maken.

Ze wachtte met aankleden tot ze dacht dat het veilig was. Dat deed ze vervolgens zo vlug mogelijk, door eerst op haar ladekast naast de deur te klimmen om bij het slot te kunnen. Orhan had het slot al twee keer verplaatst, hoger, en daarna nóg hoger, om te zorgen dat ze de deur niet zelf op slot kon doen. Hij moest dat doen, zei hij, omdat als hij bij haar in de kamer was, ze hem wel eens van het slot kon doen en dan indringers tegen het lijf kon lopen. Mensen die haar op allerlei manieren kwaad wilden doen.

'Gefeliciteerd met je verjaardag, prinses,' zei een stem. Ze schrok op en draaide zich met een ruk om. Orhan stond in de deuropening van haar kamer, beide handen in zijn zakken, een glimlach op zijn gezicht.

Hij had zijn fabrieksuniform niet aan, maar gewoon jeans en een zwart T-shirt.

Hij liep naar binnen en ging op de rand van het bed zitten. Ze had haar rok en truitje intussen al aangetrokken, maar niet haar maillot. Ze besloot sokken te dragen. Hij keek toe.

'Ik heb cadeautjes voor je,' zei hij, en haar gezicht lichtte op.

'Cadeautjes?'

Hij wierp een blik op Peter. 'Ik heb een nieuwe teddybeer voor je gekocht. Die daar ziet er een beetje oud en smoezelig uit. Deze is wit in plaats van bruin.'

Ze kon haar teleurstelling niet verbergen. Peter zei niets, zoals gewoonlijk wanneer Orhan in de kamer was. Ze vroeg zich wel eens af of Peter bang was voor Orhan, of dat hij hem niet mocht.

'Vind je je cadeautje niet mooi?' vroeg Orhan.

Ze keek naar de nieuwe teddybeer in haar armen. 'Jawel, hoor. Hij is mooi. Sneeuwbal. Ik noem hem Sneeuwbal.'

Orhan grijnsde. 'En je gróte cadeau staat beneden.'

Ze wilde de kamer uit rennen om te zien wat het was, maar Orhan zei 'eh, eh, eh', om haar tegen te houden.

'Wat doen we voor we een cadeautje krijgen?'

Ze draaide zich om. 'Alsjeblieft zeggen?'

Hoofdschuddend stond hij op en streelde haar wang. 'Weet je nog wat ik tegen je zei? Het is ook fijn om cadeautjes te géven. Waar of niet?'

Daar was het weer, een afschuwelijk gevoel in haar buik wanneer hij dat zei, hetzelfde gevoel dat ze kreeg wanneer hij midden in de nacht een knuffel wilde. Ze wilde nee zeggen, ze wilde dit niet meer, maar hij was al opgestaan, en Peter zakte onderuit op de vensterbank, verdrietig en murw, en er was sowieso niemand, nergens iemand die die deur van het slot kwam doen.

28 maart 2015

Potter's Lane, Twickenham

Lochlan: De sfeer thuis is zo langzamerhand niet meer te harden. Gerda heeft besloten dat zíj over de kinderen gaat en weigert oogcontact te maken. Zodra ik probeer in te grijpen in het militaristische schema dat ze voor Max en Cressida heeft opgesteld, wordt ze boos en voel ik me gedwongen bakzeil te halen. Magnus heeft de gewoonte opgevat om ongeschoren en slonzig gekleed door het huis of de buurt te zwerven. Om de haverklap tref ik hem op rare tijdstippen in zijn pyjama in de tuin aan, turend onder de heggen. Vannacht om twee uur kwam hij beneden met een zaklamp en een kartonnen doos die door Amazon was bezorgd – een doe-het-zelfsetje om vingerafdrukken te nemen, waarmee hij met alle geweld de hele achterdeur en keuken in wilde kwasten. We bleven allebei de hele nacht op; Magnus op handen en knieën in de keuken, in zichzelf mompelend in het Duits, ik in de speelkamer, in kleermakerszit op de vloer in een van Els nachthemden, om de #VINDELOÏSE Twittercampagne en de Facebook-pagina die we hadden aangemaakt, te checken. Ik stuitte op statistieken van vermiste personen. Blijkbaar raken er meer dan zevenhonderdvijftig mensen per dág vermist in Groot-Brittannië. Schokkend. Hoe egoïstisch ook, dat cijfer deprimeert me omdat het Els verdwijning minder opzienbarend maakt in het publieke domein. Zevenhonderdvijftig per dag. Ruim vijfduizend per week. Ik heb de politie het hele weekend aan hun hoofd gezeurd om informatie, en kon uit frustratie wel tegen de muren beuken wanneer ze zeiden dat ze ermee bezig waren. Hoe kan iemand de webcams nou gekaapt hebben? Waarom zou iemand dat doen? Ze hebben geen antwoorden.

Gisteravond had ik een lang gesprek met Niamh over El en na afloop was ik eerder in de war dan dat ik iets wijzer was geworden. Ik ging Max ophalen en ze vroeg me binnen. Al Els vrienden en relaties zijn heel erg behulpzaam geweest bij de poging om een reconstructie van de afgelopen paar maanden te maken – en met name de dagen voorafgaand aan haar verdwijning – om het aantal mogelijkheden te beperken. Dus ik ging ervan uit dat ze me daarvoor wat extra informatie wilde geven.

Niamh droeg haar zoontje, Daniel, op om Max mee naar boven te nemen en met zijn nieuwe trein te spelen, terwijl zij met mij in de voorkamer ging zitten. Ze wonen in een piepklein flatje niet ver bij ons vandaan. Ik weet dat Niamhs partner haar een paar jaar geleden heeft laten zitten, dus ze voelt erg mee met mijn situatie.

'Ik wilde iets vertellen waar ik al een tijdje mee zit,' begon ze op zachte toon, voor het geval de jongens binnen kwamen vallen. 'Het is waarschijnlijk niets, maar nadat ik de persconferentie had gezien… nou ja, je zult het met me eens zijn dat iets beter is dan niets.'

Ik knikte, plotseling misselijk van de zenuwen over wat ze zou kunnen zeggen.

'Sorry,' zei ze, en ik zag dat ze overstuur was. Ik probeerde haar gerust te stellen door te zeggen dat het niet gaf, dat ik wilde horen wat ze te zeggen had. Ze ademde diep in en strengelde haar vingers in elkaar, zette zich schrap om het verschrikkelijke nieuws eruit te gooien.

'Een tijd geleden,' zei ze met trillende stem, 'zei El dat ze zich had aangesloten bij een groepje schrijvers.'

Ik wachtte. 'Oké.'

Ze keek naar het plafond. 'Ik wist dat het stom was om het je te vertellen…'

'Nee, nee, ga alsjeblieft verder.'

'Ik weet niet eens waar de groep bij elkaar kwam, of waaróm ze zich erbij aansloot. Maar ze gedroeg zich anders toen ze daarheen ging. Ze praatte over niets anders. Ze zei zelfs dat ze misschien een boek ging uitbrengen.'

Ik snapte niet meteen waarom dit zo wereldschokkend was, of waarom Niamh er zo mee in haar maag zat dat ze het mij moest vertellen. Hoewel Niamh in de korte tijd dat ik haar had leren kennen, op mij overkwam als een zorgzame, rustige vrouw – niet het type om te overdrijven of paniek te zaaien. Ik vroeg haar wanneer El bij het groepje was gegaan – ze had er tegen mij met geen woord over gerept – en Niamh zei vorig jaar september. Ik zei dat ik Els e-mailaccount nogmaals zou doornemen om te kijken of ik er iets over kon vinden. Ze had het idee dat er iets niet deugde. Misschien had El iets met een van de andere schrijvers. Bij de gedachte verkrampte mijn maag alweer.

'Als je zegt dat El zich anders gedroeg, wat bedoel je daar dan mee?' vroeg ik.

'Ze leek zichzelf niet,' zei ze. 'Dan hadden we bijvoorbeeld afgesproken – hier, of in het park – en kwam ze gewoon niet opdagen. Belde of sms'te niet om te zeggen dat ze niet kon. Het was... niets voor haar. En onze vriendschap had eronder te lijden.' Ze sloeg haar ogen neer.

Ik probeerde iets bemoedigends te zeggen, om de rest van het verhaal eruit te krijgen.

Ze knikte en schraapte haar keel. 'Ik voel me schuldig, ik kan er niets aan doen,' zei ze. 'We waren close, zoals je weet, en toen... toen ze me steeds liet barsten, zeker in een periode dat ik zo gestrest was, met Paul die me te grazen nam met de kinderalimentatie...'

'Dat begrijp ik.'

Ze veegde over haar ogen. 'Maar goed, ik nam aan dat ze bij de schrijfgroep was, want als ik haar al zag, was dat het enige waar ze het over had. Ze zei zelfs dat ze zich helemaal zou terugtrekken uit de hulporganisatie om te gaan schrijven.'

Ik trok een gezicht. 'Dat klinkt niet als El.'

Ze lachte. 'Ik weet het, het klinkt idioot. Haar werk betekende veel voor haar. Het was raar.'

Ik herinnerde me een paar nieuwe dichtbundels in de boekenkast te hebben zien staan die me eerder niet waren opgevallen. Ik had me afgevraagd van wie ze waren – wij waren geen van beiden poëziefans, dacht ik althans – maar nu snapte ik het. Niamh had echter wel gelijk; dat El het over opstappen had, was helemaal niets voor haar. Ze was verknocht aan haar werk.

'Ze was begonnen met roken,' zei ik toen. 'Wist je daar iets van?'

Niamh keek stomverbaasd. 'Róken? Ga weg. Weet je het zeker?'

Haar reactie was hetzelfde als die van andere vrienden die ik het had gevraagd: niemand wist er iets van. Ik zou mezelf graag hebben wijsgemaakt dat ik me had vergist, maar Max had het bevestigd. Ik vertelde Niamh over het beeldmateriaal van de webcams, hoe verbijsterd we allemaal waren over het fragment waarin El blijkbaar tegen iemand praatte die daar niet hoorde te zijn, of in het luchtledige.

Hierbij trok er een schaduw over Niamhs gezicht. 'Weet je het zeker?' vroeg ze.

Ik dacht erover na en zei nee, dat ik het niet zeker wist. Ik weet niets meer zeker.

Mijn mobiel gaat over terwijl ik probeer ontbijtgranen klaar te zetten voor Max, hoewel Gerda hem per se croissants met kaas wil geven. Mijn besef van tijd ligt volkomen overhoop en ik moet elke vijf minuten op de klok kijken om op schema te blijven.

Het scherm van mijn telefoon geeft NUMMER AFGESCHERMD aan, en ik weet dat het de politie is. Ik heb hun al verteld over het gesprek met Niamh, maar ze leken niet onder de indruk. El ging naar allerlei groepjes – baby-yoga, kinderverhaaltjes, Spaans voor peuters enz. enz. Niemand van al die groepjes van haar is bijzonder nuttig gebleken, en ik vermoed dat Welsh en Canavan niet meer tijd, geld en mankracht willen verspillen dan noodzakelijk.

Ik neem op bij de tweede keer overgaan, en de beller spreekt als eerste.

‘Lochlan?’

Het is Sophie Ojukwu, onze contactpersoon. Mijn hart staat stil. ‘Heb je iets gehoord?’ vraag ik.

‘De rechercheurs willen je vanochtend graag spreken,’ zegt ze. ‘Het houdt verband met de webcams. Kun je er om negen uur zijn?’

‘Natuurlijk.’

De klok staat op tien voor halfnegen. Met het hart in de keel schiet ik een schoon overhemd aan en gris mijn autosleutels mee.

‘Wat weet u van Harriet Ayres?’ vraagt Canavan.

Ik ben in zijn kantoor op het politiebureau, met Welsh aan de ene kant van de tafel en Canavan aan de andere.

‘Harriet Ayres?’ zeg ik uiteindelijk, niet zeker of ik het goed heb gehoord.

Canavan pakt een dossier van zijn bureau waar hij een A4’tje uit haalt met een geprinte kleurenfoto. Twee mensen kijken me glimlachend aan: een lange man met wit haar, een oranje tint en een blinkend kunstgebit, en een jongere vrouw met karamelblond haar, twinkelende ogen en een rood gestifte, lachende mond. De man is Dean Wyatt, een van de partners bij het bedrijf waar ik werk.

‘Herkent u de vrouw?’ vraagt Canavan.

Ik adem diep in. ‘Ze is een collega. Werkt op de IT-afdeling. Ik zag haar wel eens in de kantine tijdens de lunchpauze.’ Ik waag een blik naar Welsh. ‘Wat heeft zij hiermee te maken?’

Welsh trekt haar wenkbrauwen op. ‘Dat is alles wat je van haar weet?’

Zweet breekt uit in mijn oksels en op mijn voorhoofd. Mijn handen worden ijskoud.

‘Oké.’ Canavan schuift de foto opzij en leunt dan achterover in zijn stoel. ‘Nou, ze lijkt heel wat meer van u te weten. Ze is aangeklaagd wegens stalken en misdrijven onder de Wet op Computermisbruik 1990 en van voyeurisme onder artikel 67 van de Wet op Seksueel Geweld 2003.’

Een onzichtbare sloopkogel raakt me vol op de borst. 'Wacht, wacht, wacht. Zeggen jullie nou dat deze vrouw... dit is degene die Eloïse heeft ontvoerd?'

Welsh is er als de kippen bij om me te corrigeren. 'Dat weten we nog niet. Ze heeft bekend dat ze de camera's heeft gehackt.'

'Dit is degene die ons bespioneerde,' weet ik uit te brengen, terwijl de grond onder mijn stoel op en neer deint. Canavan geeft een flauw knikje, en ik staar nog eens naar de foto, waarbij ik zijn ogen op me voel branden en wacht op wat nu ongetwijfeld gaat volgen. 'Maar jullie weten niet of ze Eloïse heeft ontvoerd?'

Koeltjes neemt Canavan me op. 'Hadden u en Harriet iets met elkaar?'

'Dat is bespottelijk.' De woorden rollen mijn mond uit voordat ik zelfs maar kan nadenken over wat ik zeg.

'Dat weet u zeker?' vraagt Canavan. Zijn ogen zijn donker en onderzoekend.

'Dat weet ik zeker.'

'Zij zegt iets anders,' vult Welsh aan.

In mijn hoofd woedt een storm. Aan de buitenkant doe ik er alles aan om tamelijk geschokt te kijken door het nieuws dat een vrouw die ik amper ken, mijn gezin heeft bespioneerd, en tegelijkertijd op een geloofwaardige manier de schijn van onschuld op te houden, geconfronteerd met de verdenking dat ik Eloïse bedroog. Onder dat alles word ik verscheurd door spijt, angst en afschuw.

Wat heeft Harriet gedaan?

Canavan kijkt me een ogenblik doordringend aan en dan, wanneer de maalstroom van emoties mijn spraakvermogen niet op gang kan krijgen, vertelt hij me hoe het nu verdergaat. Harriet is in staat van beschuldiging gesteld en zal of in voorlopige hechtenis genomen of op borgtocht vrijgelaten worden. In de tussentijd gaan de politie en haar advocaat hun zaak voorbereiden. Momenteel hebben ze onvoldoende bewijs dat ze iets met Els vermissing te maken heeft.

Harriet Ayres. Ik had met alles rekening gehouden, behalve dit. Ik had rekening gehouden met een terroristisch complot, een samenzwering, aliens… Niet dit. Allesbehalve dit.

En dan, wanneer de stukjes moeizaam en pijnlijk op hun plek vallen in mijn hoofd, dringt tot me door wat Canavan werkelijk zegt. Harriet heeft Eloïse vermoord. De volgende fasen van dit onderzoek zullen ons alleen nog leren hoe en wanneer.

Ik bel Sophie Ojukwu vanuit de auto en vertel haar over Harriet Ayres. Ik zit te trillen van een nieuwe stoot adrenaline terwijl ik verslag doe van het verhoor en Harriets beweringen.

'Gaf rechercheur Canavan nadere bijzonderheden?' vraagt Sophie. 'Gaf hij je gedetailleerde informatie over wat deze vrouw heeft gezegd?'

'Nee,' zeg ik. 'Maar ze lijkt te suggereren dat ze onze camera's hackte omdat we iets hadden.'

Een stilte. 'Misschien probeert ze zich eruit te draaien. De rechercheurs moeten je ernaar vragen – het is niets persoonlijks.'

Ik bijt op de knokkels van mijn rechterhand. Mijn hele lijf staat strak en de spieren in mijn nek en armen voelen loodzwaar aan.

'Ze heeft mijn vrouw ontvoerd, hè? Iemand die gek genoeg is om andermans babycamera's te hacken, is ziek genoeg om zoiets te doen, niet dan? Daarom bespioneerde ze ons zeker? Om Eloïses dagelijkse patroon te leren kennen.' Ik begin door te draaien. Tranen biggelen over mijn wangen en ik zit te tieren in de telefoon. Mijn hele leven stort in.

'Ga naar huis, rust een beetje uit,' zegt Sophie op kalmerende toon, en haar woorden raken me diep vanbinnen, want het is precies wat Eloïse zou zeggen als ze nu hier was. Ik wrijf over mijn gezicht en adem diep en hortend in.

Ze belooft me te bellen zodra ze meer informatie heeft.

Mijn telefoon slaat zowat op tilt van nog meer Facebook-berichten en sms'jes, maar nu gaan ze allemaal over het krantenartikel over Eloïse. Ik aarzel een moment voordat ik mijn broer bel.

'Hallo?'

Ik had niet verwacht dat hij zou opnemen, dus ik weet zo gauw niet wat ik moet zeggen. Ik maak een vuist, schraap mijn keel, roep de stem van mijn vader in mijn hoofd op. Laat je niet kennen, jongen.

'Met mij. Heb je even?'

'Ik heb tijd zat.'

'Ik heb te horen gekregen wie de camera's had gehackt. Ze heet Harriet Ayres. Ze is een... collega. Het zit er dik in dat zij Eloïse heeft ontvoerd. Ze zegt dat ik een verhouding met haar had.'

Hij zwijgt even. 'En is dat zo?'

Ik kerm.

'Hoelang, Lochlan?'

'Het was geen verhouding. Het was gewoon...'

'Of je had een verhouding of niet.'

Ik heb hier met geen woord over gerept tegen wie dan ook. Niet tegen vissende collega's, niet tegen wie dan ook. 'We zijn nooit met elkaar naar bed geweest,' flap ik eruit. 'Het was niet meer dan... een stomme bevlieging. Ze kwam een keer langs toen El met Max bij haar opa en oma was en...'

'En toen?'

'Ik kon het uiteindelijk niet.'

Hij snuift. 'Aha. Ach, overkomt ons op een gegeven moment allemaal een keer.'

'Nee, niet dat!' Ik sla een hand voor mijn ogen. Nooit heb ik een grotere hekel aan mezelf gehad dan op dit moment. Hoe kon ik zo stom zijn geweest? Het was een paar jaar terug, maar het lijkt een eeuwigheid geleden. Harriet en ik liepen elkaar regelmatig tegen het lijf, hoewel we op verschillende afdelingen werkten. Ze lunchte altijd op dezelfde tijd als ik, of ze kwam langs op mijn afdeling om de beveiligingssoftware of wifiverbinding te controleren. Ze was jong, net afgestudeerd, ging nog niet gebukt onder dingen als hoge hypotheekrenten, kinderopvangproblemen en de impact van een Nationale Gezondheidszorg die op het punt van instorten stond. Ze was één brok energie en ambitie. Ze sprak vol vuur over haar toekomstplannen, over haar lévensdromen, over zeilweekenden en avondlessen Chinees. Ze was aan het sparen om de wereld over te reizen. Ik was gefascineerd. Ik herinnerde me zoveel vrije tijd te hebben, zulke dromen te hebben. De pure levenslust die ze uitstraalde, deed mij inzien dat de meeste mensen met wie ik omging, gevangen leken te zitten in hun eigen leventjes – en ik was geen uitzondering. Vergeleken daarmee was Harriet net zuurstof.

We ontdekten dat we allebei weg waren van Green Day en dat we naar hetzelfde concert waren geweest in Wembley Stadium in 2010, alleen was het haar gelukt om Billie Joe Armstrong een handtekening op haar schouder te laten zetten. Ze vond het leuk om me af te troeven, en het werd een steeds terugkerend geintje: ik had een witte haai gezien in Australië, zij was bijna door eentje opgegeten. University College Londen betaalde mijn studiegeld de eerst vier jaar, zij kreeg een studiebeurs, inclusief alle onkosten, voor Cambridge University en was de beste van haar jaar. Ik was figurant in een aflevering van *Casualty* in 1990, zij had op haar achtste een rol met tekst in een film met Mel Gibson.

Ik had geen idee of iets ervan waar was, maar dat deed er niet toe: ons geplaag gaf een kick, en ik voelde een vonk tussen ons. En daar kwam natuurlijk bij dat ze er lekker uitzag – schouderlang haar van vloeibaar goud, strakke benen, flirtende ogen. Ik begon me erop te verheugen naar mijn werk te gaan en speelde onze gesprekken in mijn hoofd nog een keer af op weg naar huis.

In schril contrast daarmee leek Eloïse constant geïrriteerd. Onze gesprekken werden rapsodieën van burgerlijkheid: rekeningen, trammelant met buren, of we een droger met luchtafvoer moesten nemen of het condenstype (we gingen voor de laatste). Ze vitte op me over onbenullige dingen, bijvoorbeeld dat ik niet had gereageerd op een sms'je of terug had ge-sms't met een punt als afsluiting, waaruit blijkbaar een bepaalde 'toon' sprak. 's Nachts sliep El meestal in ons bed met Max, terwijl ik de logeerkamer nam.

Op een bedrijfsfeestje een paar maanden nadat ik Harriet voor het eerst had ontmoet, werd ik stomdronken. We waren in een restaurant in Mayfair, en Dean had genoeg wijn laten aanrukken voor een dwergstaat. Het ene moment zat ik met Rod Hammersmith te praten over de Brexit en het volgende was ik in een hoekje met Harriet aan het zoenen.

'Heeft ze bekend Eloïse te hebben gekidnapt?' vraagt Wes.

'De politie is ermee bezig.'

'Weet je waar ze woont?'

'Ergens in King's Cross. Ik heb Facebook gecheckt, maar ze blijkt me te hebben geblokkeerd. Ze blokkeert mijn telefoontjes naar haar mobiel ook.'

Waar ben ik mee bezig, door dit met Wes te bespreken? Zijn methoden gaan meestal gepaard met een vuist met boksbeugel en zijn in één woord onsmakelijk, maar ze lijken vrij effectief, en momenteel huist er een wraakengel in mij die smeekt te worden losgelaten. De auto total loss rijden, een knokpartij beginnen – de opties om mezelf iets aan te doen schieten door mijn hoofd. Als ik de tijd terug kon draaien, zou ik de ochtend na ons bedrijfsfeestje naar kantoor gaan en me onmiddellijk verontschuldigen tegenover Harriet. Ik zou tegen haar zeggen dat ik dronken was en, belangrijker nog, getrouwd en vader van een kind, en dat een eventuele flirt dus een vergissing was. Ik zou geen vervolg geven aan ons dronken gescharrel met meer geflirt, meer gezoen, en een uitnodiging om een weekend bij mij thuis door te brengen.

Zoveel dingen die ik niet zou doen.

Toen ze die avond voor de deur stond, zag ze er oogverblindend uit – haar haar opgestoken in dikke krullen, haar slanke figuurtje gehuld in een nauwsluitend, zwart jurkje, glanzend roze lippenstift op volle lippen. Tot dat moment was ik nerveus. Ze was zo jong, zo naïef. Misschien dacht ik met haar iets te heroveren wat ik was kwijtgeraakt, ik weet het niet.

Maar toen ik haar in de deuropening zag, aarzelde ik geen moment om haar binnen te vragen. Ze leek gespannen en opgewonden, en haar ogen schoten naar de foto's van Eloïse en Max aan de muren.

'Dit huis is wel drie keer zo groot als mijn flat,' zei ze, en ik vertelde haar over mijn eerste adres in Londen, een zolderetage die ik met een vriend van de universiteit deelde. Er was maar één slaapkamer, dus we sliepen om de beurt op de bank. Ik kreeg er een nostalgisch gevoel bij, verlangde er ineens naar terug om blut te zijn en uitgebuit te worden en krabsporen in de boter aan te treffen van onze huisratten.

Onder het eten praatten we over werk, over films die we allebei hadden gezien, over haar avonturen in Vietnam afgelopen zomer. Later, toen we zoenend de trap op stommelden, haar handen onder mijn overhemd, viel haar oog toevallig op de camera aan de muur op de overloop.

'Wat is dát,' zei ze, zich losmakend.

Ik begroef mijn gezicht in haar hals. 'Babymonitor. We hebben ze door het hele huis.'

Ze duwde zich verder van me af en lachte. 'Dat is tamelijk eng. Kan je vrouw dan niet zien wat we doen?'

Ik stopte om lucht te happen. 'Nee. Nee, ik heb ervoor gezorgd dat ze allemaal uitgeschakeld waren voordat jij hier was.'

We zoenden verder, de fles champagne beneden achtergelaten, Harriets haar intussen los rond haar schouders. We waren al in de slaapkamer beland voordat het als een kanonskogel in mijn maag tot me doordrong dat ik dit niet kon maken. Het was alsof ik me ineens bewust werd van het feit dat ze eenentwintig was, dat ik getrouwd en vader was. Als we nog een stap verder gingen, zouden we een grens overschrijden waarna er geen weg terug was.

Zelfs met Harriet die daar stond tussen mij en het bed, haar ogen verwachtingsvol glinsterend, was ik niet bij machte om dat te doen waarvan ik, diep vanbinnen, wist dat het het einde van ons gezin zou betekenen. Ik zou Max kwijt kunnen raken. Hij had net zijn eerste stapjes gezet, de kamer door waggelend naar mijn uitgestoken armen met de allermooiste, triomfantelijke lach ter wereld. Hoe kon ik het risico nemen hem kwijt te raken?

Op dat moment sloeg het verlangen naar Harriet om in het besef van de bovenaardse liefde die ik voor mijn kleine mannetje voelde. Daarvóór had ik wel ingezien hoe schattig hij was, hoe lief, maar dat zijn aanwezigheid vooral betekende: om drie uur 's nachts slaapliedjes zingen om hem te laten stoppen met huilen, tolereren dat er pap en witte bonen in tomatensaus door de kamer werden gesmeten in het kader van vast voedsel leren eten, en kokhalzen bij het verschonen van luiers met tweemaal zijn lichaamsgewicht aan poep. Nu ik Harriet in hitsige, bijna-ontklede toestand en de belofte van een langverwachte, zuurverdiende nacht van pure extase op een presenteerblaadje kreeg aangeboden, veranderde mijn hartstocht in een overtuiging dat ik door roeien en ruiten zou gaan, door de hel, en zéker uit de buurt zou blijven van Harriet Ayres voor mijn zoon.

Arme Harriet. Ze zag me een stap bij haar vandaan doen, en de opwinding verdween van haar gezicht. 'Wat is er?' vroeg ze.

Ik schudde mijn hoofd, diep gegeneerd. 'Het spijt me, ik...'

Ze stapte naar voren en probeerde me te kussen, maar ik duwde haar handen weg en wendde mijn gezicht af. 'Ik kan het niet. Sorry.'

'Ligt het aan mij?' vroeg ze, een trilling in haar stem, en haar gezicht betrok. Ze begon haar jurk over haar schouders uit te trekken, de zoom al boven haar knieën.

'Jij hebt niets verkeerd gedaan,' zei ik al ijsberend. 'Het spijt me. Maar ik wil graag dat je nu weggaat.'

Ach, wijsheid achteraf. Nu zie ik wel in dat ik Harriet onbeschoft heb behandeld. Op dat moment zag ze lijkbleek, leek zelfs bijna in tranen uit te barsten toen ze mijn blik een paar seconden vasthield, voordat ze langs me de kamer uit stormde, de trap af, en de voordeur achter zich dichtknalde. Gierende banden op de oprit kondigden haar vertrek aan.

Ik viel op het bed, hoofd in mijn handen, verscheurd door twijfel. Had ik echt tegen haar gezegd dat ze weg moest gaan? Ja, en dat was maar goed ook. Nee, juist niet. Het was het stomste wat ik ooit, ooit had gedaan. Het viel niet terug te draaien. Ik kon haar moeilijk een berichtje sturen en een smoes ophangen over een vlaag van verstandsverbijstering. En ik kon niet verwachten dat we op het werk op dezelfde voet verder zouden gaan. Maar dat was juist goed – toch?

Ik bood mijn excuses aan per e-mail en nogmaals per voicemail. Mijn gedrag schaapachtig noemen, is iets te zacht uitgedrukt – ik wist dat ik me laf had gedragen, als een schooljongetje dat wegrent voor een vechtpartij. Erger nog, ik was er zeker van dat Eloïse erachter zou komen. Het zou lastig worden haar ervan te overtuigen dat het allemaal niets voorstelde. Er was sprake van gevoelens geweest. Op een bijzonder intens moment had Harriet gezegd dat ze verliefd op me werd, en ik had hetzelfde gezegd. Het was een emotionele verhouding, geen seksuele. En misschien was dat wel even erg.

In de week erna kwamen Harriet en ik elkaar tegen op de trap, maar ze negeerde me. Na een tijdje zag ik haar helemaal niet meer. Ik weet zeker dat ze me uit de weg ging, en ik zorgde ervoor de presentielijst van bedrijfsfeesten te controleren om te voorkomen dat we in een pijnlijke situatie belandden. Het laatste wat ik hoorde, was dat ze datete met iemand van de boekhouding, en ik slaakte een zucht van verlichting.

Maar op het moment dat ik de sleutel in het contact omdraai, blijf ik stokstijf zitten. Waarom zou ze ons bespioneren, zo lang daarna? Ze kon toch niet zo kwaad over die avond zijn dat ze op wraak zon? Ze was een lieve meid. Ze kwam op mij niet over als het gestoorde type, of althans, niet gestoord genoeg om te spioneren, of mijn vrouw te ontvoeren.

Maar ja, ik kende haar immers niet?

Wes praat aan de andere kant van de lijn en ik heb de helft gemist van wat hij zei.

'Oké. Dus ze werkte op hetzelfde kantoor als jij. Zit je nog steeds bij Smyth & Wyatt? Dat kantoor aan de kade?'

'Ja.'

'Juist. Laat het maar aan mij over.'

'Wat ben je van plan, Wes?'

'Nou, je hebt het toch aan de politie overgelaten? Nu hebben ze degene die je vrouw waarschijnlijk heeft laten verdwijnen. Ze zullen haar aanklagen voor een overtredinkje – maar Eloïse vinden? Dacht het niet.'

Precies dan steekt vóór me een vrouw de straat over met een klein jongetje in haar armen dat sprekend op Max lijkt. Zijn blonde haar wappert in de wind, en ze plant een zoen op zijn wang. Ik denk aan mijn vrouw, hoe erg ze daar nu naar moet hunkeren, waar ze ook is. Ik denk aan Max, hoe erg hij zijn moeder mist.

'Rustig maar, man,' zegt Wes. 'Dit is beter nieuws dan je denkt. Je hebt een verdachte. Nu gaan we Eloïse vinden. Op mijn erewoord.'

27 maart 2015

Kommeno-eiland, Griekenland

Eloïse: Mijn nieuwe onderkomen is een grot aan de zuidkant van het eiland, vlak bij het haventje. Niet ideaal, maar het is er warm en droog en het biedt een schitterend uitzicht op de Egeïsche Zee. Afgelopen nacht lag ik op een vlak stuk rots dat nog warm was van de zon en keek naar de sterren die als zilveren glittertjes in de nacht fonkelden. Ik zag vallende sterren als vuurpijlen door de lucht schieten, en tegen middernacht verscheen er een flard heldergroen licht, heel even maar. Ondanks alles wat er gebeurd is, vond ik het betoverend.

Vanochtend werd ik wakker van het geluid van dolfijnen die vlakbij door het water doken. Toen ik naar beneden klauterde om ze beter te bekijken, cirkelden ze terug naar me en bleven een hele tijd spelen. Het was fascinerend hoe hun gladde lijven door de golven schoten, gestroomlijnd als kogels. Ik ging op een rots liggen en liet mijn handen in het water bungelen om naar ze te spetteren, en ze staken hun kop op en klikten naar me. Ik had de hele dag naar ze kunnen kijken.

Na George' dreigement om Sariah dood te schieten, durfde ik niet terug te gaan naar de boerderij. Ik overwoog in een van de bijgebouwen te gaan slapen, maar die waren te dichtbij. George' slaapkamerraam kijkt erop uit en ik wist dat ik geen oog dicht zou doen in de wetenschap dat hij me in de gaten hield.

Ik verkende het eiland, op zoek naar een veilige schuilplaats. Het hotel was te griezelig, de verlaten huizen op de heuvel te gevaarlijk. De meeste grotten die ik vond, waren te moeilijk te bereiken, te vochtig of te donker, maar deze ligt hoog genoeg om buiten bereik van de golven te blijven en op een lichte helling, zodat het zonlicht binnen kan komen en de rotsen opwarmen.

Daar bracht ik de nacht door, te koud en geschokt om fatsoenlijk te kunnen slapen. Uiteindelijk dommelde ik in toen de zon opkwam en toen ik wakker werd, stond ze hoog aan de hemel te branden. Ik rammelde van de honger, en ik ging ervan uit dat George eropuit was getrokken om ergens te schrijven, dus zette ik behoedzaam koers naar de boerderij.

Sariah zat in de voorkamer bij de niet brandende haard, met een ijskompres tegen haar hoofd gedrukt. Ze zag er niet best uit – nog in de kleren die ze gisteren aanhad, haar gezicht vermoeid en gesloten. Ik trok een stoel bij en ging naast haar zitten. Toen ze me zag, pakte ze mijn hand en gaf er een kneepje in.

'Hoe is het met je?' vroeg ik. Mijn blik viel op een wit verband aan de rechterkant van haar voorhoofd, vlak bij de slaap. Joe moest haar hebben verzorgd.

'Het gaat wel,' zei ze. 'Voornamelijk doodmoe. Ik moet een nacht goed slapen om normaal te functioneren.'

'En je hoofd? Hoe erg is het?'

'Joe heeft ernaar gekeken. Hij zei dat de snee vrij ondiep was. Waarschijnlijk ben ik in het donker tegen een oud stuk gereedschap aan gelopen.'

Ik weifelde bij haar toon. Ze was gisteravond bewusteloos geslagen, maar ze leek George niet verantwoordelijk te houden. Beschermde ze hem? Of was ze te bang om het te zeggen?

'Zei George vanochtend iets tegen je?' informeerde ik voorzichtig.

Haar blik gleed naar het raam. 'Hij zei dat het gisteravond een beetje uit de hand was gelopen.'

Ik keek vlug achter me voordat ik tegen haar zei: 'Hij dreigde je te vermoorden, Sariah.'

Bevreemd keek ze me aan. 'Zag je dat hij me aanviel?'

'Ja. Nee. Hij richtte het geweer op je en dreigde je dood te schieten.' Ik keek toe terwijl ze dit tot zich liet doordringen.

'Hij was behoorlijk dronken, toch?' zei ze aarzelend, en ik gaf toe, dat was hij inderdaad, maar zijn dreigement was ook verdomd ernstig. We waren alleen maar naar de schuur gegaan omdat Sariah zich zorgen maakte om hem. En waarom reageerde ze niet zoals ik verwachtte? Het leek wel of ze het probeerde te bagatelliseren. Hoe je het ook bekeek, het feit dat George had gedreigd haar dóód te schieten, was verschrikkelijk eng.

En toen kwam er een afschuwelijke gedachte bij me op, en hoewel het als een vluchtige schaduw door mijn hoofd flitste, werd ik er onpasselijk van en kon het niet wegwimpelen. Wat als Sariah haar val in scène had gezet?

Hazel had tegen me gezegd dat ik nooit weg zou komen. George had hetzelfde gezegd. Joe wist op een of andere manier hoe ik heette – niet alleen mijn voornaam, mijn volledige naam. Nog steeds had ik geen flauw idee hoe hij dat wist. Wat als er een duisterder spel werd gespeeld? Wat als Sariah handlanger was in een louche complot om mij hier te houden? Wat als ze helemaal niet tijdelijk op het eiland verbleven, maar hier woonden, en mij nu gevangen wilden houden?

Ik vertelde Sariah dat ik in de grot zou blijven tot Nikodemos vrijdag kwam en, met enige aarzeling, raadde ik haar aan ook van het eiland af te zien komen.

'Ik ben gauw genoeg van dit eiland af,' zei ze vriendelijk, en ik was opgelucht dat ik ernaast zat met mijn verdenkingen – ze waren hier dus tóch tijdelijk. Ze hadden een leven elders. Over een paar weken zouden ze allemaal weer moeten vertrekken, terug naar huis. George zou vroeg of laat contact met Nikodemos moeten opnemen. Toch?

'Dan kun je misschien eens bij me langskomen.' Ik probeerde nog steeds in te schatten of ze een spelletje met me speelde of me hielp. 'Zodra ik heb uitgevogeld waar ik woon.'

Ze glimlachte. 'O, reken maar dat ik dat doe.'

Ze haalde wat kliekjes uit de koelkast en deed die samen met wat brood en flessenwater in een picknickmand. Ik was heel bang dat George zou terugkomen. Maar Sariah stond erop dat ik een douche nam, dan zou zij intussen schone kleren uit Hazels kamer voor me halen.

'En kunnen we hier dan alsjeblieft weg?' vroeg ik, uit het raam kijkend.

'Natuurlijk. We kunnen gaan picknicken in de grot.' Een knipoog. 'Dan kun je me je nieuwe onderkomen laten zien.'

Ik vreesde dat Sariah niet fit genoeg zou zijn voor de tocht, maar ze verzekerde me dat het wel zou lukken. Ze drapeerde een blauwe omslagdoek om haar schouders en vond een lange houten stok in een hoek van de keuken als steun bij het lopen.

Ik droeg de picknickmand en een deken, en zo begonnen we aan de lange wandeling heuvelafwaarts, door de olijfboomgaarden en langs de kust naar de grot. De wind was minder fel dan de dag ervoor en de zee diep jadegroen, uitwaaierend zo ver het oog reikte. Vogels tsjirpten vrolijk in de bomen. Sariah spreidde de deken uit op een vlakke rots, en we aten.

'Nog steeds geen herinneringen?' vroeg ze terwijl ze twee bekers wijn inschonk.

Ik schudde mijn hoofd. Ik had vaker een déjà-vu-achtige ervaring en wanneer ik probeerde te bedenken waar ik woonde of met wie ik mijn leven deelde, kon ik in mijn hoofd letters onderscheiden, maar nog altijd niets concreets.

'Misschien wordt het beter zodra ik bij een dokter ben geweest. Er moeten medicijnen zijn voor dit soort gevallen.'

'De geest is een wonderlijk iets,' zei ze, uitkijkend over zee. 'Soms onthult hij dingen aan ons om ons te helpen groeien. En soms verbergt hij dingen voor ons om ons te beschermen.'

'Denk je dat dit níét te wijten is aan een klap tegen mijn hoofd?' vroeg ik. 'Denk je dat ik me niets kan herinneren omdat er iets is gebeurd wat te traumatisch was om onder ogen te zien?'

Ze hief haar gezicht op naar de zon en sloot haar ogen. 'Weet je nog wat ik je vertelde over de doos van Pandora? Dat, in het ware verhaal, Pandora precies wist wat er in die doos zat en alleen aarzelde omdat ze niet zeker wist of ze het aankon?' Ze opende haar ogen en staarde me aan. 'De confrontatie aangaan met gevaarlijke of angstaanjagende herinneringen is gecompliceerd. Daar gaat het verhaal werkelijk over. Niet over de doos.'

Ik knikte, want dit was precies waar ik bang voor was geweest. Nu droeg ik twee verschillende soorten angst met me mee. De angst voor wat voor soort persoon ik was – het soort dat haar eigen kind vergeet. En de angst dat ik op de vlucht was voor een verleden zo afschuwelijk dat mijn geest het niet wilde prijsgeven.

Ik werd wakker toen het al donker was en Sariah was vertrokken. Ik kon me niet herinneren in slaap te zijn gevallen. Ze had de deken voor me achtergelaten, en dus nestelde ik me eronder en viel diep in de grot weer in slaap.

Mijn dromen zijn krankzinnig heftig en levendig geworden, een aaneenschakeling van botsende en nietszeggende beelden, zo emotioneel beladen dat ik vermoeider wakker word dan ik in slaap val.

Ik droomde weer van de grot met het beest aan het einde. Ditmaal stond ik bij de ingang van de grot, op het punt naar binnen te gaan. Een panische angst hield me aan de grond genageld, maar ik wist dat ik naar binnen móést. Ik had de aansteker in mijn ene hand, maar geen bol wol. Op het moment dat ik een stap naar voren deed, voelde ik een hand op mijn schouder. Ik draaide me om en zag een man staan. Donker haar, achter in de dertig, een vriendelijk gezicht, hoewel hij ongerust keek. Hij gaf me de bol rode wol en zei: 'Kom naar huis.'

Ik weet dat ik zoveel tegen hem wilde zeggen. Ik had sterk de behoefte om hem iets uit te leggen. Maar ik werd wakker voor ik dat kon doen, en hoe hard ik mijn hersens ook pijnigde, ik kon niet terughalen wat ik wilde zeggen.

Ik bracht zo veel mogelijk tijd ver weg van de boerderij door, in de hoop dat door de afstand de sfeer tussen George en de anderen zou verbeteren, hoewel ik gek werd van de honger. Het stikt op het eiland van de citroenbomen, en er zijn ook best wat perzikbomen, maar een fruitdieet had een ernstig geval van diarree tot gevolg, waardoor ik uitgedroogd, trillerig en smerig was. Ik had water nodig, en een bad. Dus vanmiddag ging ik terug naar de boerderij en hoopte maar dat de stemming was opgeklaard en dat Sariah me zou vertellen dat ze contact hadden opgenomen met Nikodemos.

Maar toen ik tegen de heuvel op liep, keek ik op en ontdekte dat de boerderij was vervangen door een mooi, halfvrijstaand herenhuis in een buitenwijk. Het had een schuin dak en er stond een witte auto op de oprit. Ik stopte en keek in de rondte, geschokt door de plotselinge verandering van omgeving. Achter me bevond zich een tuinhek, en daar weer achter een straat. Ik draaide me weer om naar het huis, en ineens stond de boerderij er weer, de auto en het huis allebei verdwenen. Het zal wel het bijverschijnsel van uitdroging zijn geweest.

Danig in de war liep ik behoedzaam naar de achterdeur van de boerderij. Er was niemand binnen, dus wankelde ik naar de gootsteen en dronk koud water rechtstreeks uit de kraan. Het smaakte metaalachtig bitter, maar dat kon me niet schelen – ik dronk wel een halve liter en werd toen misselijk.

Toen ik me omdraaide, stonden Joe en Hazel achter me. Ik had ze niet binnen horen komen, dus ik schrok me wezenloos.

'Ik kwam wat drinken,' zei ik.

Hazel keek me met een strak gezicht aan. 'Mag ik mijn kleren terug?' zei ze koeltjes.

Ik had zo'n dorst dat ik bleef doordrinken, met trillende hand een glas liet vollopen.

'Die van jou liggen daar,' vervolgde Hazel. Ze wees naar een bankje, waarop ik mijn kleren kon zien liggen tussen een stapel beddengoed en handdoeken. 'Ik heb ze nog niet gewassen. Ik dacht dat je voor de verandering zelf je kleren wel eens wilde wassen.'

Bij haar bitse toon wilde ik het op een lopen zetten, terug naar de grot. Waardoor ik de sfeer in de groep ook had verpest, het viel niet uit te praten. Ik keek naar Joe, maar hij wendde zijn blik af, plotseling druk in de weer met het openen en sluiten van kastjes.

'Ik heb gisteren brood met rozemarijn en zeezout gebakken,' mompelde hij. 'Hazel, heb jij het gezien?'

De picknick met Sariah van gisteren schoot me te binnen. We hadden echt overheerlijk brood gegeten en, nu Joe het zei, dat smaakte inderdaad naar rozemarijn en zeezout. Ik stond op het punt het hem te vertellen, maar hield me in, alleen niet voordat hij de blik op mijn gezicht opving.

'Heb jíj het opgegeten?' vroeg hij.

Ik voelde me net een kind, betrapt met haar hand in de koektrommel. 'Het spijt me, Joe. Sariah en ik hebben gepicknickt.'

Hij knalde een kastdeurtje dicht, en ik kromp ineen, plotseling bang. Waar was Sariah? Ik had haar kalmerende invloed nodig om wat rust terug te laten keren in de boerderij, maar ze was nergens te bekennen.

Toen ik naar de deur aan de andere kant van de keuken keek, op zoek naar een spoor van haar, viel mijn oog op een klein, zwart ding op een plank dat me bekend voorkwam. De satelliettelefoon. Ik liep eropaf, pakte het op en trok de antenne uit, terwijl Joe en Hazel allebei zwijgend toekeken.

'Waar is George?' fluisterde ik tegen Hazel.

Ze liep door de keuken naar me toe, ogen als schoteltjes, haar arrogantie compleet vergeten. Ze was opgewonden. 'Hij is er niet.'

Joe werd onrustig, zichtbaar nerveus. Hazel liep op hem af en legde een arm om zijn middel, waarna ze alle twee gespannen naar me stonden te kijken.

'Weet een van jullie wat het nummer van Nikodemos is?' vroeg ik.

Geen van beiden antwoordde.

Ik bestudeerde de telefoon en zag een toets met een terugwijzend pijltje. Ik drukte erop, en het scherm lichtte op met een reeks cijfers. Ik hield hem tegen mijn oor en hoorde het vage gezoem van een verbinding die tot stand werd gebracht, mijn ogen gefixeerd op de achterdeur voor het geval George terugkwam. Bij elke keer overgaan, klopte het hart harder in mijn keel.

Eindelijk zei een stem: '*Embròs.*'

'Hallo,' zei ik. 'Is dit het nummer van Nikodemos?'

'Spreek je mee.'

Mijn adem stokte en ik struikelde haast over mijn woorden, voor het geval het signaal wegviel. 'Hallo, Nikodemos. Ik ben Eloïse en ik logeer in je boerderij op Kommeno.'

'O, ja – de verstekeling,' zei hij met een zwaar, Grieks accent. 'Ik heb het gehoord. Je wilt een lift naar Chania?'

Ik knikte naar de telefoon, en Joe en Hazel sloegen een hand voor hun mond. 'Ja! Ja, heel graag.'

'Oké. Dan kom ik je om zeven uur ophalen, is dat goed?'

'Dat is perféct. Hartstikke bedankt!'

Hazel en Joe stonden te gebaren en vormden met hun mond het woord 'eten', maar toen zei Nikodemos: 'En zeg maar tegen de anderen dat het me spijt van vorige week, maar deze week breng ik een bérg eten. Een Everest! Ze kunnen maar beter ruimte in hun buik maken, *no*?'

'Ja, dank je. Dank je wel.'

In een handjevol seconden leek het of de wereld weer op zijn pootjes terecht was gekomen. Alles zou worden opgelost als hij hier eenmaal was, ik wist het gewoon. Nikodemos zou me in contact brengen met de politie, ik zou de mensen opsporen die mij misten, antwoorden vinden... Ik was niet langer doodsbenauwd voor wat ik over mezelf zou ontdekken, over wat ik had gedaan. Ik zou het onder ogen zien.

Nikodemos lachte aan de andere kant van de lijn. 'Geen probleem. Tot vanavond. In het haventje bij het hotel, oké?' Hij hing op.

Ik legde de telefoon voorzichtig terug op de plank en depte mijn ogen met mijn mouwen. Ik vertelde Hazel en Joe wat Nikodemos had gezegd over het eten, en ze sprongen geluidloos juichend op en neer. En precies op dat moment kwam Sariah binnen – één afschuwelijk ogenblik dacht ik dat het George was, en mijn maag draaide zowat om.

Hazel greep haar beet en vertelde haar op opgewonden, sissende toon wat er was gebeurd.

Sariah keek me aan. 'Hij komt echt?'

Ik knikte, waarna ze haar berg wasgoed neerlegde en tegen me zei dat we dan maar beter konden gaan.

'Ik ga met je mee naar het haventje,' zei ze, haar jas aantrekkend. 'Om te zorgen dat je niets overkomt.'

29 maart 2015

Potter's Lane, Twickenham

Lochlan: Ik heb Magnus en Gerda over Harriet verteld. Ik was het niet van plan – het kwam er gewoon uit in het vuur van het gesprek. Als ik al dacht dat het daarvoor niet uit te houden was thuis, nu is het een regelrechte marteling geworden. Eigenlijk kan ik het alleen mezelf maar kwalijk nemen.

Toen ik thuiskwam van het politiebureau was iedereen er: Magnus, Gerda, Max en Cressida. Uiteraard had Sophie Gerda en Magnus laten weten dat er iemand was gearresteerd in verband met het geknoei met de camera's, en ze wilden heel graag weten wie het was en of diegene had bekend Eloïse te hebben ontvoerd.

Ik stond bij het raam, nog te tollen op mijn benen van het nieuws. Ik vertelde hun dat het een vrouw was, Harriet Ayres, en dat ze werd ondervraagd.

'Maar wie is ze?' bitste Gerda, haar ogen uitpuilend. 'Is het een vriendin van Eloïse?'

'Het is een collega van mij.'

'Het is iemand die jíj kent?' zei Magnus met opgetrokken wenkbrauw. 'Maar Eloïse niet?'

Gerda drentelde heen en weer, totaal over haar toeren en met haar armen zwaaiend. 'Jij moet weten waarom ze dit heeft gedaan, Lochlan,' schreeuwde ze. 'De politie zei dat het een doelbewuste poging was om jullie allemaal te bespioneren. Waarom zou ze dat doen? Met welk doel?'

Magnus stond me somber op te nemen. Toen herinnerde ik me dat hij jaren geleden een affaire had gehad. Althans, dat was wat Eloïse me had verteld. Ze had hen horen ruziën en hij ging een paar dagen het huis uit. Een van de huishoudsters in hun huis in Genève. Een jaar of twintig geleden. Toch had hij een uitdrukking op zijn gezicht die boekdelen sprak. Misschien dat die de waarheid uit me lospeuterde.

Ik plofte in een stoel, wilde me het liefst oprollen en wakker worden om tot de ontdekking te komen dat het allemaal een nare droom was.

'We hadden iets,' mompelde ik. 'Harriet en ik.'

'Wat dan?' Gerda's stem werd scheller. 'Wanneer?'

Ik vertelde hun, tussen luide, ontzette kreten van Gerda door, dat een flirt was uitgelopen op een diepere band maar geen echte verhouding. Gerda bleef maar vragen wat ik bedoelde, doordrammen tot ik bijna begon te tieren. Uiteindelijk zei Magnus kalmpjes: 'Volgens mij zegt hij dat het nooit tot een seksuele relatie is gekomen.'

Natuurlijk kwam Max uitgerekend toen binnenrennen.

'Pap, wat is seksuele relatie?'

'Het is een soort koffie,' mompelde ik en ik tilde hem op mijn knie.

'Wist "E" ervan?' snauwde Gerda, die haar armen over elkaar sloeg en omwille van Max in code sprak.

Ik schudde mijn hoofd. Hoe graag Gerda me op dat moment ook geroosterd had zien worden aan het spit, als ze had geweten hoe kapot ik vanbinnen was, dan zou ze best tevreden zijn geweest, denk ik zo. Maar goed, ze keek me aan met ogen vervuld van haat. De stilte werd doorbroken door Max' vragen over koffie en stemmen in mijn hoofd die me opdroegen mezelf van kant te maken, zodat er een einde aan kwam.

'Denk jíj dat ze verantwoordelijk is voor wat er is gebeurd?' vroeg Magnus, nadat ik had uitgelegd dat Harriet nog ondervraagd werd over haar eventuele betrokkenheid bij Els verdwijning.

'Natuurlijk,' siste Gerda. 'Het is veel te toevallig. Als we in Genève waren, stond ze nu al terecht. Hier zal ze wel zeggen dat ze depressief was en er ongestraft van afkomen.'

Daarna zei niemand iets. Ik kon Gerda's nijdige gefoeter door het plafond heen horen toen ze zich op Magnus afreageerde. Ik probeerde afleiding te zoeken door naast Cressida te kruipen op de mat onder het speelrek, waar ze tegen de boven haar zwaaiende spiegeltjes en mobiles sloeg. Zodra ik naast haar lag, raakte ze gebiologeerd door het borstzakje op mijn T-shirt. Ze rolde op haar zij en probeerde het met beide handjes te pakken, en ik schoof dichter naar haar toe. Haar voetjes waren bloot, en het viel me voor het eerst sinds haar geboorte op hoe klein haar teentjes waren; vijf gladde knopjes aan elke voet. Ze schopte met haar hielen tegen de mat en blies belletjes met haar lippen.

Het was zoiets simpels, naast haar liggen en haar de wereld om zich heen te zien verkennen, maar het drong tot me door dat ik geen minuut de tijd had genomen om van haar te geníéten. Zo gaat het dus wanneer je altijd druk, druk, druk bent. Toen El zwanger was van Max, werden die negen maanden van dag tot dag beleefd, met regelmatige appjes waarin zijn ontwikkeling haarfijn werd aangegeven. Bij Cressida leek Els zwangerschap om te vliegen; opeens was ze er, en bij mij was nauwelijks sprake van die roze pasgeboren-babywolk die ik met Max had ervaren. Ik was moe, ik had deadlines en ik was blij dat ze gezond was. Maar van haar genieten? Nee, daar was het echt niet van gekomen.

Wes belde om acht uur. Ik was de tegelklus in de badkamer aan het afmaken, want voor elke tegel die ik verving, trof ik weer een ander gebarsten exemplaar aan. Boetedoening, snap je, voor alle fouten die ik had begaan. Ik nam vliegensvlug op, blij met de kans om met iemand te praten over alles wat er was voorgevallen, maar hij sprak als eerste.

'Ik heb haar gevonden.'

'Je hebt Eloïse gevonden?'

'Harriet. Ze is hier.'

Het duizelde me. 'Harriet?'

'Harriet, ja. De meid met wie je niet bent vreemdgegaan.'

Ik stond op en liep naar het raam, op slag paranoia. 'Wes, waar ben je mee bezig?' Er klonk geroezemoes op de achtergrond, en ik nam aan dat hij in een pub was.

'Ik ben in de Dog and Duck,' zei hij.

'En zij is daar ook?'

'Ja. Vlakbij. Ziet er niet verkeerd uit, moet ik zeggen.'

Ik sloeg een hand voor mijn ogen. 'Wes, hoe wist je dat ze daar zou zijn? Tenzij je me gaat vertellen dat dit puur toeval is.'

'Geen toeval, jongen. Facebook. Deze pub stond vermeld als een van haar stamkroegen, en ik nam aan dat ze wel dorst zou hebben na wat ze heeft meegemaakt.'

'Maar het bestaat niet dat ze daar is. Ze was aangehouden. Ze was in hechtenis genomen.'

'Ze hebben haar op borgtocht vrijgelaten,' zei hij. 'Over drie weken moet ze voor de politierechter verschijnen. Tot die tijd is ze vrij om, je weet wel, een biertje te drinken, een gezellig avondje te hebben met mensen wier vrouw wordt vermist...'

'Hoe weet je dit? Ga me niet vertellen dat je dit ook van Facebook hebt.'

'Laten we het erop houden dat ik nog wat vriendendiensten tegoed had.'

Ik durfde niet te vragen waarvoor. 'Wat ga je doen?'

'De vraag is: wat ga jíj doen, broertje? Ze is híér. Ze heeft een drankje op. Ik had gedacht dat jij haar wel een paar vragen zou willen stellen.'

'Dat is waarschijnlijk verboden, Wes.'

'Dacht dat je het wilde weten, dat is alles.'

'Wacht...'

'Ja?'

Ik kneep mijn ogen dicht. Van dit hele gesprek zou ik de rest van mijn leven spijt hebben, dat wist ik gewoon. 'Sms me het adres.'

'Je weet niet waar de Dog and Duck is?' vroeg hij ongelovig.

'Ik heb kinderen, Wes. Als het een peuterspeelparadijs was, zou ik inmiddels de postcode kunnen opdreunen.'

Ik klopte op Gerda en Magnus' slaapkamerdeur en zei tegen hen dat ik even melk moest halen. Daarna schoot ik een jack en schoenen aan, stapte in de auto en reed naar de Dog and Duck.

Ik sms'te Wes toen ik voor de deur stond, en een paar minuten later kwam hij naar buiten.

'Is ze er nog?' vroeg ik, en hij knikte.

Hij draaide zich om en liep terug naar de pub, zijn ogen gefixeerd op de groep mensen die op de smalle stoep stonden. 'Binnen,' zei hij. 'Ik heb haar op een paar drankjes getrakteerd, en ze is behoorlijk teut.'

Bij de gedachte aan mijn broer die Harriet dronken voerde, zou ik me op elk ander moment weinig kunnen voorstellen, maar onder de gegeven omstandigheden keek ik nergens meer van op.

Ik volgde hem naar binnen. Het was er bomvol en tamelijk donker, maar Wes loodste me naar een hoektafeltje waaraan een vrouw zat, het ene been over het andere geslagen, die op haar telefoon keek. Ik aarzelde voordat ik op haar afliep. Ze had mij nog niet gezien. Ze was ook niet veel veranderd. Ik herkende de smaragdgroene jurk die ze droeg, en de platte enkellaarsjes. Ik had haar een compliment gegeven over die jurk, gezegd dat hij goed bij haar ogen paste. Ik voelde een restant opspelen van wat ik ook voor haar had gevoeld.

Wes gaf me een zetje, en ik ging tegenover haar zitten. Ze hief haar hoofd op en staarde me met wazige, waterige ogen aan. Toen stond ze op en schuifelde weg van de tafel. Ik ging achter haar aan, werkte me door de mensenmassa totdat ik ineens weer op straat stond. Ik zag Wes nergens. Ik zag Harriet ook niet, omdat de menigte buiten groter was geworden en groepjes mensen huiswaarts begonnen te keren en uitzwierven over de straat. Ik keek om me heen en rende naar het plein. Daar, op de hoek, zag ik Harriet kotsend over een hek hangen.

'Ga weg,' murmelde ze toen ik op haar afliep.

'Zeg het,' schreeuwde ik. 'Zeg wat je met haar hebt gedaan.'

Haar gezicht betrok en ze begon te huilen. Ze had knalrode lippenstift op die was uitgesmeerd over haar kin en handen, en haar haren zaten in een hoge knot. 'Ik heb de politie verteld dat ik níks te maken heb met de vermissing van je vrouw,' schreeuwde ze. 'Het heeft niks met mij te maken, oké?'

Ik wilde haar beetgrijpen en de waarheid uit haar schudden, alsof Eloïse uit haar zak tevoorschijn zou springen, maar er waren te veel toeschouwers. Ik kwam dichterbij.

'Harriet, je móét me de waarheid vertellen. Er zijn kinderen bij betrokken. Alsjeblieft.'

We stonden zo dicht bij elkaar dat ik haar tanden kon zien, de hoektand waar een klein stukje van was af gebroken, en de zure geur in haar adem kon ruiken.

Ze keek lichtelijk beneveld naar me op en legde een hand tegen mijn wang. 'Zo stom van me, ik weet het. Ik wilde alleen zien… ik wilde zien of je haar ging verlaten. Ik dacht… ik was verliefd op je.'

Ik greep haar hand en kneep, verrast door de plotselinge vlaag van agressie die ik door me heen voelde stromen. Ik wilde haar pijn doen, de waarheid uit haar slaan. Ik liet haar hand los, vinger voor vinger.

'Vertel me wat je hebt gedaan.'

'Waarom wilde je me niet?' zei ze hoofdschuddend. 'Ik zou het haar niet verteld hebben. Ik wist dat je getrouwd was. Het is niet mijn gewoonte, getrouwde mannen. Maar ik dacht dat jij en ik… dat er iets tussen ons was.'

Ze had gelijk: we hadden een klik. En ik had haar diep gekwetst. Dit was de consequentie. Ik deed een stap naar achteren, heen en weer geslingerd tussen machteloze woede en wroeging.

'Waarom bespioneerde je ons, Harriet?'

Ze slaakte een diepe zucht, schudde toen haar hoofd. 'Het was een fluitje van een cent.'

'Pardon?'

Een halfslachtig schouderophalen. 'Ik weet dat het geen excuus is. Maar toen ik eenmaal kon inloggen, werd het een verslaving.'

Ik staarde haar aan. 'En dat is je reden?'

Beschaamd keek ze weg. 'Ik neem aan… dat ik… nieuwsgierig was? Ik wilde weten wat je met haar had. Hoe jullie leven eruitzag. En misschien wilde ik erachter komen wat zij wel had en ik niet.'

Ze boog naar voren en kuste me vol op de mond. Het overrompelde me – ik was diep in gedachten, probeerde na te gaan of er iets van haar woorden als de waarheid klonk – en ik deinsde met een ruk achteruit. Daardoor viel ze voorover op haar handen en knieën. Een paar toeschouwers schreeuwden of alles in orde was, en ik stak een hand op.

'Niks aan de hand,' zei ik, knielend om Harriet te helpen. Ik zag dat iemand zijn mobiel tevoorschijn haalde, en het drong tot me door dat dit niet het meest geschikte moment was om te worden gefotografeerd en over heel Facebook rond te gaan.

Harriet draaide zich om en begon wankelend weg te lopen. Ik volgde. 'Verwacht je nou echt dat ik geloof dat je ons meer dan een jaar lang bespioneerde omdat je nieuwsgíérig was?'

Ze gaf geen antwoord.

'Je bent me een antwoord schuldig,' riep ik haar na, dwingend ditmaal. 'Wat heb je met haar gedaan?'

Uiteindelijk draaide ze zich met een ruk om, kwaad, haar wijsvinger op mijn gezicht gericht. 'Ik moet voorkomen voor mijn fouten, oké? Ik zal waarschijnlijk gevangenisstraf krijgen voor wat ik heb gedaan, en Dean zal me de zak geven. Dan kan ik de huur niet meer betalen, en met een strafblad heb ik geen schijn van kans op een andere baan in deze bedrijfstak. Allemaal omdat ik op een knop heb gedrukt.'

'O ja? Nou, ik ben míjn vróúw kwijt…'

Ze lachte. 'Je vrouw? Heb je zelf wel door wat een hypocriet je bent?'

'Mijn vrouw, ja,' zei ik, maar mijn stelligheid was aan het wankelen gebracht, en dat wisten we allebei. 'Ik weet dat je erbij betrokken bent…'

'Ik heb er níks mee te maken!'

'Lieg niet tegen me!'

Ik greep haar hand, en ze begon te snikken, dreigde door haar knieën te zakken. Ik moest haar vasthouden om te voorkomen dat ze tegen de grond ging, en ze klemde haar vingers om mijn jack, klampte zich aan me vast.

'Ik zweer het, ik heb hier niets mee te maken, Lochlan,' fluisterde ze in mijn oor. 'Ik was er niet eens op de dag dat ze verdween. Ik was in Cambridge. Vraag het maar na.'

Mensen begonnen naar ons te staren. Ik hield Harriet vast tot ze haar evenwicht had hervonden, en speurde haar gezicht af naar een eventueel teken dat ze loog. Mijn zekerheid brokkelde af en ik was in de war.

'Toen je ons bespioneerde,' zei ik op gedempte toon. 'In al die tijd dat je haar bespioneerde via de camera's, heb je toen iets gezien?'

Haar ogen focusten op mij. 'Ja, natuurlijk.'

'Wat zag je?'

Ze bevochtigde haar lippen, streek haar haren naar achteren. 'Ik zag een ongelukkige, eenzame vrouw. Dat zag ik.' Een tel stilte. 'Maar weet je wat ik niet zag?'

Ik wachtte, en ze prikte een vinger in mijn borst.

'Jou. Jij was er nooit. En ik maar denken dat je haar boven mij had verkozen.'

Ze schudde traag haar hoofd, en ik sloeg mijn ogen neer. Ik voelde me belachelijk en kwaad en ik kon mezelf wel villen. Ze draaide zich om en liep weg, haar pas iets minder wankel. Ik hield haar niet tegen.

Even later dook Wes naast me op.

'Gaat het?' vroeg hij, maar ik staarde voor me uit, te beroerd om te antwoorden. Ik wist dat Harriet niets te maken had met Els verdwijning, maar waar ik echt misselijk van werd, was het besef dat ik zo hard probeerde mijn ogen te sluiten voor de waarheid, dat ik bereid was tijd te verspillen aan het volgen van dwaalsporen. Ik was bereid mensen te kwetsen en te beschadigen, uitsluitend om niet te hoeven nadenken over mijn eigen rol in de verdwijning van mijn vrouw.

Om redenen die ik nog steeds niet helemaal begrijp, was mijn egoïsme een grotere factor in deze situatie dan wat dan ook. Het was een signaal dat luid en duidelijk doorkwam daar op straat, toen ik Harriet zag weglopen.

29 maart 2015

Kommeno-eiland, Griekenland

Eloïse: Sariah en ik wachten bij het haventje, waar de laatste zonnestralen in gouden penseelstreken over de golven schijnen. Sariah loopt achter me op een heuvel te ijsberen, haar gezicht strak van ongerustheid. Ik weet dat het net zo belangrijk voor haar als voor mij is dat Nikodemos komt – per slot van rekening moet ze eten. Het is nu tien over zes.

Ze roept: 'Zie je al iets?'

Ik hou mijn handen boven mijn ogen en knijp ze halfdicht tegen een felwitte wolkenbank. Ik kan iets wits over de golven zien stuiteren. Mijn hart springt op. Het is een speedboot, zo waar als ik leef. 'Ja!' schreeuw ik. 'Het is hem! Het is Nikodemos!'

Ik kan het amper geloven. Ditmaal ken ik geen angst, geen aarzeling om bij hem in de boot te stappen en contact op te nemen met de Britse ambassade. Ik ga mezelf dwíngen om me een detail te herinneren dat me in verband brengt met waar ik ben en wie ik heb achtergelaten.

'Hij komt eraan! Hij komt eraan!' Ik sta te springen en met mijn armen te zwaaien, roepend: 'Nikodemos! Nikodemos!'

Sariah rent over de steiger naar me toe om mee te springen en te zwaaien, waardoor het hout onder onze voeten zo onheilspellend kraakt dat ik bang ben dat we erdoorheen gaan. Dan stopt ze ineens en houdt haar handen boven haar ogen, tegen de zonsondergang in turend. 'Ik zie hem niet,' zegt ze ademloos. 'Waar is hij?'

De golven zijn hoger geworden door de boot, komen als groene heuvels op de kust af rollen.

'Hij was er net nog. We zien hem zo wel weer.'

Maar hij verschijnt niet. Ik blijf maar wachten tot hij achter een golf opdoemt, een hand in de lucht, het gebrul van de motor hoorbaar.

'Ik zie hem niet.' Sariah fronst.

'Hij was er! Echt. Ik zag hem!'

'Misschien is hij van koers veranderd.' Ze staat op haar tenen en tuurt in de verte. 'Hij zei dat de stroming daar nogal heftig kan zijn.'

We besluiten elk een kant op te gaan. Sariah zegt dat ze naar het oosten gaat lopen, en ik ga naar het westen, allebei vlak langs de kustlijn.

Ik loop tot ik de noordkant van het eiland bereik, waar het pad stijgt en de kliffen zo loodrecht zijn dat het lijkt of ze met een mes zijn afgesneden: glad, glinsterend wit. De zee hier is kalm, wiegt als een pauwenstaart.

Ik weet zeker dat ik hem zag. Ik zag een speedboot met die spitse, haaiachtige boeg, stuiterend over de golven, een wit schuimspoor erachter. En toch is er geen spoor meer van hem te bekennen. Ik ben bang dat hij is omgekeerd, omdat hij niet door de stroming heen komt, of tussen de rotsen door misschien.

Wanneer ik Sariah weer tegenkom, wordt het al donker, de lucht dieppaars en de zon een oranje gloed aan de horizon. Sariah lijkt uitgeput, haar gezicht vochtig van het zweet. 'Ik heb hem niet gezien,' zegt ze hijgend, met haar handen op haar knieën steunend.

De moed zakt me in de schoenen. De gedachte komt bij me op dat George achter het telefoontje is gekomen, dat hij Nikodemos heeft gebeld en mijn plannen heeft omgegooid, maar die zet ik snel van me af.

'Ik ben zo ver doorgelopen als ik kon,' zegt ze buiten adem. 'Ik ben zelfs op het dak van het hotel bij de steiger geklommen om een beter uitzicht te hebben. Weet je zeker dat je hem zag?'

'Ja,' zeg ik, maar zodra de wind het geluid van mijn stem doet vervliegen, word ik overvallen door een gekmakende onzekerheid. Ik twijfel er niet aan dat hij het was in de boot. Maar hij kan toch niet zomaar zijn verdwenen? Misschien was het een luchtspiegeling, zoiets wat mensen in de woestijn zien wanneer ze op het punt staan van honger en dorst om te komen. Ik snak niet naar water, maar naar iets – iemand – waar ik geen naam, geluid, of zelfs beeld bij heb, maar wel emoties.

'Misschien is hij teruggegaan,' zeg ik.

Ze knikt en veegt haar mond af. 'We moeten hem nog maar een keer bellen. Hij komt wel terug.'

Sariah heeft gelijk; nu het donker met de bijbehorende ijzige kou invalt, zit er niets anders op dan terug te keren naar de boerderij. Ik ben doodsbenauwd voor de confrontatie met George, maar ze verzekert me keer op keer dat hij niet moeilijk zal doen – tenslotte deed ik iedereen een plezier door ervoor te zorgen dat Nikodemos eten zou brengen. Hun voorraden zijn intussen angstaanjagend geslonken. Niettemin, wanneer we de treden naar de keuken op lopen, kokhals ik van de zenuwen.

Joe zit aan de eettafel in zijn notitieboek te pennen. Hazel geeft een solowals ten beste op Frank Sinatra op de radio. Zodra ze Sariah en mij in de deuropening ziet, stopt ze met dansen en zet de radio zachter. Joe staat op van zijn stoel, zijn gezicht verward.

'Wat is er gebeurd?' vraagt Hazel op scherpe toon.

'Heb je het eten meegebracht?' vraagt Joe.

Sariah laat zich in een stoel zakken en veegt met de rug van haar hand haar voorhoofd af. 'Hij moet zijn teruggegaan. Bel hem.'

Bij een harde klap schrik ik op. Wanneer ik me omdraai, zie ik Joe midden in de keuken staan met gebalde vuisten, zijn lange lijf trillend, een versplinterde kan op de grond bij zijn voeten.

Hazel beent naar het raam en kijkt naar buiten. 'Daarom zal hij rechtsomkeert hebben gemaakt – er is storm op komst.'

Het regent te hard om zelfs maar te overwegen terug te gaan naar de grot. Het komt met bakken uit de hemel, bijna horizontaal, de wind beukt op het raam en bliksemflitsen knetteren aan de hemel. Ik sluip stilletjes naar de zolder, waar ik een houten kist voor de deur sleep voor het geval George naar boven komt, maar des ondanks, slaap ik niet al te best.

De volgende ochtend regent het nog steeds. De lucht is wit van laaghangende bewolking en de zee is grijs en woest. Mijn maag rommelt, maar ik durf niet te vragen of er nog genoeg te eten is voor mij.

'Goeiemorgen,' zegt George op zangerige toon wanneer ik de keuken in kom.

'Goeiemorgen,' mompel ik terug. Ik had gehoopt ongezien weg te glippen door de achterdeur, maar zodra hij zijn mond opendoet, verschijnen de anderen. Joe is chagrijnig, heeft panda-ogen en zijn zwarte haar steekt alle kanten uit. Hazel maakt haar stemming duidelijk door middel van gestampvoet over de vloer, opeengeklemde lippen en knallende kastdeurtjes. Ze haalt haar neus naar me op en kijkt naar mijn schoenen – haar tennisschoenen, die ze zo genereus aan me gaf toen ik hier aankwam – voordat ze de deur van de voorraadkast opentrekt en naar binnen staart.

'Heb je de satelliettelefoon gevonden, George?' vraagt ze, haar stem dun en schel.

Zijn blik glijdt naar mij. 'Nee.'

'Iemand trek in een ontbijtje van ingemaakt tafelzuur?' verzucht ze.

Sariah heupwiegt neuriënd de keuken in in een rode doorknoopjurk en gouden armbanden om haar polsen. Zodra ze me in het oog krijgt, grijnst ze breed en geeft me een knipoog, waarop ik me onmiddellijk schuldig voel. Wat doe ik haar niet allemaal aan?

Hazel stort zich op het opendraaien van een grote pot, puffend bij elke draai aan het deksel. Ze haalt er een sliert uit, die ze in haar mond stopt, en trekt dan een vies gezicht.

'Van alle dingen die ik je in die scheur van je heb zien stoppen,' zegt George droogjes, 'moet dat verreweg het smerigste zijn.'

Plotseling slaakt Hazel een kreet. Ze rent naar de gootsteen en spuugt het uit. 'Dat is geen tafelzuur!'

Joe pakt de pot op en bekijkt de inhoud. Dan trekt hij er een lange tentakel uit, bezaaid met zuignapjes. 'Het is ingemaakte inktvis.' Sariah en George schieten in de lach, en Hazel gilt het hele huis bij elkaar.

'Hé, niet meteen afserveren,' zegt Joe bloedserieus. 'Kan gebakken best wel eens lekker zijn.'

'Als we Nikodemos niet kunnen bereiken, moeten we overwegen de politie te bellen,' zegt Sariah met een blik op de lucht door het raam.

'De polítie?' herhaalt Hazel, die met water staat te gorgelen. Ze spuugt het uit in de gootsteen en veegt haar mond af aan een handdoek. 'Wat gaan die doen, Nikodemos arresteren?'

Sariah en Joe wisselen een blik die ik nog niet eerder heb gezien – uit die van Sariah spreekt iets beschermends. 'Nou, jongens,' zegt ze. 'Hoe vervelend ook, ik denk dat we onze retraite deze keer voortijdig moeten beëindigen. We kunnen onze familie thuis bellen.'

Dit vindt George amusant. 'Ben je van plan ze met een denkbeeldige telefoon te bellen, Sariah?'

Sariah draait haar gezicht weer naar het raam. 'Ik hoopte eigenlijk dat je te binnen zou schieten waar je hem hebt gelaten, George.'

Hazel knikt. 'Wat ik wel weet, is dat er niet voor heb getekend om ingemaakte inktvis te eten, of wat voor smurrie dat ook is. Ik kan mijn Tommy bellen. Die komt zo hierheen om me op te halen.'

'Ik denk niet dat we ons geld terugkrijgen van Nikodemos,' zegt Joe.

George schudt zijn hoofd. Hij haalt een sigaret uit zijn zak en steekt hem op, waarna hij met een bedenkelijk gezicht een ferme hijs neemt. 'Wat zijn jullie een stelletje aanstellers.'

'O ja?' sneert Hazel. 'Eet jíj die verrekte inktvis dan.'

Hij tikt zijn sigarettenas in de gootsteen. 'Ik wil alleen maar zeggen dat we het thuisfront niet onnodig ongerust hoeven te maken. We hebben vast wel genoeg om het nog twee weken uit te zingen.'

Joe beent naar de voorraadkast en zwaait de deuren open. 'Wat zijn dit allemaal voor potten?' Hij haalt er een naar beneden en probeert het etiket te ontcijferen. 'Dit lijkt op met rijst gevulde wijnbladeren,' gokt hij uiteindelijk. 'Dit is ingeblikte vis of zo. Bonen. Ansjovis.' Hij telt ze. 'Ik schat dat we hier voor een dag of vijf te eten hebben.'

'Vraag je me nou om te leven van ansjovis en ingemaakte inktvis, Joe?' merkt Hazel op.

'Het is beter dan niks.'

George inspecteert de kast. 'Voor vijf dagen, zeg je? Voor hoeveel mensen?'

Joe slaat zijn ogen neer. 'Nou, we hebben dit huis met zijn vieren gehuurd, dus…'

Heel langzaam draait George zich om en hij kijkt mij aan. Eventjes twijfel ik of hij overweegt me op te eten of te eten te geven. 'En ons bezoek dan?'

Een stilte vult de ruimte. Ik voel me tegelijkertijd opgelucht en schuldig. 'Hoor eens, ik ben onuitgenodigd aan komen waaien,' zeg ik zachtjes. 'Ik hoor hier niet te zijn. Het is niet eerlijk tegenover jullie.'

Hazel schuifelt naar de keukentafel en maakt instemmende geluiden, maar George steekt zijn hand op. 'Er is genoeg te eten op dit eiland. Niemand hoeft van de honger om te komen. Ik zorg ervoor dat het zover niet komt, oké?'

'George…' begint Joe, maar George legt hem het zwijgen op.

'Het komt allemaal príma in orde. Waar maken jullie je zo druk om? Dit is het paradijs. We kunnen hier voorgoed blijven.'

Sariah en ik wisselen een blik.

'Ik heb jullie beloofd dat ik voor eten zorg, oké? OKÉ?'

'Oké,' reageren we in koor.

George klapt grijnzend in zijn handen. 'Dat lijkt er meer op. En nou ophouden met zaniken en ga verder met schrijven.'

Sinds Joe gisteravond de waterkan kapotsmeet, knaagt de twijfel aan me. Een aantal glasscherven was beland op het oranje reddingsvest dat ik aanhad toen ze me vonden. Het lag op de grond, vlak bij het raam. Het deed me denken aan het moment dat ik de boot had gevonden waarmee ik volgens hen hierheen was gekomen, en aan het feit dat ik was ontdekt met een reddingvest aan. Was ik met iemand onderweg geweest? Was hij of zij overboord geslagen en verdronken? Het was een grotere boot dan ik had gedacht, en ondanks de schade aan de zijkant, vroeg ik me af of hij gerepareerd kon worden. De zeilen, de rode om de masten gewikkelde zeilen – ik had niet gekeken of ze gescheurd waren of nog bruikbaar.

De zon brandt genadeloos. Ik bega de fout eropuit te trekken zonder eten of drinken, en na twintig minuten overweeg ik terug te gaan. Maar zodra ik in de buurt van het klif kom, steekt er een felle wind op en trekt er een licht regenbuitje over de heuvels en valleien, zodat er een koele, vochtige bries om mijn gezicht en benen waait. Na een paar minuten loop ik verder naar Bone Beach.

Zeewater klotst ritmisch tegen de boot, waardoor de lange masten over de rotsen schuren. De zeilen zijn losgeraakt en besmeurd. Ik zie geen scheuren in het doek, hoewel ze enorm verfomfaaid zijn en de touwen gerafeld.

Ik trek mijn schoenen uit en klim erin om het beter te bekijken. Het is bepaald geen roeiboot – van ergens diep in de krochten van mijn geheugen komt het woord 'jol' bovendrijven. Het is een jol, een kleine houten boot van een meter of drie, drieënhalf. Ik open de opbergvakken om te kijken of er bezittingen in liggen waaruit blijkt of er iemand met me meevoer. Ik ontdek een paar zakjes voedsel en scheur de folie open zonder naar de inhoud of datum te kijken, en pas wanneer ik mijn mond vol met een witte, stoffige substantie heb, realiseer ik me dat het gedroogde havermoutpap is. Ik werk het vlug naar binnen, maar stop de andere drie zakjes in mijn T-shirt voor later.

Er is een fles water, die ik leegdrink, maar verder verbazingwekkend weinig. Een doosje lucifers, een doos rode kokers die noodlichtkogels blijken te zijn, een paar stukjes papier. Op een ervan staat echter een adres, en dat trekt mijn aandacht.

Αγίου Τίτου 1, 71202
Χανιά (Chania)

Het is een verkreukelde rekening, blijkt uit de strepen en getallen onderaan, ook al blijft het door de onbegrijpelijke taal een raadsel waarvoor. Ik kan geen datum ontcijferen, maar het lijkt erop dat de boot uit Chania komt.

Misschien klopte George' theorie. Misschien werd ik inderdaad dronken en viel in de haven in de boot, die vervolgens de zee op dreef. Niets wijst erop dat ik met iemand op reis was, en uit het feit dat er geen voorraden in de opbergvakken liggen, blijkt dat ik niet van plan was om te gaan zeilen.

Aan de andere kant droeg ik een reddingsvest toen George me vond. Als ik zó dronken was geweest, had ik er vast niet aan gedacht er een aan te trekken. Bovendien is de rekening verkreukeld, maar ze lijkt recent. Was het mijn rekening? Was ik van plan te gaan zeilen? Waar ging ik dan heen, en waarom?

Als door een mistbank zie ik mezelf de helmstok vasthouden om de boot te besturen. Ik zit op de rand van de boot, mijn reddingsvest aan, en kijk uit over jadegroene golven onder een paarlemoeren hemel die in de richting van het eiland rollen. Kommeno. En ik herinner me dat ik er zeer doelbewust op afvoer, mijn enthousiasme groter met elke ademteug. Er is niemand bij me in de boot. Geen kind.

De herinnering geeft me een nieuw soort vastberadenheid: als ik kan zeilen, als ik zo'n zeilavontuur in mijn eentje was aangegaan, dan kon ik de boot misschien ook wel repareren.

Wanneer aanzwellende golven op me af komen rollen, probeer ik de boot te verplaatsen om bij de beschadigde achtersteven te komen, maar hij is verbazingwekkend zwaar. Terwijl ik ermee aan het worstelen ben, slaat een grote golf om met genoeg kracht om me onderuit te halen. Hijgend en doorweekt kom ik weer boven, met glibberig zeewier om mijn kuiten gewikkeld.

Wanneer ik me eindelijk overeind heb gehesen, merk ik dat de boot ver genoeg is opgeschoven om de volle omvang van de schade te kunnen zien. Het wordt een hele klus, maar de vernielde achtersteven zou met een paar houten planken en geteerd zeildoek kunnen worden hersteld. Ik rol de zeilen helemaal uit en inspecteer de touwen, opgelucht te zien dat ze grotendeels nog bruikbaar zijn. Het kielzwaard en roer vormen echter een probleem. Ik zal moeten proberen nieuwe te maken, en dan is er het probleem van de tewaterlating. Zelfs de storm van gisteravond heeft de boot niet de zee op kunnen drijven.

Ik klim weer naar de top van het klif, vastbesloten om naar de schuur vlak bij de boerderij te gaan om te kijken of daar hout ligt dat ik kan gebruiken, maar wanneer ik boven kom, valt mijn blik op het vervallen hotel in de verte. Het is intussen hard gaan regenen, en ik ben uitgehongerd na bijna een hele dag worstelen met de boot. Mijn kleren zijn nog vochtig van de golf zeewater en ik ril over mijn hele lijf. Maar in een opwelling fabriceer ik een geïmproviseerde regencape van palmbladeren en ga dan op weg naar het hotel. Het gekletter van de regen op de bladeren werkt merkwaardig kalmerend. Ik ben hoopvol gestemd dat er in het hotel op zijn minst een bed staat waarin ik kan slapen.

Het hotel is een witgekalkt gebouw van drie verdiepingen met door de zon gebleekte, houten luiken en roestige balkons, waarvan de meeste uithangborden zijn afgerukt door harde windvlagen en wellicht vandalen. MINOAN PALACE staat er op een omgevallen reclamebord. Ik was verbaasd toen Sariah zei dat het hotel vorig jaar pas zijn deuren had gesloten – het ziet eruit of het al tientallen jaren leegstaat. Misschien ligt het aan de naargeestige sfeer die eromheen hangt, als de nasleep van een apocalyps.

De regen heeft de grond veranderd in een glibberige smurrie van klei, zand en modder, en mijn schoenen zitten er vol mee. Ik schop ze uit en ga onder een plastic luifel zitten, verwoed over mijn armen en dijen wrijvend om warm te blijven. Hopen verse mest zijn zichtbaar bij de ingang van het hotel – hoogstwaarschijnlijk wilde geiten – en ik ben huiverig om naar binnen te gaan. De zon staat laag aan de hemel, en de ingang lijkt net die van een donkere grot. Ik sluit mijn ogen en adem een paar keer diep in voordat ik naar binnen stap.

Mijn blote voeten stuiten op koude, stoffige leisteen. De hotelbar is zichtbaar door een stel dubbele deuren aan mijn rechterhand, en een kleine balie links van mij is vast waar de portier de gasten verwelkomde. Ik scharrel rond in de bar – de grote ramen bieden uitzicht op zee en laten genoeg licht binnen om stoelen en tafels te kunnen onderscheiden – maar ik vind niets wat ik voor de boot zou kunnen gebruiken. Ik neem de trap naar de eerste verdieping, op weg naar de kamers.

Het licht is hier een stuk zwakker, en het duurt even voor mijn ogen zijn gewend. Een donkere gang strekt zich voor me uit. Ik probeer niet te denken aan wat zich achter al die deuren aan weerszijden ervan zou kunnen bevinden, hoewel een trippelend geluid rechts van me doet vermoeden dat ratten het rijk hebben overgenomen. Het tapijt stinkt naar rioolwater en voelt vochtig aan.

Ik draai de koperen deurknop van de eerste kamer om, een verguld nummer één op het hout van de deur gespijkerd. Binnen staat een metalen bed ontdaan van zijn matras en lakens. Paarse gordijnen wapperen tegen een kapot raam, en er hangt een stank van vocht en verrotting in de lucht. Ik loop naar binnen om de meubels te bekijken. Allemaal van metaal, behalve de ladekast, die van solide hout is gemaakt. Ik ruk er een lade uit, waarop een stel grote spinnen over de zijkanten naar de vloer schiet. Ik slaak een harde gil en ren de kamer uit, de lade nog in mijn hand.

Het duurt een poosje om tot mezelf te komen, maar dan zet ik de lade tegen de muur en open de deur van een kamer aan mijn rechterhand. Die is kort en klein geslagen – het bed is ondersteboven gegooid en het matras kapotgesneden, de kledingkast hangt naar voren met de deuren open naar mij toe. Het is eng genoeg om me om te draaien en stilletjes weg te lopen.

Ik pak de houten lade op, die ik tegen de muur had laten staan, en wil weggaan, maar dan hoor ik het geluid van voetstappen beneden op de leistenen vloer van de lobby.

Langzame, weergalmende voetstappen.

Dan stoppen ze.

Het hart klopt me in de keel. Ik durf niet eens adem te halen. Ik probeer tussen de trapspijlen door naar beneden te kijken, maar ik zie niets. Een lage grom vanuit de lobby. Ik hou mijn adem in en verstijf. Degene die daarbeneden is, neemt de eerste trede, dan de volgende.

Het is George, ik weet het gewoon. George is me hierheen gevolgd.

Ik kijk om me heen naar een schuilplek of uitweg. Het raam verderop is kapot, maar een snelle scan van mijn geheugen zegt me dat daar geen balkon is – het loopt loodrecht af naar de grond eronder. De trap loopt verder naar boven naar nog twee verdiepingen, dan een balustrade op het dak. De voetstappen komen langzaam de trap op. Ik zou de lade naar beneden kunnen gooien naar degene die op me afkomt, maar als het George is, heeft hij ongetwijfeld zijn geweer bij zich.

Nog een geluid vanuit de lobby.

Ik waag het erop en storm de trap op. De voetstappen beneden versnellen, roffelen achter me aan over de trap. Ik bereik de bovenste verdieping, met een hart dat bijna uit mijn borstkas barst, maar de trap loopt niet door naar het dak. Ik kijk om me heen of er ergens een deur is, maar er is alleen de lange, schemerige gang met aan weerszijden deuren van kamers.

Ratten schieten de kamers in wanneer ik de gang door snel. George heeft de eerste verdieping bereikt, te horen aan zijn voetstappen die weergalmen tegen de betegelde muren. Ik ren naar het eind van de gang en zie een trappenhuis door de glazen panelen van de deur daar, maar de deur klemt.

Ik duw en schop tegen de deur, beuk ertegenaan tot ik erdoor tuimel en een pijnlijke val op mijn knieën maak. Ik trek mezelf overeind aan de leuning en ren naar het dak.

De regen komt in harde, striemende vlagen naar beneden, en er is niets op het platte dak wat bescherming biedt. Ik wankel naar de rand aan de andere kant en kijk naar beneden – een meter of vijf onder me steekt een balkon uit. Ik zou naar beneden moeten klimmen langs de regenpijp voordat ik me daarop kan laten vallen. Ik zwaai mijn benen over de rand en kijk naar beneden, veeg met een hand de regen uit mijn ogen. Het balkon is betegeld en zal ongetwijfeld spekglad zijn van de regen. Ik zal mijn sprong zorgvuldig moeten uitkienen.

Ik draai om de rand van het dak vast te grijpen terwijl ik mezelf laat zakken, maar precies op dat moment staat hij ineens voor me, op amper een meter.

Een donkere, ruwharige geit. Oranje ogen die me vanonder zware oogleden aanstaren. Vreemde, rechthoekige pupillen. Ik schrik het meest van de hoorns, onwaarschijnlijk lang en scherp, gekromd over de kop en geribbeld als een ruggengraat. Hij is ongelooflijk groot, meer mannetjeshert dan geit. Een steenbok. Hij staart, neemt me op voordat hij tevreden snuift en zich omdraait om terug te keren naar waar hij vandaan kwam, zijn hoeven klepperend over de tegels op het dak.

Het is aardedonker, maar ik ga terug naar de boerderij uit pure noodzaak – ik ben zo uitgedroogd en verkleumd dat ik door het beven amper kan lopen. Bij de achterdeur gekomen, val ik op mijn knieën, niet in staat nog een stap te verzetten.

Bijna meteen gaat de deur open, en Sariah helpt me overeind. Ze neemt me mee naar binnen en zet me aan de tafel. Het heeft veel weg van de avond dat ze me van de boot redden.

'Gaat het, meis?' hoor ik haar zeggen. 'Wat is er gebeurd? Ben je gewond?'

Ik kan nog net om water vragen, en ze haast zich naar de gootsteen om een glas voor me te vullen. Terwijl ik dat opdrink, verschijnen Joe en Hazel uit het niets. Ze fluisteren tegen elkaar en komen niet te dichtbij.

'Ik zag een beest,' zeg ik.

'Je zag een geest?' herhaalt Sariah op gedempte toon.

Het kost me veel moeite om nee te schudden. 'Een béést. Een geit.'

'Eerst die natte kleren maar eens uit.'

Ik trek mijn kleren uit en sla een deken om me heen. Dan ga ik naar de zolder, wikkel me in het muffe beddengoed en val in een onrustige slaap.

De volgende ochtend staat de zon al hoog aan de hemel en is het huis merkwaardig stil. De anderen zullen wel zijn vertrokken naar hun schrijfplekken. Sariah is ook weg, wat een domper is – ik had gehoopt haar mee te nemen om de boot te bekijken en mijn idee met haar te bespreken.

Schoorvoetend ga ik terug naar het hotel. De zon schijnt fel, waardoor het aantal donkere hoekjes op de vingers van één hand te tellen is en het hele gebouw een stuk minder eng aandoet. Toch haal ik zo snel mogelijk de lade op die ik in de gang had laten staan, snor dan de personeelsruimte op de begane grond op. Door stom geluk vind ik een gereedschapskist met een oude hamer en spijkers. Ik zeul de houten lade en gereedschapskist mee naar de boot. Ik heb geen zaag om het hout op maat te maken, maar het lukt me om de lade uit elkaar te wrikken en het bodempaneel over het gat in de achtersteven te timmeren, voordat ik aan de slag ga met het kielzwaard.

De hele dag door stel ik mezelf vragen tijdens het klussen aan het kielzwaard, in een poging enkele herinneringen uit mijn geheugen los te krijgen. Ik ga ervan uit dat ik bij mijn herinneringen kan komen door mezelf te vragen wat ik wel weet. Toen ik de lade uit het hotel ophaalde, herkende ik bijvoorbeeld een aantal Griekse woorden. Op de voordeur hing een bordje waarop *KLEISTO* stond. Ik weet dat het 'gesloten' betekent. Niet echt wereldschokkend, maar wanneer ik probeer te bedenken hóé ik dit weet, realiseer ik me dat ik andere Griekse zinnen ken: *Ti kanis?* Hoe gaat het? *Me lene Eloïse.* Ik heet Eloïse. *Tha ethela na nekyaso mea varka.* Ik wil graag een boot huren.

Het is logisch dat ik wat basiskennis Grieks heb, aangezien ik op reis was rond de Egeïsche Zee. Maar ik blijf mezelf opjutten, in de hoop dat me plotseling iets anders te binnen schiet. En dan gebeurt het, alleen is het niet Grieks. Ik vind een snorkel nog in de plastic verpakking, rechtstreeks uit de winkel, en wanneer ik probeer de Griekse tekst op het etiket te ontcijferen, zie ik de Franse tekst eronder staan. Ik lees het zonder haperen. *Ne convient pas à un enfant de moins de 36 mois* – niet geschikt voor kinderen jonger dan zesendertig maanden. Ik kijk om me heen en probeer alles wat ik zie, alles wat ik denk in het Frans te vertalen. *Il y a le mer. Il y a la plage. Quand vais-je quitter cette île? Qui suis je? Pourquoi je ne me souviens de rien? Pourquoi suis-je ici?*

Ik spreek bijna de hele dag hardop in het Frans, in de ban van deze ontdekking, deze schat uit een archeologische opgraving uit mijn geheugen. Het klinkt vast alsof ik knettergek ben, ratelend in het Frans. Het voelt goed om mijn angsten hardop te uiten, en in een andere taal, maar het roept geen herinneringen aan mijn verleden op.

Ik ben bijna klaar met het repareren van de boot. Het was een lastige klus, en ik ben er niet helemaal gerust op, maar ik heb de bodem van de lade met ongeveer twintig lange spijkers op strategische punten in het hout vast gehamerd. Het zou waarschijnlijk beter zijn geweest om er schroeven in te draaien, maar dat was geen optie. Het is niet ideaal, maar de achtersteven is nu hoog genoeg om geen water door te laten, en ik heb een ander stuk hout aan het kielzwaard bevestigd. Het enige wat me nu nog rest, is het roer repareren en de boot verplaatsen om hem het water in te krijgen. Dat krijg ik in mijn eentje niet voor elkaar. Het is een kleine zeilboot, bepaald geen cruiseschip, maar te groot en zwaar voor mij om zelf het water in te slepen. Ik zit een poosje te zinnen op een manier om het toch voor elkaar te krijgen. Zonder getij zou ik afhankelijk zijn van golven die door een cruiseschip of harde wind worden veroorzaakt. De snelste manier om de boot in het water te krijgen, is de anderen te vragen me te helpen.

Ik zit daar tot de avond de zon begint te verdringen. Het is niet al te koud, en ik overweeg op het strand te slapen, maar ik ben uitgehongerd en snak naar een glas water. En, hoewel ik het niet graag toegeef, ik voel me eenzaam. Mijn meesterplan om de boot te water te laten en de zeilen te hijsen, is natuurlijk heel leuk, maar wat dan? Op Kreta aan wal gaan met een handjevol Griekse zinnetjes en verwachten dat iemand me vindt? De gedachte dat ik me misschien niets *wíl* herinneren, bezorgt me koude rillingen. Ik heb gezelschap nodig.

Langzaam loop ik over de rotsige kust en door het hoge riet en probeer niet van elk geluid te schrikken. De avond begint aan zijn metamorfose van het eiland, en de vogels en nachtdieren zetten hun vreemde gekrijs en gehuil weer in. Uiteindelijk kan ik de lichten van de boerderij op de heuvel in de verte onderscheiden, en ik versnel mijn pas.

Maar zodra ik het pad naar de achtertuin op loop, doet het geluid van een geweerschot me stokstijf stilstaan. Het is luid en weergalmend. Alle dieren vallen stil, en een zwerm vogels vliegt op van het dak van de boerderij. En dan een langgerekte, bloedstollende gil.

Sariah.

George heeft haar neergeschoten.

Zonder erbij na te denken zet ik het op een rennen.

14 november 1988

Stockwell, Zuid-Londen

Ze rende harder dan ze ooit in haar leven had gerend. Normaal teutte ze onderweg als ze uit school kwam, maar vandaag sprintte ze naar huis, in zichzelf *Mam! Mam!* roepend, als een smeekbede. *Laat ze er alsjeblieft nog niet zijn! Laat ze er alsjeblieft niet eerder zijn dan ik!*

Het probleem was dat mrs. Kellogg een opmerkzame lerares was. Voorheen kon Eloïse op school verschijnen zonder een blauw oog of een snee te camoufleren, en dan stelde niemand vragen. Er waren zat kinderen met sporen van mishandeling. Maar mrs. Kellogg liet het niet zomaar aan zich voorbijgaan. Ze had Eloïse naar het blauwe oog gevraagd. Eloïse had gezegd dat ze tegen een kast op was gelopen, zonder zich te realiseren dat iedereen sinds het jaar nul die smoes gebruikte om mishandeling te verdoezelen. Wanneer Eloïse niet op school was geweest, wat vaak voorkwam, wilde mrs. Kellogg weten waarom. Eloïse werd er zenuwachtig van en moest telkens een goed antwoord verzinnen. Ze had nooit eerder redenen hoeven te geven. En toen had mrs. Kellogg haar vandaag gevraagd om na de les nog even te blijven.

Het was haar eigen schuld dat ze had gehoorzaamd. Ze had naar buiten kunnen rennen toen de bel ging; tenzij mrs. Kellogg achter haar aan was gerend, had ze haar nooit kunnen tegenhouden. Maar ze bleef, en mrs. Kellogg sloot de deur nadat de andere kinderen waren weggegaan en beval – nee, vroeg – Eloïse een stoel bij te schuiven vlak bij haar bureau. Eloïse had geen zichtbare verwondingen – de brandplek van de sigaret op haar arm ging schuil onder de lange mouw van haar T-shirt – en ze veroorzaakte zelden problemen. Haar schoolprestaties waren uitstekend, daar zorgde ze wel voor. Ze had lang geleden het verband al uitgevogeld tussen kinderen met slechte cijfers en bezoekjes van maatschappelijk werkers.

‘Waar gaat dit over?’ had ze mrs. Kellogg gevraagd, nadat ze het chocoladekoekje had verorberd dat ze had gekregen.

Mrs. Kellogg was klein, mollig, en droeg een bril aan een koordje. Ze kon je aankijken op een manier die je het gevoel gaf dat je van glas was gemaakt. Ze deed Eloïse denken aan een heel wijze uil. Ze had zelfs veerachtig haar tot op haar schouders in tinten bruin, muisgrijs en wit; ronde, doordringende, groene ogen en een uitgestreken gezicht. Mrs. Kellogg gaf de koektrommel aan Eloïse en zei: ‘Op de ouderavond van vorige week verheugde ik me er heel erg op om jouw ouders te ontmoeten en hun te vertellen hoe intelligent je bent. Ik wilde ze feliciteren dat ze zo’n slimme dochter hebben. En ik wilde hun zeker het nieuws vertellen dat je de Schoolbeker voor Creatief Schrijven hebt gewonnen.’

Eloïse staarde haar aan. ‘Echt?’

Mrs. Kellogg glimlachte op die veelbetekenende manier van haar en knikte. ‘Maar helaas, ze waren er niet. Ik heb het eens nagevraagd bij de andere leraren, en blijkbaar heeft niemand jouw vader of moeder ooit gesproken.’ Ze leunde naar voren, wat Eloïse ineen deed krimpen, want als een volwassene dicht bij haar kwam, zoals nu, was het altijd om haar pijn te doen.

Er viel een lange stilte, en Eloïse besefte dat er een vraag werd gesteld.

‘Mijn moeder…’ begon ze. ‘Mijn moeder is vaak ziek.’

‘En je vader?’

‘Mama woont samen met haar vriend,’ zei ze, voordat ze zich realiseerde dat ze goed moest nadenken over wat ze losliet. ‘Soms, bedoel ik. Ze wonen niet altijd samen. Hij ging vorig jaar naar de gevangenis, dus nu heeft ze een andere vriend.’

Mrs. Kellogg deed haar best haar verbazing niet te laten blijken. Ze wachtte tot Eloïse nog een koekje had genomen, voordat ze de volgende vraag stelde. 'Soms valt het me op dat je sneeën op je arm hebt, Eloïse. Doe je aan zelfbeschadiging?'

Op dat moment kwamen er twee gedachten in Eloïses hoofd op. De eerste was dat er zowaar een naam bestond voor wat ze deed, en als er een naam voor bestond, betekende het dat ze niet de enige ter wereld was die een scheermesje in haar huid drukte om even te ontsnappen aan de brand die eronder smeulde. De tweede gedachte was dat ze moest maken dat ze hier wegkwam, meteen.

Ze stond op.

'Eloïse...' zei mrs. Kellogg.

'Sorry,' zei Eloïse, en ze liep naar de deur.

Mrs. Kellogg kwam overeind en liep achter haar aan.

Eloïse stopte voor ze bij de deur was, overvallen door een plotselinge behoefte om zich om te draaien en mrs. Kellogg alles te vertellen, zelfs de dingen die ze niet kon benoemen.

'Eloïse,' zei mrs. Kellogg, en ze klonk ademloos en bezorgd.

Als Peter hier was, zou hij hebben gezegd: ze geeft echt om je. Maar Peter was dood, net als alle anderen. Elke keer dat ze weigerde te doen wat Orhan wilde, nam hij haar iets af. Op een of andere manier wist hij altijd wat haar lievelingsspeeltje was.

'Eloïse, ik maak me zorgen om je. Ik wil dat je vanavond met mij mee naar huis gaat, zodat we kunnen bespreken welke stappen er moeten worden ondernomen. Wil je dat doen?'

Eloïse schudde haar hoofd en probeerde nee te zeggen, maar het kwam eruit als een snik.

Mrs. Kellogg nam Eloïses gezicht tussen haar handen, en het was het meest liefdevolle en vreemde contact met een ander mens dat Eloïse zich kon herinneren. Plotseling zag ze zichzelf door de ogen van een buitenstaander, alsof ze van een afstandje neerkeek op het angstige scharminkel dat ze was geworden, met gaten in haar schoenen en kleren en haar dat zo vies was dat geen van de andere kinderen naast haar wilde zitten. Als ze ouder was geweest, had ze geweten dat het niet zozeer de blauwe plekken waren die mrs. Kelloggs aandacht trokken, als wel de prikgaatjes van een naald in haar nek, waarvan Orhan dacht dat haar haar eroverheen zou vallen. Alleen had ze op een avond haar haren afgeknipt, en nu waren de prikgaatjes zichtbaar.

Mrs. Kellogg keek diep in Eloïses te oude ogen. 'Ik heb maatschappelijk werk ingeschakeld,' fluisterde ze. 'Je hoeft niet naar huis. Ze zijn nu onderweg naar jullie huis.'

Daarop draaide Eloïse zich met een ruk om en rende weg. Ze roffelde met haar voeten over het piepende linoleum van de schoolgang om mrs. Kelloggs geroep niet te hoeven horen. Ze rende de schooltrap af en langs de andere kinderen bij de bushalte, en ze rende langs toeterende auto's en door de rij bij het postkantoor. Ze rende totdat ze de torenflat bereikte waar ze woonden, en nam daar de trap naar de vierde etage.

Toen ze binnenkwam, trof ze haar moeder aan op het toilet, waar ze overgaf in de wc-pot. Dit gaf haar een beetje moed; haar moeder was in elk geval wakker, en zo te zien was er niemand anders in de flat geweest.

'Gaat het?' vroeg ze haar moeder, die bleef overgeven. Ze ging naar de keuken om een glas water te halen, bracht het naar haar. Toen werd er aangebeld.

Door de kier tussen de gordijnen kon ze twee vrouwen zien, allebei in beige regenjas en zwarte, hoge hakken, met klemborden en ijzige gezichten. Ze waren van een kilometer afstand te herkennen. Maatschappelijk werkers. Allemaal hadden ze maar één doel: haar en haar moeder uit elkaar halen. Haar naar een ander gezin sturen.

Vliegensvlug ruimde ze de bende in de woonkamer zo goed als ze kon op, wierp een blik in de spiegel in de gang om te controleren of ze er zelf mee door kon. Daarna opende ze de deur met een stralende glimlach.

De ene met de bril sprak als eerste. 'Eloïse, neem ik aan? Is je mama thuis, liefje?'

Ze glimlachte nog breder, waarmee ze hun een rij gele tanden toonde. 'Ze is bezig.'

'O. Mogen we binnenkomen?'

'Duurt het lang?'

De vrouwen wisselden een blik. 'Dat hangt ervan af.'

Ze hield de deur open, en ze stapten naar binnen.

'Zal ik een kop thee voor u zetten?' vroeg ze. Ze hoopte dat het door haar vriendelijke gedrag allemaal goed zou komen, dat ze op hun klembord het juiste vakje zouden aanvinken en gauw zouden opstappen. Maar terwijl zij in de keuken in de weer was om beschadigde kopjes en oudbakken koekjes op een dienblad te zetten, schatten zij haar vroegwijze gedrag en tengere, beurse ledematen in als kenmerken van een verwaarloosd kind, het soort dat ze regelmatig zagen.

Tot haar verrassing verscheen haar moeder een paar minuten later. Ze was gekleed in jeans en een zwart T-shirt, met een bh eronder, en haar blonde haar was met een elastiekje bij elkaar gebonden. Een veeg roze lippenstift fleurde haar gezicht op. Jude was heel knap, en ze had zichzelf voldoende vermand om de twee vrouwen in regenjas een hand te geven en fatsoenlijk over te komen. Tersluiks nam Eloïse haar moeder op, voor het eerst in weken bij de les, en bedankte degene die haar smeekbede had verhoord.

De vrouwen legden uit dat ze 'een kijkje kwamen nemen' bij Eloïse, dat ze informatie hadden doorgekregen van de maatschappelijk werkers in Brixton, waar Eloïse hiervoor woonde, en haar wilden leren kennen. Jude knikte en glimlachte en legde uit wat de reden was voor de vorige tussenkomst van maatschappelijk werk. Ze was vanuit Zwitserland naar Londen verhuisd om bij Orhan te kunnen zijn, maar het was misgelopen. Hij was betrokken geweest bij een gewapende overval, en toen had maatschappelijk werk ingegrepen. Uiteraard woonde ze niet meer met hem samen. Nieuw huis, nieuw begin. Ze schonk hun een van haar stralendste glimlachen, zette haar Zwitsers-Duitse afkomst in die haar had gezegend met een lang, atletisch lijf en verfijnde gelaatstrekken, plus een accent dat exotisch en beschaafd klonk. Eloïse zag dat de vrouwen aantekeningen maakten, zich zichtbaar ontspanden. Toen richtten ze het woord tot haar.

'En hoe bevalt het jou in Stockwell, Eloïse?'

'Goed,' zei ze automatisch. Ze zweeg even. 'Maar ik zou liever naar een andere school willen. Mag dat?'

'Dat lijkt me geen probleem,' antwoordde de vrouw met bril. 'Maar dan hebben we wel een reden nodig.'

'Ik word gepest.'

Haar moeder keek haar aan met zo'n bezorgde uitdrukking op haar gezicht, dat Eloïse dacht dat er iets mis met haar was. Opeens boog Jude naar voren, sloeg haar armen om haar heen en drukte haar stevig tegen zich aan. Volkomen overrompeld door deze genegenheid van haar moeder waar ze zo lang naar had gehunkerd, begon Eloïse te huilen, hartverscheurende snikkende uithalen die ze nauwelijks kon beheersen. Voor de vrouwen in regenjas bevestigde haar reactie dat haar verklaring over pesten klopte.

'Stil maar,' zei Jude, die Eloïse in haar geur van marihuana, braaksel en goedkoop parfum hulde. Plotseling schakelde ze over op Duits. '*Sag Mama wer dich verletzen.*' Vertel mama wie je pijn heeft gedaan.

31 maart 2015

Potter's Lane, Twickenham

Lochlan: Er staat een polaroidfoto op de houten consoletafel in de speelkamer die El een poosje geleden inlijstte. De consoletafel was bezaaid met troep totdat de politie kwam en alles meenam, en wat eronder lag, werd blootgelegd als een archeologische schat: een van Els oude zeiloorkondes, Max' babyvoet- en handafdrukken in witte blokken klei, een paar ingelijste familiefoto's en deze polaroid. In tegenstelling tot de andere ingelijste foto's, ziet deze er verkreukeld, onscherp en een tikje hapsnap uit – ik heb El op mijn rug midden op de Champs-Élysées.

We staan letterlijk midden op straat met de Arc de Triomphe achter ons en auto's aan weerszijden. Ik draag een zonnebril, zwembroek en een brede tandpastagrijns. El draagt een witte strapless zomerjurk en teenslippers, haar benen recht vooruitgestoken en haar uitdrukking alsof ze bijna gaat vallen, hoewel ze lacht.

Nu ik ernaar kijk, hoor ik haar gelach weer, een echo die mijn hartslag opjaagt.

Het was niet lang nadat we elkaar hadden leren kennen. We waren voor een paar weken naar Frankrijk gegaan met een stel vrienden van El in haar oude, aftandse Ford Fiesta. Een zespersoonstent in de kofferbak, een paar kratten Budweiser. Destijds bestond er geen druk. Geen maandagochtenden, geen deadlines, geen zolderverbouwingen en vuilnisophaaldagen en beslissingen over kinderopvang, en als iemand me had gevraagd wat Calpol was, had ik gegokt dat het iets te maken had met de Californische politie.

Ik heb veel gedacht aan de plaatsen die we bezochten in het begin van onze relatie, El en ik. Ik heb veel gedacht aan Chania. Vlak bij waar we zijn getrouwd. Het laat me maar niet los. Niet de bruiloft zelf, maar het eiland, Kommeno. Eloïse oogde anders daar, leek anders.

Mijn blik glijdt van de foto op de consoletafel naar Gerda, die in de schommelstoel tegenover me zit, haar gezicht strak, haar schouders naar voren gedraaid. Ze schraapt haar keel en wacht tot Magnus gaat zitten voordat ze me zegt wat ze te zeggen heeft. Magnus neemt plaats op een houten kist met daarin de houten stukken van Max' speelgoeddorp. Hij trekt zijn broekspijpen op, zodat er geen kreukels in komen, en werpt me een flauw, verontschuldigend glimlachje toe.

'Waar gaat dit om?' vraag ik vermoeid.

'Het gaat om de kinderen, Lochlan,' zegt Gerda streng. 'We willen de kinderen met ons meenemen naar Ledbury. Magnus en ik hebben erover nagedacht en we zijn van mening dat, gezien de omstandigheden, Max en Cressida bij ons een veel stabielere en beschermde omgeving zouden hebben.'

'Pardon – stabieler? Beschermd?'

Ze kijkt naar Magnus, die zijn uitdrukking vriendelijk houdt en zijn ogen op een plek in het tapijt. 'Wel, het is hier een chaos voor ze. Hun moeder is er niet. Het zal niet bepaald makkelijk voor ze zijn, met de politie die het huis komt doorzoeken.'

'Dat is één keer gebeurd,' zeg ik geïrriteerd. 'Ik kan me niet voorstellen dat ze nog een keer huiszoeking komen doen.'

'Nou, Max begint erg onrustig te worden, en het lijkt me niet ideaal voor twee onschuldige, kleine kinderen om hier middenin te zitten.'

'Ik vind het ook niet ideaal,' zeg ik zachtjes. Ze straft me voor Harriet, ik weet het zeker.

Alsof ze mijn gedachten kan lezen, zegt ze: 'En dit heeft niets met Harriet te maken. Hoewel ik vind dat wanneer Eloïse terug is, jullie eens serieus moeten praten.'

'Gerda...' zegt Magnus, waarop ze haar toon matigt.

'Op zoiets zaten we nu helemaal niet te wachten.'

'Dit heb ik ook niet gewild,' zeg ik.

'Daarom vind ik dat je Max en Cressida met ons mee moet laten gaan,' zegt Gerda, terugkerend naar haar eigenlijke onderwerp. 'Ik bedoel, hoe moet het met je werk, Lochlan? Je zult een dezer dagen toch weer aan het werk moeten? Hoe ga je dat doen én voor de kinderen zorgen?'

'Ik heb geen idee.'

Een kort, voldaan lachje. 'Precies. Zie je wel? De kinderen hebben hun eigen kamer in Ledbury. Het is hun tweede thuis. Ik kan Max inschrijven op de plaatselijke montessorischool, daar is hij zo gewend. Hij heeft er al een paar vriendjes. Leuke, welopgevoede jongetjes.'

Mijn maag verstrakt bij het idee. 'Voor hoelang?'

'Pardon?'

'Hoelang ben je van plan ze te houden. Wanneer breng je ze terug?'

'Wel, zolang als nodig is, lijkt me zo.'

Ik laat haar woorden in de lucht hangen en richt mijn ogen weer op de foto. Misschien is het evenzeer uit egoïsme als uit liefde dat ik mijn kinderen hier bij me wil houden. Maar wat zou Eloïse willen? Wat zou zij doen?

'Goed dan,' zeg ik uiteindelijk, en Gerda klapt in haar handen en staat op, klaar om de touwtjes in handen te nemen. Ze begint iets te mompelen over welke kleertjes ze zal inpakken voor Cressida, over dat ze zo snel mogelijk moeten vertrekken om de spits voor te zijn. Ze spoort Magnus aan om op te staan, maar hij schudt zijn hoofd en slaat zijn armen stijf over elkaar.

'Magnus, wat krijgen we nou?' zegt ze.

Hij kijkt weg. 'Ik blijf hier. Ga jij maar.'

Gerda kijkt ontzet. 'Wat?'

Hij slaat zijn ogen op naar de hare, slaat een mildere toon aan. 'Neem jij de kinderen maar mee. Ik ben hier nodig.' Hij glimlacht naar mij. 'Morele steun en zo.'

Gerda is zichtbaar verbijsterd over deze omslag in loyaliteit. Ze probeert zich niet te laten kennen, maar haar ogen blijven wijd opengesperd. Ze gaat over op Duits en moppert tegen Magnus, die zijn hoofd schudt.

'Ik kan mijn medicijnen hier ook ophalen,' zegt hij op redelijke toon. 'Ik zal de dokter bellen en haar dit plan uitleggen.'

Gerda sputtert nog wat tegen en probeert te lachen, alsof hij een grap uithaalt, maar Magnus heft zijn handen op en maakt er met een ferme opmerking in het Duits een einde aan. Gerda valt stil, hoewel ze vuurrood aanloopt en stampvoetend naar boven verdwijnt.

Magnus draait zich naar mij om, een glimlach op zijn gezicht, staat dan op en rekt zich uit. 'Volgens mij is het tijd voor een borrel, wat jij?'

31 maart 2015

Kommeno-eiland, Griekenland

Eloïse: Ik ren naar de boerderij, Sariahs naam roepend. Het geweerschot weergalmt over het eiland, de echo van de gil klinkt nog in mijn oren. Maanlicht onthult vier donkere spetters op de tegels van de drempel. Bloed.

Binnen staat George met het geweer met de loop naar beneden langs zijn zij, iets bloederigs is op tafel gesmeten, en Hazel wappert met haar handen en flipt. Wanneer ik dichterbij kom, zie ik een groot bruin konijn languit op zijn rug liggen, zijn lange oren naar één kant gezakt, de poten uitgespreid als omgekeerde vleugels. Sariah komt de keuken in en zegt ongelovig: 'Je hebt níét net een konijn geschoten.'

George legt het geweer over zijn schouder. Zijn gezicht glimt van het zweet en trots, zijn blote buik puilt over zijn broek. Zijn navel is een eivormige inkeping in uitgelubberde huid. 'Wat ik heb gedaan, Sariah-lief, is jou je avondeten gebracht. Wie heeft er honger?'

Hazel kijkt ontzet. Ze kijkt van George naar het karkas. Een pootje is wit. 'Je stelt toch niet voor dat we dat opeten?'

'Heb je een beter idee, Hazel?'

'Maar het is een schattig konijntje!'

'Een schattig konijntje met een kogel in zijn kop. En jij bent straks een schattig lijkje als je hem niet opeet.'

Haar gezicht betrekt. 'Mijn Tommy had er vroeger zo eentje. We noemden hem Billy. Billy de Bunny.'

George rommelt in een lade, en het duurt even voor ik doorheb dat hij op zoek is naar een vleesmes. Hij vindt er een.

Joe zegt: 'Dat moet je steriliseren.'

'Wat?'

'Het mes. Zorg dat het gesteriliseerd is voordat je hem opensnijdt.'

'Flauwekul,' reageert George lachend. Hij draait zich om en begint het konijn open te snijden. Hazel kokhalst in haar hand en wendt zich af. Ik kan het ook niet aanzien.

'Stelletje watjes!' brult George. 'Hypocriete labbekakken! Jullie hebben zeker nooit kalkoen met kerst gegeten, hè. Of lamskoteletten. Waar dacht je dat die vandaan kwamen? Deze jongen is tenminste niet volgepompt met hormonen. Puur natuur, kakelvers.'

'Nee, nee,' zegt Joe, die George belet om verder te snijden. Dit zorgt voor enige opluchting, maar dan zegt hij: 'Je moet hem eerst villen. Maak daar een insnijding, dan moet je het vel er als een handschoen vanaf kunnen trekken. Daarna snij je de kop eraf.'

'Ik wil hier niet bij wezen,' zegt Hazel, en ze verdwijnt stampvoetend naar buiten. Sariah slaat haar armen over elkaar en kijkt een ogenblik somber toe, voordat ze Hazel volgt. Ik hoor Joe aan George uitleggen hoe hij de lever moet verwijderen, waarna ik besluit dat ik er ook niet meer tegen kan.

Sariah zit op het houten bankje bij de waslijn, haar benen wijd, haar rok wapperend in de bries. Het is donker, maar een gestage rooksliert die om de hoek van de boerderij kringelt, vertelt me dat Hazel daar staat, uit de wind. Desondanks is het een zachte nacht. Sariah leunt voorover, haar ellebogen op haar knieën geplant, en tuurt naar de heldere maan. Ik ga naast haar zitten en kijk in de rondte, in de hoop dat Hazel niet meeluistert.

'Waar heb je de hele dag gezeten?' vraag Sariah luchtig.

Ik besef dat ik haar niets over de boot heb verteld. Ik zeg: 'Ik denk dat ik ons hier weg kan krijgen.'

Ze kijkt me aan. 'Wat?'

'De boot,' zeg ik, naar haar toe buigend. 'De zeilboot waarmee ik hier ben gekomen. Volgens mij heb ik hem gerepareerd.'

‘Maar je bent met die boot op de rotsen geslagen.’

‘Weet ik. Ik heb geprobeerd hem op te lappen en...’ Ik adem in. ‘Ik wil dat je met me mee terugzeilt naar Kreta. We kunnen hier wegkomen. Vanavond.’

Ze kijkt rond voor het geval er iemand binnen gehoorsafstand is. Dan, fluisterend: ‘Dit lijkt me geen goed idee, lieverd.’

‘Waarom niet?’

‘Nou, de laatste keer dat je uit zeilen ging, liep het niet zo goed af...’

De oude twijfel dat Sariah me wel eens voor de gek zou kunnen houden, speelt weer op, maar die zet ik van me af. ‘De satelliettelefoon is zoek, Sariah. We hebben geen andere keus. Jij en ik, we kunnen hulp voor de anderen gaan halen.’

Een diepe zucht. ‘Ik weet niet, hoor...’

‘Hoezo niet?’

En dan kijkt ze me aan met een strakke blik die duidt op een heel ander gesprek dan we tot nu toe hadden, een blik die een complete omschakeling aangeeft. ‘Er is iets wat je moet weten.’

‘Iets wat ik moet weten?’ herhaal ik zo neutraal mogelijk.

‘Over mij.’

Mijn gedachten gaan terug naar de avond in de schuur. George’ geweer gericht op Sariah op de grond. Mijn verdenking dat ze het in scène had gezet. Maar mijn verdenking is nergens op gebaseerd. Sariah is een vriendin voor me geweest, heeft voor me gezorgd toen de anderen hun belangstelling waren verloren. Ik kan onze vriendschap niet laten verpesten door mijn angsten.

‘Wat moet ik over jou weten, Sariah?’ vraag ik.

Ze opent haar mond om te antwoorden, maar op hetzelfde moment schreeuwt Joe van binnen. ‘We zijn klaar met snijden! Jullie kunnen weer binnenkomen.’

‘Hypocriete labbekakken...’

De onderbreking heeft Sariahs voornemen aan het wankelen gebracht, en ze maakt aanstalten om weer naar binnen te gaan.

'Alsjeblieft,' zeg ik, naar haar hand grijpend. Tot mijn verbazing trekt ze die weg, waardoor ik in het luchtledige graai. 'Sariah...'

Ze beweegt niet, kijkt me niet aan.

'Wat wilde je me vertellen?' dring ik aan.

Ze draait haar gezicht naar mij. Er spreekt geen boosheid uit, geen frustratie. Alleen medelijden. 'De enige manier waarop je van dit eiland af kunt komen, is door je alles weer te herinneren.'

'Ik probeer me dingen te herinneren,' zeg ik, struikelend over mijn woorden, want er klinkt een waarschuwing in die van haar door.

Maar voor ik verder kan vragen, loopt ze weg, terug naar binnen.

Joe en George zijn het konijn aan het bakken. Hazel trekt een gezicht en stampvoet uit protest. 'Ik ga dat niet eten. Echt niet. Jullie kunnen me niet dwingen.'

George vist een tafelkleed uit een lade, dat hij uitslaat in de lucht en over de tafel drapeert. Dan trekt hij een stoel naar achteren en grijnst mij breeduit toe. 'Ga jij maar aan het hoofd van de tafel zitten.'

Joe, Hazel en Sariah draaien zich alle drie naar me om. Ik laat mijn blik zenuwachtig over hun gezichten gaan.

'Nou, tóé dan,' snauwt Hazel, en ik schrik zo dat ik gauw ga zitten.

'Ziezo,' zegt George, waarna hij terugloopt naar het fornuis om een gebakken bout uit de pan te vissen, die hij op een bord mikt. Dan zet hij het bord voor me neer. 'Wil je er saus bij?' vraagt hij. Ik schud mijn hoofd, maar hij roept naar Joe: 'Wat hoort er bij konijn?'

'Weilanden, vlinders, Bambi...' mompelt Hazel.

'We hebben geen saus meer,' zegt Joe, over zijn kin wrijvend. 'Ik geloof dat je bij konijn een goede rode wijn moet drinken, maar we hebben geen druppel drank meer.'

Hazel heft haar hoofd op. 'We zitten zonder alcohol?'

Joe houdt een plastic buisje omhoog. 'We hebben wel peper.'

Hazel begint te huilen. Sariah legt een troostende hand op haar schouder.

George knipt met zijn vingers waarop Joe hem de peper aangeeft, waarmee hij het vlees besprenkelt. 'Zo dan.'

Hij draagt Hazel op te gaan zitten, dan Sariah, en dat doen ze. Hij en Joe scheppen het vlees op borden en gaan dan ook zitten, de stemming vreemd en grimmig.

'Zullen we bidden?' stelt George voor. Hazel snift en bet haar ogen, haar schouders krom, haar gezicht bijna helemaal verscholen achter haar rode krullen. Sariah mompelt: 'Ja, laten we maar bidden,' en Joe klungelt met zijn handen, omdat hij niet goed weet hoe je moet bidden.

George slaat zijn handen ineen. 'Onze Vader, die in de hemelen zijt...' Hij stopt en kijkt naar Joe. 'Hoe gaat het verder?'

'Zo bid je niet,' zegt Joe.

Sariah zegt: 'Doe jij het anders, Joe.'

Joe schraapt zijn keel en vouwt zijn handen. 'Oké. Eh... Lieve God. We zijn heel dankbaar voor dit voedsel waarvan u ons uitgehongerde schrijvers hebt voorzien. Kunt u er alstublieft voor zorgen dat het lekker smaakt en ons niet vergiftigt. En, eh... als u toch bezig bent, kunt u me alstublieft helpen met mijn nieuwe gedicht, want ik ben er echt mee aan het worstelen en ik krijg de vorm maar niet goed...'

Hazel geeft een mep op zijn arm. 'Joe.'

'Oké. Sorry. Amen.'

Hazel weigert te eten, en hoewel ik uitgehongerd ben, kan ik mezelf er ook niet toe brengen. Sariah zit te prikken in het vlees op haar bord, probeert zichzelf zichtbaar over te halen te eten.

'Het is geen zonde om konijn te eten, hoor,' verkondigt George.

'Proef eens,' moedigt Joe me aan. 'Het smaakt goed.'

Sariah snijdt een klein stukje af en stopt het in haar mond, waarbij ze een gezicht trekt dat zegt dat het best meevalt. Gerustgesteld doe ik hetzelfde. Hazel kijkt op en werpt een walgende blik op me. Het vlees heeft een sterke wildsmaak, maar ik heb zo'n honger dat ik het hele beest op zou kunnen.

'Hazel, éét dat stomme beest,' zegt George, die het bord naar haar toe schuift. 'Je moet op krachten blijven. Voedsel voor het brein en zo.'

Ze duwt het bord terug en bedekt haar gezicht met haar handen. Dan begint ze te snikken. Joe pakt het buisje met peper en sprenkelt wat over haar bord. 'Daardoor smaakt het écht lekker,' zegt hij vriendelijk.

'O, stel je niet zo aan,' zegt George, waarop Hazel ontploft, haar ogen woest.

'Wáág het niet mij een aansteller te noemen, George! Ik heb voor deze vakantie betaald, ook al ben ik blut!'

'Dan kunnen we elkaar een hand geven,' zegt Joe somber.

'En nu zeg je dat we geen drank meer hebben!' gilt Hazel. 'Ik wil naar huis!'

George' gezicht betrekt. Hij blijft angstaanjagend stil en roerloos, hoewel zijn stemming als een dunne mist over de keuken neerdaalt.

'We hebben nog maar een paar weken voor de boeg, liefje,' zegt Sariah.

'Dat kan me geen klap schelen!' schreeuwt Hazel. 'Een paar weken is een eeuwigheid als we koníjnen moeten schieten om te overleven!'

'Joe, kun je mij een glas water inschenken?' Sariah houdt haar glas op en knikt naar de waterkan die hij op tafel heeft gezet.

'Mij ook,' zegt George.

'Ik zal hem bijvullen,' zegt Joe, die met de kan naar de gootsteen loopt. Hij draait de kraan open en we wachten, maar er gebeurt niets. Alleen het gepiep van de antieke kraan waaraan Joe draait, gevolgd door een raar gorgelend geluid.

'Hm. Dit gebeurde eerder vandaag ook al,' zegt Joe, die maar aan de kraan blijft draaien. 'Hij zal het zo wel weer doen.'

'Wát is er eerder gebeurd?' vraagt Sariah.

Stilte.

'Joe?'

Het geluid van metaalgeratel vult de ruimte, alsof de leidingen langs elkaar schuren. De kraan kucht en sputtert.

'O nee,' verzucht Joe.

'Wat?' zegt George.

'Kom op!' schreeuwt Joe, op het aanrecht beukend.

Hazel kijkt op. 'Het is het water,' zegt ze zachtjes.

'Vanochtend deed-ie het weer,' zegt Joe.

'Het is op, hè? Het is allemaal opgemaakt.'

'Hoe bedoel je: "opgemaakt"?' vraag ik.

'Het water komt uit een reservoir,' legt Sariah uit. 'Het vangt regenwater op en filtert het.'

George schuift zijn stoel achteruit en zegt: 'Het kán niet op zijn. Het heeft de laatste tijd meer dan genoeg geregend. Het zal verstopt zitten. Laat het maar aan mij over.' Hij staat op en loopt naar buiten via de achterdeur, die hij achter zich dichtslaat.

Ik schuif mijn bord weg, niet in staat nog een hap door mijn keel te krijgen.

Joe staat op de kraan te beuken en te schreeuwen, maar Sariah zegt dat hij moet ophouden.

'Wat moeten we nu?' jammert Hazel op schelle toon. 'Geen water, geen eten, geen wijn...'

'Dit is echt ernstig,' merkt Sariah op, en ik knik.

'We móéten contact zien te krijgen met Nikodemos of iemand op het vasteland,' zegt Joe. Hij lijkt kalm, totdat hij bij de tafel staat, en dan zie ik dat hij lijkbleek is geworden en verwoed met zijn ogen knippert.

Hazel huilt.

We zitten in een stilte die uren lijkt te duren, verzonken in onze eigen gedachten. Ik wil Sariah vragen naar wat ze eerder zei, dat ik me alles moest herinneren om van het eiland af te kunnen komen. Ik wil het niet vragen in het bijzijn van Hazel en Joe, en ik wil haar hier niet achterlaten. Ik moet wachten tot George het water weer aan de gang heeft gekregen.

Eindelijk klinkt er gevloek en gestamp bij de achterdeur.

'Daar is hij al,' roept Sariah opgewekt en ze staat op om de achterdeur open te doen. 'Hij heeft het reservoir heus gerepareerd,' zegt ze tegen Hazel. 'Let maar eens op.'

De deur gaat open voordat Sariah er is, en slaat tegen de muur. George staat diep voorovergebogen boven aan het trapje, en veegt grommend zijn voorhoofd af. 'Kan iemand me hier een handje mee helpen?'

We kijken allemaal op.

'Waarmee, George?' vraagt Sariah, met een blik op het geweer dat hij tegen de binnenmuur zet. 'Je had je geweer bij je om het reservoir te repareren?'

'Je weet... maar nooit... wat je... daarbuiten... te wachten staat,' gromt George, die weer bukt om iets naar binnen te sleuren.

We staan allemaal op van tafel, nieuwsgierig naar wat hij aan het doen is.

'George, waar ben je – aaah!' Sariah slaakt een kreet en wankelt achteruit, weg van de deuropening, een hand voor haar mond geslagen.

Hazel kijkt paniekerig van Sariah naar George. 'Wat? Wat is er?'

George komt achteruit de keuken in schuifelen, beide armen uitgestrekt om iets zwaars over de drempel te trekken. Zodra hij in het licht komt, zie ik dat hij aan een beest met hoorns sjort.

Stilte valt als een guillotine. Sariah fluistert in zichzelf, een geringde hand tegen haar borst gedrukt om haar zenuwen in bedwang te houden. Hazel is gebiologeerd, haar afschuw verdrongen door nieuwsgierigheid. Joe gaat George helpen met het verslepen van zijn prooi.

Lange, gebogen hoorns, geribbeld als de hoorns die ik op het dak van het hotel zag. Zijn goudkleurige ogen starend, zonder iets te zien. Donkere, samengeklitte vacht in de nek, van een schotwond. Zijn gespleten hoeven roerloos. Ik weet het natuurlijk niet zeker, maar hij lijkt precies op het dier waarmee ik oog in oog stond.

'Een stuk groter dan ik dacht, deze jongen,' zegt George vol trots.

'Dus toen je zei dat je het reservoir ging repareren,' zegt Joe op droge toon, 'bedoelde je eigenlijk dat je een geit ging schieten.'

'Steenbok,' gromt George. 'Het reservoir is kapot.' Met de rug van zijn hand veegt hij zijn voorhoofd af. 'Er zit een scheur in zo groot als mijn arm. Ratten erbinnenin. Ik ga morgenochtend bij daglicht kijken of ik het dicht kan stoppen – maar we zullen al ons water moeten koken. We willen niet de builenpest oplopen, of wel soms?'

Hazel begint te hyperventileren. Sariah slaat een arm om haar heen en mompelt geruststellende woorden.

George knielt en trekt aan de hoorns. 'Prachtexemplaar, niet dan? Kwam hem op weg naar het reservoir tegen. Denk dat ik op de markt een aardige duit kan krijgen voor de hoorns.'

'George, je bent knettergek!' krijst Hazel.

'Zo is het genoeg,' zegt Sariah op ferme toon. Blijkbaar is ze haar schrik te boven. 'Zeg waar de satelliettelefoon is, George.'

Daarop grijnst hij stompzinnig.

'Alsjeblieft,' smeekt ze. 'We kunnen hier niet blijven zonder water. We moeten íémand bellen die ons kan helpen van het eiland af te komen.'

George komt overeind, kijkt plotseling ernstig. Dan plukt hij de telefoon uit zijn zak en geeft hem aan Sariah. 'Alsjeblieft.'

Verbouwereerd neemt ze hem aan, houdt hem in haar hand alsof ze niet kan geloven dat hij echt is. Na een paar blikken op George, trekt ze de antenne uit. Ze toetst een nummer in, kijkt vervolgens naar de telefoon. Probeert het opnieuw. 'De batterij is leeg,' zegt ze.

'Wat is leeg?' Joe kijkt op.

'Hoe laden we hem op?' vraagt ze.

'O, hij is helemaal opgeladen,' zegt George. 'Ik vond hem vanochtend. Hij is kassiewijle. Kaduuk. Doet. Het. Niet. Meer.'

'Laat mij eens kijken.' Joe komt overeind en neemt de telefoon van Sariah over. Hij kijkt op naar George. 'Het scherm is verlicht. Waarom doet hij het niet?' Hij drukt op een paar toetsen en kijkt dan naar het plafond. 'Geen bereik,' zegt hij.

'Klopt,' zegt George grijnzend. 'Denk je dat ik het buiten nog niet heb geprobeerd?'

Hazel stoot een enorme jammerkreet uit en verstopt haar hoofd in haar handen. 'Ik wist dat dit zou gebeuren,' schreeuwt ze. 'Ik wist het, ik wist het!'

George sleurt de geit verder over de vloer de keuken in. Met een grom draait hij hem op zijn rug, zodat zijn ogen zichtbaar zijn. Hierbij zakt Hazel in elkaar. Joe reageert vliegensvlug en vangt haar op voordat ze met haar hoofd tegen de tegels slaat. Hij knielt om haar op haar zij te draaien.

Het is op dat moment, precies wanneer Joe tegen Hazels gezicht tikt en haar naam roept, precies wanneer George een meetlint tevoorschijn haalt om de lengte van de hoorns op te meten, dat ik me iets herinner. Het is zo levensecht, zo bizar en onverwacht, dat mijn adem hoorbaar stokt.

'Ga me niet vertellen dat jij nu ook flauwvalt,' zegt Joe vanaf de vloer.

'Gaat het?' vraagt Sariah met een blik op mij.

Mijn mond hangt open, maar er komt geen woord uit. Ik word opgeslokt door een heldere, levendige herinnering aan een man langs de kant van een weg. Een auto is midden op de weg gestopt, beide deuren staan wagenwijd open. De geur van benzine in de lucht. De man loopt grijnzend op me af en zegt: 'Eloïse.'

Ik heb het gevoel dat het een jaar of vier geleden is, niet meer dan vijf. Ik herinner me dat hij tegen me zei dat ik iets moest doen, en het misselijkmakende gevoel in mijn maag toen ik besefte dat hij gelijk had.

De man die ik me herinner, is George.

1 april 2015

Potter's Lane, Twickenham

Lochlan: Het is laat. Gerda heeft de kinderen meegenomen. Ik hield me groot, echt waar, tot aan het moment dat ze in hun kinderzitjes werden geklikt en ik de deur dicht moest doen. Max had zich blijkbaar niet gerealiseerd dat ik niet meeging, en dus had hij uitgebreid de tijd genomen om uit te zoeken welk speelgoed hij mee wilde nemen en als een dolle gezocht naar zijn Gruffalo-zwembroek. Toen, precies op het moment dat ik de voordeur opende, draaide hij zich naar me om.

'Ga je niet mee, pap?'

Ik bleef staan en woelde door zijn haar, vastbesloten dit hele gebeuren zo licht en luchtig mogelijk te houden. 'Nee, lieverd. Papa moet hier blijven.'

Er verscheen een frons op zijn voorhoofd. 'Je moet hier blijven? Maar Cressida gaat mee. En oma.'

'Weet ik, Maxie, maar papa moet werken.' Zodra ik het zei, besefte ik dat dit een zin was die ik zo vaak gebruikte dat hij moeiteloos over mijn lippen rolde.

Hij wurmde zich onder zijn rugzak uit en begon zijn jas uit te trekken.

'Nee, Maxie, wat doe je? Kom, hou je jas aan. Jullie gaan weg.'

Ik hurkte om zijn armen weer in de mouwen te steken, maar hij werkte tegen. Een lang ogenblik waarin hij me onderzoekend aankeek.

'Is dit een aprilgrap?'

Ik was even in de war, tot ik doorhad welke dag het was. 'Nee, Maxie...'

'Want mrs. Evans zegt dat het vandaag 1 april is en dat betekent dat je grapjes met mensen mag uithalen...'

'Nee, nee. Sorry, Max. Dit is echt.'

Zijn gezicht betrok. 'Waar is mama, pap? Waarom ga je niet mee? Ik wil niet dat je niet meegaat.'

Hij viel tegen me aan en sloeg zijn armen om mijn nek. Gerda wachtte op de oprit. Ik dwong mezelf niet naar haar te kijken, ineens vervuld van haat tegenover haar omdat ze deze situatie had veroorzaakt. Vaag stond me bij dat ik had besloten dat het in het belang van mijn kinderen was om naar Ledbury te gaan. Waarom was dat ook alweer? Hoezo was dit goed voor hen? Een stemmetje in mijn hoofd zei: Eloïse zou willen dat ze daarheen gingen, ze zou willen dat ze in bescherming werden genomen tegen deze hele toestand. Dus probeerde ik me te vermannen.

Gerda marcheerde terug naar de hal en zette het kinderzitje op de vloer. Cressida sliep, haar gezichtje naar het T-shirt van Eloïse gedraaid dat ik bij haar in had gestopt vanwege haar vertrouwde geur.

'Je moet gaan, Maxie,' zei ik, en ik probeerde zijn armen van mijn nek te trekken, maar inmiddels was hij aan het brullen dat hij bij mij wilde blijven.

'Je hoeft er maar een klein poosje te blijven,' beloofde ik, hoewel ik nog steeds geen idee heb voor hoelang deze afspraak geldt. Een week? Een maand?

'Oma's huis is maar een paar uurtjes rijden. Ik zie je heel gauw weer.'

'Pap, papa! Ik wil niet mee! Nee, papa! Alsjeblieft!'

Ik weet niet precies hoe hij in de auto belandde. Misschien was ik zo afgedraaid en van streek dat het moment me ontging waarop Gerda hem oppakte en hem en het kinderzitje naar haar auto droeg.

Magnus was ergens tijdens dit gebeuren opgedoken, en het was zijn hand op mijn schouder waardoor ik me plotseling vermande en mijn tranen wegveegde. Nu ik erover nadenk, had ik er verkeerd aan gedaan de kinderen te laten gaan als Magnus met Gerda was meegegaan. Dat hij hier blijft, wil zeggen dat hij een kant heeft gekozen. Had hij Gerda's kant gekozen, dan heb ik zo'n donkerbruin vermoeden dat ze die gehaaide advocaat van hen een verzoek tot voogdijschap had laten indienen.

Ik zit in onze kast omringd door Eloïses kleren. Bijvoorbeeld de rode zijden jurk die ze in Sydney kocht, vlak voordat we terugkeerden van onze huwelijksreis. Ze zag er oogverblindend uit in die jurk. Het zwartleren gilet dat ze in de Grote Bazaar in Istanboel kocht en nooit heeft gedragen, omdat ze achteraf vond dat het 'niks voor haar' was. Zoveel herinneringen die aan deze kleren hangen. Ik hou haar denim shirt tegen mijn neus, snuif haar geur op, en ben in één keer terug bij de vakantie die we in Zwitserland doorbrachten in de zomer dat ze zwanger raakte van Max. Als we het over die vakantie hadden, praatten we altijd over hoe moe ze was, hoe misselijk ze werd van de geur van wijn, maar nu herinner ik me ineens de aanrijding.

We reden over de Grimsel Pas met zijn doolhof aan kronkelweggetjes tussen turquoise meren en bergen met besneeuwde toppen door. Het was donker, een diepe, omhullende duisternis doorschoten met maanlicht. Ik dacht dat ik voorzichtig reed – in de remmen voor elke haarspeldbocht, groot licht aan, mijn ogen gefixeerd op de weg voor me.

Ik zag niet dat we iets aanreden totdat het te laat was. Een misselijkmakende dreun tegen de motorkap en gierende banden. Een paar afschuwelijke seconden lang dacht ik dat we een mens hadden aangereden.

Vliegensvlug zette ik de auto aan de kant. We spraken geen van beiden, totdat we uitstapten en terugrenden naar de vormeloze hoop aan de kant van de weg achter ons, waaruit zwoegende ademstoten als stoom opstegen in het maanlicht.

'Wat is het?' vroeg ik, opgelucht toen ik hoeven zag.

Eloïse hurkte op handen en knieën bij de kop. 'Ik geloof dat het een berggeit is.'

Ik trok mijn sleutelbos uit mijn zak en knipte het zaklampje aan dat eraan hing. Een halo van wit licht toonde indrukwekkende goudkleurige hoorns die over de kop van de geit krulden, elk ruim een meter lang, en het bloed dat gestaag uit zijn zij stroomde. De lucht rondom ons raakte doordrongen van penetrante, dierlijke geuren van aarde, braaksel en de metaalachtige stank van bloed. Het beest lag stuiptrekkend te grommen, had duidelijk veel pijn.

Eloïse keek vragend naar me op. 'Wat moeten we doen?'

'Zo te zien kúnnen we niets doen.'

El liet haar hand langs een geribbelde hoorn gaan en stak de andere uit om de kop van het dier vast te houden. Met een gekwelde blik keek ze naar me op. 'We kunnen hem niet laten lijden.'

Toen maakte de geit een krampachtige beweging, alsof hij probeerde op te staan.

Ik was op mijn hoede. 'Kom er alsjeblieft niet zo dichtbij,' zei ik tegen haar. 'Weg daar, El.'

Ze wist dat ik me beschermend opstelde vanwege die lange hoorns, maar ze negeerde me.

'Hij heeft zoveel pijn,' zei ze zachtjes. Ze legde een hand op zijn zij toen hij zijn pogingen om op te staan opgaf. Het klaaglijke gemekker van de geit ging over in ritmische, menselijke geluiden, en zijn ademhaling vertraagde.

'Help hem, Lochlan.'

'Dat gaat niet,' zei ik. 'We zijn kilometers verwijderd van welke dierenarts dan ook.' Ik had niet door dat ze een genadeslag bedoelde.

'Godsamme,' beet ze me nijdig toe. 'Verlos hem uit zijn lijden!' Daarna: 'Is dat een steen daar achter je?'

Ik draaide me om en scheen met mijn zaklampje op een grote steen op de grond achter me.

Ik pakte hem op en hief hem boven mijn hoofd. 'Zal ik het doen?'

Haar zwijgen maakte me duidelijk dat ze dat inderdaad wilde. Het leek mij ook wel zo mannelijk dat ik degene was die de geit doodde, maar op het allerlaatst glipte de steen uit mijn hand en kwam op zijn kop terecht, waardoor hij gewond maar niet gedood werd.

'Lochlan!'

De geit probeerde weer overeind te krabbelen, waarbij zijn hoeven in de rondte schopten, zijn kop heen en weer zwaaide en de hoorns rakelings langs Eloïse scheerden. Ze pakte de steen op en sloeg die met beide handen hard tegen de schedel van het dier. Binnen een paar seconden bewoog hij niet meer.

We stonden over het dode dier gebogen en zagen de stoom en het opdwarrelende stof om hem heen zachtjes neerdalen. Eloïse sloeg haar handen voor haar mond. Ik trok haar tegen me aan en gaf haar een knuffel.

'Ik heb nog nooit iets gedood,' snikte ze.

Ik wist dat dit niet helemaal klopte – ze had in haar leven de nodige wespen en kakkerlakken doodgemept, en dan was er de slang nog die ze had neergeknuppeld in Thailand – maar ik begreep dat dit iets anders was. Het was een koude nacht, dus stapten we algauw weer in de auto en reden verder.

Ik probeer me uit alle macht te herinneren wat er daarna gebeurde, want het dringt plotseling tot me door dat het daarna een poosje niet zo goed met haar ging. Bijna meteen na terugkomst in Londen kwamen we erachter dat ze zwanger was, en ze was in de wolken, maar ik werd regelmatig midden in de nacht wakker van haar geschreeuw. Dan maakte ik haar wakker en zei dat er niets aan de hand was, dat het maar een droom was, maar ik had haar nooit zo overstuur meegemaakt. Eén keer werd ik er kwaad om.

'Het was een géít, El. Een beest, geen mens. Zet je eroverheen, ja?'

Ze zat rechtop, glimmend van het zweet en trillend. Ze schudde haar hoofd. 'Het was mijn moeder,' bracht ze ademloos uit. 'Ik droomde dat we mijn moeder aanreden op die weg.'

En zo ging het dus verder.

Om de week of zo schreeuwde ze het uit in het holst van de nacht, en in plaats van iets te mompelen over berggeiten of stenen, had ze het over kolibries en dat haar moeder niet wakker wilde worden. Ik vroeg haar er de volgende ochtend wel eens naar, en dan zei ze dat ze er niet over wilde praten. Ik heb echter het gevoel dat de geit en Els moeder in haar hoofd op een of andere manier verband met elkaar hielden. Ik weet alleen niet hoe.

Vóór de aanrijding had ze nooit nachtmerries gehad. Had het doden van de geit iets in haar losgemaakt? Maar dan nog zou het haar er nooit toe brengen haar kinderen in de steek te laten. Tenzij iemand haar zover had gekregen door middel van iets anders, iets wat beter was dan wat ze met ons gezin had.

Ik word gek van al die doodlopende sporen in mijn hoofd. Ik sta op en doorzoek haar ondergoedlade. Niets is opgevouwen, het is er allemaal lukraak in gepropt. Het is een klein detail maar toch vreemd – ze was altijd zo netjes, zo'n pietje-precies. Alles werd opgevouwen.

Ik trek er een prop roze katoen uit met talloze bandjes die iets weg heeft van een miniatuur parachute. Een wit etiket vertelt me dat het een voedingsbh is. Ik druk hem tegen mijn gezicht en vang de vage, zoetige geur van moedermelk op. Ik weet nog dat Eloïse deze bh vlak na Max' geboorte kocht. Ik weet nog hoeveel moeite ze ermee had hem de borst te geven. Ik weet nog dat ik tegen middernacht de straat op ging om een kolfapparaat te kopen. Ze had zoveel melk dat ze zei dat haar borsten gingen ontploffen. Stuwingssyndroom, zei de kraamhulp, en ze liet doorschemeren dat El het beter kon opgeven. Maar ze kolfde en gaf hem nog vier maanden lang moedermelk uit een flesje.

Ik haal de lade leeg, gooi de inhoud op de grond. Achterin liggen papieren. Ik word er onpasselijk van dat ik deze niet eerder heb gevonden, dat de politie ze niet heeft gevonden. Ze hebben het huis uitgekamd, dozenvol papieren meegenomen, op de koelkast geplakte boodschappenlijstjes, en toch hebben ze deze over het hoofd gezien. Ik vouw ze open, enigszins opgelucht te zien dat het kassabonnen van Sainsbury's en Tesco zijn. Kleertjes voor Cressida. Een paar schoenen van Clarks. En een notitieboekje.

Natuurlijk sla ik het open. Het is ongeveer A5-formaat met een omslag van fraai geborduurde bloemen, Cath Kidston of Paperchase, gok ik. Gelinieerd papier van een fatsoenlijke dikte. Eloïse heeft haar volledige naam voorin geschreven: Eloïse Beatrice Shelley. Ik blader het vluchtig door in de veronderstelling dat de notities en krabbels in Eloïses handschrift met haar stichting te maken hebben, en dan schiet me Niamhs opmerking over de schrijfgroep te binnen. De schrijfgroep! Dat ben ik helemaal niet nagegaan. Maar wanneer ik een bladzijde omsla, trekt een reeks vragen in diepzwarte inkt en dik omcirkeld mijn aandacht, en ik lees de bladzijde keer op keer.

Kun je iemand helen die door een hel is gegaan?
Kun je ooit weer normaal worden na misbruik?

Het lijkt Eloïses handschrift. Ik ben er 99 procent zeker van dat het dat ook is. Maar: misbruik? Welk misbruik?

Ik sla de bladzijden aandachtiger om, een voor een. Ze staan vol met krabbels in een handschrift dat ik niet herken. Haastige hanenpoten over de hele bladzijde, priegelige flarden tekst in een schuine hoek, in de kantlijnen, langs de randen van het papier.

Het was haar schuld dat zei Peter ook het was haar schuld ze had lief moeten zijn en ze had er elk moment een einde aan kunnen maken NEE!!

De hanenpoten gaan bladzijden lang door, bijna zonder tussenruimte, en dan veranderen ze. Een handjevol bladzijden bevat een heel ander handschrift, nog steeds in zwarte inkt, maar in een losser, sierlijker schrift dat vrouwelijker lijkt, de klinkers als ballonnetjes. Ik zie een titel, Man van smart, van wat zo te zien een kort verhaal is, maar ik lees het niet, te gefocust om uit te vogelen waarom andere mensen in Eloises notitieboekje hebben geschreven. Misschien was ze het kwijtgeraakt en vond ze het toen terug, nadat erin was geschreven? Had het iets te maken met de schrijfgroep? Waarom zouden die lui van die onzin in haar notitieboekje schrijven? Er is geen touw aan vast te knopen.

En dan weer een handjevol bladzijden waarop de hanenpoten terugkeren, en een gedicht dat ik kan ontcijferen:

Eendracht

Ik hoorde het kruien van ijs.
Ik hoorde de lokroep van de zee.
Ik hoorde de vertraagde dageraad.
Ik hoorde de nacht wegzinken in de bomen.
Ik hoorde de terugkeer in de kromming.
Ik hoorde de gefluisterde afspraak tussen licht en donker.
Ik hoorde wat de stilte opbiechtte.

Het is ondertekend met 'Joe'. Joe? Wie is Joe?

Met bonzend hart ga ik weer op de vloer zitten tussen Els kleren, en hou het notitieboekje vlak onder mijn ogen voor het geval ze me bedriegen. Misschien ben ik moe. Misschien moet ik er iemand anders naar laten kijken. Het handschrift blijft maar veranderen, en er zijn vreemde tekeningen, kinderlijke schetsen van taferelen die ik niet begrijp. Een man die de hand van een kind vasthoudt, dan het kind opgerold in de foetushouding omgeven door zwarte wolken. Verderop komt Els handschrift terug, het vertrouwde, regelmatige schrift, schooljuffennetjes.

Twee keer per dag een kwartier aan het mediteren. Het is best fijn, maar ik voel me rusteloos en het helpt voor geen meter tegen flashbacks. Sterker, volgens mij worden ze juist nog heftiger. Probeerde uit pure wanhoop te gaan roken. Werkt jammer genoeg niet, ik moet er alleen maar van hoesten. Mijn therapeut heeft het continu over objectiveren, over mezelf proberen te zien als iemand anders, of het misbruik als iets wat iemand anders overkomt. Hoe zou ik me dan voelen, vraagt ze. Ik heb uitgelegd dat ik me te vaak iemand anders voel, en dat dat nou juist het probleem is. Mijn herinneringen aan het misbruik zijn pijnlijker dan toen ik het meemaakte. Ik wil hiervoor weglopen.

Geen datum. Welke flashbacks? Herinneringen aan mísbruik?

De volgende bladzijde en nog een stel daarna zijn doorgestreept met diepe krassen, die zijn doorgedrukt in de bladzijden eronder. Het lijkt wel alsof iemand anders het notitieboekje te pakken heeft gekregen en probeerde te schrappen wat er stond geschreven, hoewel ik hier en daar nog een woord kan lezen: mijn schuld... Orhan... Peter zei dat ik moest weglopen... stop STOP!

Ik kan er geen wijs uit worden.

Ik neem het notitieboekje mee en ga naar de keuken, waar Magnus wezenloos door het keukenraam naar buiten zit te staren. Het is een aanblik waar ik aan gewend ben geraakt, alsof hij in gedachten verzonken is. Hij schrikt op wanneer hij me ziet, schraapt zijn keel en doet zichtbaar zijn best weer in het hier en nu terug te keren.

'Lochlan, daar ben je. Ik was… Wat voer je uit? Hoe laat is het?'

Ik schuif op de barkruk naast hem en leg het notitieboekje op de bar. 'Ik vond dit in Eloïses kast.'

'Wat is het? Een dagboek?'

'Zoiets.'

Hij pakt het op en houdt het een eindje van zich af terwijl hij het doorbladert, bij gebrek aan zijn leesbril. 'Kan het niet lezen. Wat staat erin?'

Ik vertel hem dat er allerlei krabbels in staan die Eloïse lijkt te hebben geschreven, over dingen waar ik niets van weet.

'Ik dacht dat de politie al haar spullen had meegenomen,' zegt hij.

'Dit moeten ze over het hoofd hebben gezien.' Een korte stilte waarin ik mijn woorden weeg. 'Heeft Eloïse ooit gerookt?'

'Gerookt?' Hij schudt zijn hoofd. 'Niet dat ik weet. Niet dat dat wat zegt, overigens.'

Ik weet niet goed hoe ik naar de andere dingen moet vragen. Naar misbruik. Eloïse heeft iets dergelijks nooit tegen mij gezegd. Ik probeer mezelf wijs te maken dat ze misschien over iemand anders schreef, maar wanneer ik zelf die bladzijde opensla, zie ik het daar zwart-op-wit:

> mezelf proberen te zien als iemand anders, of het misbruik als iets wat iemand anders overkomt

'Ik moet het je vragen,' zeg ik tegen Magnus. 'Is Eloïse… is ze ooit misbruikt?'

Hij blijft zo lang stil dat ik naar een alternatief voor het woord 'misbruik' zoek, maar ik kan er geen bedenken.

'Ik weet het niet,' zegt hij uiteindelijk, zijn grijze ogen op het raam gericht. 'Haar moeder ging op jonge leeftijd bij ons weg… ze nam Eloïse mee, ze was nog maar een kleuter, Max' leeftijd... We zijn er nooit echt achter gekomen wat er is gebeurd tussen de dag dat Eloïse met haar moeder naar Londen verhuisde en ze bij ons kwam wonen. Behalve, natuurlijk, dat onze dochter...'

Zijn onderlip trilt, alsof hij op het punt staat in tranen uit te barsten, en ik realiseer me voor het eerst dat Jude ook spoorloos verdween. Magnus en Gerda maakten mee dat hun dochter, hun enige kind, wegliep en nooit meer met hen sprak. Dit moet dubbel zwaar voor hen zijn.

Ik leg een hand op Magnus' schouder. In plaats van ineen te krimpen, ademt hij diep in en klopt op mijn hand, dankbaar voor het teken van medeleven.

'Onze dochter overleed,' vervolgt hij, een trilling in zijn stem. 'We hadden haar al die tijd niet één keer gesproken. Nog altijd probeer ik te bedenken wat ik kan hebben gedaan waardoor ze haar eigen ouders niet meer wilde spreken. Het ouderschap is zo ingewikkeld. Je denkt dat, je weet wel, A plus B C is, maar soms is dat domweg niet het geval. In plaats daarvan krijg je XYZ.' Hij lacht bedroefd. 'Maar goed, je vroeg of Eloïse is misbruikt.' Peinzend bijt hij op zijn lip, gravend in zijn geheugen.

'Er was een gesprek,' zegt hij langzaam. 'Tussen Eloïse en Gerda. Toen we naar Londen gingen, troffen we Eloïse aan bij een maatschappelijk werker. Ze was twaalf, weet je, en volkomen in shock na de dood van haar moeder. We waren stomverbaasd, werkelijk stomverbaasd, toen we hoorden dat ze in de grootst mogelijke ellende hadden geleefd. En helaas vertelde Eloïse bepaalde dingen aan Gerda, waardoor we de indruk kregen dat ze dingen had meegemaakt waarvan ik uit de grond van mijn hart wens dat ze die nooit had meegemaakt. Maar daarna spraken we er nooit meer over.' Bezorgd kijkt hij mij weer aan. 'Denk je dat dat iets te maken heeft met haar verdwijning?'

Ik zeg dat ik geen idee heb. Het is onlogisch dat het wél iets met haar verdwijning te maken zou hebben, want het gezond verstand zegt dat als ze ergens mee zat, ze er wel iets over zou hebben gezegd. Maar dan, wanneer ik door het boekje blader, valt mijn oog op een woord in de hoek van een bladzijde, in een groot, kinderlijk handschrift.

CHANIA.

24 april 1990

Harlesden, Londen

Ze had zo'n honger dat ze het gevoel had dat ze elk moment flauw kon vallen. Heel vaak was ze naar bed gegaan met die afschuwelijke, knagende pijn van een lege maag, maar dit was veel erger. Het was weken geleden dat ze voor het laatst fatsoenlijk hadden gegeten. De kastjes waren leeg. Een paar lucifers, lege wodkaflessen, muizenkeutels. Ze ging niet meer naar school. Deze keer klopte er niemand op de deur om haar moeder met gevangenisstraf te bedreigen. Hun nieuwe flat was in het ruigste deel van de stad. Eigenlijk vermoedde ze zelfs dat ze niet meer in Londen waren. Hier sprak niemand tegen je op straat, en kinderen speelden niet buiten. Regelmatig stonden er politiebusjes geparkeerd. Er hingen altijd groepjes op straathoeken, altijd harde stemmen die paniekerig klonken. Haar moeders vriendjes kwamen ook niet meer, hoewel er één man was die elke week wel een keer langskwam. Eloïse wist wie hij was. Hij was niet haar moeders vriend, hoewel hij af en toe bleef slapen. Hij was degene die kleine pakjes bezorgde, die werden verhit en in haar moeders arm gespoten.

Ze stond bij het raam over straat uit te kijken. Ze kon toch zeker wel naar buiten gaan en iemand om eten vragen? Een boterham desnoods. Het water liep haar in de mond bij de gedachte. Nee, dat kon ze niet. Het was te gevaarlijk daarbuiten.

Een dreun tegen de deur. Haar hart sloeg een slag over. Ze sprong naar beneden en rende erheen om open te doen.

Ze herkende de man in de deuropening niet. Een gedrongen man met een tatoeage van een spin in zijn hals, een hoop pukkels in zijn gezicht, ook al zag hij er te oud uit voor acne.

‘Big Gee wil zijn geld,’ zei hij.

‘Wat?’

‘Geld. Nu.’ Hij hield zijn hand op.

Een eindje achter hem kon ze een auto zien staan, met lopende motor. Twee mannen voorin die naar haar keken.

‘Ik heb geen geld.’

Hij grinnikte alsof ze iets grappigs had gezegd. Vervolgens, toen ze niet reageerde, draaide hij zich met een ruk om en liep naar de auto. Ze keek toe, terwijl hij vooroverboog en met de mannen in de auto sprak, zich daarna weer omdraaide en op haar afliep.

Ze was bezig moed te verzamelen om hem te vragen of hij iets te eten had, toen hij haar vastgreep en het huis uit begon te trekken. Ze gilde en schopte, maar het was een fluitje van een cent haar op te tillen en naar de auto te sjouwen. Een vrouw aan de andere kant van de straat bleef staan staren. De man opende de kofferbak en gooide Eloïse erin, waarna hij hem op slot deed.

Ze reden ongeveer een halfuur, toen stopten ze en trokken haar eruit. Ze was zo bang dat ze niet kon praten, niet kon gillen, amper kon zien waar ze haar mee naartoe namen. Handen klemden zich om haar armen en sleurden haar een huis in. Het laatste wat ze zag, was een groep mannen en vrouwen in een woonkamer en een afgetekende cumuluswolk die boven hen hing.

‘D’r uit.’

Een mannengezicht dat op haar neerkeek. Ze was daas. Haar benen voelden aan alsof iemand ze met beton had gevuld. Een hand pakte haar arm en hees haar ruw overeind. De harde, nachtelijke wind sloeg tegen haar blote scheenbenen.

‘Drink water, oké?’ zei de man.

Ze knikte en stak haar hand op, en hij lachte in zichzelf voordat hij in de auto stapte en wegreed.

Haar voordeur. Ze herkende de koperen nummers en de gebarsten ruit. Ze had het gevoel dat haar lichaam niet van haar was, alsof ze zich er vlak buiten bevond. Ze had plekken op haar arm, en er liep bloed langs haar been.

Binnen was het stil. Heel langzaam liep ze de trap op, dacht eraan een kijkje bij haar moeder te nemen. Ze trof haar aan op de rand van haar bed, geeuwend en over haar ogen wrijvend. Ze keek op en gaf Eloïse een flauw lachje.

'Waar ging je gisteravond heen?' vroeg ze.

'Nergens.'

Jude knikte. 'Is er iets te eten in huis?'

Ze schudde haar hoofd.

'Ik heb beneden wat geld liggen, geloof ik. Ik zal straks wat melk en cornflakes kopen.'

Eloïse probeerde te antwoorden, maar kwam tot de ontdekking dat het niet lukte. Ze voelde zich net een poppenspeler die probeerde de touwtjes aan haar ledematen onder controle te krijgen. Met een moeizame beweging draaide ze zich om en sjokte naar de badkamer, liet de kraan lopen tot het water heet was, heet genoeg om de nacht van haar huid te branden, voordat ze in bad stapte.

2 april 2015

Potter's Lane, Twickenham

Lochlan: Mijn telefoon zoemt even na achten in de ochtend. Ik lig nog in bed, verbaasd. Ik was om vijf uur nog wakker, maar ik moet zijn weggedoezeld. Ik graai in de rondte naar mijn telefoon, in de hoop dat het een belletje is van een van Magnus' connecties. We hebben haar Zwitserse paspoort niet gevonden, en ergens tijdens de zoektocht, te midden van webcams en ex-vriendinnen, is dit detail verloren gegaan. Magnus en ik hebben gisteravond grotendeels besteed aan het opstellen van weer een nieuwe lijst mensen die we kunnen bellen. Dit in verband met het feit dat in Els notitieboekje het woord 'Chania' stond, een stadje in het noorden van Kreta. We zijn getrouwd op het eiland van haar grootouders vlak bij Kreta. Het lijkt echter vrij kansloos. Het eiland is onbewoond.

'Ramona' verschijnt op mijn scherm. Mijn secretaresse. Ik was bijna vergeten dat ik een baan had.

'Lochlan?'

Het is zo fijn haar stem te horen. 'Ramona. Hoe is het met je? Hoe gaat het op kantoor? Lig ik er al uit?'

'Nog niet, maar… hoor eens, ik vind het vreselijk om je te bellen met alles wat er gaande is, maar…'

'Wat is er?'

Ze legt uit dat het bedrijf vannacht is gehackt, waarbij gegevens zijn gestolen tijdens een fusie-en-overnamedeal tussen een FTSE 350-bedrijf in Londen en een in Tokio. Tijdens haar uitleg dringt de ernst van de situatie tot me door: de privégegevens van anderhalf miljoen klanten worden op dit moment waarschijnlijk over de hele wereld verhandeld.

Bankrekeningnummers, pensioenen, trustfondsen voor kinderen – allemaal op straat. En dat is voor we weten hoeveel geld van de F&O is weggesluisd.

'Dean Wyatt laat het komende halfuur een persverklaring uitgaan,' zegt Ramona. 'Maar daarvóór wil het beveiligingsbedrijf dat alle gebruikers inloggen op het centrale systeem. Gaat dat lukken, denk je?'

'Lockie jongen!' roept een stem zodra ik de lift uit kom. Een paar meter verderop in de gang zie ik Paddy Smyth, strak in een nieuw blauwgrijs pak, een verbijsterde uitdrukking op zijn gezicht die mij eraan herinnert, tot mijn niet geringe gêne, dat ik er waarschijnlijk uitzie of ik uit een gat in de grond ben gekropen. Figuurlijk gezien is dat ook zo, en een blik in een van de glazen wanden bevestigt het: ik draag een gekreukelde polo met de kraag omhoog, jeans met verfvlekken, ik heb me al twee weken niet geschoren, en mijn haar staat alle kanten op, want niet gekamd. Ik ben ervan overtuigd dat de donkere kringen onder mijn ogen mijn verschijning nog een zweempje krankzinnigheid meegeven ook. Ik been langs Paddy, en hij dribbelt om me bij te houden.

'Hoe is het met je vrouw?' vraagt hij. 'Hebben ze haar al gevonden?'

Ik kan mezelf er niet toe brengen nee te zeggen.

'Wat heb je in godsnaam met je flitsende Merc gedaan, trouwens?'

'Ik was dronken en knalde ermee tegen het tuinhek.'

'Oef. Kostte dat ding je geen vijftig mille?'

Ik had ruzie met Eloïse over die auto. Ik hoor het mezelf nog zeggen: 'Godsallemachtig, El, ik werk in de financiële sector! Er wordt verwacht dat ik in een fatsoenlijke auto rij!' Zij vond hem te duur. Het was een voortdurende bron van spanning tussen ons.

'Rijdt-ie nog wel goed?' vraagt Paddy.

'Goed genoeg om hier te komen.'

'Laat je verzekeraar niet weten dat je dronken was. Tenzij je een blaastest moest doen. Moest je een blaastest doen?'

'Nee.'

'Mooi zo. Laat hem repareren. Zo mag je er vast de weg niet mee op. Wel goed dat je gekomen bent, trouwens. Ik zal je voorgaan naar de bespreking met het beveiligingsteam.'

Hij slaat links af terwijl mijn kantoor naar rechts is. 'Ik dacht dat ik moest inloggen.'

'Klopt, maar we moeten ook alle toegangscodes opnieuw instellen en alle software updaten. Irisscanners, dat soort dingen. Wacht maar tot je de vergaderzaal ziet. Het cyberteam heeft al die nieuwe snufjes uitgestald. Het is net *Star Trek*.' Hij komt een stap dichterbij. 'Ik wilde je nog iets anders vragen.'

'O?'

Hij propt zijn handen in zijn zakken en schudt kort zijn hoofd, alsof hij zich heeft bedacht.

'Wat dan?' vraag ik.

Hij kijkt snel in de rondte om te controleren dat niemand het kan horen. 'Luister, ik weet dat dit echt een afschuwelijke tijd is voor jou en je gezin. Ik zou er niet eens over moeten beginnen.' Hij bijt op zijn lip. 'Het is alleen dat... Nou, je weet dat niemand hier vrije dagen neemt. Niet tijdens de drukke periode. En momenteel zitten we in de drukke periode. We vragen ons af of we je moeten vervangen, of dat je overweegt terug te komen, snap je?'

Hij monstert me met een sympathieke glimlach en jongensachtige blauwe ogen. Het is hetzelfde gezicht dat hij opzet bij besprekingen met klanten die failliet gaan, bedrijven die hij overneemt, bij zijn ex-vrouwen. Ik slik een stortvloed in van krachttermen en wanhopige smeekbedes om me niet te ontslaan en zeg: 'Ja. Tuurlijk.'

'Blij dat je het begrijpt, Lockie. Ik weet dat ik altijd op je kan rekenen.'

Met tegenzin volg ik hem naar de vergaderzaal. De zware dubbele deuren zwaaien naar binnen open en onthullen alle afdelingshoofden van het bedrijf rond de glanzende, ovale tafel, hun colberts over de rugleuning van hun stoelen gehangen, laptops opengeklapt voor hen, een scala aan gadgets uitgespreid over de tafel. Paddy gebaart naar een stoel, en ik neem plaats.

'Hebben we nu iedereen?' vraagt de vent aan het hoofd van de tafel.

Een geratel van wieltjes en kopjes kondigt de komst aan van twee dames van de catering met zilverkleurige karretjes. Ze schuifelen naar een tafel aan de zijkant van de zaal. Ik buig naar de vrouw rechts van me – Jane Silverman, hoofd betalingsverkeerdiensten – en vraag: 'Hoelang gaat deze bespreking duren?'

'Drie uur, hoorde ik,' fluistert ze terug, en ik bijt op mijn tanden.

'Oké, allemaal. Ik ben Bryan Maxwell van Fortress. We zitten momenteel met een enorme crisissituatie, dus terwijl de rest van mijn team probeert te achterhalen wie al jullie gegevens precies heeft gestolen, ga ik jullie door een resetprocedure gidsen van de malware en beveiligingscodes van het bedrijf, en daarna volgt een trainingssessie over hoe toekomstige aanvallen kunnen worden voorkomen, waar je voortaan op moet letten bij F&O's, enzovoort. Over enkele ogenblikken brengen we een verbinding tot stand met jullie zusterbedrijf in New York, zodat zij dezelfde procedure kunnen doorlopen. Ga er maar eens goed voor zitten.'

Ik ben te afgeleid om iets te horen van wat er wordt gezegd, en diverse keren buigt Jane opzij om iets op mijn laptop in te voeren wat ik had moeten doen. Een maand geleden zou ik scherp en bij de les zijn geweest, even ongerust als Paddy eruitziet. Ik zou aantekeningen hebben gemaakt en me in de discussies hebben gemengd. Maar het kan me niet meer bommen. De enige reden dat ik blijf, is dat Paddy dan wellicht overweegt me in dienst te houden.

Een uur gaat voorbij, twee. Plotseling zie ik door de glazen wand een man door de gang benen, geflankeerd door twee politieagenten. Canavan. Ik spring overeind, en Ramona doet hetzelfde. Ik trek de deur open om hem tegemoet te gaan, mijn knieën ineens van rubber. Ze moeten Eloïse hebben gevonden, daarom zijn ze hier. Canavan kijkt grimmig. Ze hebben vast een lichaam gevonden.

'Wat is er aan de hand?' vraagt Ramona, omdat mijn stem weigert.

Canavan negeert haar en richt het woord tot mij. 'Mr. Shelley, ik wil graag dat u met ons meekomt.' Zijn toon is anders: strak van ingehouden woede.

Ik hoor mezelf zeggen: 'Hebben jullie Eloïse gevonden?', maar hij kijkt weg, en een van de geüniformeerde agenten stapt naar voren en herhaalt het verzoek.

Paddy duikt op bij mijn elleboog, vol afschuw bij het zien van politieagenten in zijn gebouw. 'Waar gaat dit over?'

'We probeerden mr. Shelley telefonisch te bereiken,' zegt Canavan. 'We moeten hem een paar vragen stellen. Wilt u met me meekomen, alstublieft?'

Paddy haalt zijn telefoon tevoorschijn en vraagt om de beveiliging.

'Ik vrees dat dit een zaak van de politie is,' zegt Canavan tegen hem.

'*Sir*, ik moet u vragen u niet in politiezaken te mengen,' zegt de agent tegen Paddy wanneer die begint te discussiëren, maar aan het eind van de gang zie ik twee beveiligers op ons afkomen. Canavan kijkt me dreigend aan.

'Waarom wilt u me niet vertellen wat er aan de hand is?' vraag ik hem verbouwereerd. 'We hebben het hier wel over mijn vrouw!' Hij geeft geen antwoord. Ik kijk naar Paddy, die me verbijsterd aanstaart.

'Kom met ons mee naar het bureau,' zegt Canavan streng. 'Dan kunnen we daar verder praten.'

2 april 2015

Hoofdkantoor Children of War, Tufnell Park, Noord-Londen

Gerda: Gistermiddag nam ik de kinderen mee naar huis en liet Magnus achter in Londen. De hele weg terug naar Ledbury was ik in een opperbeste stemming. Ik stopte zelfs in Cheltenham om voor de kinderen wat nieuwe kleren en speelgoed te kopen, plus een prachtige commode en een reiswiegje voor Cressida, die morgen worden bezorgd. Ik regelde dat mrs. Sloan, onze huishoudster, ballonnen ophing in de salon voor onze thuiskomst en de koelkast vulde. Max was door het dolle heen toen we aankwamen, en voor het eerst in weken kon ik het verschrikkelijke mysterie van mijn kleindochter even vergeten. Ik zag Max uit de auto springen en het huis in stormen, en pas toen ik het kinderzitje en alle tassen vanuit de auto naar binnen had gebracht, realiseerde ik me waarom hij boven alle kamers in en uit rende. Hij dacht dat zijn moeder hier was. Hij dacht dat dat de reden was dat we naar Ledbury waren gegaan. Toen ik hem vertelde dat dat niet geval was, kreeg hij een enorme woedeaanval en schreeuwde dat hij terug wilde naar zijn vader.

Uiteindelijk werd hij weer rustig – mrs. Sloan hielp om hem over te halen om naar de eendjes achter in de tuin te gaan kijken – maar ik voelde me achteraf zo neerslachtig. Ik had het idee dat ik er verkeerd aan had gedaan door hem en Cressida mee te nemen. Op dat moment leek het de juiste keuze. Of misschien vond ik dat ik Lochlan iets duidelijk moest maken. Per slot van rekening heeft hij Eloïse bedrogen. Hij heeft heel akelige dingen tegen haar gezegd in het verleden, en zijn beslissing om de helft van de week in Edinburgh te werken stuit mij tegen de borst. Het kostte me grote moeite om op mijn tong te bijten. Wat ik tegen hem wil zeggen, wat ik van de daken zou willen schreeuwen, is dit: is het een wonder dat Eloïse is vertrokken, als ze inderdaad vrijwillig is vertrokken? Ze heeft als een alleenstaande ouder geleefd. Ze zette zich met hart en ziel in voor die hulporganisatie en moest het allemaal opgeven om voor hun gezinnetje te zorgen. Wie zou er níét zijn vertrokken? Wie kan het haar kwalijk nemen?

Thuis lag een stapel post op me te wachten. Een hoop kaarten met steunbetuigingen van de dames van de vereniging van plattelandsvrouwen, de parochie en Magnus' golfclub. Er was ook een kaart van het team van Eloïses hulporganisatie, Children of War. Ik weet niet hoe ik op het idee kwam, maar misschien begon het met de gedachte dat ik nog nooit op het kantoor was geweest dat ze in Tufnell Park had gevestigd. Ik was natuurlijk naar een paar fondsenwervingsbijeenkomsten van haar geweest, maar nooit naar haar werkplek. Het was een deel van haar leven dat wellicht niet heel grondig was onderzocht, zo besefte ik. De politie had haar huis overhoopgehaald, al haar e-mails, papieren en financiële administratie onder de loep genomen, maar toen ze eenmaal hadden vastgesteld dat Eloïse geen doodsbedreigingen had ontvangen, lieten ze het er verder bij.

Ik heb vannacht niet al te best geslapen, zo lag ik erover te piekeren. Ik probeerde van alles om het uit mijn hoofd te zetten, maar het liet me niet los. Vanochtend heb ik Max en Cressida aangekleed en hun beloofd dat we een dagje naar de London Zoo zouden gaan. Ik wist dat Max de dieren daar leuk vond. Hij had het niet meer over zijn moeder, goddank, dus pakten we onze spullen in en reden naar Londen, waar we een paar uren naar de dieren hebben gekeken. Ik heb hier met geen woord over gerept tegen Magnus of Lochlan, maar terwijl we daar waren, belde ik het kantoor van de hulporganisatie en vertelde de man aan de telefoon wie ik was.

'Ik ben Danny Holland,' zei hij. 'Ik nam Eloïses functie over toen ze met zwangerschapsverlof ging. We zijn allemaal kapot van het nieuws.'

Met een enorm brok in mijn keel bracht ik hem zo goed mogelijk op de hoogte: de oproep op tv en krantenartikelen. Ik vermeed alles wat persoonlijk of familie-gerelateerd was uit angst dat ik zou breken en in tranen uitbarsten, hoewel hij heel aardig klonk. Ik vroeg hem of de politie langs was geweest om Els voormalige kantoor te doorzoeken, en hij zei van niet.

'Ze hebben haar e-mails doorgenomen, geloof ik,' vertelde hij me. 'Maar ze hebben het pand niet doorzocht. We hebben ervoor gezorgd dat geen van de schoonmakers of andere medewerkers aan Els dossiers hebben gezeten. U mag gerust een kijkje komen nemen, als u wilt.'

En dus, nadat we de maki's hadden gevoerd, de otters hadden bekeken en hadden gegriezeld bij gigantische spinnen, kreeg ik Max zover dat we konden gaan en zetten we koers naar Els kantoor.

Ik vond het hoofdkantoor in Tufnell Park. De ingang was uiterst onopvallend; een kleine deur naast een restaurantje in een smal achterafsteegje. Het was heel anders dan ik had verwacht. Eigenlijk had ik het altijd beschouwd als een soort hobbyproject dat El met de beste bedoelingen had opgezet, maar in plaats daarvan was ik in een soort Tardis beland, een hypermodern centrum verspreid over drie verdiepingen, dat gonsde van de activiteit. Een groot aantal medewerkers kwam zich voorstellen – achttien werkten daar, en dan nog een tiental in Gaza, Syrië, Afghanistan, Irak, Rwanda en andere plaatsen op de wereld – hoewel ik hun namen niet goed kon verstaan. Ik was diep onder de indruk van een groot display in de receptieruimte op de begane grond, met een digitale wereldkaart waarop alle plaatsen waren gemarkeerd waar de organisatie een rol van betekenis heeft gespeeld. Max drukte op een paar toetsen, en meteen begon er een film waarin verschillende jongens en meisjes hun verhaal deden. Het was in één woord fantastisch.

Een jongeman kwam de trap af en gaf me een hand. Hij droeg een wit overhemd met opgerolde mouwen, een chino, en had een verzorgde, serieuze uitstraling, een donkere tint die erop wees dat hij onlangs in het buitenland was geweest. 'Danny Holland,' zei hij, en ik herinnerde me hem van ons telefoongesprek als de directeur.

Danny nam me mee naar boven naar Els kantoor, terwijl een vrouw genaamd Shakina – de financieel directeur, geloof ik – en een receptioniste genaamd Jade op de kinderen pasten. Danny haalde een sleutel tevoorschijn en opende een van de deuren.

'Zoals ik al zei, ik ging ervan uit dat de politie hier onderzoek zou komen doen,' zei hij terwijl hij me binnenliet. 'Maar alles is nog precies zoals El het achterliet.'

Ogenblikkelijk rook ik haar geur. Ik kan niet goed beschrijven wat die geur is – het is geen parfum, alhoewel ze dol was op Poême van Lancôme – het is een warme geur die ik met haar associeer. De ruimte was bescheiden: een bureau, computer, een Ikea-stoel, een paar boekenkasten, een vloerkleed en ingelijste foto's van Lochlan en Max op een plank. Typisch El.

Danny wees me haar dossierkast. 'Ik weet niet of u hier iets aan hebt,' zei hij bedroefd. 'We hebben ons allemaal suf gepiekerd voor het geval we iets over het hoofd hadden gezien. Ze kwam een paar weken voordat dit allemaal gebeurde nog langs, weet u. Om ons de baby te laten zien.'

'Cressida,' zei ik, en hij sloeg zijn armen over elkaar en knikte. Ik zag dat hij het bijna te kwaad kreeg bij de gedachte alleen.

'Het leek goed met haar te gaan. Ze zag er gelukkig uit. Ze had het erover om over een jaartje of zo weer aan het werk te gaan. Daar waren we allemaal dolblij over.' Hij keek om zich heen met zijn handen in zijn zakken.

Ik liep naar de dossierkast en trok de bovenste lade open. Die zat vol papieren, allemaal keurig opgeborgen in mappen, maar ik had geen idee waarnaar ik op zoek was. Misschien wilde ik in de nabijheid zijn van iets wat zo belangrijk voor haar was. Ik voelde me steeds schuldiger dat ik niet meer belangstelling had getoond. Ik had de vreselijke fout begaan door te veronderstellen dat de hulporganisatie nooit iets zou worden en dat, als ik haar aanmoedigde, ik haar zou klaarstomen voor een ontgoocheling. Ik had haar moeten aanmoedigen.

Danny haalde een kartonnen doos vol enveloppen tevoorschijn en zette die op het bureau. 'Dit is haar post. Die zou ze over een week of zo komen ophalen, maar...' Hij beet op zijn lip.

Ik knikte en rolde mijn mouwen op in een poging gefocust te blijven en me niet te wentelen in emoties. 'Dank je. Dan ga ik maar eens aan de slag.'

Er zat een hoop reclamedrukwerk bij, een aantal brieven van organisaties die dolgraag met hen leken te willen samenwerken. Die legde ik opzij om aan Danny te geven, voor het geval hij de mogelijkheden wilde onderzoeken.

Ik vond een paar dubbelgevouwen blaadjes goedkoop kladpapier in een envelop die was afgestempeld in Uganda. Erin zat een foto van een klein meisje dat lachend een plant omhooghield. Ze had zwart haar dat tot twee strakke knotjes aan de zijkant van haar hoofd was ingevlochten en een hartveroverende lach. Ze heette Phiona en ze was onlangs dertien geworden. De brief was aan Eloïse gericht, om haar te bedanken voor Phiona's verjaardagscadeautje, om haar te vertellen wat ze zoal had gedaan sinds ze haar had gered. Kennelijk hadden Phiona's ouders haar voor vier koeien uitgehuwelijkt aan een oude man die haar sloeg. Ik controleerde de leeftijd van het meisje nog een keer. Ze was dertien.

Ik legde de brief neer. Ik had geen idee, absoluut geen idee van de dingen die El hier deed. Ze had Magnus en mij niet één keer om geld gevraagd om deze kinderen te helpen. Ik geloof dat Magnus wel eens wat doneerde, maar we waren in staat om zoveel meer te doen. Waarom vroeg ik haar nooit naar haar werk? Waarom luisterde ik niet?

Onder aan de stapel stuitte ik echter op een brief die al het andere in de schaduw stelde. Hij was afgestempeld in het South London and Maudsley Hospital. Voorzichtig opende ik de envelop. Een kort briefje, van 10 maart van dit jaar, waarin stond dat Eloïse haar vorige twee afspraken bij dokter Goff had gemist, en kon ze a.u.b. contact opnemen met de secretaresse om een nieuwe afspraak te maken.

Ik las de brief diverse keren opnieuw, probeerde me te herinneren of Eloïse iets tegen me had gezegd over een afspraak in het ziekenhuis. Waarom zou ze helemaal naar een ziekenhuis in Zuid-Londen gaan? Het West Middlesex University Hospital was toch veel dichterbij?

Ik riep Danny weer binnen en vroeg of ik Els computer mocht gebruiken. Hij startte hem voor me op, maar ik ben nog altijd een beetje onhandig met dingen googelen, dus vroeg ik hem op beleefde en nonchalante toon of hij de naam en het telefoonnummer van de dokter uit de brief kon opzoeken: dokter Tara Goff van het South London and Maudsley Hospital.

'Ik heb haar gevonden,' zei hij na een paar seconden, en ik tuurde naar het scherm. 'Weet u zeker dat dit de juiste persoon is?'

Ik controleerde de gegevens in de brief met de naam en gegevens op het scherm. Het klopte precies.

'Hier staat dat ze een klinisch psycholoog is,' zei Danny.

'Een klinisch psycholoog?'

'Er staat dat ze gespecialiseerd is in postnatale depressies, bipolaire en ernstige persoonlijkheidsstoornissen.' Hij keek op. 'Wat heeft dat met Eloïse te maken?'

Zonder het Danny te vragen, pakte ik de telefoon van het bureau en toetste het nummer in dat op het computerscherm stond.

'Ja, hallo. Ik zou dokter Tara Goff graag willen spreken.'

31 maart 2015

Kommeno-eiland, Griekenland

Eloïse: Ik ben vandaag de hele dag op Bone Beach geweest om te proberen de boot vlot te trekken, en ik zit onder de schrammen en blauwe plekken. Ik heb de twee grote stenen los weten te krijgen die een soort dam tegen de golven vormden, maar daarbij draaide de boot om en sloeg een van de masten hard tegen mijn enkel. Het deed zo'n pijn dat ik dacht dat ik hem gebroken had. Inmiddels ben ik er vrij zeker van dat dat niet zo is, maar ik strompel nog wel.

De zon leek pijlsnel onder te gaan. Zo stond hij hoog aan de hemel te schitteren, zo was hij een streep vloeibaar koper aan de horizon. De tijd verstrijkt weer met horten en stoten.

De verleiding was zo groot om er meteen in te springen en naar Kreta te zeilen, maar mijn reddingsvest ligt in de boerderij – en trouwens, ik wilde Sariah overhalen om met me mee te gaan.

Toen ik de boot eenmaal op zijn plek had, trok ik mijn kleren uit en ging in mijn slipje languit op het droge zand naar de sterren liggen kijken. Ik had geen puf meer om iets anders te doen. Ik doezelde weg in een soort sluimer, mijn gedachten vervormd en vergeven van de beelden. Ik dwong mezelf de herinnering aan George in de berm terug te halen. Ik wist dat het donker was, en dat er nog iemand anders bij was. Een andere man. Hij had donker haar en keek bedroefd. We hadden een dier aangereden. Ik wist dat ik van de donkerharige man hield. Ik had te doen met het dier, en ik wist dat het gewond was. George stond naast me en zei: 'Je moet hem doden.' En dat deed ik.

Maar hoe hard ik mijn best ook deed, dat is alles wat ik me van George kon herinneren. In mijn herinnering zag ik wel dat de andere man me in de auto hielp, en daarna vervolgden we onze weg, waarbij de dood van het dier zwaar tussen ons in hing. George zat niet in de auto, dat geloof ik niet. Ik weet het niet meer. Maar hij was er wel bij in de berm, en ik kende hem.

Wat deed hij daar?

Toen ik mezelf aanspoorde om harder na te denken, herinnerde ik me meer details van de man over wie ik had gedroomd. Het was dezelfde man die ik bij de ingang van de grot had gezien, die me de bol rode wol gaf toen ik het labyrint in stapte.

Wie was deze man? Hoe heette hij?

Een beeld van een slot, en een sleutel in mijn hand. *Lock.*

Hij heette Lochlan.

Ik viel in slaap, en wat ik droomde moet een mengeling van verbeelding en herinnering zijn geweest, want sommige gevoelens die het opriep, zijn diep verankerd in mijn emoties. Ik droomde dat ik weer in het labyrint was, de bol rode wol in mijn hand geklemd. Vreemde gangen vol stalagmieten die leidden naar kamers in een vervuild huis met lege wodkaflessen op de vloer en opgestapelde vuilniszakken in de keuken. De geur van bedorven melk en rottende etenswaren penetrant in mijn neusgaten.

Toen ik een glimp van mezelf opving in een gebarsten spiegel in de badkamer, zag ik dat ik een kind was, misschien zeven of acht jaar oud, en een teddybeer tegen mijn borst hield. Peter. Ik had fijn, platinablond haar tot op mijn schouders, een bleke, gladde huid die werd ontsierd door een blauwe plek op mijn wang. Mijn lippen waren ruw, gebarsten, mijn ogen stonden gejaagd.

Ik hoorde geschreeuw. Een mannenstem die vanuit een van de andere kamers riep. Eloïse! Eloïse, waar ben je?

Het geluid deed me ineenkrimpen. Ik wist dat ik me moest verstoppen, maar ik was in de badkamer en het raam zat dicht. Ik klom in de badkuip en probeerde me te verstoppen achter het gordijn, maar plotseling schoot er een hand omheen en greep me bij mijn haar. Ik hapte naar lucht toen hij me de badkamer uit en de overloop over sleurde.

Op een of andere manier wist ik me los te rukken, en ik rende een andere kamer in, die me terug naar het labyrint leidde.

En daar, het hoge stemmetje van een jong kind. 'Mama? Mam, ben jij daar?'

Met bonzend hart sloop ik op mijn tenen een andere gang in, op de stem af.

'Mama, waar ben je?'

Een jongetje. Hij klonk angstig. Het was zo donker, en de grond onder mijn voeten was nat en glibberig. Het laatste stukje van de rode wol glipte uit mijn hand. En ik kwam in het hart van het labyrint.

Daar bevond zich een kleine ruimte met één stenen zitplaats en een spleet in de rots erboven, waar licht doorheen viel op degene daaronder.

Ik schatte het jongetje op een jaar of drie, vier, zijn blonde haar lichtjes krullend bij zijn mollige kaak. Zijn ogen waren rond en blauw, een en al onschuld. Hij zat op zijn knieën op de grond te spelen met twee speelgoedtreintjes, die hij over de zitplaats liet rijden alsof ze over rails reden. Hij keek om en zei: 'Hoi, mam.'

Ik knielde naast hem. Ik kende zijn gezicht. Ik wist hoe hij heette. Ik zei: 'Hallo, Maxie. Gaat het goed met je?'

Hij draaide zich weer om naar zijn treintjes en keek verdrietig. 'Jawel. Wanneer kom je thuis, mam?'

Ik zei: 'Daar doe ik mijn uiterste best voor, Maxie. Echt waar.'

Hij liet zijn treintjes los en dacht hierover na. 'Ging je bij ons weg omdat je je niet zo goed voelde?'

'Ik weet het niet.'

'Je moet beter worden,' zei hij bloedserieus. 'Je moet melk en een chocoladekoekje nemen. Als ik niet lekker ben, geef je mij melk en soms een chocoladekoekje.'

Ik lachte, hoewel de tranen in mijn ogen stonden. 'Ik wil je geen pijn doen, Max.'

Hij fleurde op en keek me indringend aan, zijn prachtige, lieve ogen strak op de mijne gericht. 'Doe niet zo gek, mam. Waarom denk je dat je me pijn doet?'

Ik probeerde het zo uit te leggen dat hij het zou begrijpen.

'Ik geloof dat iemand dat een keer tegen me heeft gezegd. Ik geloof dat iemand tegen me zei dat ik nooit een goede moeder zou worden, en ik het gevoel had dat ik niet goed genoeg voor jou was.'

Hij legde zijn handje op mijn arm. 'Jij zorgt voor me. Jij zorgt voor ons allemaal. Kom nu alsjeblieft weer thuis.'

Ik veegde de tranen van mijn wangen. 'Ik kom gauw terug, lieverdje. Ik moet me alleen herinneren waar thuis is.'

2 april 2015

Smyth & Wyatt-kantoor, Victoria Embankment, Londen

Lochlan: Op het moment dat ik het Smyth & Wyatt-kantoor uit word geleid, kijken alle belangrijke figuren van het bedrijf toe vanuit de vergaderzaal boven me. De hoge ramen aan het eind van de gang kijken uit over het parkeerterrein waar mijn gehavende Mercedes staat, met de rechterkoplamp aan gruzelementen, de bumper vervaarlijk laag boven de grond hangend, als een dikke lip in een bokserstronie, en de motorkap ingedeukt. Naar alle waarschijnlijkheid is dit de laatste keer dat ik mijn auto of mijn werkplek zie.

Bij de politieauto vertelt Canavan me dat hij me arresteert op verdenking van een valse getuigenverklaring. Ik vraag hem wat dat in godsnaam te betekenen heeft – denkt hij dat ik heb gelogen over Eloïses vermissing? – maar hij negeert me.

'U hoeft niets te zeggen, maar het kan uw verdediging schaden als u tijdens het verhoor iets niet vermeldt waar u later in de rechtszaal een beroep op doet. Alles wat u zegt, kan tegen u gebruikt worden.'

Ik ben te verbluft om een woord uit te brengen.

Er wordt me meegedeeld dat ik niet zal worden geboeid, en dan rijden we naar het bureau in een beklemmende, oorverdovende stilte: ik, Canavan en nog een mannelijke rechercheur die ik vaag herken. In de stilte doemt een nieuw schrikbeeld op, misschien nog wel erger dan Eloïses verdwijning. Als ze mij arresteren, wat gebeurt er dan met onze kinderen? Zal ik ze ooit terugzien?

Bij het bureau draagt Canavan me over aan een geüniformeerde agent, die me in hechtenis neemt. Dit houdt in dat ik word gefouilleerd, mijn persoonlijke bezittingen moet inleveren en dan als een kleuter bij een bureau word neergezet, terwijl de agent mijn hechtenis invoert in het computersysteem. Hij vraagt of ik rechtsbijstand nodig heb en wie op de hoogte moet worden gebracht van mijn arrestatie. Ik ben zo ontzet dat ik hun vraag Magnus te bellen in plaats van mijn broer. Te laat. Ik heb geen idee hoe Magnus dit zal opvatten.

Na een poosje vraagt een andere agent me mee te lopen naar een verhoorkamer, waar Canavan aan een tafel zit met een digitale bandrecorder tegen de muur. Ik heb het gevoel dat ik zweef, in een boze droom ben beland. Ik kijk diep in Canavans pientere, zilvergrijze ogen en lees de toekomst daarin: ze gaan me beschuldigen van moord op Eloïse. Ik zie mijn zoon en mijn dochter nooit meer terug.

'Brigadier Cox en ik willen u wat aanvullende vragen stellen over uw relatie met Harriet Ayres,' zegt Canavan op afgemeten toon.

In een fractie van een seconde besef ik dat hij precies weet hoe het zit met Harriet. Ik had meteen open kaart moeten spelen. Ik had niet moeten liegen. Hoe kon ik zo stom zijn geweest?

'En dan zijn we met name geïnteresseerd,' vervolgt hij, 'waarom u Harriet Ayres benaderde bij de Dog and Duck-pub in Soho, nadat ze op borgtocht was vrijgelaten in verband met computervredebreuk bij u thuis.'

Er hangt een bewakingscamera in de linkerhoek van de kamer. Hightech webcams, bewakingscamera's, de duizenden ogen van de sociale media, en toch heeft niemand mijn vrouw gezien. En uitgerekend dat ene dat ik voor iedereen verborgen wilde houden, is wél aan het licht gekomen.

'Het spijt me...' zeg ik, struikelend over mijn woorden. 'Ik dacht... Ik moest voor mezelf uitzoeken of Harriet erbij betrokken was.'

De geüniformeerde agent maakt aantekeningen. Terwijl mijn eigen woorden op het papier verschijnen, denk ik aan Els notitieboekje. Waarom stond er meer dan één handschrift in? Het boekje was privé. Dat zou ze toch niet aan anderen laten zien? Als ze zulke persoonlijke informatie niet met haar eigen man wilde delen, zou ze die heus niet met een ander delen. Toch?

'Mr. Shelley?'

'Ja?'

'Ik geloof dat u even afdwaalde. Ik zei: had u een verhouding met de verdachte, ja of nee?'

Iemand met een beetje verstand zou zeggen: geen commentaar.

'Ja.'

'Zou u ons willen uitleggen waarom u daarover loog de eerste keer dat ik u vroeg naar de aard van uw relatie met miss Ayres?'

Zeg: geen commentaar.

'Ik was bang. Ik was bang dat iemand achter mijn verhouding zou komen. En wat dat zou kunnen betekenen voor de toekomst van mijn gezin.'

Was El bang? Had ze me daarom niets over haar verleden verteld?

Hij kijkt op naar de camera, speelt met een idee. Met zijn beslissing bezegelt hij zo mijn lot, dat weet ik zeker.

'Wel, ik vrees dat we misleiding niet al te licht opvatten, mr. Shelley, en we zijn er zeker niet van gediend dat verdachten worden benaderd door betrokken partijen terwijl ze op borgtocht vrij zijn.'

Deemoedig knikje.

'Dat begrijp ik.'

Hij zucht diep. 'Goed, wat we nu gaan doen, is een nieuwe getuigenverklaring van u opnemen met een gedetailleerde omschrijving van uw relatie met miss Ayres en uw contact met haar terwijl ze op borgtocht vrij was.'

Hij laat dat tot mijn botte hersenpan doordringen. Ik knik nog een keer en laat mijn lichaamstaal uitschreeuwen dat het me spijt, ik weet dat ik een stommeling ben, sluit me alsjeblieft niet op.

Ze zou er alles voor overhebben om onze kinderen te beschermen. Alles. Zelfs als het betekende dat ze hen moest achterlaten.

Hij leunt achterover op zijn stoel.

'En daarna, vooropgesteld dat alles in orde is, wil ik u een uitdrukkelijk advies meegeven om te zorgen dat we u niet in de beklaagdenbank hoeven te zetten. Duidelijk?'

'Volkomen duidelijk.' Ik durf hem niet in de ogen te kijken.

Hij vraagt naar mijn verhouding met Harriet, en ik hou niets achter, hoewel de camera in de hoek van de kamer een gat in mijn hoofd begint te branden. Ik geef tekst en uitleg over het geflirt op het werk, over mijn groeiende frustratie thuis en hoe gezellig ik het met Harriet had. En pas wanneer ik beschrijf dat ze die ene avond bij mij thuis aankwam, het beeld van haar voor de deur nu haarscherp voor ogen, realiseer ik me hoezeer Harriet me aan Eloïse doet denken. Niet zoals ze nu is, maar er ís een gelijkenis, die zelfs verder gaat dan hun uiterlijke overeenkomsten. Een gelijkenis in de aard van mijn relatie met Harriet, de tomeloze en intense energie die tussen ons bestond – het is geen excuus, dat weet ik, maar nu ik terugdenk aan mijn verhouding met Harriet, ben ik geneigd te geloven dat ik me niet aangetrokken voelde tot haar. Ik kende haar amper. Ik werd aangetrokken door het ongedwongene dat ik bij haar ervoer, de weerklank van een relatie die ik was kwijtgeraakt.

Dit leg ik allemaal niet uit aan Canavan. Naarmate mijn ontzetting over mijn arrestatie langzaam overgaat in acceptatie, merk ik tot mijn verbazing dat hij zijn verdenkingen tegenover mij lijkt op te schorten. Het is echter begrijpelijk dat hij allesbehalve te spreken is over het feit dat ik de volledige waarheid over de kwestie Harriet niet meteen heb verteld. Dan dringt tot me door dat mijn broer – niet onbekend met de verkeerde kant van de wet – het wel eens zwaarder voor zijn kiezen zou kunnen krijgen dan ik, ten gevolge van mijn afgedwongen hervonden eerlijkheid.

'Door wat – of eigenlijk wie – kwam u aan de weet waar Harriet zich bevond?'

'Mijn broer.' Het doet pijn om het te zeggen.

'Zijn naam?'

Ik bedek mijn ogen met mijn handen. 'Wesley Shelley.'

'Adres?'

Ik geef het door, maar elke lettergreep snijdt door mijn ziel. Ik lap mijn kleine broertje erbij. Hoe kan ik dit ooit goedmaken met Wes? Canavan schrijft het op. Ik probeer mezelf wijs te maken dat mijn broer niet in de gevangenis zal belanden doordat hij aan mij doorgaf waar Harriet was, maar ja, ik weet net zoveel van de wet als van uitgestorven stammen.

Ik vertel Canavan over mijn ruzie met Harriet; wat zij zei, wat ik zei, hoe ik me naderhand voelde. Nu ik het mezelf hardop hoor uitspreken, zie ik in hoe stom het van me was om haar op die manier aan te spreken, en hoe egoïstisch. Wat dacht ik ermee te bereiken? Ik heb zoveel gerisкeerd voor zo weinig.

Net wanneer ik denk dat Canavan op het punt staat terug te komen op zijn beslissing om me er met een waarschuwing vanaf te laten komen en me in plaats daarvan een ernstig strafbaar feit ten laste te leggen, wordt er hard op de deur geklopt.

'Binnen,' zegt Canavan nors, en de deur gaat open. Daar staat Welsh.

'Sorry dat ik stoor, baas, maar Gerda Bachmann is aan de telefoon,' zegt ze. 'Ze wil u spreken. Klinkt dringend.'

1 april 2015

Kommeno-eiland, Griekenland

Eloïse: De zon staat laag aan de hemel. Ik sterf van de dorst en ben duizelig van de honger. Mijn kleren zijn gedroogd op de rotsen, stug en stijf, de boot kreunt naast me en de wind kruipt onder de zeilen. Ik rol voorover en dwing mezelf de zeilen om de masten te wikkelen, zodat ze niet kapot kunnen scheuren. Het kost me gigantische moeite, alsof de zeilen platen marmer zijn. Wanneer ik mijn kleren weer aantrek, zakt mijn jeans van mijn heupen.

In de verte een welkome bezoeker: de witte rechthoek van een cruiseschip. Het ligt ongeveer halverwege het eiland en Kreta en lijkt voor anker te liggen, misschien voor een uurtje, wie weet voor de hele nacht. Ik sta er lange tijd naar te staren en probeer in te schatten hoelang het zou duren om erheen te zeilen.

Ik heb geen idee hoe de stroming is, of hoe ik het er zeilend vanaf zou brengen, aangezien ik zo verzwakt ben. In een opwelling graai ik in een van de opbergvakken van de boot en haal een lichtkogel tevoorschijn, maar daarbij vind ik een ander reddingvest, zichtbaar ongebruikt, keurig opgevouwen in de verpakking. Sariahs gezicht flitst in mijn hoofd op. Ik zou haar mee kunnen nemen, als ze wil. Ik leg het vest neer en frunnik aan de pin van de lichtkogel, totdat hij hoog de lucht in suist en met een harde knal ontploft tot een poederig rood licht.

'Wat doe je nou?' vraag ik mezelf hardop. Het cruiseschip gaat heus niet van koers veranderen en naar het eiland varen vanwege één lichtkogel. Bovendien is de steiger alleen geschikt voor kleine speedboten, en de rotsen rondom het eiland maken het veel te gevaarlijk voor grotere schepen om er in de buurt te komen. Mijn enige optie is om te proberen erheen te zeilen voordat hij het anker ophaalt en vertrekt.

De klim terug naar de boerderij is onvoorstelbaar zwaar, en om het nog erger te maken, begint het te regenen, dikke waterdruppels die van de grond opspringen. Ik buig mijn hoofd achterover en vang ze in mijn mond op voordat ik verderga. Meermalen glij ik uit in de modder en val, en tegen de tijd dat ik boven op de heuvel aankom, zit ik van top tot teen onder de modder. Hijgend blijf ik daar even staan en buig mijn hoofd keer op keer achterover om te drinken.

Wanneer ik het vlakke stuk van de heuvel af loop en op de plek aankom waar de boerderij hoort te staan, is die er bizar genoeg niet. In plaats daarvan staat een meter of honderd verderop een roodbakstenen, halfvrijstaand huis, omringd door een keurige tuin met rozenstruiken en een gele heg. Ik stop en veeg de regen van mijn gezicht, tuur ingespannen naar het huis.

Dit is mijn huis, dat weet ik zeker. Míjn huis. De witte auto op de oprit is van mij.

De regen klettert op me neer, hard en kwaad. Ik heb geen verklaring voor wat ik zie.

Het volgende moment is het huis verdwenen, vervangen door de boerderij. Ik denk terug aan de jongen over wie ik droomde. Max. Mijn zoon.

Ik wéét dat hij mijn zoon is, en mijn gevoelens voor hem sijpelen als een gestaag stroompje door mijn lijf. De herinnering aan de zwangerschap. De bevalling. De eerste keer dat ik hem vasthield. Het beschermende gevoel ten opzichte van hem, dat ik hem het ziekenhuis uit droeg en werd overvallen door alle gevaren die hij liep. Onzichtbare gevaren, dingen waartegen ik hem fysiek niet kon beschermen.

Riviertjes van regenwater stromen heuvelafwaarts, striemen mijn voeten met stenen en modder. Ik val op handen en knieën en grijp boomwortels en struiken beet om mezelf overeind te hijsen. Mijn blote voeten zijn geschaafd en beurs van het stenige pad, maar zodra ik de boerderij bereik, verdwijnt de pijn – ik sta stijf van de adrenaline, al mijn zintuigen op scherp voor het geval George opduikt. Er komt geen rook uit de schoorsteen. Een goed teken. Toch wacht ik even bij de keukendeur om te luisteren of ik stemmen hoor. Ik ben drijfnat en bibber van de kou tegen de tijd dat ik voldoende moed heb gevat om de deur open te duwen en naar binnen te stappen.

Het is donker in de keuken. Niemand te bekennen, nergens een notitieboekje. Ik zie het reddingsvest op het aanrecht liggen en gris het weg, stop het onder mijn arm voordat ik de trap op ren naar de badkamer.

Zodra ik de badkamerdeur op slot heb gedraaid, trek ik mijn natte kleren uit en draai de kraan open om de modder van me af te spoelen.

Er komt geen water uit.

Ik vind een handdoek, waarmee ik verwoed ga boenen – mijn gezicht, scheenbenen, dan mijn haar. Door de inspanning krijg ik het weer warm, maar ik ben smerig, besmeurd met modder. Ik probeer de kraan nog een keer, draai hem helemaal open, maar tevergeefs. En dan doet een donderslag de kamer op zijn grondvesten schudden. Een blik door het kleine raampje toont wolken met de kleur van steenkool die zich samenpakken boven zee.

Er is storm op komst.

2 april 2015

Potter's Lane, Twickenham

Lochlan: We trouwden op een dinsdag. We vlogen naar Kreta, betaalden een man om ons over te varen naar Magnus' eiland en trouwden op een heuvel met uitzicht op de Egeïsche Zee. We hadden maar een paar gasten: Els beste vriendin Lucia en haar partner Vincent als onze getuigen en de priester die ons trouwde.

El droeg een gele jurk en madeliefjes in haar haar. Ik droeg een wit shirt en witte broek. We waren allebei blootsvoets. Het was zo simpel en mooi. Na afloop gingen we naar het hotel vlak bij het haventje voor een heerlijke lunch. We bleven nog een paar dagen op het eiland voordat we teruggingen naar Engeland om het allemaal nog eens dunnetjes over te doen, glunderend in de wetenschap dat we de echte ceremonie al achter de rug hadden, precies zoals we het wilden.

Ik weet dat het gemakkelijk gezegd is nu ik in deze situatie verkeer, maar ik wou dat ik het anders had gedaan. Ik wou dat ik een betere echtgenoot was geweest. Een betere vader. Ik wou dat ik vaker 'nee' tegen mijn baas had gezegd en vaker 'ja' tegen mijn gezin.

Zo intens wordt liefde wanneer ze wordt bedreigd.

Ik had verwacht dat Canavan me in de cel zou gooien na ons gesprek, maar hij sprong op toen Welsh Gerda's telefoontje kwam melden, en ik durf niet goed te vragen waar het over ging.

Na twee uur wachten komt een vrouw met kwieke tred door de hoofdingang binnen en meldt zich bij de agent achter de balie. Ze is slank, halverwege de dertig. Ze draagt donkerblauwe sandalen die niet staan bij haar grijze broek en witte overhemd. Geen jas, plukken donker haar die uit een haarklem zijn losgeraakt. Alsof ze hier overhaast naartoe is gekomen.

'Ik ben Tara Goff,' hoor ik haar tegen de agent achter de balie zeggen. 'Ik kom voor rechercheur Canavan.'

Vlak daarna komt Gerda binnen. Ik sta op en zeg haar naam, en ze draait zich met een ruk om, stomverbaasd mij te zien.

'Wie heeft het jou verteld?' vraagt ze, en ik heb geen idee waar ze het over heeft. 'De brieven,' voegt ze er bij wijze van uitleg aan toe, maar precies op dat moment komt Welsh op ons af. Ze geeft Gerda een hand, dan de vrouw.

'Volgt u mij maar.'

Gerda fluistert tegen me terwijl we de gang door lopen, maar ik versta geen woord van wat ze zegt. Canavan en Welsh zijn in gesprek en werpen blikken op mij terwijl we naar een andere verhoorkamer aan de rechterkant lopen. Binnen nemen we plaats rond een tafel, en ik ben opgelucht wanneer Canavan er niet bij komt zitten.

'Dit is dokter Tara Goff,' zegt Welsh met een gebaar naar de vrouw die vlak voor Gerda binnenkwam. 'Dokter Goff, dit is Eloïses echtgenoot, Lochlan, en haar grootmoeder, Gerda.'

'Aangenaam,' zegt ze, waarna ze ons om de beurt een hand geeft. Dan, ernstiger: 'Ik leef met u beiden mee in deze ongelooflijk moeilijke tijd.'

Gerda legt in korte, kernachtige zinnen uit dat ze naar Eloïses kantoor in Londen ging en brieven vond waaruit bleek dat El en dokter Goff contact met elkaar hadden. Ze belde dokter Goff, die beloofde meteen met ons te komen praten. Ik heb nog steeds geen flauw benul wat dit allemaal te betekenen heeft.

Welsh schenkt vier bekers water in uit een kan die door een geüniformeerde agent is binnengebracht. Ik zit er verstijfd bij, analyseer elk gebaar en elke beweging, schat de stilte in. Niets in deze bespreking wijst erop dat Eloïse is gevonden. Dokter Goffs aanwezigheid wijst op een probleem, en ik voel me hondsberoerd.

'Is het goed als ik dit gesprek opneem?' vraagt Welsh aan dokter Goff, die knikt en een slokje water neemt. Gerda en ik wisselen een zenuwachtige blik. Welsh draait zich om naar een apparaat aan de muur en drukt op een knop. 'Goed dan,' zegt ze, terwijl ze weer recht gaat zitten. 'Ten eerste, dank u zeer voor uw komst, dokter Goff –'

'Tara,' onderbreekt dokter Goff haar. 'Ik vraag al mijn patiënten me bij mijn voornaam te noemen.'

Welsh glimlacht. 'Tara. Wil je beginnen met ons te vertellen waar je werkt, wat je doet enzovoort?'

Tara knikt en zet de beker water neer, leeg. 'Ik heb een leidinggevende functie op de afdeling klinische psychologie van het SLaM, het South London and Maudsley. Daarnaast ben ik plaatsvervangend directeur van het Britse Netwerk voor Onderzoek naar Dissociatieve Identiteitsstoornissen en lid van de Internationale Vereniging voor Trauma- en Dissociatiestudies.' Een lange stilte, waarin ik probeer uit te vogelen hoe dit verband houdt met mijn vrouw. Tara werpt een blik op Gerda en Welsh.

'Ik moet hierbij vermelden dat ik normaal gesproken mijn beroepsgeheim niet zou schenden, tenzij u daarvoor al toestemming had gekregen van mijn cliënt omwille van haar eigen of andermans veiligheid. Dat wil ik graag genoteerd hebben.'

Welsh aarzelt. 'We zullen het vastleggen.'

Tara kijkt gerustgesteld. 'Goed. Want ik moest heel snel met mijn vakgenoten overleggen of ik überhaupt iets over mijn patiënt mag openbaren in haar afwezigheid.' Ik ben de woorden 'mijn patiënt' nog aan het verwerken, wanneer ze op zachte toon verdergaat.

'Gezien het feit dat Eloïse vermist wordt, en dat er kleine kinderen bij betrokken zijn, ligt de situatie iets... genuanceerder. Dus wil ik

Lochlan graag vragen om namens Eloïse officieel toestemming te geven, aangezien hij als naast familielid staat vermeld.'

Alle ogen zijn nu op mij gericht.

'Ik... geef toestemming,' zeg ik, en alle schouders zakken.

Welsh bevestigt dat dit wordt opgenomen. Ze kijkt naar Gerda en zegt: 'Mrs. Bachmann zei dat u gesprekken met Eloïse voerde in verband met psychische problemen?'

Tara knikt, en ik knipper met mijn ogen. Ik werp een blik op Gerda, die – vreemd genoeg – gelaten lijkt.

'Uit Eloïses dossier blijkt dat ze door haar huisarts naar onze kliniek werd doorverwezen in februari 2006, wat tien jaar geleden is,' zegt Tara. 'En dat ze gedurende een halfjaar daarna af en toe naar een therapeut ging. Ik heb geen aantekeningen van een diagnose, maar ik weet wel dat haar een vrij zware dosis Flupentixol werd voorgeschreven, wat een antipsychoticum is.'

'El kreeg antipsychotica voorgeschreven?' onderbreek ik haar.

'Tien jaar geleden?' roept Gerda tegelijkertijd uit, waardoor onze stemmen door elkaar klinken.

Tara gaat behoedzaam verder. 'Eloïse stopte met haar medicatie vanwege bijwerkingen, en eerlijk gezegd denk ik dat ze werd afgeschrikt door de suggestie dat ze psychotisch was.'

Ik vraag Tara dit te herhalen, en wanneer ze dat doet en de betekenis nog steeds niet tot me is doorgedrongen, slaat ze een mildere toon aan.

'Uw vrouw werd een jaar of vijf geleden opnieuw doorverwezen naar mijn afdeling, mr. Shelley. Na de geboorte van haar eerste kind.'

'Max,' zeg ik, mijn hersens pijnigend naar een herinnering aan de verwijzing. El liep bij een therapeut, dat wist ik. Ik had me daarbij een aardige dame op het consultatiebureau voorgesteld, geen psycholoog en antipsychotica.

'Uit de aantekeningen blijkt dat het goed met haar ging,' vervolgt

Tara. ‘De sessies duurden maar een paar weken voordat ze genezen werd verklaard.’ Een moment van opluchting. ‘Maar afgelopen augustus nam ze weer contact op met ons team en ze werd naar mij verwezen.’

‘Afgelopen augustus was Eloïse zwanger,’ zeg ik.

‘Ja, ik geloof dat ze daarom contact met ons zocht,’ zegt Tara. ‘Eloïse zei dat ze de medicijnen niet weer wilde gebruiken. Ze had last van zeer angstaanjagende flashbacks. En ze maakte zich zorgen over het krijgen van een tweede kind.’

‘Dat is niet waar,’ zegt Gerda, maar minder vinnig dan anders. ‘Eloïse was dolblij toen ze ontdekte dat ze weer zwanger was.’

‘Kun je ons iets vertellen over je sessies met Eloïse?’ komt Welsh tussenbeide.

Tara verschuift op haar stoel, doet zichtbaar haar best om zich hun gesprekken voor de geest te halen, of misschien om alleen dat eruit te filteren wat het meest relevant lijkt.

‘We spraken uitvoerig over haar vorige behandeling. Ze had er moeite mee om over haar jeugd te praten, en ik stelde voor dat ze deelnam aan een schrijversgroepje opgericht door een van onze klinisch psychologen, die de mogelijkheden van poëzietherapie onderzocht.’

Het schrijversgroepje! Ik begin te ratelen over Niamh, dat zij het over een schrijversgroep had, en wanneer Tara vraagt wat Niamh zei, kan ik me alleen maar herinneren dat ze zei dat El anders leek.

‘Wel, dat valt te verwachten,’ zegt ze.

‘Kun je nader ingaan op dit schrijversgroepje?’ vraagt Welsh.

‘We hadden een groepje van vier of vijf patiënten die er wel voor voelden om door middel van creatief schrijven vorm te geven aan herinneringen,’ legt Tara uit. ‘Naar onze ervaring is het een goede manier om patiënten hun eigen identiteit te laten onderzoeken…’

‘Had dit een negatief effect op mrs. Shelley?’ vraagt Welsh.

Tara denkt hierover na. 'Daar zag ik geen symptomen van. Ze begon te praten over de stemmen die ze al jaren hoorde.'

'Stemmen?' roep ik, me ervan bewust dat ik woest klink, maar dat kan me niet schelen. Ze beschrijft iemand anders, niet de vrouw met wie ik ben getrouwd.

'Ze zei dat ze angstig werd na Max' geboorte, omdat de stemmen luider werden, tegen haar zeiden dat ze een slechte moeder was, dat ze hem zou beschadigen. Dat ze een gevaar voor hem vormde.'

Ik kan het gewoon niet geloven. Ze hoorde stemmen. Ik denk terug aan de webcambeelden van El die in het luchtledige stond te praten. Was dat het? Ze beeldde zich dingen in?

'Weet je waarom Eloïse stemmen hoorde?' vraagt Gerda zachtjes.

Tara aarzelt. 'Ik denk dat het misbruik een grote rol speelde.'

Welsh richt haar ogen op de mijne, en mijn eerste reactie is om te zeggen dat ik niets weet van welk misbruik ook. Maar dan echoot alles wat Magnus me vertelde door mijn hoofd.

'Ik wist het niet,' zeg ik, verbaasd over hoe gekwetst ik me plotseling voel dat El het me nooit heeft verteld. 'Ik heb het pas gehoord van Els grootvader.'

'Ik heb begrepen dat Eloïse door haar moeder werd meegenomen van Genève naar Londen toen ze een jaar of vier was,' zegt Tara.

'Dat klopt,' beaamt Gerda zachtjes. 'Jude was zelf nog een kind toen ze Eloïse kreeg. We zijn er nooit achter gekomen wie de vader was.' Ze slaakt een diepe zucht, staart naar haar schoot. 'We dachten erover de baby af te staan ter adoptie, maar Jude zei nee. We namen haar mee terug naar Genève. Zij en Eloïse kwamen bij ons wonen. Magnus en ik vonden het enig om hen allebei in huis te hebben, ondanks de omstandigheden. Het lijkt of het gisteren was. Maar toen veranderde alles.'

'Hoe dat zo?' vraagt Welsh op vriendelijke toon.

Gerda kijkt alsof ze een klap in haar gezicht heeft gekregen. Wanneer ze verder spreekt, is het alsof de woorden doornen hebben. 'Jude kreeg een vriend, een oudere man. Hij haalde hen over uit Zwitserland te vertrekken.'

'Orhan,' zegt Tara, en Gerda knikt vol weerzin.

Welsh kijkt naar Tara. 'Heeft het misbruik toen plaatsgevonden?'

Tara knikt.

'Kun je ons vertellen wat er gebeurde?' vraagt Welsh door.

Tara ademt diep in. 'In de periode dat Eloïse bij Jude woonde, was ze slachtoffer van langdurig en systematisch seksueel misbruik. Haar moeder was drugsverslaafd, en Eloïse kon nergens heen voor hulp of bescherming. Ze werd regelmatig thuisgehouden van school. Jude verhuisde van het ene naar het andere adres in Engeland, vermoedelijk om te zorgen dat maatschappelijk werk haar niet kon opsporen. Ze had een gestage stroom partners, van wie velen zich op dezelfde manier aan Eloïse vergrepen als Orhan had gedaan.'

Gerda begint hartverscheurend te snikken, waarbij haar schouders op en neer schokken. Ik heb het gevoel dat we in een andere wereld belanden waarvan ik niet wist dat die bestond. Ik dwing mezelf om te blijven luisteren, om deze gruwelijke nieuwe informatie te proberen te verwerken. Langdurig en systematisch seksueel misbruik... In mijn hoofd schreeuwen een heleboel vragen om antwoord. Waarom heeft ze het mij niet verteld? Ik vraag Gerda waar deze kerel – Orhan – is, of hij vastzit.

Beschermde ze de kinderen tegen hem?

'Wat we volgens mij moeten proberen te begrijpen,' zegt Tara, 'is dat een kind zo jong als Eloïse was toen deze afschuwelijke dingen haar werden aangedaan, eenvoudigweg niet de emotionele ontwikkeling heeft om dit te boven te komen. Het komt bovendien heel vaak voor dat de hersenen bij wijze van afweermechanisme herinneringen aan jaren van misbruik blokkeren. Zelfs als volwassene kan het heel lang duren om methoden te ontwikkelen om het te verwerken en een normaal leven proberen te leiden.'

‘Maar we léídden een normaal leven,’ zeg ik, hoewel mijn overtuiging aan het wankelen raakt zodra de woorden mijn mond uit zijn. ‘Althans, dat dacht ik.’

Tara reageert snel. ‘Trauma’s kunnen heel lang sluimeren. Eloïse wist zich geruime tijd staande te houden, en ze was beslist zeer succesvol. Zoals ik al zei: ze kwam bij mij toen ze zwanger was, en ik denk dat het was omdat haar vorige bevalling tot gevolg had dat een aantal van die issues bovenkwam in haar geheugen.’

Welsh haalt een tissue tevoorschijn en geeft die aan Gerda, die haar ogen bet, geeft er dan een aan mij. Maar ik ben te verdoofd om te huilen. Het lijkt of de grenzen van de werkelijkheid langzaam oplossen, de bodem van de wereld zoals ik die ken onder mijn voeten wordt weggeslagen.

‘Ze was even oud als onze zoon Max nu is,’ zeg ik, waarop Gerda een luide snik geeft. ‘Ze was zo jong. Ze was een kind toen dit gebeurde.’ Het drong niet tot me door toen Magnus het me vertelde, niet echt. Ik probeerde mijn kop in het zand te steken voor de mogelijkheid dat dit iemand was overkomen van wie ik hou. Maar met elk woord dat dokter Goff uitspreekt, voel ik dat er iets op zijn plaats valt, alleen is er geen opluchting of oplossing. Ik sta aan de afgrond van een verschrikkelijke waarheid.

Gerda’s gezicht lijkt ingevallen. Welsh zit duidelijk te springen om antwoorden, voorspellingen, iets wat tot een oplossing van de zaak kan leiden. ‘Denk je dat er een verband bestaat tussen Eloïses psychische problemen en haar verdwijning?’ vraagt ze.

Tara knikt. ‘Dat lijkt me heel waarschijnlijk.’

Mijn maag draait om.

‘Waar denk je dat ze naartoe is gegaan?’

‘Dat weet ik helaas niet,’ antwoordt Tara.

‘Je denkt dat ze zichzelf van kant heeft gemaakt, hè?’ zegt Gerda met zachte stem. ‘Dat is wat je zegt.’

'Je gaf aan dat je betrokken bent geweest bij gevallen van vrouwen met vergelijkbare psychische problemen die vermist raakten,' zegt Welsh. Een lange stilte. Dan vraagt ze op zachte toon: 'Werd in die gevallen vaak gekozen voor zelfmoord als uitweg?'

Tara slaat haar ogen op naar de mijne. 'Ja.'

1 april 2015

Kommeno-eiland, Griekenland

Eloïse: Ik sta mijn kleren uit te wringen in de badkamer, wanneer ik plotseling George hoor lachen, een ritmisch gebulder van zijn zware stem. Ik verstijf, mijn hand al uitgestoken naar de deurknop voor het geval hij binnen wil komen. Ik ben naakt. Mijn kleren zijn te nat om weer aan te trekken en er zijn geen handdoeken.

Met mijn hand stevig om de deurknop geklemd, druk ik mijn oor tegen het hout van de deur om te luisteren. Ik kan alleen George' stem onderscheiden, maar hij moet tegen iemand praten. Ik probeer zijn toon in te schatten – heeft hij het tegen Hazel? Wanneer hij begint te lachen, sluip ik op mijn tenen naar de zolder, waar ik de deur zo zachtjes mogelijk achter me dichtdoe. Hij praat nog steeds. Mooi. Tot mijn grote opluchting zie ik een trainingsbroek van Hazel en een zwarte trui op de stoel bij het bed liggen. Zo snel als ik kan schiet ik ze aan.

'Hallo, Eloïse,' zegt een stem achter me.

Ik geef een gil van schrik en draai me met een ruk om. George staat in de deuropening, een grijns op zijn gezicht.

'George,' zeg ik. 'Ik… ik had het koud, dus kwam ik hier boven wat kleren ophalen. Meer niet. Ik kan gaan…'

Een bliksemflits zet de kamer in helwit licht, hoewel zijn ogen donkere, zwarte gaten in zijn gezicht blijven, boven zijn vierkante gestalte die de deuropening blokkeert. Een donderslag doet het dak rammelen. Hoe is hij zo snel hierboven gekomen? Waar zijn de anderen?

'Ik krijg onderhand zo mijn twijfels over jou, Eloïse.'

Ik steek mijn handen omhoog. 'George, alsjeblieft…'

Met over elkaar geslagen armen leunt hij tegen de muur. 'Elke keer dat jij in de buurt bent, lopen dingen fout.' Zijn toon is angstaanjagend zacht en minzaam. 'Nikodemos, het reservoir, de satelliettelefoon…' Een volgende bliksemschicht onderbreekt hem. 'En nu weer een gigantische storm. Joe heeft het mis. Jij bent Eloïse niet.'

Ik hou mijn handen omhoog, probeer hem tot rede te brengen. 'Ik wil hier niet zijn, George. Ik ga wel –'

'Waar ga je heen dan?' vraagt hij. Zijn lichaam vult de hele deuropening, dus langs hem glippen zit er niet in. Ik kan geen kant op.

'Weet je al waar je woont? Weet je wie je bent?'

'Nee, maar –'

'Dan blijf je hier, waar ik je kan zien. Je blijft voorgóéd bij me.'

Hij doet een stap naar achteren en knalt de deur dicht. Ik hoor het geluid van een sleutel die in het slot wordt omgedraaid, en wanneer ik aan de deurkruk trek, klinkt het geluid van iets zwaars dat over hout wordt gesleurd. Er is geen beweging in de deur te krijgen.

'George! Laat me eruit!'

Er is alleen het geluid van het onweer dat boven de boerderij dreunt en de regen die tegen de ruit klettert.

Het moet een uur of drie 's middags zijn. George sloot me hier gisteravond op en ik heb geen idee wanneer hij van plan is me eruit te laten. Ik heb sinds gisterochtend niets gegeten of gedronken.

Mijn maag doet niet meer pijn, maar ik ben duizelig. Mijn lippen zijn gebarsten en mijn vingers opgezwollen. Ik kan niet omhoogkomen uit hurkzit. De zon heeft de hele dag staan branden, waardoor het snikheet is in de kamer. Ik heb geprobeerd op de vloer te bonken om Sariahs aandacht te trekken, maar ik hield het maar een minuut of tien vol voordat ik misselijk werd. Door het dakraam aan de andere kant van de kamer kan ik zien dat het cruiseschip weg is.

Misschien komt het doordat ik me niet kan bewegen, of misschien doordat ik doodga, maar mijn geheugen begint te ontwaken. Ik kan het niet anders omschrijven – moeiteloos herinner ik me hele stukken van mijn verleden.

Mijn zoontje, Max. Ik herinner me dat ik voor zijn vierde verjaardag een feestje met een treinthema organiseerde. Ik had een taart laten maken in de vorm van Thomas de stoomlocomotief. Hij is het mooiste kind dat ik me had kunnen wensen als mijn zoon.

Plotseling mis ik Max zo erg dat ik er bijna aan onderdoor ga. De wetenschap dat hij ergens anders is, op een plek die ik me niet kan herinneren, is een ongekende marteling. Ik zie zijn slaapkamer voor me. Die heb ik met zoveel zorg ingericht. Zijn boekenrek aan de muur tegenover zijn bed, met al zijn lievelingsboeken op een hoogte waar hij er zelf bij kan. Zijn Thomas de stoomlocomotief-dekbedhoes en planken bomvol Peppa Big-figuurtjes. Zijn dinosaurusposter. Is hij nog steeds zo jong? Leeft hij nog?

Mijn lieve schat. Wat zou ik je graag in mijn armen nemen.

Herinneringen blijven door mijn hoofd buitelen, spontaan en in het wilde weg. Ik herinner me dat ik een baby vasthield, een meisje, en haar naam komt met een daverende, hartverscheurende klap boven.

Cressida.

Ik herinner me dat ik haar de borst probeerde te geven, een scherpe, verzengende pijn wanneer ze begon te drinken. Ik herinner me hoe zacht haar kleine, pluizige hoofdje in de holte van mijn arm voelde. Ze zag er raar uit, onooglijk bijna, met haar bespikkelde gezichtje van de melkuitslag, haar wimpers nog niet uitgegroeid en haar roze huid die overging in witte schilfertjes in de plooien bij haar polsjes en enkeltjes. Ik hield zo intens van haar.

En toch liet je haar achter.

Ik herinner me dat ik haar in een autostoeltje legde voordat ik onder de douche stapte, en er dan weer onderuit stapte voor het geval ze zichzelf eruit had gekieperd. Het sloeg nergens op – ze zat vastgegespt, dus ze kon er helemaal niet uit vallen – maar de angst dat haar iets overkwam, achtervolgde me als een wolf. Onophoudelijk. Dag en nacht.

Je zou haar kunnen beschadigen zonder het te merken. Ze zeiden dat ze niet groeit – jouw melk is niet voldoende voor haar. Je zou 's nachts boven op haar kunnen rollen. Je zou kunnen vergeten het dekentje onder het matrasje van de wieg in te stoppen en dan zou ze het over haar gezicht kunnen trekken. Je zou haar op de tocht in slaap kunnen laten vallen. Ze zou dood kunnen gaan door onderkoeling.

Een gestage, onstuitbare stroom herinneringen schuift de puzzelstukjes van mezelf in elkaar tot nieuwe beelden. Ik herinner me mijn huis, mijn baan, Lochlan, mijn vrienden. Ik herinner me de stemmen die ik hoorde, de anderen. Ik herinner me dat ik bang was dat ik Max en de nieuwe baby pijn zou kunnen doen.

Je liet hen achter. Wat zegt dat over jou?

2 april 2015

Potter's Lane, Twickenham

Magnus: De baby huilt, non-stop, gekmakend gehuil. Ik probeer een flesje voor haar te maken, maar ik ben geen ster in dit soort dingen. De tekst op het blik melkpoeder is absurd klein gedrukt. Dit kan toch geen mens lezen? Het is microscopisch.

In het blik zit een pietepeuterig plastic dingetje, een soort poppenschepje. Ik neem aan dat ik daarmee het poeder in de fles moet zien te krijgen. Pas nadat ik het flesje heb geschud, vraag ik me af of ik het schepje had moeten afstrijken. De melk lijkt te dik. Ik geef het toch maar aan Cressida. Van haar geblèr schiet mijn bloeddruk diep in het rood.

En nu zoemt mijn mobiele telefoon in mijn zak. Hoe mensen dit dag in, dag uit doen, is mij een raadsel. 'Ja, ja,' brom ik tegen mijn telefoon, en ik zet intussen de baby op de bank met een kussen onder het flesje, zodat ik mijn handen vrij heb om op te nemen. Het flesje rolt een eindje van haar weg en ik wil het al terugleggen, maar dan klemt ze haar piepkleine knuistjes eromheen en geeft zichzelf de fles. *'Gut gemacht!'* prijs ik haar. Goed zo!

'Hallo?'

'Hallo? Magnus?'

'Ja?'

'Magnus, met Nikodemos Mantzaris. Uit Chania. Ik kreeg van mijn zoon door dat ik je moest bellen.'

'Ah, Nikodemos!' zeg ik, en ik ben zo overrompeld door het telefoontje dat ik van de weeromstuit het blik omstoot en de hele vloer vol melkpoeder ligt. Ik vloek hartgrondig, en Nikodemos roept aan de andere kant van de lijn: 'Hallo? Hallo?'

‘Neem me niet kwalijk,’ zeg ik en ik begin in gebroken Grieks te wauwelen over melkpoeder en mijn achterkleindochter, totdat tot me doordringt dat hij hier natuurlijk geen snars van begrijpt. Ik laat het Grieks voor wat het is en kom ter zake.

‘Nikodemos, heel fijn dat je terugbelt. Het gaat om mijn kleindochter Eloïse. Herinner je je haar?’

‘Ja?’

‘Ze wordt vermist, Nikodemos.’ Plotseling kan ik niet meer praten; ik heb een brok in mijn keel, en ik stamp op de vloer om hem weg te krijgen. Dit is niet het moment om in stilte te lijden.

‘Vermist?’

‘Ja, ja. Je herinnert je haar vast nog wel.’

‘Ja, natuurlijk. Hoe oud is ze nu?’

‘Ze is in de dertig... getrouwd, twee prachtige kinderen. Maar we maken ons grote zorgen, want ze lijkt te zijn...’ De tranen springen in mijn ogen, en mijn stem gaat omhoog. Ik knijp mijn ogen stijf dicht en zing in mezelf de tekst van de Bättruef bij wijze van afleidingsmanoeuvre.

‘Je denkt dat ze naar Chania is gegaan?’ vraagt Nikodemos.

En dan komt een idee bij me op. ‘Ben je onlangs nog op het eiland geweest?’

‘Welk eiland?’

‘Kommeno-eiland.’

‘Kommeno? Nee, nee. Ach, zo jammer dat het hotel gesloten is. Geen ferry betekent geen toeristen! De ferry’s zijn in handen van een stel schurken...’

‘Maar ik vraag me af, Nikodemos, of je zou kunnen rondvragen voor me. En je zoon misschien ook? We zijn heel ongerust over onze kleindochter.’

‘Ik wil er best heen gaan, hoor, als je denkt dat het helpt?’

‘Ja, heel graag. Heel graag.’

'Er gaat geen ferry naar Kommeno, weet je. Als ze erheen wilde, zou ze een boot moeten huren, ja?'

'Ja.'

Hij belooft dat hij navraag zal doen en me zal bellen als hij iets aan de weet komt, maar hij klinkt niet optimistisch. Die ellendige keel van me wordt weer dik, en ik stamp op de vloer, maar nu begint de baby te huilen. Beter de baby dan ik. Ik bedank Nikodemos alvast voor zijn hulp, en hij beëindigt het gesprek. Ik verwacht niet nog iets van hem te horen.

Ik hou de baby tegen mijn schouder en wrijf over haar ruggetje. Het lijkt nog maar vijf minuten geleden dat ik dit met Eloïse deed.

Ik heb Jan en alleman gebeld of ze wisten waar ze was, zelfs mensen die haar nooit hebben ontmoet. Onze vrienden in Zwitserland zijn diverse keren naar onze huizen in Genève en het chalet in Sidelhorn gegaan om te kijken of ze daar niet was. In mijn hart dacht ik dat ze daar zou kunnen zijn, en het was een extra zware klap dat ze ook daar niet was.

'Je zult dapper moeten zijn, kleintje,' zeg ik tegen Cressida, en ze geeft een fikse boer bij wijze van antwoord. 'Je bent nog zo klein en je begrijpt het niet. Je moeder moet je heel erg missen.'

Mijn telefoon gaat weer over. Ik neem op in de veronderstelling dat het Gerda is, die me wil laten weten dat ze veilig en wel in Ledbury is aangekomen. Maar tot mijn verbazing is het Nikodemos weer.

'Mijn zoon heeft zijn vrienden in de haven gebeld,' legt hij uit.

'O?'

'Ze hebben je kleindochter niet gezien.'

Ik slaak een diepe zucht. 'Toch bedankt voor de moeite.'

'Maar er staat een naam in een van de kasboeken.'

'Kasboeken?'

'Ja, voor botenverhuur. Een vriend van mijn zoon blijkt een boot te hebben verhuurd aan Eloïse Bachmann. Is dat je kleindochter, Magnus?'

2 april 2015

Kommeno-eiland, Griekenland

Eloïse: Het moederschap splitste me in verschillende personen. Dat zie ik nu. Ik moest me een nieuwe identiteit aanmeten. Ik moest een ander iemand worden. 'Ik' werd 'wij'.

Negen maanden lang had er een tweede hartje in mijn baarmoeder geklopt, daarna nog een. Zodra Max werd geboren, werd mijn denkwereld in beslag genomen door allerlei zorgen om hem. Ademt hij nog? Heeft hij honger? Heeft hij het te warm? Mijn liefde voor hem ging alles te boven. Elke heftige emotie die ik ooit had ervaren werd verdrongen door dit overweldigende gevoel. Waar ik ook naartoe ging, hij ging mee, en zelfs toen hij geboren werd, was er niets wat ik alleen deed. 'Ik' was 'wij'. Ik kreeg de woorden 'ik' of 'mij' niet uit mijn mond. Het kwam niet bij me op.

Ik onderdrukte zoveel emoties. Een moeder hoort geen haat of woede te koesteren, en ik vreesde dat dit schadelijk voor hem zou zijn. Ik vreesde dat ík schadelijk voor hem zou zijn, dat ik een gevaar voor hem zou zijn zoals mijn moeder voor mij was geweest.

De beelden komen schoksgewijs terug. Schuilend in de badkamer voor Orhan, mijn teddybeer tegen me aan gedrukt als beschutting. De agressie op zijn gezicht is angstaanjagend. Ik noemde het zijn monstergezicht, en soms stelde ik me hem voor met lange hoorns die uit zijn hoofd krulden. Hij is zo groot, hij torent als een reus boven me uit.

Hij sleurt me aan mijn haar uit de badkuip, uit de badkamer en over de overloop. Mijn moeder staat in de deuropening van de slaapkamer, haar lichte haar warrig en ongewassen, haar ogen leeg en hol. Een schreeuwend rode klodder loopt uit haar mondhoek, en ik weet dat het bloed is, geen lippenstift. Ik gil Mam! Mam, help! Maar ik zie dat ze weer high is. Ze kijkt uitdrukkingsloos toe wanneer hij me in mijn maag stompt en mijn kamer in smijt, waarna hij de deur achter zich dichtknalt.

Een ander beeld van mijn moeder die in haar ondergoed bij het raam zit. Geen mannen in huis. Ze was zo dun, maar ook heel mooi, ook al leek ze altijd en eeuwig onder de schrammen en blauwe plekken te zitten. Ze had een kolibrie in haar hand.

Wat is dat, mama?

Het is een kolibrie, lieverdje.

Maar waar zijn zijn vleugels?

Sst. Anders maak je hem wakker. Hij heeft een klein beetje bloed nodig. Zie je wel?

Ai, mama.

Dit kolibrietje is een bijzondere soort. Hij heeft een zilveren snavel en witte vleugels ingeklapt tegen zijn lijfje. We laten zijn snaveltje even in mijn arm glijden.

Doet het geen pijn?

Ze liet haar hoofd achterovervallen en sloot haar ogen. Ik keek geïntrigeerd toe. Ik wist dat dit haar vorm van geluk was. Langzaam opende ze haar ogen en gaf me een flauw, waterig lachje.

Nee. Het doet geen pijn. Het leven doet pijn, Eloïse. Dit is de nectar.

En dan: de ochtend dat ik haar vond. Ik was al naar school, maar werd weer naar huis gestuurd. Ditmaal omdat ik een blauw oog had. De lerares stuurde me weg met een briefje voor mijn moeder, waarin ze om een gesprek met haar vroeg.

Ik gooide mijn schooltas in een hoek van de keuken en keek in de rondte. De keuken was klein en stond propvol afval. Ik had op mijn achtste de huishouding op me genomen, maar mijn moeder en haar vriendjes hadden een buitengewone gave om elke flat waar we naartoe verkasten, uit te wonen.

Mam?

Er kwam geen antwoord. Ik wierp een blik in de woonkamer. Keek in de slaapkamers, de badkamer. Ze ging zelden de deur uit. Dus keek ik nog een keer in haar slaapkamer en vond haar op de vloer bij het raam.

Mam!

In eerste instantie dacht ik dat ze weer eens uit bed was gevallen. Het kwam regelmatig voor dat ze nog lag te slapen als ik uit school kwam. Ze zei dat haar inwendige klok verkeerd stond afgesteld; zij bleef liever 's nachts op en sliep overdag. Ik probeerde haar terug in bed te krijgen, maar ze was helemaal slap.

Mam, word alsjeblieft wakker!

Ze reageerde niet. We hadden op school eerste hulp geleerd. Ik duwde haar oogleden open en zag dat haar ogen waren weggedraaid. Het leek of ze niet ademde. Haar gezicht was zo wit dat het bijna van marmer leek, als een heilige, haar wangen ingevallen. Ik voelde naar een hartslag, maar die was er niet. Ik gaf haar mond-op-mondbeademing. Dit had ik wel vaker gedaan. Vele keren had ik haar uit een diepe bewusteloosheid gehaald, en daar probeerde ik geruststelling uit te putten. Maar dit was anders. Ze was te diep weggezonken, te ver heen.

Ik gaf een klap tegen haar gezicht, legde toen de ene hand op de andere en probeerde haar hart wakker te pompen. Daarna ging ik naast haar op de vloer liggen en trok haar slappe, grauwe armen om me heen, kuste de rode gaatjes daar alsof ik ze zo kon wegtoveren. Huilend nestelde ik me tegen haar aan. Ondanks dat ze me zo vaak aan mijn lot had overgelaten, ondanks de verschrikkingen die ze me had laten doorstaan, was ze soms lief. Ik koesterde herinneringen aan haar waarin ze mijn haar borstelde en tegen me zei dat ik zo mooi was. Zelfs als klein kind voelde ik instinctief aan dat ze gebroken was en dat ik er de oorzaak van was. Ik moest haar beter maken, haar weer helen. Ze was mijn moeder.

Als ik ook ga slapen, worden we misschien samen wakker.

Toen ik wakker werd, was het donker. Ze voelde koud aan, haar handen stijf als die van een pop. Haar uitdrukking was veranderd, ontdaan van haar. Ze was mijn moeder niet meer. Haar armen en benen waren veranderd in steen. Beneden klonk een geluid, en ik schrok, doodsbang dat het Orhan was. Hij was ons leven in en uit gerausd, in de gevangenis, dan er weer uit, er voorgoed uit getrapt en toen sneller terug bij haar in bed dan ik met mijn ogen kon knipperen. Mijn moeder maakte het uit met welk vriendje ze op dat moment ook had, en dan was Orhan terug alsof hij alleen een tijdje aan het werk was geweest. Hij had nog altijd sleutels. Het kon hem zijn, daarbeneden. Hij zou mij de schuld geven van mijn moeders dood. Hij zou me erom vermoorden. Of erger. Er bestonden echt ergere dingen dan doodgaan, dat wist ik. Veel ergere dingen. Soms zei ik tegen mezelf dat het meisje dat Eloïse heette, op haar vierde was doodgegaan. Die eerste keer dat hij de deur op slot deed.

Ik stond op en zocht naar de telefoon. We hadden nooit een vaste telefoon gehad in alle andere flats, maar om een of andere reden wilde mijn moeder er hier per se een hebben. Ze bewaarde een zwart boekje met telefoonnummers in het laatje van haar nachtkastje, waar ik absoluut niet aan mocht komen. Ik trok het er vliegensvlug uit en bladerde door alle namen van haar vriendjes en dealers. Op de middelste pagina's zag ik 'papa en mama' staan met een lang nummer eronder. Het leek een buitenlands nummer, ergens in Europa. Ze had een paar jaar geleden iets over mijn opa en oma verteld, één keer maar. Magnus en Gerda Bachmann, zo heetten ze.

Ik vond de telefoon en belde hun nummer. Ik kon het niet geloven toen er iemand opnam. Een man. Ik vertelde hem wie ik was, en toen veranderde zijn stem, alsof hij bang was, of heel erg geschrokken misschien. Ik vertelde dat mijn moeder zijn dochter was. Ik huilde door de telefoon tegen deze man die ik niet kende.

We komen meteen naar je toe, zei Magnus. Blijf waar je bent.

'Eloïse? Eloïse, ben je daar?'

Ik word wakker van hard gebons.

'Eloïse!'

Het is Sariah. Mijn mond is zo droog dat ik amper kan antwoorden.

'Ik ben hier!' schreeuw ik, maar het komt eruit als schor gekras. De deurknop schudt wanneer ze er verwoed aan draait. Uiteindelijk weet ik overeind te komen, en op hetzelfde moment vliegt de deur open. Sariah stort op haar zij tegen de grond.

Op handen en knieën schuifel ik naar haar toe, maar ik ben te zwak om iets uit te richten. Langzaam rolt ze op haar knieën. En terwijl ze dat doet, komt er een andere herinnering boven waarin ik net zo op mijn knieën lig als zij nu, over mijn dochter gebogen. Mijn kleine meisje.

'Ik herinner me haar,' zeg ik tegen Sariah. 'Mijn dochtertje heet Cressida.'

Maar Sariah laat er geen gras over groeien.

'George is gaan jagen,' zegt ze, en ze staat snel op. 'We moeten maken dat we hier wegkomen voordat hij terugkomt. We moeten je op die boot en van dit eiland af zien te krijgen. Nu.'

2 april 2015

Politiebureau Twickenham

Lochlan: Mijn voorlopige hechtenis is opgeheven. Welsh geeft me mijn telefoon, portefeuille en sleutels terug, en Canavan geeft me een knikje dat zegt dat ik zijn waarschuwing ter harte moet nemen en voortaan op mijn tellen moet passen. Het doet me niks, zorgt niet voor opluchting. Hoe kan het ook? Ik heb een glimp opgevangen van een wereld waarvan ik het bestaan niet vermoedde, een wereld waarin mijn vrouw leed aan ernstige psychische problemen en ik te druk met andere dingen was om er iets van mee te krijgen. In mijn hoofd ben ik alleen maar constant aan het tieren.

Gerda en ik staan tegenover elkaar, de spanning tussen ons verdwenen in het licht van wat we zojuist hebben gehoord. De kans is groot dat Eloïse zelfmoord heeft gepleegd. Verder doet niets er meer toe. Maar iets in mij verzet zich tegen wat dokter Goff heeft gezegd, tegen de mogelijkheid dat mijn integere, hardwerkende, prachtige vrouw de kinderen thuis achterliet om ergens zelfmoord te gaan plegen. Ik kan er niet bij dat ze werd behandeld voor psychosen, dat ze me er nooit iets over heeft verteld. Ik wil naar iemand toe rennen, om antwoorden te krijgen. Ik wil El zo graag terug dat het mijn longen vermorzelt, mijn hart. Ik wil ter aarde storten en het wanhopig uitbrullen.

Gerda's vinnigheid is verdwenen, haar gezicht somber en betraand. Ik zie dat ze heel erg haar best doet om alles wat dokter Goff heeft gezegd naar het rijk der fabelen te verwijzen. *Ze is een Britse psycholoog. Wat weten die er nou van? Die kunnen in de verste verte niet tippen aan Zwitserse psychologen. Natuurlijk heeft mijn kleindochter zich niet van het leven beroofd.*

Voor één keer wil ik dat Gerda gelijk heeft.

'Ik had een taxi hierheen genomen,' legt ze uit, pielend met haar telefoon. 'Ik zal hetzelfde bedrijf maar bellen om ons terug naar jullie huis te laten brengen.' Ze toetst het nummer in en geeft het adres van het politiebureau op.

'Waar zijn Max en Cressida?' vraag ik met verstikte stem, want ik snak ernaar ze te zien, ze allebei in mijn armen te houden. Hoe vertel ik dit aan Max? Hoe moet ik mijn zoon vertellen dat zijn moeder dood is?

'Ze zijn bij Magnus.' Gerda's stem doet me met een klap weer in het hier en nu belanden. Ze werpt een blik op haar telefoon. 'O, ik heb een gemiste oproep van hem.' Ze tikt op zijn nummer en houdt de telefoon tegen haar oor. 'Hij neemt niet op. Nou ja, we zien hem zo.'

'Pap! Je bent er weer!'

Max komt de gang door rennen zodra ik de voordeur open. Ik vang hem op en til hem in mijn armen omhoog. Hij ratelt al honderduit over de dingen die oma voor hem heeft gekocht, en wist ik dat iemand een nieuwe dinosaurussoort heeft ontdekt die tyrannosaurussen verschalkte als ontbijt, en had ik surprise-eieren meegebracht? Ik knik en probeer normaal te doen, maar ik kan niets uitbrengen. Wat als we haar lichaam nooit vinden?

Cressida ligt op haar buik in de speelkamer onder haar speelmobiel. Ze heeft een schoon rompertje aan met de opdruk I LOVE MUMMY en probeert zichzelf op haar handen omhoog te duwen, haar hoofdje naar mij draaiend wanneer ik binnen kom lopen, kraaiend.

Cressida zal haar moeder nooit kennen.

Gerda roept Magnus' naam naar boven.

Uiteindelijk komt hij naar beneden, zichtbaar gejaagd en een trui over zijn hoofd trekkend. 'We hebben een probleem,' zegt hij wanneer hij ons ziet.

'Wat dan, lieverd?' vraagt Gerda, en ze loopt achter hem aan de speelkamer in.

'Heb je je paspoort bij je?' vraagt hij Gerda.

Ze knippert met haar ogen. 'Mijn páspoort?'

'Het mijne ligt boven,' zeg ik. 'Hoezo?'

Hij vertelt ons over een man die hem belde vanuit een stadje in Griekenland, waarvan de naam me bekend voorkomt. Eloïse huurde een zeilboot bij zijn bedrijf op 17 maart.

Ik plof in een stoel terwijl Magnus ons vertelt dat de man naar het eiland voer – Kommeno, Magnus' eiland, het eiland waar we zijn getrouwd – in de hoop Eloïse te vinden. Hij vond de boot die ze had gehuurd, maar die was te pletter geslagen op een strandje aan de westkust. Geen spoor van Eloïse. Hij ging ervan uit dat ze was verdronken.

'Maar dat kán zij niet geweest zijn,' zegt Gerda tegen mij. 'Jij zei dat ze haar paspoorten hier had laten liggen. Dan kan ze het land niet uit zijn gekomen.'

Er is een pijn in mijn borst die lijkt te zwellen tot hij de hele kamer vult. Kommeno-eiland. *De kans is groot dat je vrouw zelfmoord heeft gepleegd.*

'Haar Zwitserse paspoort heb ik nergens gevonden,' hoor ik mezelf zeggen.

Gerda's knieën begeven het en ze zakt in elkaar, maar op een of andere manier weet ik haar vast te grijpen voordat ze de grond raakt. Ze huilt en schokt zo hevig dat ik ervan overtuigd ben dat ze een hartaanval heeft.

Magnus knielt en pakt haar beide handen vast, houdt haar dicht tegen zich aan, zijn gezicht vlekkerig van verdriet. 'Stil maar,' zegt hij, haar heen en weer wiegend, en ze klampt zich aan hem vast.

Max rent naar mij toe maar zegt niets, verbouwereerd om ons allemaal in tranen te zien.

'Ik geloof... ik geloof niet dat ik zo oud ben geworden om een dochter én een kleindochter te verliezen,' zegt hij met haperende stem. 'Het eiland mag dan onbewoond zijn, maar er is een goede kans dat Eloïse in orde is. In de boerderij ligt een flinke voorraad opgeslagen. Ik liet hem klaar voor verhuur achter, weet je nog? Er is voldoende ingeblikt eten en water, en de zonnepanelen zouden nog steeds stroom moeten leveren. Het kan heel goed zijn dat ze nog leeft. En dan kunnen we haar nogmaals mee naar huis nemen.'

Dan realiseer ik me dat Magnus niets weet van wat dokter Goff ons heeft verteld. Hij weet niet wat ze heeft achtergehouden voor hem, voor mij, voor ons allemaal.

Gerda veegt haar gezicht af en recht haar rug om hem aan te kijken. '*Du denkst?*' fluistert ze.

Magnus pakt zijn jas van de kapstok. 'Er is geen minuut te verliezen. Ik heb een privévlucht naar Chania geregeld. We kunnen er vanavond al zijn. Nikodemos haalt ons van het vliegveld en brengt ons met zijn boot naar het eiland.'

2 april 2015

Kommeno-eiland, Griekenland

Eloïse: *Volg me*, zegt Sariah, en ik strompel achter haar aan de trap af. Halverwege stop ik en klamp me vast aan de leuning. Alles is wazig. De muren krimpen in en zetten uit, ademend.

Ze draait zich naar me om. *Gaat het? Wat is er?*

Sorry… Een ogenblikje.

Ik doe er alles aan om te voorkomen dat mijn benen het begeven. Na een paar tellen geef ik een knikje om aan te geven dat ik weer verder kan, en we lopen naar beneden.

Geen spoor van de anderen in de keuken of voorkamer. De boerderij doet ook anders aan. Er staat maar één stoel bij de tafel. Stof en plukken dood gras bedekken de stenen vloer, alsof er vannacht een kudde vee doorheen is geklost.

Waar zijn Joe en Hazel? vraag ik.

Bij een geluid van buiten draait ze zich met een ruk om. Ze grijpt mijn pols en trekt me mee naar de achterdeur. *Kom, we moeten opschieten.*

Buiten valt de avond in, en de regen komt met bakken uit de hemel. Sariah houdt me vast terwijl ze door het natte gras beent, me als een klein kind meetrekt. De struiken striemen pijnlijk langs mijn benen.

Ik hou het ongeveer een halve kilometer vol voordat ik op mijn knieën op de natte grond zak. *Het spijt me, Sariah. Ik heb er de kracht niet voor.*

Achter ons: een brul. Ik kijk achterom en zie een figuur op de top van de heuvel. Het is George, met zijn geweer in de hand.

Sariah! brult hij, zijn gezicht vertrokken tot een gemene grijns. *Ik ruk je benen eraf en ram ze door je strot. Breng haar terug!*

Mijn armen en benen zijn zwaar. De regen plenst in mijn gezicht, sijpelt heerlijk koud tussen mijn lippen. Ik val achterover in de klauwen van de modder. Sariah grijpt mijn armen en sjort me omhoog totdat ik rechtop zit.

Eloïse, je moet opstaan! Je moet! Sta op! Sta alsjeblieft op!

Het kost zoveel moeite om mijn ogen te openen. *Mocht je mijn kinderen ooit vinden, zeg hun dan dat ik van ze hou.*

Ze haakt een sterke arm om mijn schouders en schudt me door elkaar. *Eloïse!*

Ik probeer op te staan. Ze duwt tegen mijn rug en helpt me overeind.

We moeten opschieten. Hij komt eraan.

Ik kan George' voeten achter ons door de modder horen stampen. Ik weet dat hij het geweer bij zich heeft. De boot is nog zo ver weg. De zee is woelig en boos, de wind staat pal in ons gezicht. We kunnen met geen mogelijkheid aan hem ontsnappen.

Ga jij maar, zeg ik tegen Sariah. *Jij redt het wel.*

Dat kan niet. Ik kan niet weggaan. Niet zonder jou.

Ik knik. *Jawel. Het is goed.*

Nee, dat gaat niet. Ik ben jou, Eloïse. Snap je het dan niet. Ik bén jóú.

Haar woorden treffen me als een mokerslag. Ik recht mijn rug en open mijn ogen. Ze flikkert als een weerspiegeling in een plas.

We zijn allemaal jou. Ieder van ons – ik, Joe, George. Zelfs Hazel. Wij zijn jou, liefje.

Haar woorden galmen door mijn hoofd. Ik dwing mezelf me op haar te concentreren, maar ze is ongrijpbaar als een mistflard. *Wat bedoel je?*

Ineens is ze er weer en grijpt mijn armen, haar gezicht vlak bij dat van mij.

Ik weet… Ik weet dat het idioot klinkt. Maar je moet naar me luisteren, goed?

Ik knik. Ik luister.

Wij zijn jou, Eloïse. Wij zijn de delen van jou die je je niet wilde herinneren. Toen je Max en Cressida kreeg, vond je dat je de ideale moeder moest zijn, in alle opzichten honderd procent perfect, geen nare of boosaardige rafelrandjes.

Ik zie mezelf weerspiegeld in haar donkere ogen. Woede laait in me op en ik begin te huilen. *Waarom zeg je dit?*

Hoofdschuddend doet ze mijn vraag af.

Je was zo bang dat de duistere kanten van je persoonlijkheid schadelijk voor de kinderen zouden zijn dat je ze wegstopte en weigerde ze onder ogen te zien, maar ze achtervolgden je. Je was bang dat je niet goed genoeg voor Max en Cressida zou zijn, en die angst werd zo groot dat hij bezit van je nam.

George is bijna bij ons. Ik kan hem door het hoge riet horen rennen, een meter of tien achter ons, puffend onder zijn zware gewicht.

En George dan?

George is het deel van jou dat je hielp te overleven. Je bent doodsbang voor hem omdat hij meedogenloos is. Maar je hebt hem nodig. Zonder hem had je het nooit gered. Je moest op een punt komen waar je er alles voor overhad om van dit eiland af te komen. Je moest begrijpen wat er in de doos zat voordat je hem opende.

Hoe zit het met de telefoon? De satelliettelefoon? Ik sprak met Nikodemos. Dat weet ik zeker.

Er was geen telefoon, Eloïse. Alleen jij, die probeerde uit te zoeken hoe je alle schade die Orhan en de anderen hadden aangericht, te boven kon komen.

George staat op de top van de heuvel pal boven ons, benen wijd. Hij heeft een ontbloot bovenlijf, het geweer in zijn handen, zijn ogen strak gericht op mij.

We kunnen bij de boot komen, zegt Sariah. *We kunnen het halen. Maar je moet erkennen dat hij jou is. Anders gaat hij niet weg.*

Ik herinner me de geit aan de kant van de weg. Ik herinner me dat ik een vork oppakte en in de hand van een van mijn moeders vriendjes stak, toen hij me probeerde te betasten. Ik herinner me dat ik mijn moeders dode lichaam achterliet in die koude, smerige flat, en mezelf dwong achter te laten wie ik was, genesteld in haar koude armen.

George staat nu onder ons, op de bodem van het ravijn, zo dichtbij dat hij zo een uitval kan doen om mij vast te grijpen. Ik kan de regendruppels op zijn gezicht zien wanneer hij het geweer opheft alsof hij de loop in mijn gezicht wil rammen. Hij grauwt tegen me.

Ik zei dat je hier moest blijven.

Ik probeer me op handen en knieën tegen de modderige heuvel op te trekken naar de rand van het klif dat naar de boot leidt. Ik kan Sariah horen hijgen, voel haar handen aan me trekken. Maar ik weet dat ik de confrontatie met hem aan moet gaan. Er zit niets anders op. Langzaam draai ik me om, ik ga rechtovereind staan en kijk hem aan.

Hij richt het geweer.

Maar dan verschijnen Hazel en Joe, die George van achteren beetgrijpen. Er klinkt een gil wanneer Hazel tegen de grond geslagen wordt, en op het moment dat ik erop afstorm, weet Joe George het geweer afhandig te maken. Hijgend veegt hij het haar uit zijn gezicht en richt het op George.

Zo is het genoeg geweest, George! schreeuwt hij. *Kappen, of ik schiet!*

2 april 2015

Potter's Lane, Twickenham

Lochlan: Kommeno is verwaarloosd, één grote wildernis. Toen Eloïse en ik er trouwden, was het een verborgen paradijsje, dat floreerde met een nieuw hotel, winkeltjes en regelmatige ferry's vanaf Kreta. Ze waren villa's aan het bouwen aan de westkust, en Magnus liet de oude boerderij opknappen die al eeuwenlang op het hoogste punt van het eiland stond. Daar brachten Eloïse en ik onze eerste nacht als getrouwd stel door.

Maar met de recessie droogde de economie van het eiland op. De winkeltjes sloten als eerste, daarna het hotel en de bouwbedrijven, en zodra de winkeltjes verdwenen waren, schrapten de ferry-eigenaren het eiland van hun dienstregeling. Misschien dat de boerderij nog schoon drinkwater heeft en stroom van zonnepanelen. Volgens Magnus zouden er nog blikken en potten met ingemaakt voedsel in een oude voorraadkast kunnen zijn, dekens en kleren in de slaapkamers, genoeg hout in de buurt om het fornuis te laten branden. Maar er is geen vervoer meer naar het eiland, en het is behoorlijk afgelegen. Eloïse is nu twee weken weg. Zelfs als ze daar niet heen ging om zichzelf van kant te maken, is de kans groot dat ze is verdronken. Ik word heen en weer geslingerd tussen hoop en de verlammende zekerheid dat ze dood is.

Wees alsjeblieft nog in leven, El. Wees er alsjeblieft. Ik ben onderweg.

Max komt binnenrennen op het moment dat ik mijn portefeuille pak en een weekendtas uit de kast.

'Waar ga je naartoe, pap?'

Ik kniel voor hem en neem zijn handjes in de mijne. Hij kijkt me aan met die prachtige, onschuldige kijkers van hem, en ik kan amper een woord uitbrengen. 'Ik, eh… ik ga een klein tripje maken, Maxie…'

‘Ga je mama ophalen?’

En ik laat je nooit in de steek.

Ik weeg mijn woorden op een goudschaaltje. Ik moet blijven hopen. Omwille van hem. ‘We denken dat we weten waar mama naartoe is gegaan. Het is niet zeker, maar –’

‘Mag ik mee?’

Ik laat mijn hoofd hangen. Dit had ik kunnen verwachten. ‘Nee, absoluut niet. Het is beter dat jij hier blijft...’

‘Ik wil mee! Ik wil mee! Ik wil naar mama!’

Hij barst in tranen uit, en ik trek hem tegen me aan in een stevige omhelzing. Ik wil hem zo graag in bescherming nemen. Het is niet eerlijk dat hij dit allemaal moet meemaken. Voor ik het weet, lopen de tranen over mijn wangen en maken ze de hals van zijn T-shirt nat. Hoe kan ik hem vertellen dat zijn moeder dood is?

Max laat niet los, zegt niets, maar staat toe dat ik hem stevig vasthoud.

Zodra ik loslaat, begint hij te smeken. ‘Mag ik alsjeblíéft mee, pap? Ik beloof dat ik lief zal zijn.’

Ik veeg mijn ogen af met de ene hand en aai hem over zijn wang met de andere. Ik kan geen nee tegen hem zeggen, ik kan het gewoon niet. En trouwens, we hebben geen tijd om nog kinderopvang te regelen.’

‘Oké, Maxie. Als je schone kleren pakt, mag je mee.’

Terwijl in mijn hoofd een stem schreeuwt dat ik onverantwoordelijk en volslagen krankzinnig ben dat ik me heb laten vermurwen, sprint hij al naar zijn kamer en komt even later terug met een handvol hemdjes, zijn Thomas de stoomlocomotief-rugzak achter zich aan slepend.

‘Ik heb een schone broek. Heb jij een schone broek, pap?’

Ik prop zijn spullen in de tas, waarop hij terugvliegt naar zijn kamer. ‘Kom op, Max. We moeten weg.’

Een tel later is hij terug, een bezorgde trek op zijn gezicht. ‘Ik wil mijn Rosie voor mama meenemen.’

‘We mogen geen bloemen meenemen in het vliegtuig, Max.’

Hij wordt boos. 'Nee, Rosie... Mama vindt Rosie leuk. Ik wil Rosie voor haar meenemen, zodat ze zeker weer thuiskomt.'

Normaal gesproken zou ik hem bij de hand pakken en meetrekken, ongeacht wat hij probeert uit te leggen. Maar in plaats daarvan weersta ik de neiging om hem te laten voortmaken. Ik kniel voor hem, en bij het zien van mijn kalme reactie, ademt hij langzamer in en uit en legt het uit.

'Rosie de tréín, pap. Thomas is mijn favoriet en Rosie die van mama.'

'En je denkt dat als we Rosie meenemen voor mama, ze met ons mee terug wil?'

Hij knikt en veegt zijn neus af.

Ik pak hem bij de hand en we lopen naar zijn kamer, waar we door een doos speelgoed gaan tot hij een paars treintje met een vrouwengezicht ontdekt. Zijn gezicht klaart op.

'Gevonden! Ik heb haar gevonden, pap!'

'Goed zo, Max.'

Stralend kijkt hij naar me op. 'Laten we mama gaan ophalen!'

2 april 2015

Twee zeemijlen van Kommeno

Eloïse: De dag dat ik vertrok, hoorde ik buiten iets.

De roep van iets wilds. Een duistere kracht die me in een trance bracht. Alsof het verleden opdoemde en zijn klauwen in me zette.

Het zei: Hoe kan iemand die zo beschadigd is als jij, een goede moeder zijn?

Ik weet niet zeker of het de vraag of het antwoord was waardoor ik brak.

Ik vertrok zonder sleutel, zonder telefoon, zonder creditcard of pinpas. Ik was me vaag bewust van wat ik deed, alsof ik midden in de nacht even wakker werd halverwege een droom. Ik was al iets abstracts, geen mens meer. Geen echtgenote, geen moeder. Ik wilde niet dat iets me bond aan de kinderen, niets met mijn naam en gezicht bij hen. Het zou hen alleen maar schaden.

In het laatje van de haltafel vond ik mijn Zwitserse paspoort en de envelop met geld die mijn opa me had gegeven de laatste keer dat ik hem zag. Zeshonderd pond. Voor de nieuwe baby, zei hij. Ik nam het geld mee en liep de voordeur uit, die ik zachtjes achter me dichttrok. Ik wilde de kleintjes, Max en Cressida, niet wakker maken. Ze waren allebei in dromenland en zo, zo mooi. Net engeltjes. Ik wist zonder ook maar een spoortje twijfel dat ze veel beter af waren zonder mij.

Buiten was het stil. De klik van de deur sloot alles af wat achter me lag – mijn leven met Lochlan. Onze kinderen. Mijn angsten om hun moeder te zijn, om zulke prachtige, tere bloempjes te beschadigen. Ze waren kwetsbaar als bloemblaadjes, en ik voelde me niet bij machte om hen te beschermen tegen wat ik zou kunnen aanrichten. Dat had mijn moeder een keer tegen me gezegd.

Jij wordt later precies zoals ik.

Ik geloofde haar zonder meer, want dat doet een kind nu eenmaal. Alle ellende die ons beiden was overkomen, was mijn schuld, mijn schuld.

Ik liep de straat uit. Het ging zo gemakkelijk.

Het leek of de wereld om me heen wegviel. Ik kwam bovendrijven. Midden in het park bleef ik staan, want ik had het plotseling bloedheet, en deed mijn sjaal af. Daarna nam ik een taxi naar het vliegveld en stapte op een vliegtuig naar Kreta. Ik wist precies waar ik naartoe wilde. Ik was er zo vaak geweest dat ik er niet over hoefde na te denken hoe ik er moest komen. Ik wilde daar zijn waar het allemaal begon. Ik wilde daar zijn waar Lochlan en ik aan ons huwelijk waren begonnen. Ik wilde de tijd terugdraaien.

Hoe had ik hem moeten vertellen wat mij zo'n doodsangst aanjoeg? Ik had geprobeerd met hem te praten tijdens perioden waarin ik me sterk voelde. Hij was er met zijn hoofd niet bij, en ik had het gevoel dat ik een verwilderde kant in me had die hij nooit zou kunnen begrijpen of invoelen. Hij zou me erom haten. Hij zou niet meer van me houden.

In het vliegtuig zat ik naast een oudere man, die me vroeg waar ik naartoe ging. Dat vertelde ik hem, maar ik kon hem al niet meer vertellen waarom. Lochlans naam speelde door mijn hoofd, uiteengespat in betekenisloze lettercombinaties.

Tegen de tijd dat we landden, wist ik niet meer waar ik vandaan kwam. Ik huurde een boot om naar het eiland te zeilen. Ik wist dat ik daar veilig zou zijn, dat ik me compleet zou voelen. Ik had me daar een keer compleet gevoeld, de beste versie van mezelf.

Maar er stak een storm op. Gigantische golven sloegen over de boot. Ik verloor mijn jas, mijn ringen en oorbellen. Op een of andere manier wist ik de boerderij te bereiken, waar ik de anderen trof.

Alleen was daar geen sprake van. Ik was er in mijn eentje.

Sariah en Hazel zeulden me tussen hen in naar de boot, terwijl Joe George voortdreef, het geweer in zijn rug. We klauterden langs het steile klif naar het strand, waarbij we pollen helmgras vastgrepen wanneer de steunpunten onder onze voeten afbrokkelden. De zeevogels cirkelden razend en krijsend om ons heen, bang dat we hun nesten zouden vernielen.

Onder ons beukte de zee al op de rotsen, graaide met witte klauwen naar de boot.

Zet alle zeilen bij, riep Sariah vanaf de vloedlijn, en dat deed ik. Hazel, Joe en George staken hun armen op en zwaaiden voordat ik me omdraaide om de zeilen te hijsen.

Toen ik even later achterom keek, waren ze allemaal verdwenen.

Kommeno is een schaduw achter de golven die tegen de zijkant van de boot slaan. De wind slingert de boot heen en weer, en ik verplaats me vliegensvlug van de ene naar de andere kant om door middel van mijn gewicht en aan de hand van de sterren boven me op koers te blijven. Het zou een stuk makkelijker zijn als Sariah bij me was.

Ik hoor een geluid in de verte, het lage geronk van een speedboot. Met pijn en moeite klim ik in de mast en tuur naar het noorden, en dan zie ik het: een lichtje in de verte. Aan dek rommel ik in de bergruimte naar de verrekijker en stel hem scherp. Ik zie een speedboot over de golven stuiteren. Een witharige man aan het roer. Er zijn anderen bij hem. Een man met een kind op de arm, een klein jongetje. Nog een oudere, langere man. Ze staan te wijzen en schreeuwen, en ik wil terugschreeuwen. Maar dan slaat er een golf tegen de zijkant van de boot, waardoor de verrekijker uit mijn hand vliegt. De boot kantelt en de masten verdwijnen in zee.

De tijd lijkt te vertragen op het moment dat ik het water raak en kopje-onder ga. Een sliert belletjes langs mijn wang, dan niets. Ik open mijn ogen. Blauw licht, stilte.

Ik zink.

De geboorte van mijn zoontje.

Zo'n opluchting toen hij uit me gleed, toen ze hem in mijn armen legden, zo glibberig als wat. De navelstreng nog verbonden. Ik had er nooit bij stilgestaan dat het zo'n dik blauw koord was dat ons verbond. Ik wilde bijna niet dat ze hem doorknipten. Ik wilde niet dat we van elkaar gescheiden werden.

Ik hield hem tegen me aan en keek in dat kleine snoetje, besmeurd met bloed en zo verfrommeld van al die tijd in het geboortekanaal. Zijn prachtige armpjes, de gebalde knuistjes tegen zijn borst gedrukt. Een wonder dat hij van mij was.

Het is verleidelijk om onder water te blijven. Hier voel ik geen pijn of paniek, en het is heerlijk om door het koele blauw te zweven. Ik ben nu zekerder van wie ik ben, zekerder dat de anderen nooit werkelijk hebben bestaan. Zij waren mij. Ik was de sterkste. Ik was degene die wist te overleven.

Mijn lijf schokt uit ademnood, maar ik maak geen aanstalten om naar de oppervlakte te zwemmen. Boven me zwiept het licht heen en weer. Schaduwen leunen naar me over. Vervormde klanken.

Eloïse! Mama!

Ik drijf naar boven.

Een hand grijpt mijn haar, dan de schouder van mijn T-shirt, waarna ik met een enorme ruk omhoog word getrokken en naar adem snakkend boven kom in de koude lucht. En op het moment dat ze me met vele handen onhandig in de speedboot hijsen, kom ik ook op een ander vlak boven, waarbij de cellen en atomen in mijn lichaam structuur geven aan het nieuwe element van mezelf.

Ik zie mijn opa, lijkbleek en geschokt, en Lochlan die zich over me heen buigt. 'Niet te geloven! Je bent het echt!' zegt hij. Hij heeft me uit het water gehesen met iets wat op een bol rode wol lijkt, maar wat een lang, rood touw is, dat aan de bovenkant van mijn reddingsvest is vastgeklikt. Hij drukt zich tegen me aan en als vanzelf sluiten mijn armen – míjn armen – zich om zijn schouders, elke vierkante centimeter van mijn huid weer tot leven gewekt door zijn vertrouwde aanraking.

Max stormt op ons af, armen naar voren gestoken uit een rood reddingsvest.

'Mama! Je bent kletsnat! Kijk, ik heb Rosie voor je meegebracht, mam. Je vindt Rosie toch leuk? Dat dacht ik, dus heb ik haar meegebracht. Ik zei toch dat mama hier zou zijn, pap. Ik zei het toch! Kom je nu weer thuis? Cressida mist je, mam. Je ruikt raar. Ben jij het echt, mam?'

Ik neem zijn gezicht tussen mijn handen en vind, eindelijk, mijn stem. 'Ja, Maxie. Ik ben het.'

3 april 2015

Potter's Lane, Twickenham

Eloïse: Ik ben wakker. Ik slaap. Ik weet het niet zeker. Ergens ertussenin. Het waas verandert in gaas. Een vitrage opbollend in de wind. Langzaam krijgt de ruimte om me heen iets bekends: de vitrage is míjn vitrage, wuivend voor het raam van mijn slaapkamer.

Het bed is bezaaid met armen en benen, het dekbed verfrommeld over gezichten en handen. Naast me ligt de baby op haar rug, armpjes gebogen naast haar hoofd. Haar lippen zijn getuit tot een roze roosje. Haar oogleden trillen in haar droom. Zulke prachtige lange wimpers. Aan de andere kant naast haar zie ik een achterhoofd. Lochlan. Mijn man. De bult van zijn schouder, het vage raspen van zijn gesnurk. Iemand anders aan mijn voeten. Voorzichtig ga ik rechtop zitten en kijk naar beneden. Een bos blonde krullen en een stevig vastgeklemde deken. Max.

Het geritsel van beddengoed wanneer Lochlan zich beweegt. Hij draait zich om en kijkt me aan. Zijn zwarte haar warrig en zijn gezicht ongeschoren. Donkere kringen onder zijn ogen. Hij is afgevallen, ziet er jaren ouder oud. Hij steekt een hand naar me uit, en onwillekeurig krimp ik ineen. Hij trekt zijn hand terug.

'Hoe voel je je?'

'Oké,' zeg ik, maar mijn stem klinkt mat en hij lijkt niet overtuigd. Hij wrijft over zijn gezicht en geeuwt. Het scherm van zijn telefoon is zichtbaar op het nachtkastje. Het geeft 05.53 aan.

'Wil je iets hebben?' vraagt hij. 'Heb je honger? Dorst?'

Ik stap uit bed en loop naar de overloop. Lochlan gaat rechtop zitten en roept me ongerust na, maar ik zeg dat hij maar weer moet gaan slapen. Mijn geheugen komt steeds verder terug. Het is hetzelfde soort gevoel als wanneer het bloed terugstroomt in de aderen van een slapend been: een overweldigende tinteling. Het komt me allemaal weer vertrouwd voor. Onze slaapkamer. Mijn kast, met al mijn kleren. Mijn man. Onze kinderen.

Ik loop de trap af en bekijk onderweg de ingelijste foto's aan de muur. Ik herinner me dat ik deze foto's nam, ervoor poseerde. Ik weet dat ik ze heb laten inlijsten. En wanneer ik in de hal kom, herinner ik me het moment dat ik besloot weg te gaan. Max en Cressida lagen boven te slapen. Hoe had ik hen achter kunnen laten? Er had van alles kunnen gebeuren. Het had hun dood kunnen betekenen.

'Eloïse?'

Ik hoor Lochlan in de hal, zijn voeten vormen schaduwen in de kier onder de deur. Ik zit in de kast onder de trap, achter de jassen met een muffe regengeur. Ik wil me in mezelf opvouwen.

Het was anders op de terugvlucht naar Londen. Ik hield Max zo stevig vast, en toen hij zichzelf had uitgeput met zijn gebabbel en op mijn schoot in slaap viel, streek ik de mooie, goudblonde krullen van zijn voorhoofd en kuste hem op zijn zachte wangen. Het was zalig om hem weer vast te houden. Er was niets over van de angst die me bij hem had weggejaagd, alleen diepe, onvoorwaardelijke liefde. In Londen aangekomen, stapten we in een taxi en reden terug naar Potter's Lane, alles in inktzwarte duisternis gehuld.

Een zacht klopje op de kastdeur.

'Eloïse, liefje? Zit je hier?'

Ik probeer heel hard om mijn ademhaling onder controle te krijgen. Ik kan maar niet ophouden met hyperventilerend naar lucht te happen. Mijn hart gaat als een razende tekeer in mijn borst, en het enige waardoor ik het gevoel kan verjagen dat ik doodga, is door mijn ogen stijf dicht te knijpen en mijn handen tot vuisten te ballen.

De deur gaat open. Ik open mijn ogen niet, maar blijf gefocust op mijn ademhaling. Rustig, rustig… Ik voel dat hij op handen en knieën naar me toe kruipt, want de jassen zwaaien tegen mijn kruin. Na een paar tellen gaat hij naast me zitten in precies dezelfde houding, met zijn knieën opgetrokken tegen zijn borst. Hij zegt niets. Ik wil ook niet dat hij iets zegt. Ik wil dat de panische angst weggaat. Soms laat die los. Ik moet de beelden in mijn hoofd stopzetten. Als ik mijn ogen sluit, stoppen ze misschien.

Na een uur ben ik in staat om uit de kast te kruipen. Lochlan volgt me. Rivieren van goudkleurig licht over de vloer van onze hal. Zonsopgang. We wonen in een schitterend huis. Ik hoor lichte, snelle voetstappen boven, het geluid van Max' stem die ongerust om me roept. Lochlan staat voor me. Hij kijkt me liefdevol aan. Zo heeft hij al heel lang niet meer naar me gekeken. Het lijkt of zijn ogen me zoveel meer zeggen dan woorden ooit zouden kunnen.

Langzaam legt hij zijn armen om me heen en trekt me tegen zich aan. Na een paar seconden realiseer ik me dat hij huilt.

3 mei 2015

Vrouwenafdeling, Maudsley-kliniek, Londen

Eloïse: De kamer komt langzaam in beeld. Er zit een vrouw met een vriendelijk gezicht en een bril tegenover me, een deur met drie glazen panelen een eind achter haar. Een salontafel met een vaas dikke, gele tulpen als in gebed gevouwen handen.

'O, hallo, Eloïse,' zegt ze. 'Ben je er weer?'

'Ben ik weg geweest dan?'

'Daarnet was je Joe, geloof ik. Joe vertelde ons in geuren en kleuren hoe hij voor je zorgt. Dat hij het best weet hoe hij je fysiek kan genezen.' Ze glimlacht. 'Hoe voel je je nu?'

'Een beetje daas,' zeg ik, over mijn lippen likkend. Ze zijn vreselijk droog, en ik ben duizelig.

'Joe vertelde me hoe hij je weer op de been hielp na je reis naar het eiland. Zo te horen is hij erg vindingrijk.'

'Klopt.'

'En Hazel. Ik geloof dat ik Hazel gisteren heb gesproken. Ze is erg grappig.'

'O ja?'

'Ja. Een tikje eigenzinnig ook. Ze lijkt behoorlijk jong.' Een lange stilte. 'Maar dan George. Denk je dat hij het niet prettig vindt dat de anderen over hem praten?'

Langzaam knik ik.

'Waarom niet, denk je?'

'Dat weet ik niet.'

'Een van de dingen die ik graag zou willen doen, is je verschillende persoonlijkheidstoestanden vragen zichzelf voor te stellen, en hopelijk kunnen we ze dan zover krijgen dat ze ook met elkaar gaan communiceren.'

'Ik denk dat George Max in bescherming neemt.'

'O ja?'

'Ja. Ik denk dat ik er van hem niet over mag praten omwille van Max.'

'Je mag van hem niet praten over wat je als kind is overkomen?'

'Nee. Volgens mij... als ik er niet over praat, is het ook niet gebeurd. Ik kan doen alsof het nooit is gebeurd. Niemand wist ervan.'

'Oké. Dus George wil voorkomen dat Max dat te weten komt?'

'Hoe het werkelijk zit. Ik heb het gevoel dat het mijn schuld was. Diep vanbinnen ben ik ervan overtuigd dat ik het aan mezelf te wijten had.'

'Je vindt dat het misbruik jouw schuld was.'

'Ik weet dat het idioot klinkt, maar zo voel ik het. Misschien als ik het aan iemand had verteld, of een liever, gehoorzamer kind was geweest...'

'Eloïse?'

'Ja?'

'Je was een paar minuutjes weg. Ik geloof dat Sariah bij ons was.'

'Hoe weet je dat?'

'Je manier van doen verandert wanneer Sariah er is. Je stem verandert ook. Sariah vertelde ons dat het absoluut niet jouw schuld is. Ze vertelde ons over sommige dingen die je zijn overkomen toen je nog heel jong was. Ze wil je echt genezen, Eloïse. Ik moest ook zeggen dat ze je een geweldige moeder vindt.'

Ik krijg een brok in mijn keel. 'Ik hou van mijn kinderen.'

'En zij houden van jou...'

'Ik herinner me dat ik de dag voordat ik naar Kommeno ging, naar Max keek toen hij lag te slapen, en hij was zo mooi, zo volmaakt. En het drong tot me door dat ik waarschijnlijk even oud was als hij toen het misbruik begon. Dan lag ik in mijn eigen bed, net als Max, en –' Ik kan het niet hardop zeggen. Ik kan niet beschrijven wat er met me gebeurde.

‘Rustig maar,’ zegt ze. Ze tilt haar armen op en kruist ze over haar borst, handen op de tegenoverliggende schouder, en ik doe hetzelfde. Het geeft een veilig gevoel, en na een paar minuten praat ik verder met mijn ogen dicht.

‘Ik denk dat ik overrompeld werd door de gedachte dat ik net zo’n kind was als Max nu is, zo argeloos en weerloos.’

‘Het was niet jouw schuld. Jij had helemaal nérgens schuld aan.’

De brok in mijn keel wordt groter, pijnlijker. Ik knijp mijn ogen stijf dicht. ‘Maar hoe kan ik een goede moeder voor hen zijn? Hoe kan ik ze nou niet op een of andere manier beschadigen? Ik bedoel, ik liet ze achter. Ik liep het huis uit, liet ze alleen achter. Wat als er iets was gebeurd?’

‘Eloïse, je verkeerde in wat bekendstaat als een fuguetoestand, of dissociatieve fugue, een schemertoestand waarbij de verbinding verbroken wordt tussen de normaal gesproken geïntegreerde functies van bewustzijn en waarnemingsvermogen. Ik geloof dat dit een gevolg was van het trauma dat je al zo lang verdringt. Begrijp je wat ik zeg?’

‘Ja.’

‘Je was evenmin verantwoordelijk voor dit gevolg als wanneer je van de trap was gevallen en bewusteloos was geraakt.’ Ze spreekt langzaam en kiest elk woord zorgvuldig, alsof elke lettergreep een scherp voorwerp is.

‘Oké.’

‘Weet je nog wat we gisteren hebben besproken,’ zegt ze. ‘Dat trauma’s een voetafdruk achterlaten in het lichaam, met name in het zenuwstelsel. Je was zo jong dat je onmogelijk kon verwerken wat je overkwam. Je schakelde je gevoel uit en sloot jezelf ervoor af, alsof het iemand anders overkwam. Waarschijnlijk heb je in de loop van je leven hallucinaties gehad, en kortere perioden van geheugenverlies. Alsof de klok vooruitsprong.’

‘Ik weet nog dat ik een keer ruim honderd beantwoorde e-mails op mijn werk zag, maar waarvan ik me absoluut niet kon herinneren die te hebben geschreven.'

'E-mails voor je hulporganisatie?'

'Ja.'

'Waarschijnlijk was de rol van een van je alters om de taken uit te voeren die van jou als directeur werden verwacht. Volgens mij had je gisteren een begeleide meditatiesessie, waarin je jezelf bepaalde rollen zag vervullen. Herinner je je welke alter bij de hulporganisatie werkte?'

Een lange stilte.

'Sariah.'

'Wat je voor ogen moet houden, is dat Sariah deel van jou uitmaakt. Jíj bezit die kracht en die onbaatzuchtigheid. We gaan eraan werken om haar weer te integreren in jouw identiteit.'

'Ze bleef maar zeggen dat ze voor me zorgde. Op het eiland.'

'Geloof je dat?'

'Ja.'

'Het is een beschermingsmechanisme van je geest. Een overlevingsmechanisme.'

'Maar wat als het weer gebeurt? Wat als ik weer wegloop en hen in de steek laat? Hoe kan ik daarmee leven?'

Ze glimlacht, wat ik vreemd vind.

'Daarom ben ík hier,' zegt ze. 'We gaan hieraan werken. Het zal tijd kosten. Maar we komen er wel. Eerst moeten we George zover krijgen dat hij met de anderen praat. Zullen we hem er weer bij vragen?'

25 juni 2015

Potter's Lane, Twickenham

Lochlan: 'Welk verhaaltje wil je vanavond, Max?'

Hij kijkt naar zijn boekenkast, die ik aan de muur heb vastgeschroefd, zodat alle boeken er met de kaft naar voren in kunnen.

'*De Gruffalo*, graag.'

'Oké. Erin dan.'

Hij wurmt zich onder zijn dekbed. Ik heb Cressida op mijn knie, en zij probeert uit alle macht iets van de grond te pakken. Ik zie een teddybeer half onder het bed uitsteken en raap hem op om aan haar te geven. Ze begint onmiddellijk op zijn oor te kauwen.

'Toe dan, pap! Lees het voor!' zegt Max, en dus lees ik het verhaal van de Gruffalo voor de honderdste keer voor. Het is me opgevallen dat Max zijn verhaaltjes afstemt op de voorlezer. Wanneer Gerda hem naar bed brengt, laat hij haar *Rupsje Nooitgenoeg* voorlezen. Af en toe brengt Magnus hem naar bed, en zijn boek is blijkbaar *We gaan op berenjacht*. Ze hebben een paar straten verderop een huis gehuurd om dicht bij ons te zijn, maar ook weer niet te dichtbij. Het boek dat hij voor Eloïse heeft bestemd, is *Raad eens hoeveel ik van je hou*. Ik denk dat het met onze accenten te maken heeft. Max vindt het te gek wanneer ik mijn Schotse accent extra vet aanzet voor het Gruffalo-beest, met een rollende r. Dan probeert hij me lachend na te doen. De Grrruffalo!

Wanneer ik het verhaal ditmaal voorlees, dringt eigenlijk pas tot me door waar het werkelijk over gaat: een muis verdedigt zich tegen roofdieren door een verhaal te verzinnen over een heel eng monster dat zogenaamd zijn beste vriend is. De roofdieren besluiten de muis maar niet op te eten voor het geval de Gruffalo dan op wraak zint, totdat de muis een monster tegen het lijf loopt dat sprekend lijkt op het monster dat hij heeft verzonnen: de Gruffalo, de belichaming van zijn diepste angst. Door de confrontatie aan te gaan met deze angst en die te slim af te zijn, wordt hij de held van het verhaal.

Tegen de tijd dat ik halverwege het boek ben, is Max al in slaap gevallen. Cressida zit te draaien en trappelen op mijn schoot, en kauwt Max' teddybeer halfdood. Ik hoor Eloïse de trap op komen en over de overloop naar de badkamer lopen. Aan haar lichte, energieke tred hoor ik dat ze een goede dag heeft. Ik heb geleerd op deze manier haar stemming aan te voelen, de signalen op te pikken die ze afgeeft door haar lichaamstaal, manier van praten, de vragen die ze stelt. Precies zoals ze mij al die jaren aanvoelde, door de kanten van zichzelf verborgen te houden waarvan ze wist dat ik ze niet kon begrijpen.

Het verleden kan zoveel monsters bevatten die maar niet willen doodgaan.

Eloïse stopte haar angst weg, dat is alles. Zo'n simpele omschrijving voor zoiets ingewikkelds. Ze gaat er nu de confrontatie mee aan, elke dag weer. En ik vind dat ze daarom een held is.

Ik heb nooit op die manier naar haar gekeken.

Gisteren werd ze ontslagen uit de kliniek. Ik nam haar mee naar huis, waar ze werd verwelkomd door een klein groepje mensen die van haar houden: Gerda, Magnus, haar vriendinnen Niamh, Lucia en Vinny, en Max en Cressida natuurlijk. En hoewel ik bang was dat het misschien te veel voor haar was, leek ze helemaal de oude, benieuwd naar Lucia's babynieuwtjes en verrukt over Cressida's pas ontdekte liefhebberij om rare gezichten te trekken. Max deed enthousiast mee door scheel te kijken en zijn tong uit te stekken. Ik geloof dat het haar geruststelde dat niemand vreemd tegen haar deed na haar verblijf in de kliniek. Er was heel wat voor nodig om haar zover te krijgen dat ze zich liet opnemen, maar nadat ik het had besproken met dokter Goff, was ik ervan overtuigd dat het de beste stap was.

We zijn allemaal nog druk doende om de puzzelstukjes in elkaar te passen. Ik dacht altijd dat een ziekte een ziekte was; je kreeg een diagnose, en een prognose, en medicijnen, en dat was dat. O, ik mocht willen dat ik nog zo naïef was. Zo zalig onwetend van de vele verborgen hoekjes van de geest, en de schaduwen die daar huizen. Els ziekte is complex, ernstig, en het traject is nog lang. Wat heet, in sommige opzichten zijn we er amper aan begonnen.

Twee weken geleden hadden Gerda en ik weer een afspraak met dokter Goff – Tara – vlak nadat Eloïse was opgenomen. Tara had bijna dagelijks gesprekken met haar gehad, en Gerda, Magnus en ik wilden heel graag weten waarom Eloïse was weggelopen, en of het opnieuw zou kunnen gebeuren. Niamh paste op Cressida en Max, terwijl wij naar haar kantoor in het Maudsley Hospital gingen.

Misschien klinkt het maf, maar het was echt net of wij drieën weer naar El op zoek waren. Een deel van haar was niet teruggekeerd. Ik stelde me dit deel voor als gevangen, gegijzeld in het verleden, het kleine meisje dat ze destijds was, nog steeds opgesloten. Aan haar lot overgelaten. Niemand kon haar redden. We konden alleen maar ons uiterste best doen om haar te helpen de uitgang te vinden.

Het ziekenhuis was prettig, voor zover je dat kunt zeggen van een psychiatrische kliniek. Geen dwangbuizen, geen elektroshockmachines. Dat viel in elk geval mee. Tara was tegemoetkomend en vriendelijk. Ze ging ons voor naar een kamer bestemd voor 'familieoverleg' met ramen die uitkeken op de tuin en een salontafel met smaakvolle fauteuils eromheen. Ik wist dat het nieuws niet goed zou zijn.

'Nu ik kans heb gehad om Eloïse regelmatig te spreken,' begon ze, 'zie ik dat ze symptomen vertoont van derealisatie en depersonalisatie, waardoor ze zichzelf soms van een afstand ziet. Ze vertoont ook een extreme mate van vergeetachtigheid, geheugenverlies zelfs, en is delen van de tijd kwijt. Ze zei dat ze vroeger wel eens antwoorden op e-mails ontving die ze zich absoluut niet kon herinneren te hebben verzonden, of midden in de nacht wakker werd zonder te weten wat ze de dag ervoor had gedaan. Ik heb nog geen officiële diagnose vastgesteld, maar ik kan jullie wel zeggen dat deze symptomen kenmerkend zijn voor dissociatieve identiteitsstoornis.'

'Meervoudige persoonlijkheidsstoornis, bedoel je?' zei Gerda. We hadden allemaal als een gek zitten googelen sinds Els terugkeer en waren gebombardeerd met vreemde, onbekende termen. Dissociatieve fugue. Dissociatie. Woorden waar ik nog nooit van had gehoord.

'Meervoudige persoonlijkheidsstoornis is de oude benaming voor DIS, ja,' beaamde Tara.

Magnus kwam tussenbeide, verward. 'Neem me niet kwalijk, maar wat is dissociatieve identiteitsstoornis?'

'Van DIS is sprake wanneer iemand zich losmaakt van zichzelf, meestal als gevolg van een extreem trauma of bindingsangst,' legde Tara uit. 'Ik moet echter zeggen: ik ben geen fan van het begrip "stoornis".'

Nu was het mijn beurt om verward te kijken. 'Hoe dat zo?'

'Het impliceert dat de persoon moet worden "gerepareerd",' zei ze, waarbij ze met haar vingers aanhalingstekens in de lucht vormde. 'Ik zie mensen als individuen, bij wie psychische aandoeningen zich op hun eigen, unieke manier openbaren.' Ze wilde meer zeggen, maar hield zich in. 'Maar goed, dat lijkt me een gesprek voor een andere keer. Eloïse vertoont symptomen van wat doorgaans DIS wordt genoemd. Het is een vorm van geesteziekte waarbij de persoon in kwestie een andere, opzichzelfstaande identiteit of persoonlijkheidstoestand creëert, en vaak meerdere identiteiten.'

'Pardon,' zei Magnus. 'Maar ik begrijp dit concept echt niet. Wat bedoel je precies?'

Tara maakte ons duidelijk dat we allemaal verschillende kanten van onze persoonlijkheid hebben, maar dat sommige mensen kunnen ervaren dat hun persoonlijkheid versplintert in een reeks verschillende persoonlijkheden oftewel 'alters'.

'De reden dat iemand deze alters, of andere persoonlijkheden, creeert,' legde ze uit, 'is onderdeel van de ingenieuze overlevingsstrategie van het menselijk brein. Dat is trouwens ook de reden dat ik een hekel heb aan het begrip "stoornis". Het is een psychologisch fenomeen.' Ze schudde haar hoofd en vervolgde op gedempte toon: 'Zoals jullie weten werd ze op heel jonge leeftijd slachtoffer van misbruik en had ze weinig tot geen binding met haar ouders tijdens haar vormende jaren. Een vierjarig kind dat wordt blootgesteld aan onvoorstelbaar seksueel misbruik, is niet in staat er iets aan te doen.'

Gerda sloeg een hand voor haar mond. Het Tara hardop te horen zeggen, was alsof er een mes in mijn maag werd omgedraaid. Het was niet te bevatten. Ik zag het gezicht van mijn zoontje voor me. Te bedenken dat zo'n jong kind zo te lijden had... Het brak mijn hart.

Tara ging verder, legde het zo tactvol mogelijk uit. 'Het spijt me,' zei ze. 'Ik weet dat dit verschrikkelijk moeilijk te verwerken is...'

'Nee, alsjeblieft,' zei Gerda met een blik op Magnus. 'We moeten het begrijpen. Ga alsjeblieft verder.'

Tara ademde diep in. 'Als een kind wordt misbruikt door iemand die ze vertrouwen, een familielid bijvoorbeeld, die aardig en liefdevol tegen hen is in het openbaar en hun vervolgens gruwelijke dingen aandoet in het geheim... Dan móét de geest een mechanisme bedenken om ermee om te gaan. Een van deze mechanismen is het vermogen om andere identiteiten te creëren die het overnemen, de leiding nemen, en het kind in staat stellen verder te leven.'

'Hoe kun je het ontwikkelen van een hele galerij aan hallucinaties "ermee omgaan" noemen?' zei Magnus, die van mij naar Gerda keek.

'Het heeft Eloïse op de been gehouden,' zei Tara bloedserieus. 'Een heleboel mensen die als kind zijn misbruikt, raken verslaafd aan drugs, hebben ernstige zenuwinzinkingen en kunnen als volwassene niet normaal functioneren. Eloïses reactie was anders. Wat wij dissociatieve identiteitsstoornis noemen, is precies waardoor zij kon blijven functioneren. Het is de reden dat een hoop mensen met DIS die ik behandel, beweren delen van de tijd kwijt te zijn. Dat komt doordat hun alters het overnemen. De alters koken, maken schoon, doen de dagelijkse dingen die voor de patiënt te veel zijn geworden,' zei ze.

Magnus keek sceptisch, maar ik had hier online over gelezen, YouTube-filmpjes gezien van mensen die van de ene in de andere persoonlijkheid veranderden. Nu ik het begreep, wist ik dat ik Eloïse dit wel eens had zien doen. Maar ik had het toegeschreven aan andere dingen: hormonen, een rotdag, slaapgebrek. Op het oog leek ze volkomen normaal.

'Deze alters zijn zo krachtig en zo concreet dat ze hun eigen naam hebben, hun eigen sympathieën en antipathieën,' zei Tara. 'Ze kunnen totaal verschillende gezichten en manieren hebben, zelfs verschillende hartslagen. Vaak verschilt hun eigen handschrift van dat van de alters.'

Handschrift. Uiteraard deed dit een belletje rinkelen. 'Het notitieboekje,' zei ik, en Gerda en Magnus keken me aan alsof ze nu pas in de gaten hadden dat ik er was. 'Vlak voordat we El vonden, kwam ik een notitieboekje van haar tegen,' legde ik uit. 'Het was raar... sommige gedichten en teksten erin waren in een ander handschrift, andere in dat van Eloïse. Ik herkende ze niet. Ik ging ervan uit dat het te maken had met het schrijversgroepje waarover Niamh het had. Er stonden ook tekeningen in.'

Tara knikte alsof dit volkomen logisch was. 'Alters,' zei ze eenvoudigweg. 'Heb je namen zien staan?'

Ik dacht terug. 'Volgens mij heb ik "Joe" zien staan.'

'Ja, Eloïse had het over Joe,' zei ze. 'Hij was degene die Eloïses lichamelijke verwondingen verzorgde in de jaren dat ze bij haar moeder woonde. Oftewel: ze leerde heel goed voor zichzelf te zorgen. Ze ontwikkelde methoden om om te gaan met wat haar overkwam.'

Tara liet een lange stilte vallen om dit allemaal bij ons te laten binnenkomen. Uiteindelijk zei Gerda: 'We zouden Eloïse eerder in huis hebben genomen, als we hadden geweten wat er aan de hand was. Destijds lag het anders. Grootouders hebben heel weinig rechten in dit land, en zeker niet genoeg om een verzoek in te dienen om een kleinkind bij haar moeder weg te halen.'

'Eloïse heeft jou en Magnus nooit iets kwalijk genomen, Gerda,' zei Tara. 'Ik heb geprobeerd de complexe emotionele reacties op haar moeder op een rijtje te krijgen. Ik weet niet zeker of we daarin zijn geslaagd, maar we hebben het geprobeerd.'

'We hebben ons best gedaan om haar een goede opleiding te geven,' zei Gerda. 'Om eventuele schade die Jude had aangericht, te herstellen. We stuurden Jude elke maand geld. Als we hadden geweten dat ze het gebruikte om drugs te kopen...'

'Waarom nu?' vroeg ik, want ik had het idee dat Gerda het gesprek op Jude wilde brengen. Ik had te doen met Jude – alhoewel, schrap dat maar, dat had ik niet, want zij droeg bij aan Els leed – maar ik wilde door. 'Wat was de aanleiding voor Els vlucht?' vroeg ik. 'Waarom ging ze naar Kommeno?'

Tara sloeg haar benen over elkaar en vouwde bedachtzaam haar handen. 'Naar mijn mening is het feit dat Max dezelfde leeftijd heeft als waarop bij Eloïse het misbruik begon, cruciaal,' sprak ze op ferme toon. 'Ze heeft het er in onze sessie over gehad. Ze begon zichzelf in Max te herkennen, terug te denken aan hoe jong en onschuldig ze was... Ik denk dat dit nieuwe inzicht botste met de verdedigingswerken die ze had opgeworpen voor haar verleden. We maken flinke stappen in het weer in contact komen met het kind dat ze is geweest, in het ontmantelen van dingen die haar werden wijsgemaakt.'

'Wat voor dingen?' vroeg Gerda.

'Eloïse was ingeprent dat ze het misbruik aan zichzelf te wijten had. Dat ze het er zelf naar had gemaakt. Dat het niet zou zijn gebeurd, als ze een liever kind was geweest.'

Gerda begon te snikken. Magnus legde een arm om haar heen, en ik maakte mezelf nuttig door naar het koffieapparaat in de hoek te lopen en voor iedereen een kop in te schenken. Ik greep de gelegenheid aan om het afgrijzen van me af te schudden dat zich onderhuids nestelde bij de gedachte aan wat mijn vrouw had doorgemaakt. En nog steeds doormaakte.

Toen ik terugkwam, ging Tara verder, zo discreet als ze kon.

'Het is belangrijk dat jullie beseffen dat ik dit vaak meemaak in mijn werk. Jonge kinderen die misbruikt worden, worden vaak onder de duim gehouden door de daders, zodat ze het niet aan een volwassene vertellen of proberen terug te vechten. Het kind gehoorzaamt, omdat ze denken dat het hun eigen schuld is.' Ze schraapte haar keel. 'Wat Eloïses psychische problemen en verdwijning betreft, denk ik dat het heel goed mogelijk is dat ze het huis verliet omdat ze bang was de kinderen te beschadigen.'

'Maar dat zou ze nóóit doen!' zei Gerda ongelovig. 'Ze is een geweldige moeder.'

'Ja,' zei Tara. 'Maar voor zover ik het kan beoordelen, vond Eloïse het steeds moeilijker om haar alters in bedwang te houden. Ze was fysiek en mentaal zwak na de geboorte van de tweede baby. Haar alters begonnen het vaker en krachtdadiger over te nemen, zozeer dat ze hen tegelijkertijd ervoer als persoonlijkheidstoestanden en hallucinaties.'

Op dit punt durfde ik de vraag te stellen waarmee ik al in mijn maag zat sinds dokter Goff voor het eerst ons leven binnenwandelde. Het is een vraag die ik waarschijnlijk nooit aan mijn vrouw zal kunnen stellen.

'Waarom heeft Eloïse het me nooit verteld?' vroeg ik. Ik was expres niet specifiek, want ik wist dat dokter Goff zou begrijpen wat ik bedoelde. Waarom vertelde ze me niet over haar jeugd? Waarom vertelde ze me niet over het misbruik, over haar problemen? Waarom praatte ze niet met mij in plaats van weg te lopen?

Dokter Goff keek me even aan, sloeg toen haar ogen op naar het plafond en ademde diep in, om haar antwoord te formuleren. We wisten allebei dat ze er alleen maar naar kon raden – maar het was tenminste gebaseerd op kennis en ervaring.

'Het is uiterst moeilijk om te beschrijven wat je vrouw meemaakte, Lochlan. Eerlijk gezegd, denk ik dat zwijgen deel uitmaakte van het overlevingsmechanisme.' Een flauw lachje. 'Het heeft niets te maken met haar gevoelens voor jou.'

Ik gaf haar een knikje als blijk van waardering voor haar poging om de meest onmogelijk te beantwoorden vraag te beantwoorden, maar ik voelde me – en voel me nog steeds – verantwoordelijk voor haar geslotenheid.

'En hoe gaat het nu verder?' vroeg Magnus. 'Nu onze kleindochter in de psychiatrische kliniek is opgenomen.'

'Eloïses therapie zal in grote lijnen uit drie fasen bestaan,' zei Tara. 'De eerste gaat om stabilisatie, de patiënt een veilige omgeving bieden om emoties te identificeren en benoemen. De tweede richt zich op het trauma, waarbij we de patiënt het verleden opnieuw laten verwerken en bespreken, hun overtuigingen en schaamte in een nieuwe context plaatsen. De derde fase gaat om het weer in contact komen met zichzelf, de patiënt vooruit te helpen.' Ze nam een adempauze om te controleren hoe ik deze informatie opvatte. 'Het is uiteraard een veel delicater, niet-lineair proces dan ik zojuist heb beschreven.'

Dit delicate, niet-lineaire proces hield een opname van twee weken in. Het duurde een poosje voor El hiermee akkoord ging, maar ik smeekte haar. Ik kan niet goed in woorden uitdrukken hoe wanhopig je moet zijn om je vrouw te smeken zich te laten opnemen in een psychiatrische kliniek. Ik vertelde het niet eens aan mijn vader. Ik kon zijn reactie al horen. *Je stopt haar in het gekkenhuis?* Maar ik zie het nu anders. Alles is veranderd, en ik denk niet dat het ooit nog als vanouds wordt. Hoe zou het ook kunnen?

Tara nam me apart toen ik Eloïse erheen bracht.

'Ik wil je wel waarschuwen,' zei ze. Gerda en Magnus waren er niet bij, en ik merkte dat ze open kaart met me wilde spelen nu ze de kans had om een-op-een met me te spreken. 'Dit is niet een snelle noodoplossing,' zei ze, doelend op de opname.

Snel? dacht ik. El zou twee weken wegblijven. Ik had Max van alles en nog wat moeten beloven om hem ervan te overtuigen dat ze thuiskwam na alles wat hiervoor is gebeurd.

'Het is een positieve stap voor Eloïse om hier twee weken te verblijven, dat is zeker,' voegde Tara eraan toe. 'Maar ze zal nog heel lang daarna door moeten gaan met haar wekelijkse sessies.'

'Hoelang?'

'De behandeling kan drie tot vijf jaar duren, misschien langer. Het duurt zolang als het duurt, dat wil ik er maar mee zeggen.'

Ik haalde mijn schouders op. Het was niet zo dat ik dit niet op zijn minst als een ernstige ziekte beschouwde. 'Oké.'

Ze keek ongeduldig, alsof ze niet tot me doordrong. 'Maar waar ik je echt voor wil waarschuwen, is de impact van deze ziekte op het gezin.'

Ik schrok. Waarom zei ze dat?

Haar uitdrukking werd zachter, en ze ging op gedempte toon verder. Er was een kans op herstel, vertelde ze me, maar het was een moeizame weg. Ze had gevallen meegemaakt waarbij een alter van een patiënt de partner van de patiënt haatte. Waarbij alters de partner van de patiënt uitscholden en zelfs sloegen of met Jan en alleman naar bed gingen. Eloïse zou binnen relatief korte tijd volledig kunnen herstellen. Of ze zou een terugval kunnen krijgen, een scala aan psychische aandoeningen ontwikkelen en nooit meer de vrouw worden met wie ik was getrouwd.

Ik keek haar strak aan en zei: 'In Glasgow hebben we een gezegde.'

'En dat luidt?'

'Morgen kunnen we allemaal dood zijn.'

'Dood?'

'Het betekent: laten we geen tijd verspillen aan wat er allemaal voor ergs kan gebeuren. Laten we ons op het hier en nu richten.'

Ze lachte welwillend. 'Geen slechte instelling, lijkt me. Maar ik vind wel dat je counseling moet regelen, om je voor te bereiden op wat gaat komen.'

Ik stak mijn handen op en trok een gezicht. 'Counseling? Bedankt, maar ik denk dat ik pas.'

Ze leek niet overtuigd. 'Ik wil je ervan bewust maken wat het van jou zal vergen. Een hoop geduld. Een hoop tijd. Een hoop liefde.'

Ik ging vanuit het ziekenhuis rechtstreeks naar kantoor en nam ontslag, daarna verkocht ik mijn auto. Misschien dat ik over een poosje op zoek ga naar een andere baan, of mijn eigen bedrijf begin. Voorlopig ga ik aan de slag als Els mantelzorger. Haar ziekte is het ware eiland. Ik laat haar niet weer stranden.

Cressida ligt te slapen in mijn armen, de teddybeer tegen haar borst gedrukt. Ik buig voorover en geef een zoen op haar kruin voordat ik haar in haar wiegje aan de andere kant van de kamer leg. Max heeft de muur boven het wiegje bestempeld als Cressida's kunstgalerie, waarvoor hij ijverig talloze kleurentekeningen op A4-vellen heeft gemaakt. Op zijn laatste kunstwerk staan El, Cressie, Max en ik als stakerige poppetjes hand in hand onder een regenboog. Ik heb zwart piekhaar, Eloïse is getekend met lang, geel haar en een grote, rode lach. Max houdt haar hand vast, en ze lijkt een eindje boven de grond te zweven. Max is de enige van ons met een rood hart in het midden van zijn stakerige borst.

Eronder heeft hij in paarse hoofdletters geschreven: FAMILIE.

Drie jaar later, 17 oktober 2018

Het Cressida Shelley Blijf-van-mijn-lijfhuis, Kampala, Uganda

Eloïse: Wat ik dus nooit had verwacht te zien: mijn oma die haar haar laat invlechten door kinderen. Maar daar zit ze, op een stoel buiten, terwijl Phiona en Blessed haar onder hun gouden handen nemen. Ze giebelen en kwebbelen, hun stemmen uitwaaierend door de heldere lucht wanneer ze mijn oma zeggen hoe mooi ze eruit zal zien zodra zij klaar zijn met haar, en dat haar haar net vanille-ijs is, en wil ze er rode of blauwe kraaltjes in? Ik glimlach om te laten merken dat ik trots op haar ben omdat ze zo haar best doet om socialer en vriendelijker te zijn, hoewel ik voornamelijk benieuwd ben hoe ze eruit zal zien met dat ingevlochten haar.

'Kunnen jullie me net zo mooi maken als Bo Derek?' hoor ik haar de meisjes vragen.

Ze zijn twaalf en zestien. Ik denk dat ze geen flauw idee hebben wie Bo Derek is, en trouwens, ze zijn veel te druk in de weer om haar te horen.

Het is vijfendertig graden vandaag, dus ik ga weer naar binnen om in de keuken van het centrum te helpen. Het is bijna lunchtijd. We geven hier dagelijks honderd mensen te eten, soms meer. Het is verbazingwekkend hoeveel mensen er op eten afkomen. Ik gaf de bouwvakkers opdracht ervoor te zorgen dat de ventilator in de keuken groot genoeg was om de etensgeuren zo ver mogelijk uit te blazen, en volgens mij werkt het goed – je kunt ze kilometers in de wijde omtrek ruiken. En het nieuws gaat natuurlijk als een lopend vuurtje rond. We hebben mensen gehad uit dorpjes meer dan vijftig kilometer hiervandaan, en wanneer mensen zo ver reizen, blijven ze langer dan voor één maaltijd. Dus geven we meteen na elke maaltijd lessen in gelijkwaardigheid, het belang van onderwijs, een eigen bedrijfje opzetten, zelfverdediging en anticonceptie. Sommige meisjes die vanuit andere dorpjes hierheen zijn gekomen, vertrouwden ons toe dat ze op het punt stonden te worden uitgehuwelijkt, en ik heb hulp voor hen kunnen regelen. Stukje bij beetje brengen we veranderingen teweeg.

'En, wat vind je?' roept mijn oma.

'Net Bo Derek!'

Ze voelt aan haar kapsel en vraagt om een spiegel. Blessed en Phiona rennen weg om er een voor haar te halen, komen dan giechelend terug. Mijn oma's gezicht licht op bij het zien van het resultaat. Ik loop naar haar toe om het van dichtbij te bekijken. Ze hebben alleen een paar rijtjes ingevlochten aan de zijkant van haar hoofd, maar het is vakkundig gedaan. Hun kleine vingertjes hebben haar fijne haar in smalle strengetjes gevlochten.

'Ik geloof dat ik het mooi vind,' zeg ze tegen hen, verbaasd. 'Gaan jullie de rest niet doen?'

Later, wanneer haar espenkleurige haar is omgetoverd tot vlasblonde strengen over haar schedel, komt ze naar de eetzaal om me te helpen het eten op te dienen. Dit doet ze inmiddels al twee weken, en we hebben nog twee dagen voordat we teruggaan naar Londen. Ze is hier in haar element; ook dat had ik nooit verwacht. Ze is begaan met de vrouwen, hoe ver hun leefomstandigheden ook af liggen van die van haar, en lijkt op te bloeien in een omgeving waar ze iets kan betekenen. Ik denk dat het haar ook met trots vervult te bedenken dat zij dit allemaal heeft bekostigd. Elke steen, tegel, zak cement en de complete inrichting is van haar bankrekening betaald.

Er zijn natuurlijk risico's verbonden aan het runnen van het centrum. Sommige mensen beweren dat we de meiden brainwashen, eeuwenoude tradities doorbreken en kwade geesten oproepen. We hebben hier bewakers moeten aanstellen, maar zelfs dat vormt een gevaar. De bewakers mogen dan ervaring hebben waardoor ze inzetbaar zijn, maar ik heb geen idee of ze omkoopbaar zijn, of de meningen van onze tegenstanders delen. En het werken met meisjes die onvoorstelbaar misbruik en geweld hebben meegemaakt, vereist een hoop veerkracht van mijn kant, een hoop geschrijf in mijn dagboek om dingen op een rijtje te zetten, om dicht bij mezelf te blijven. Ik ben me ervan bewust dat ik bepaalde triggers heb waardoor Sariah, Joe, Hazel en George het kunnen overnemen, of zelfs weer als hallucinaties kunnen verschijnen. De hallucinaties zijn een teken dat ik te veel doe en rust moet nemen. Ik heb ze al heel lang niet gezien, hoewel Lochlan het me altijd laat weten wanneer ik ben geswitcht en hij een van hen heeft ontmoet. Tot dusver mogen ze hem allemaal. Desondanks zei dokter Goff tegen me dat het een goed idee was om een voorwerp te kiezen dat me een veilig gevoel geeft. Een amulet dat ik altijd bij me draag, een kiezelsteen of zo, dat me geruststelt en me helpt de controle te bewaren.

Momenteel ben ik doodmoe na een avond tot laat te hebben doorgewerkt met een van onze nieuwe gasten. Patricia is elf en kwam hier zwaargewond aan. Ik heb haar naar het ziekenhuis in de stad laten brengen, maar de aanblik van haar verwondingen en panische angst spookt nog door mijn hoofd. Telkens weer voel ik de huivering die soms voorafgaat aan een switch, een gedrein van een van mijn alters om het over te nemen. Ik verontschuldig me tegen het keukenpersoneel en loop naar de tuin, waar de meiden al het voedsel kweken voor de maaltijden die hier worden bereid. Er staat een grote boom die schaduw biedt, en daar ga ik onder zitten om mijn zenuwen tot bedaren te brengen.

Na een minuutje of zo hoor ik iets bewegen in de struiken tegenover me; een ruisend en knerpend geluid. Ik kijk op, in de veronderstelling dat het Blessed is, of misschien mijn oma, die wil weten waar ik naartoe ben gegaan. Maar het is een man. Hij wordt grotendeels aan het zicht onttrokken door takken en schaduw, maar ik weet dat het George is. Hij houdt zich schuil in de bosjes, iets voorovergebogen, loerend naar mij.

Met neergeslagen ogen pak ik mijn telefoon en tik op Skype. Even later komt Lochlan in beeld.

'Hé, schat. Is alles oké?'

Ik beef van top tot teen, maar concentreer me op mijn ademhaling. 'Ja, hoor. Ik wilde alleen… je stem even horen.'

'Wil je mama gedag zeggen, Cressida? Kijk.'

Cressida verschijnt op het scherm, haar donkere haar in twee staartjes. 'Hoi, mam. Ik heb een schilderij voor je gemaakt op de crèche.'

'Echt waar?'

Ze houdt het omhoog, iets te dicht bij het scherm. Ik kan mezelf er nog steeds niet toe brengen naar de plek te kijken waar George opdook.

Lochlans hand trekt het schilderwerkje naar achteren.

'Zijn jij en ik dat in het park?' vraag ik Cressida.

'Ja. En dat is mijn pony.'

'Je pony?'

'Ja. De pony die jij en papa me voor mijn verjaardag gaan geven.'

Ik schiet in de lach. 'O, is dat zo?'

'Hij gaat Rainbow Star heten. Rainbow Star Shelley.'

Gescharrel van handen, en dan is Lochlan weer in beeld. Hij kijkt ongerust. 'Serieus, El. Gaat het goed? Moet ik je ergens mee helpen?'

'George,' fluister ik.

'El, zeg me na: ik ben veilig.'

'Ik ben veilig.'

'Ik vind mijn kern.'

'Ik vind mijn kern.'

'Ik ben sterk.'

Ik adem diep in en langzaam uit.

'Ik ben Eloïse,'

Ik bijt op mijn lip. Ik ben zo bang dat de verkeerde naam me ontglipt. 'Ik ben Eloïse.'

'El, kijk me eens aan.'

Ik open mijn ogen.

'Ik ben er, oké? Ik ben bij je. Kijk om je heen. Zie je George?'

Ik schud mijn hoofd. Ik durf niet te kijken. Wat als hij er nog steeds is? Wat als hij nooit weggaat?

Ik hou mijn ogen dicht, en Lochlan vertelt me over Max' sportdag en belooft me het filmpje te sturen dat hij heeft opgenomen. Ik concentreer me op Lochlans stem, op de details van ons leven samen, ons gezin. Ik laat mijn vingers naar de amulet in mijn zak glijden, een miniatuur Rosie-treintje uit de Thomas de stoomlocomotief-collectie, en zeg in gedachten mijn mantra op.

Licht sijpelt binnen door de barsten opgelopen tijdens het vallen en opstaan door de zware perioden van het leven. Maar het is de liefde die ons het licht weer naar buiten laat verspreiden, waardoor het tegelijkertijd naar binnen en naar buiten stroomt, de drempels opheft tussen heden en verleden, tussen elkaar.

Onzichtbare kaken laten me los uit hun greep, de grenzen van verbeelding en werkelijkheid splitsen zich tot afzonderlijke gebieden. Het is een gevoel van thuiskomen, weer in mezelf treden.

Uiteindelijk dwing ik mezelf mijn ogen te openen en naar de plek in de bosjes te kijken. George is verdwenen.

'Ik hou van je,' zeg ik tegen Lochlan. 'Ik spreek je later.'

Hij grijnst, zichtbaar opgelucht dat ik meer als mezelf klink. 'Ik hou ook van jou.'